탈교회

탈교회

탈교회 시대, 교회를 말하다

지은이_김동규 김동춘 김선일 배덕만 안창덕 옥성득 전인수
　　　　정재영 주상락 지성근 최규창 최현종 황대우
책임편집_김동춘
초판발행 _ 2020년 12월 21일

펴낸이 _ 배용하
교열 교정_김난희
디자인 _ 배용하

등록 _ 제 2019-000002호
펴낸곳 _ 도서출판 느헤미야
등록한 곳 _ 충청남도 논산시 가야곡면 매죽헌로1176번길 8-54
편집부 _ 전화 041-742-1424
영업부 _ 전화 041-742-1424 · 전송 0303 0959-1424
ISBN _ 979-11-969076-3-8　03230
CIP제어번호 _ CIP2020053010
분류 _ 기독교 | 교회 | 신앙

값 22,000원

• 이 도서의 국립중앙도서관 출판예정도서목록은 서지정보유통지원시스템 홈페이지(http://seoji.nl.go.kr)
와 국가자료공동목록시스템(http://www.nl.go.kr/kolisnet)에서 이용하실 수 있습니다.

탈교회

탈교회 시대, 교회를 말하다

책임 편집 **김동춘**

느헤미야

차 례

차 례

교회와 탈(脫) 교회 이야기를 시작하며

권 연 경
숭실대 기독교학과, 신약학

신앙적 동기보다는 세속적 욕망에 매료되어 여전히 많은 사람들을 끌어들이는 자폐적 교회들에게는 먼 나라 이야기겠지만, 사실 탈교회는 누구도 부정할 수 없는 사회·종교적 현상의 하나가 되었다. 그렇다. 이제 탈교회는 엄연한 사회적 현상으로서 더는 특정 개인들의 일탈로는 해명할 수 없는 보편적 현실이다. 교회를 떠난다는 건 사랑하는 공동체를 떠나게 만드는 보다 근원적 이유가 존재한다는 뜻이다. 이 현상이 비교적 젊은층 위주로 퍼져가는 건, 그들이 상대적으로 공동체에 무책임해서라기보다는 영적 정체성의 토대인 교회의 본질에 대한 물음에 민감하기 때문이다. 그래서 탈교회 현상은 진지한 숙고를 요청한다. 이 현상을 둘러싼 온갖 오해와 억측과 부정적 시각의 안개를 걷어내고, 보다 차분한 눈길로 이를 바라보는 것이 필요하다.

우리는 이 현상을 무無 교회가 아닌 탈脫 교회라 부른다. 무교회 운동 혹은 무교회주의는 교회에 대한 하나의 신학적 입장을 지닌 가시적인 운동이었다. 거기에는 기존 교회에 대한 분명한 회의와 비판과 함께 보다 근원적인 신학적 신념이 있었다. 하지만 지금 논하려는 탈교회 현상은 이와 다르다. 탈교회 현상 배후에는 깊은 신학적 숙고가 아닌, 현실 교회에 대한 적나라한 불만이 놓여 있다. 개인적인 교회 경험에서, 더 나아가 한국교회 전체적으로, 오래 누적된 불만과 아픔이 인내의 한계치를 넘어서며 발생하는 일종의 '사건'이다. 인구 증가는 사회적 현상이겠지만, 그 현상이 산모 한 사람 한 사람의 산통의 결과물이듯, 탈교회라는 보편적 현상은 실상 교회를 사랑했던 신자 한 사람 한 사람의 아픈 결단의 결과물이다.

대부분의 신자들에게 '교회를 떠나는' 결정은 사랑을 상실하는 일처럼 아프다. 이 아픔 속에는 내 삶의 가장 소중한 일부였던 사랑으로부터 배신당했다는 분노가 섞여 있다. 하지만 그게 전부가 아니다. 아픔과 피해의식, 위로, '하지만 결국 교회를 버린 건 나'라는 죄책감이 가로지른다. 남아있는 사람들의 편리한 오해와 적나라한 비아냥, 심지어 영적 권위로 채색된 비난과 저주는 떠날 수밖에 없는 나의 걸음을 배은망덕한 탕자의 가출처럼 느끼게 만든다. 이처럼 탈교회는 전혀 속 시원하지 않다. 마음은 힘겹고, 인간관계는 지저분해지고, 신학적으로는 혼란스럽다. 바로 이 혼란스런 아픔이 탈교회에 관한 모든 이야기의 출발점이다.

탈교회는, 마치 청소년의 가출처럼, 혼란스런 몸짓이다. 경우마다 다르겠지만, 그 속엔 나 자신에 대한 물음, 교회를 이루는 사람들에 관한 의문, 그리고 이렇게 이루어진 교회 자체에 관한 물음이 뒤엉킨다. 이 혼란이 신앙적 '가출'로도 잘 해결되지 않는 건, 대신 선택할 수 있는 행복한 대안이 없기 때문이다. 참을 수 없어 뛰쳐 나가지만, 밖은 어둡고 어디에도 나를 기다리는 가정은 없다. 교회 밖 공간은, 마치 세계와 세계 사이에 놓인 공허한 '중간 세계'처럼, 잠시 피신할 수는 있지만, 터 잡고 살 공간은 아니다. 여기서 우리는 늘 내 안과 밖으로부터 '그러자고 떠났나?' 하는 빈정거림에 시달린다. 그래서 많은 이들은 계속 머문다. 기존의 상황에 만족해서가 아니라, 나가봐야 대안이 없다는 사실을 잘 알기 때문이다. 아직 교회를 박차고 나가지는 않은 우리는 또 다른 의미의 '가나안' 신자들이다.

혼란 속에서 우리는 호주머니를 뒤적이고, 그 속의 반지를 만지작거린다. 마녀가 파괴한 찬Chan 나라의 죽음이 싫은 것만큼, 모든 것이 복음의 생명으로 새로 돌아나는 새로운 나라를 꿈꾼다. 하지만 신학은 이야기 속의 반지만큼이나 위험한 물건이다. 잘못 만지면 어떤 세계로 빠져들지 모른다. 나니아 이야기에서처럼, 아슬란의 선한 마법이 아이들을 나니아로 불러주는 것도 아니다. 적어도 지금으로서는 그렇게 느껴진다. 하지만 그렇다고 모험을 피할 수는 없다. 주어진 상황에서 최선을 다해 신학적 모험을 감행하며, 대안을 모색하는 수밖에 없다. 한국교회라는 하나의 큰 흐름 속에서, 신자들 개개인의 경험을 세심한 눈길로 들여다 본다. 이 관찰과 성찰을 토대로 서로의 이야기를 하나의 큰 이야기로 엮어 간다. 그리고 거기서부터 새로운 시나리오의 가능성을 더듬는다. 이런 공동체적 노력을 이어가는 가운데, 각자의 아픔이 덜 아픈 것이 되고, 혼란의 안개가 조금씩 걷히면서, 보다 차분하고 생생한 행로가 만들어질지도 모른다.

본서는 느헤미야 학술총서 2권이다. 학술총서 1권은 종교개혁 500주년을 맞이하여 "칭의와 정의"를 다루었으며, 이번에 출간된 2권은 〈탈교회〉라는 한국교회가 당면한 교회론적 문제를 총서의 주제로 선정하였다. 이 책은 기획단계에서 종교사회학적이고, 신학적-교리적이며, 그리고 목회현장의 문제와 선교학적 진단과 방향을 제시하고 그 갈래들을 정리하는데, 상당한 숙고의 시간들이 소요되었다. 목차에서 보듯, 이 책에는 탈교회 현상에 관한 종교사회학적 관찰과 분석을 심층적으로 다루고 있으며, 탈교회를 과감하게 미래 기독교시대의 새로운 모델이자 대안적 신앙 형태로 평가하는 전향적인 글들이 담겨 있는가 하면, 교회사적 흐름속에서 나타난 탈교회 혹은 유사 사례를 소개하고 있으며, 마지막에는 고전적인 교회론의 시선에서 탈교회의 신학적 문제점을 매우 신랄하게 비판하는 또 다른 논지를 펼치고 있다. 총론적으로 본다면, 여기에 담아진 글들은 탈교회 현상을 현장 활동가의 눈길이나 종교사회학적 분석가의 눈길로 풀어내는 이야기들, 탈교회 및 유사 현상들을 여러 층위의 역사적 맥락에서 살펴보는 글들과 조직신학적 논의들이 다수를 차지한다. 아쉽게도 본서에는 성서학적 논의는 사실상 없다. 어떤 이는 이를 아쉬워하겠지만, 다른 이는 그래서 이 기획의 의도가 더 선명하다고 느낄 것이다. 바로 탈교회라는 현상 자체를 보다 찬찬히 이해해 보려는 초보적 노력이다.

그렇다고 이 책에 실린 글의 기고자들이 모두 '사심 없는' 눈길로 현상 분석에 열중한다는 의미는 아니다. 관찰과 이해 자체가 관찰자의 눈길을 전제할 수밖에 없고, 그래서 이 책의 모든 글에는 글쓴이의 의도가 강하게 묻어난다. 게다가 이 책의 기고자들은 대부분 날카로운 자기주장에 능한 사람들이다. 탈교회의 당사자로서 떠나온 집의 문제를 지적하는 목소리가 있는가 하면, 떠나는 이들의 동기와 책임을 꼼꼼히 따지는 목소리도 있다. 상황의 현재 면모를 파헤치는 눈길이 있는가 하면, 오늘에 이르는 역사적 흐름을 추적하는 눈길도 있다. '답정너' 식 해법을 기대하는 이들에게는 혼란스럽게 보일지 모르지만, 역설적으로 이런 관점의 다양함은 그 자체가 현상을 제대로 들여다보게 하는 창문이 된다. 이 관점들이 다채로운 그림으로 모이면서, 현상이 그 다양한 면모를 드러내는 것이다. 우리가 우리 나름의 관점을 정립하는 것 역시 미리 정해진 모범답안을 암송함으로써가 아니라 이런 다양한 목소리를 음미하는 과정 가운데서다.

전도한 친구를 보낼만한 교회가 없다는 사실에 좌절했던 기억이 있다. 80년대 초반 이야기다. 열심히 싸우는 교회 어른들에 지쳐 교회 출석의 당위성을 열심히 자문하던 때도 있었다. 그건 80년대 후반 이야기다. 그나마 건강하다고 알려진 교회에서의 경험이다. 그리고 오늘 우리는 '탈 교회'를 말하고, '가나안 성도'를 이야기한다. 이 책에 관심을 갖는 많은 이들 역시 나름의 아픔과 좌절의 빛 아래 이 책의 이야기를 읽을 것이다. 바라기는 여기 실린 여러 편의 글들이 각자의 아픔과 혼란을 극복해 나가는 여정에, 그리고 각자의 고민이 모두를 위한 보다 큰 이야기로 만들어지는 일에 작지만 소중한 도움이 되기를 바란다.

덧붙여 학술총서 2권은 기획단계에서 출판에 이르기까지 무수히 많은 우여곡절을 거치면서 탄생하게 되었으니, 이 작업을 떠맡은 책임편집자 김동춘 교수의 수고에 감사드리며, 귀한 글을 기고해 주실 뿐 아니라 책의 출간까지 기나긴 시간을 인내심으로 기다려 주신 집필자 분들께 진심으로 감사함과 송구함을 표한다. 또한 한 편 한 편의 글을 세세하게 교정하는데 수고하신 느헤미야 교회협의회 김란희 목사와 어려운 출판 상황에도 느헤미야 학술총서의 출간을 떠맡아 주신 도서출판 대장간 배용하 대표에게 깊은 감사를 드린다.

1부

탈교회 현상에 대한 종교사회학적 분석

그들은 왜 교회를 떠나는가?
한국교회의 가나안 성도 현상에 대한 이해

정 재 영

실천신학대학원대학교, 종교사회학

1. 가나안 성도의 등장

한국 교계에서 언제부터인가 '가나안 성도' 라는 말이 쓰이기 시작했다. 이 용어는 언제부터 사용되었을까? 어떤 기록에 의하면 1970년대에 함석헌 선생이 「씨알」지에 다른 의미로 가나안 성도라는 표현을 한 것으로 나타나 이미 40년 전부터 이 용어가 사용된 것을 확인할 수 있다. '가나안 성도' 란 기독교인으로서 정체성은 가지고 있지만 현재 교회에 출석하지 않으면서 이스라엘 백성들이 가나안을 찾아 다녔듯이 '새로운' 교회를 찾아다니는 사람들을 일컫는 말이다. 더 나아가 '가나안' 이라는 말을 거꾸로 읽으면 '안나가' 란 말이 되듯, 교회를 나가지 않는 사람이나 의도적으로 '기성' 교회를 거부하는 사람들을 가리키는 말이다.

몇 년 전부터 교계에서는 개신교인의 정체성은 있지만, 제도 교회에 출석하지 않는 사람들이 상당수에 이를 것이라는 이야기들이 회자되고 있었다. 당시에 정확한 통계는 없었지만, 3,000명 이상의 회원을 보유하고 있는 한 개신교 인터넷 동호회 게시판에는 현재 교회에 출석하지 않는다고 밝히면서 좋은 교회를 찾는다는 게시물이 잇따라 올라오고 있었으며, 서울의 어느 지역에는 교회 출석은 하지 않으면서 소그룹으로 모이는 신앙모임이 상당히 활성화 되어 있다고 하였다. 이들 중에는 아예 제도 교회에 나가기를 거부하고 목회자없이 자신들끼리 모여 예배를 드리는 일종의 대안교회 운동을 하는 사람들도 있는 것으로 알려졌다.

필자는 이런 상황을 진단하기 위해 가나안 성도 현상은 종교사회학적 관점에서 분석한 결과를 『교회 안 나가는 그리스도인: 가나안 성도를 어떻게 이해할 것인가?』 IVP, 2015로 출판하였다. 이 연구를 통해 가나안 성도의 실체와 규모가 확인되었다. 예상과 달리 그들은 그리스도인의 정체성이 희박한 상태로 드문드문 교회를 다녔던 사람들이 아니라 10년 이상 교회에 소속되어 신앙생활을 해 오던 신자들이었으며, 그중에는 중직자를 포함하여 직분자들도 다수 있다는 것을 확인할 수 있었다. 더욱이 그들의 절반가량은 구원의 확신도 있었다고 응답했으며, 90% 가량은 흔히 말하는 선데이 크리스천과 같은 '명목적인 신자들'이 아니라 비교적 교회활동에 적극적으로 참여했던 나름대로 신실한 그리스도인들이었음을 발견할 수 있었다.

또한 그들의 45.7%가 교회를 옮긴 경험이 없으며, 여러 교회를 옮겨 다녔다는 응답은 6.1%에 불과한 것으로 나타나 이들이 소위 '교회 쇼핑족'이나 '떠돌이 신자'도 아니라는 것을 알 수 있었다. 〈한국기독교목회자협의회〉이하 '한목협' 조사 결과에 의하면 개신교인들이 평생 교회생활하는 동안 평균 2.7회 교회를 옮긴다는 통계와 비교해 볼 때 오히려 이들의 교회 이동 경험이 적다고도 볼 수 있다. 이렇게 한 교회에서 오랫동안 진지하게 신앙생활을 하던 사람들이 교회를 떠났거나 지금도 교회를 떠나고 있다는 것은 한국교회로서는 심각한 문제임이 분명하다. 이 글에서 나는 최근의 조사를 바탕으로 가나안 성도들이 교회를 떠나는 이유와 탈교회 현상에 대해 한국교회가 어떻게 대응해야 하는지 살펴보고자 한다.

2. 급증하는 가나안 성도

2014년 〈한목협〉의 조사에서 교회에 출석하지 않는 교인이 10.5%로 나타났는데, 이를 근거로 한국개신교인 가운데 100만 명 정도가 가나안 성도일 것이라고 추정하였다. 이런 추정치가 다소 과장된 것이 아니냐는 반론도 있었지만, 교회를 이미 떠난 사람=탈교회 신자이 100만 명이라면, 앞으로 교회를 떠날 사람=잠재적 탈교회 신자도 100만 명은 될 것이라는 의견도 있었다. 그런데 지금 그 예상이 현실이 되었다. 예를 들어, 그동안 교계가 비공식적으로 가나안 성도 규모를 파악해 왔는데, 대체로 15~18% 수준이었다. 그러나 최근 조사에서 그 숫자는 20%가 넘는 것으로 나타났다. 실제로 2017년 한목협 조사결과에서 교회에 출석하지 않는 가나안 성도는 23.3%로 파악되었다. 이는 지금까지 조사결과 중 가장 높은 비율이다. 2015년 인구센서스에서 파악된 개신교 인구가 96,776천명임을 감안하면, 가나안 성도는 대략 200만 명이 넘을 것으로 추산된다.

물론 가나안 성도 수는 연령별, 계층별로 차이가 있을 것이다. 특히 교회에 대한 만족도가 낮은 젊은 층에서는 그 수가 더 많을 것으로 보인다. 실천신학대학원대학교 부설 〈21세기교회연구소〉와 〈한국교회탐구센터〉가 공동으로 조사한 '평신도의 교회 선택과 만족도'에서 20대의 출석교회와 목회자에 대한 만족도가 전체 연령대에서 가장 낮았고, 교회를 떠날 의향이 가장 높은 것으로 나타났다. 이 조사에서 지금 출석하는 교회를 계속 다닐 것인지 물어보았는데, 절반을 겨우 넘긴 55%만이 계속 다닐 것이라고 응답하였고, 28%는 떠날 생각이 있다고 응답하였으며 4.8%는 떠날 생각이 매우 많다고 응답하여, 교회를 다니는 신자들 중 3분의 1이 교회를 떠날 의향이 있는 것으로 파악되었다.

특히 20대에서 교회를 계속 다닐 의향은 40.6%에 불과했고, 교회를 떠날 의향은 42.1%였는데, 2017년 〈학원복음화협의회〉 '대학생 의식조사'에서는 대학생 기독교인 중 28.3%가 가나안 성도로 파악되어 이것이 입증된 셈이다. 마찬가지로 블루칼라에서도 교회를 계속 다닐 의향은 40.2%에 불과하였고, 절반을 넘는 50.2%가 교회를 떠날 생각이 있다고 응답하였다. 이는 경제수준과도 상관관계가 있었는데, 상류층과 중간층에 해당하는 교인들은 60% 이상이 교회를 계속 다니고 싶다고 응답했으나 하류층에서는 44.4%만이 계속 다닐 의향이 있고, 38.6%는 교회를 떠날 의향을 나타내었다. 이 역시 경제적으로 여유가 있고, 사회적으로 안정된 직업을 가진 사람들이 교회의 주류로 활동하고 있고, 그렇지 않은 사람들은 주변부에 머물며 교회를 떠날 생각을 가지고 있다는 점을 보여주는 통계라고 할 수 있다.

교회를 떠난 이후의 계획에 대해서도 61.3%만이 다른 교회에 출석할 것이라고 응답하였고, 22.1%는 개신교인으로 남아있겠지만, 교회는 출석하지 않을 것이라고 응답하였다. 그리고 5.3%는 다른 종교로 떠날 것이라고 응답하였다. 이 통계 수치를 개교회 차원으로 적용하면, 각 교회는 33% 정도의 교인이 교회를 떠날 가능성이 있고, 그 중의 61% 가량만 다른 교회로 출석하고, 그 중의 22%전체 교인의 6% 정도는 가나안 성도가 될 가능성이 높은 것으로 파악되었다. 이것은 가나안 성도의 수가 지속적으로 증가할 것임을 보여주는 통계 결과이다. 그리고 이렇게 가나안 성도들이 지속적으로 늘고 있다는 사실은 지금의 신앙생활이나 목회 방식이 이들에게 설득력을 갖지 못하다는 것을 방증한다.

이 통계를 다른 각도에서 정리하면, 가나안 성도가 될 의향은 남성, 20대, 블루칼라, 50-100명 규모의 교회, 장로/권사/안수집사 등 직분자들에게 상대적으로 높게 나왔다. 이 조사결과에서 특별히 주목할 점은 교회생활에 충실했던 중직자에게서 탈교회적 경향이 높게 나타났다는 것은 '명목적인 신자들'이 가나안 성도가 되는 것이 아니라 교회봉사와 신앙생활에 열심

이었던 기독교인들이 '소속없는 그리스도인'이 된다는 것을 잘 보여준다는 점이다.1

3. 가나안 성도 등장의 요인

사회적 요인

가나안 성도가 등장하는 이유는 현대사회의 변화와 무관하지 않다. 그것은 근대 이후 사회를 뜻하는 '포스트모던' 곧 탈현대적 경향과 관련된다. 탈현대 사회의 특징은 집단보다 개인이 중시된다는 점이다. '우리'라는 집단에 매몰되기보다는 자기를 존중하고, 자기를 찾으려 하며, 자기애나르시시즘의 경향이 강해진다. 따라서 앞으로의 사회는 전문화되고 개성이 넘치는 개인주의 사회가 될 것이다. 이것은 근대 사회에서 등장한 개인과는 또 다른 특성을 지닌다. 그것은 바로 '소속 없는 개인'이라는 점이다. 이들은 사회역할을 부과하는 획일적이고 상투적인 규범에 의존하지 않고 자신의 욕구대로 살겠다는 의지를 지니고 있다. 성 해방 운동, 가족 풍속의 해방, 이혼과 독신 생활의 증가는 모두 강요된 소속의식으로부터 탈피하여 개인의 독립을 내세우는 '탈제도화'된 개인주의의 모습이라고 할 수 있다.2

이러한 변화에 따라 탈현대 사회에서는 종교성도 바뀌게 된다. 탈현대 시대의 사람들은 제도 종교의 의례, 가르침, 계율은 따르지 않으면서 개인적인 신앙생활을 선호하는 경향이 강해진다. 영성은 추구하지만, 더 이상 제도 종교에 소속되어 강요당하길 원하지 않는다는 뜻에서 "영적이지만 종교적이지는 않은spiritual but not religious" 특성을 나타낸다. 그리하여 현대 사회에서

---

1) 21세기교회연구소 한국교회탐구센터, 『평신도의 교회선택과 만족도 조사 세미나 자료집』 (2016년 11월 25일), 51.
2) 박동현 이수진 이진석, 『미래, 미래사회』(서울: 동아대출판부, 2007), 70.

종교는 실존의 문제라기보다는 하나의 기호taste로 여겨지며, 그것이 갖는 이미지에 따라 종교를 선호하기도 하고 배격하기도 한다.

종교사회학자 로버트 우스노우Robert Wuthnow는 오늘날 미국이 겪고 있는 심각한 가치의 위기가 오히려 사람들에게 초월성에 대한 추구를 자극한다고 본다. 현대인은 새로운 영적 경험을 탐구하고 있는데, 그동안 전통 종교가 제공해 왔던 교회나 성당 같은 특정한 성스러움의 장소에서 초월성을 경험하는 '거주의 영성' spirituality of dwelling이 이제는 그러한 거룩의 경험을 '개인적'으로 찾으려고 하는 '추구의 영성' spirituality of seeking으로 대체되고 있다고 말한다.[3]

이러한 종교의 개인주의화 경향은 보이지 않는 교회로서의 특성을 강조함에 따라 보이는 교회, 역사적 교회, 기성교회를 부정하는 경향을 부추기게 되면서, 이른바 **"교회를 떠난 기독교인들"**dechurched christians을 양산해내는 결과를 가져오게 된다. 사회가 다양하게 분화하고 다원화되기 때문에 이러한 탈교회 경향은 보다 더 증가할 것이며, 앞으로 우리 사회에서 종교의 중심 주제가 될 가능성이 높다. 서구에서는 이미 '소속없는 신앙'이라는 개념으로 이 문제가 제기된 바 있다.

이미 20여년 전에 영국의 종교사회학자인 그레이스 데이비Grace Davie는 영국에서 교인 수가 감소하는 것을 기독교의 쇠퇴와 동일시할 수 없다고 보면서 교회를 떠난 사람들에 대하여 연구한 바 있다. 영국에서는 성공회가 국교이고 전체 인구의 절반 이상이 기독교인이지만, 주일에 교회에 출석하는 사람은 갈수록 줄어들고 있다. 흔히 알려졌듯이 거대하고 웅장한 교회 건물이 주일에도 텅텅 비고 일부는 식당이나 술집으로 바뀌었을 정도이다. 그러나 이렇게 세속화한 영국에서도 놀라울 정도로 많은 사람들이 여전히 기독

---

3) Robert Wuthnow, *After Heaven: Spirituality in America since the 1950s* (Berkeley: University of California Press, 1998)

교 신앙을 가지고 있으며, 교회는 나가지 않아도, 하나님에 대한 신앙이 있으며, 기독교적 확신은 없어도 자신을 그리스도인이라고 여긴다는 것이다.

이것이 그레이스 데이비가 "소속없는 신앙"Believing without Belonging이라는 부제를 달고 있는 그의 저서 『1945년 이후 영국의 종교』Religion in Britain since 1945에서 연구한 결과이다. 그의 연구에 따르면, 상대적으로 세속적인 국가들에서도 상당히 높은 수준의 신앙을 보여주고 있기 때문에, 사람들은 종교에 "소속되지 않고 믿는" 방식으로 그들중 다수는 아직도 자신을 기독교인으로 규정하고 있다는 것이다.4 이것은 일종의 문화화한 기독교라고 할 수 있는데, 이러한 종교가 얼마나 오래 생존할지는 분명하지 않다. 제도로서의 종교가 쇠퇴한 뒤에도 얼마나 오랫동안 기독교가 살아남을지 예측할 수 없기 때문이다.

미국의 종교사회학자들도 종교 단체에 속하지 않으면서 여전히 종교적인 문제에 답을 찾고자 하는 사람들을 가리켜 '영적인 구도자' spiritual seeker라는 말을 사용하였다. 그래서 '영적이지만 종교적이지 않은' spiritual, but not religious이라는 표현으로 종교 단체에 속하지 않지만 여전히 영적인 욕구를 가지고 있는 사람들에 대한 다양한 연구가 진행되어 왔다. 전체 미국인들 가운데 거의 40%가 종교단체와 연관이 없지만 이들 중 많은 이들이 여전히 집에서 예배를 드리거나 영적인 삶을 살고 있다고 알려져 있다.

노던 콜로라도 대학의 사회학 교수인 조쉬 패커드는 최근 출판된 그의 저서 『교회 난민』Church Refugees에서 이 부분을 명확하게 보여주고 있다. 그는 미국 사회에서 '비종교인'이 20년 이상 증가하는 추세에 있는데, 이들을 'None'으로 표기한다. 그리고 '탈교회한 사람들'을 'Done'라고 표기하는데, 이것은 제도종교 밖에서 오히려 더 나은 영적인 삶을 추구하는 사람들을

---

4) Grace Davie, *Religion in Britain since 1945: Believing without Belonging* (Oxford: Oxford University Press), 1994.

가리키는 말이다. 'None'이 교회 경험이 전혀 없는 젊은 세대 비종교인들을 말한다면, 'Done'은 교회는 다녔지만, 현재는 교회를 떠난 30대 이후 세대에게 사용하는 말이다.

이들은 교회 출석도 열심이었고, 신앙생활도 헌신적이었지만, 결국 교회를 떠난 것으로 나타났다. 패커드는 백여 명을 인터뷰한 결과, 이들이 하나님이나 예수님을 싫어하기 때문에 교회를 떠난 것이 아니라 자신의 신앙을 지키기 위해서 교회를 떠났다는 충격적인 결과를 내놓았다. 이것은 유럽과는 다른 상황인데 유럽교회는 장기적인 종교 침체기를 겪고 있지만, 미국교회는 최근까지도 종교적인 열정을 가지고 있었기 때문이다. 따라서 'None'이 일시적인 증상이라면 'Done'은 매우 치명적인 문제라고 패커드는 말한다.[5]

교회적 요인

앞서 말한 연구결과를 반영하듯 우리 사회에서도 가나안 성도들이 교회를 떠난 이유 중에 절반이 개인적인 문제였고, 응답자의 42.2%는 교회를 떠났을 당시 교회에는 문제가 없었다고 응답한 바 있다. 이것은 제도화된 교회 안에서 신앙생활하기보다는 자기 나름대로 자유로운 신앙생활을 원하는 모습을 드러내는 것이다. 여기에 더해 가나안 성도 가운데는 '귀차니즘'의 성향을 갖는 사람들, 즉 교회 다니는 것이 귀찮아서 교회 출석이 흐지부지된 사람들도 다수 존재한다고 할 수 있다.

그렇다고 해서 가나안 성도를 단순히 개인주의화된 신앙의 추구로만 보기는 어렵다. 필자의 설문 조사에서는 교회를 떠난 이유가 개인적인 이유만이 아니라 교회에 대한 불만도 뚜렷하게 나타났기 때문이다. 조사 결과, 이

---

5) Josh Packard, *Church Refugees: Sociologists Reveal Why People are DONE with Church but not their Faith* (Loveland, CO: Group Publishing, 2015)

들이 교회를 떠난 이유로 가장 많은 비중을 차지한 것이 "자유로운 신앙생활을 원해서"30.3%였지만, 다음으로 "목회자에 대한 불만"이 24.3%, "교인들에 대한 불만"이 19.1%로 나왔다. 그리고 "신앙에 대한 회의"도 13.7%로 나타났다. 이런 점에서 가나안 성도 현상은 교회라는 틀 자체를 거부하는 표현이기도 하지만, 동시에 기성교회에 대한 불만의 표현이기도 하다고 볼 수 있다.

여기서 교회에 대한 불만으로 교회를 떠났다는 응답률이 높게 나타난 신자들 가운데 고학력자, 직분자, 구원의 확신이 분명한 사람들이 없다는 점에 주목할 필요가 있다. 그리고 교회를 다시 다닐 경우 가고 싶은 교회는 바른 목회자가 있는 교회로 출석하겠다는 응답이 16.6%로 가장 많았다. 특히 이들 가운데 3분의 1은 교회를 떠나는 문제를 놓고 6개월 이상 고민했다고 응답하였으나 이 문제로 담임목회자나 부교역자와 상담을 한 적이 있다는 응답은 7.1%에 불과하여 이들이 교회 지도자와 인격적인 관계를 형성하지 못했거나 원만한 관계를 유지하지 못한 것으로 추정된다. 물론 사안에 따라 다르겠지만, 교회를 떠나는 중요한 문제를 목회자와 상담할 수 없다는 것은 공동체성을 지향해야 할 교회에 큰 허점이 있다고 볼 수밖에 없을 것이다.

가나안 성도들이 교회를 떠난 이유는 가나안 성도의 교회관과 신앙 정체성과도 관련이 있다. 가나안 성도들은 기성교회에 대한 거부감으로 교회를 떠난 사람들인지 아니면 교회 제도나 교회라는 조직 자체를 거부하는 사람들일 수 있다. 그들이 기성교회의 문제때문에 교회를 떠난 것이라면 문제점을 개선하고 개혁하면 다시 교회로 돌아올 가능성이 있지만, 이들이 교회의 제도 자체를 거부하는 일종의 무교회주의자라면 기성교회가 아무리 갱신한다고 해도 교회로 돌아오지 않을 것이기 때문이다. 그런 점에서 가나안 성도들의 탈교회 원인이 무엇인지 정확하게 파악하는 것은 향후 이들에 대한 목회적, 신앙적 처방과 직결될 것이다.

특히, 교회를 떠난 것이 "시간이 없어서"라는 단순 이유는 6.8%에 불과한 것에 주목할 필요가 있다. 〈한목협〉 조사 결과에서는 3대 종교 이탈자 모두 그 종교를 믿지 않게 된 가장 큰 이유가 "시간이 없어서"개신교는 31.2%로 나온 것과 비교해 보면, 종교로서의 기독교를 떠난 것과 기독교 신앙은 유지하면서도 교회를 떠난 것은 각기 다른 이유에서 비롯되었다는 것을 알 수 있다.6 다시 말해서 기독교 자체를 떠난 것은 매우 사사로운 이유였지만, 조직으로서의 교회를 떠난 이유로는 교회에 대한 불만에 기인한다는 것이다. 무엇보다도, 가능한 한 빨리 교회에 나가고 싶다는 사람들13.8%과 언젠가는 교회에 다시 나가고 싶다는 사람들53.3%을 합하면, 세 명 중 두 명은 교회에 다시 나가고 싶다는 견해를 밝혔다는 점은 이들을 교회 자체를 부정하는 무교회주의자로 볼 수 없다는 점을 분명히 보여준다.

젊은 층의 경우 교회에 대한 불만은 더욱 뚜렷하다. 앞에서 밝혔듯이, 이들은 교회나 목회자에 대한 불만이 크고 자신들이 처한 현실 문제에 대해서 교회가 도움이 될 것이라는 기대가 매우 낮다. 2015년 인구센서스에서 무종교인이 크게 늘었는데 그 중에서도 20, 30대에서 무종교인이 가장 많은 것은 그런 연관성을 반증한다고 볼 수 있다. 이와 관련하여 기독교 전문 리서치 기관인 바나 그룹의 대표인 데이비드 키네먼은 『청년들은 왜 교회를 떠나는가』You Lost Me에서 왜 미국의 청년들이 교회를 떠나고 있는지에 대해 바나 그룹을 통해 조사·연구하였다. 키네먼은 이 책에서 십대에 교회를 다닌 미국 젊은이들의 60 퍼센트 가까이가 고등학교 졸업 후에 교회를 떠나고 있다고 말하는데, 그 이유는 신앙에 대한 의문을 가지고 있는데도, 교회에서 신앙의 확신이 부족하다는 이유로 무시당하기 일쑤이고, 예술이나 과학에 관심을 가지고 있지만, 그러한 영역은 기독교 신앙과 아무런 관계가 없다고 하면서, 교회에서 적절한 해답을 듣지 못했기 때문이라고 말했다. 그래서 교

---

6) 한국기독교목회자협의회, 윗글, 48.

회의 청년들은 자신의 부모나 교회 어른들로부터 고립감을 느끼게 되었다는 것이다. 결국 미국의 기독 청년들은 교회가 자신들의 관심과 필요를 이해하지 못하고 실제적인 지침을 주지 못한다고 생각하게 되면서 교회를 떠났다는 설명이다.

4. 가나안 성도 현상의 특징

가나안 성도들의 특징

가나안 성도들을 면접 조사한 결과 그들의 특징은, '강요받는 신앙'에 대한 불만을 갖고 있다. 그들은 신앙은 개인적인 것임에도 불구하고 개신교의 교회 문화에는 신앙에 관한 관점이나 신앙생활 방식에 있어서 매우 집단주의적이고 획일적인 경향이 상당하여 자신의 신앙관을 타인에게 강요한다거나 납득되지 않는 것에 대해서도 무조건 믿으라는 식의 분위기에 대해 상당한 불만을 가지고 있다. 필자가 만난 사람들이 기독교 신앙에 친숙하지 않은 초신자들이 아니라 오히려 면접자 38명 중 절반에 가까운 18명이 모태신앙이었음에도 신앙을 강요받는 것을 매우 힘들어했다는 것이다. 신앙의 강요는 신앙 공동체에서 소통을 가로막는다. 신앙에 대한 생각이나 관점은 사람마다 다를 수 있고 공동체에 따라 다를 수 있다. 그것이 같은 기독교 안에서도 다양한 교단과 교파가 존재하는 이유이기도 하다. 그러나 우리네 기독교 안에서 이러한 차이는 차별을 낳고, 나와 다른 신앙을 가진 사람들이나 신앙에 대해 질문을 하거나 의문을 품는 사람들을 용납하지 못한다. 목회자의 말에 무조건 복종해야 하고 거기에 질문할 수 없으며, 교인들 사이에서도 신앙에 대해 근본적인 질문을 하는 것을 받아들이지 못하는 것이다.

그런데 이러한 경향은 가나안 성도들에게서도 포착된다. 자신들이 생각하는 기독교에 대한 관념이 기존의 권위와 충돌할 때, 자신의 선입견을 내려놓고 권위에 복종하기보다는 자신이 생각하고, 확신하는 기독교를 구성하려고 한다는 것이다. 특히 젊은 세대들은 교회에 대한 충성도가 희박하여 교회를 쉽게 옮기는 경향이 있어, 기성교회가 자신에게 맞지 않는다고 판단되면 교회를 옮기거나 아니면 아예 자신들에게 맞는 새로운 교회를 세우기도 한다. 이것이 이른바 '가나안 성도 교회' 다.

가나안 성도 교회의 특징

가나안 성도들이 세운 '가나안 성도들의 교회' 세 곳을 방문하여 가나안 교회 참여자들과 집담회集談會 형식으로 그들의 생각을 들어본 적이 있다. 세 곳 모두 20명 이내의 적은 인원이 모이고 있었고, 모두 주일 오후 시간에 예배를 드리고 있었다. 한 교회는 목회자가 설교를 하고, 다양한 연령대의 사람들이 참여하고 있었고, 다른 두 교회는 10~15명 정도로 20~30대 젊은 사람들로 구성되어 있었으며 설교는 신학교육을 받은 전도사와 함께 일반 평신도들이 번갈아 가면서 담당하고 있었다.

세 교회는 각각의 특징도 있지만, 공통점도 있었다. 첫째는, 적은 수가 모여서 공동체적인 분위기에서 인격적인 교제를 나누며, 리더십을 공유한다는 점이다. 이들은 적은 수가 모이기 때문에 친밀한 대면 관계를 형성할 수 있었으며, 예전적인 예배를 드리는 한 교회를 제외하고 두 교회는 예배도 둘러 앉아 자유로운 분위기에서 드렸다. 그리고 기성 교회와 달리 특정인이 리더십이나 권위를 독점하지 않고 구성원들 모두 자유롭게 의사표시를 하고, 의사 결정 과정에도 참여한다는 점이다.

이들 교회의 또 다른 특징은 예배는 주일 오전예배보다 주일 오후의 편안한 분위기에서 모인다는 것이며, 주일 이외에는 다른 모임이 없다는 것이다. 이들은 주일에는 예배에 집중하고 나눔의 교제도 갖고, 이후 헤어져서는 각자의 삶의 현장으로 돌아간다. 평일에 성경공부 모임을 갖는 경우도 있으나 기본적으로는 일상생활에서 신앙을 실천하는 것을 중시하기 때문에, 이들의 교회는 일종의 '흩어지는 교회'를 표방하고 있다고 볼 수 있다. 그러나 주일 예배 이외에 다른 모임이나 활동을 거의 하지 않기 때문에 기존 교회의 관점에서 볼 때는 일반교회가 통상적으로 하고 있는(예를 들어 양육이나 전도활동 등이나 신앙 활동(기도 모임이나 성경공부 등)을 하고 있지 않다는 점에서 미흡하게 보여질 수도 있다.

마지막으로 이들 교회의 공통점은 예배 후에 그 날의 설교를 공동체적으로 서로 나눈다는 것이다. 이 세 교회 모두 설교 후에는 설교에 대해 받은 감동을 나누기도 하고, 정확하게 이해가 되지 않은 내용에 대해서는 질문을 하며 자기 의견을 제시하기도 하고 심지어는 설교 비평을 서로 나누기도 한다.7 기성교회에서 설교는 하나님의 말씀의 대변자인 목회자가 선포를 하는 것으로 이해되고 있기 때문에 설교는 언제나 일방성을 띨 수 밖에 없는데, 강단의 설교를 소재로 질문하고 토론하는 것은 상상하기 어려운 모습이다. 이런 점에서 가나안 교회에서 설교에 대해 토론하는 모습은 기존의 교회 전통과는 사뭇 다른 그들만의 신앙관과 교회관을 보여주고 있다. 가나안 성도들은 신앙은 고착화된 어떤 것도 아니며, 목회자에 의해 일방적으로 정답을 제시받거나 강요받는 것이 아니라 스스로 질문하면서 답을 찾아가는 것이라 생각한다. 그리고 교회는 이러한 과정을 수용하며 서로의 의견을 조정하며 공동체를 이루어가는 것이라는 생각이 그 기저에 깔려있다고 할 수 있다. 이러한 특징이 자칫 기성 교회와 갈등을 야기할 가능성도 있으나 앞으로의 사회가 더욱 다원화될 것임을 감안할 때 교계에서 깊이 있는 논의가 이루어져야 할 것으로 판단된다.

---

7) 가나안 성도들의 교회는 아니지만, 최근에 등장한 여러 형태의 대안적 교회들 중에는 예배 처소를 주일에만 빌리거나 가정에서 소규모로 모이면서 예배 후에는 설교에 대해 토론하는 경우가 적지 않은 것으로 알려져 있다.

5. 가나안 성도 현상에 대한 대안 모색

가나안 성도들의 교회에 대하여

가나안 성도들의 교회를 기존의 교회 전통에서 보면 교회라고 인정하기 어려운 부분도 있을 수 있다. 그러나 이들에 대한 신학적인 판단보다 교회란 '믿는 사람들의 모임' 이라는 것과 그들 스스로 '교회' 라는 이름으로 모이고 있기 때문에 교회라고 표기하고 있다.8 여기서 우리는 가나안 성도들의 교회에 대한 옳고 그름을 따지는 것이 아니라 이들이 제도 교회와 기성 교회를 떠나서 새로운 교회를 만들게 한 요인들을 파악하고자 한 것이 주된 목적이다.

필자의 결론적인 관찰로 볼 때, 가나안 성도들의 교회가 대안적 교회 운동이라고 보기는 어려웠다. 당시 이들의 교회를 관찰하면서 받은 느낌은, 그들이 교회로 모였지만, 자신들의 필요를 위해서 모였을 뿐 자신들을 한국교회의 대안으로 인식하고 있다고 여겨지지는 않았다. 실제로 한 교회의 경우 교회 창립에 대한 내용에 정통교회를 표방한다고 명시해 두었을 정도로 그들 자신이 새로운 형태의 대안교회를 하는 것은 아니라고 하였다. 그런데 아쉽게도 위에서 언급한 세 교회 중 한 교회는 더 이상 모임을 갖고 있지 않다. 자세한 내부 사정을 알 수 없지만, 워낙 다양한 사람들이 모였기 때문에 서로의 필요가 달라서 지속적인 공동체를 이루기 어려웠던 것으로 추측될 뿐이다.

최근에는 보다 적극적으로 가나안 성도들이 모여서 다양한 모임을 갖는 사례가 있는 것으로 알려져 있다. 기성교회에 대한 불만이나 문제의식을 가

---

8) '가나안 성도들의 교회' 는 개념상 논란의 여지가 있다. '가나안 성도' 는 교회를 떠난 사람들을 가리키는 개념인데, 그들이 교회를 형성했다면, 이미 가나안 성도라는 본래의 정체성을 상실했기 때문이다. 이 문제에 대해서는 본서의 안창덕, "소속 없는 신앙인들의 정체성과 특성에 관한 연구"를 참조하라. -편집자주.

진 사람들이 모인다면 일종의 동질감이나 동류의식 결속력을 강화시키는데에는 도움이 될 것이다. 그러나 이것이 단순히 교회에 대한 상한 감정을 가진 사람들의 모임에 지나지 않는다면 한국 교회나 자신들에게도 큰 도움이 되지 않을 것이다. 중요한 것은 이러한 문제의식이 자신들을 갱신시켜 새로운 가능성으로 나아갈 수 있느냐 하는 것이다.

사회운동의 측면에서 볼 때, 사회변혁은 사회 구성의 중심부가 아니라 주변부인 변방에서 일어나기 쉽다. 기득권층에 속한 중심부에서는 변화의 움직임에 둔감할뿐 아니라, 문제의식도 절박하지 않기 때문에 변혁의 주체가 되기 어렵다. 마찬가지로 중대형 교회의 목회자들은 지금의 한국교회의 문제를 체감하기 어렵다. 따라서 한국 교회를 갱신하려는 대안의 가능성은 가나안 성도들을 포함하여 주변부에 위치한 이들이 한국교회에 영향을 미칠 정도의 뚜렷한 새로운 흐름을 형성할 수 있는지 여부에 달려 있다. 다시 말해서 '광야의 목소리'가 중심부 안으로 전달될 수 있느냐가 교회쇄신의 관건이 될 것이다. 여기에 교계 중심부에 예언자적 통찰력을 가진 지도자들의 선각자적인 후원과 지지가 있다면 교회개혁은 훨씬 수월할 것이다.

또 한 가지 중요한 점은 교회 개혁은 단순히 현실 교회 내부의 문제를 개선하는 것으로는 충분하지 않다는 것이다. 가나안 성도들의 교회가 아니라도 한국 교계에는 다양한 개혁운동이 시도되고 있으며, 일종의 대안교회나 실험적인 교회들도 속속 등장하고 있다. 이들은 각자의 문제의식을 가지고 오늘의 대안적 교회모습을 그려가면서 새로운 교회운동을 벌이고 있다. 그런데 많은 경우 이 문제의식이 교회 내부의 문제, 곧 리더십이나 재정운용 등에 국한되어 있다는 한계를 가지고 있다. 그래서 교회 내부 문제에 대해서는 매우 민감하고 높은 수준의 개혁을 추구하지만, 교회 외부에 대해서는 관심이 없는 경우가 많다. 결국 우리끼리 잘 어울릴 수 있는 공동체를 만들려고 할뿐, 한국 교회 생태계 전체에 대한 관심이 부족한 것이다.

어떤 공동체도 외부와 단절된 채, 내부의 결속에만 집중한다면, 일종의 동류同類 집단이 될 뿐이며, 그런 공동체는 '끼리끼리'의 집단으로 전락하면서 변질된 공동체가 되고 말 것이다. 이른바 '변화산 신드롬'9에서 벗어나지 못하는 것이다. 그러한 공동체가 공공성과 관련된 교회의 책임적 역할에 대해 아무런 생각이나 실천이 없을 때, 시간이 흐르면서 그 공동체는 점차 사사화私事化 privatization 할 수도 있다. 이러한 사사화된 종교는 공적 책임에는 무관심하기 때문에 설사 그들만의 공동체가 존재한다고 하더라도 건강한 공동체라고 보기 어렵다. 따라서 이러한 운동이 의미있는 대안이 되기 위해서는 보다 확장된 공동체 개념과 좁다란 교회 울타리를 넘어 사회 전체를 내다볼 수 있는 사회 의식이 필요하다.

가나안 성도들에 대하여

가나안 성도란 교회를 떠난 지 평균 10년 가량 상당한 기간이 지났으며, 그들 중 상당수는 여전히 구원의 확신이 있으며 기독교인의 정체성을 지니고는 있지만, 교회의 예배나 모임에는 참석하지 않는 사람들이라고 설명할 수 있다. 그리고 이들 중 3분의 2는 교회에 다시 나가고 싶은 의향을 가지고 있다. 이러한 점을 고려하여 교회는 세심한 전략을 세워야할 것이다. 이를 위해, 교회를 떠나는 이유에 따라 가나안 성도를 다음 세 가지 유형으로 분류할 수 있다.

첫째 유형은, 기성교회에 불만을 가지고 교회를 떠난 사람들이다. 그들은 교회를 떠난 이유가 뚜렷하다.

둘째 유형으로, 특정 교회에 대한 불만보다는 교회라는 종교적인 형식이나 제도의 틀에 얽매이지 않고 자유로운 신앙생활을 원하여 교회를 떠난 사람들이다.

---

9) '지금이 좋다', '여기가 좋다'는 생각에 사로잡혀 있는 것.-편집자주.

마지막 유형은, 특별한 이유없이 이사를 하거나 환경의 변화와 개인적인 이유로 교회를 나가지 않게 된 일종의 '귀차니즘'에 빠져 있는 사람들이다.

이러한 유형들을 고려하여 적절한 대안이 마련되어야 할 것이다. 위에 열거한 유형에서 마지막 유형부터 생각해 보려고 한다. 그들은 특별한 방안보다는 교회가 시행해왔던 일반적인 전도 방식을 사용하여 다시 교회에 출석하게 해야 한다. 두 번째 유형은 교회로 다시 돌아오게 하기란 현실적으로 쉽지 않다. 따라서 이들이 당장 기존교회로 돌아오지는 않더라도 이들 스스로 신앙모임을 통해 신앙을 유지할 수 있도록 돕는 것이 적절할 것이다. 몇 년 전 한국을 방문한 필립 얀시는 가나안 성도 문제를 묻는 기자의 질문에 "그렇게 떠난 사람들은 돌아오지 않는다. 불에서 꺼낸 숯은 차가워지게 마련이다. 성숙한 기독교인이 교회안에 계속 남아 개혁과 새 생명 운동을 일으켜야 한다. 그렇지 않으면 한국교회는 오늘날 유럽교회가 그렇듯 텅 빈 유물로 전락할 것이다."라고 경고한 바 있다. 따라서 이러한 유형의 가나안 성도들을 교회로 데려오려고 애쓰기보다 이들이 자발적으로 신앙생활을 할 수 있도록 돕는 것이 현실적인 방안이 될 수 있다.

이런 점에서 미국의 기독교인들이 교회를 떠나는 과정과 이들이 교회 밖에서 신앙을 추구하는 방식에 대하여 연구한 앨런 제미슨Alan Jamieson의 조언에 주목할 필요가 있다. 그는 복음주의, 오순절, 은사주의 교회를 떠난 사람들을 조사한 결과를 바탕으로, 교회를 떠난 사람들을 위해 교회가 도움을 줌으로써 '교회없는 신앙'=탈교회 신앙 churchless faith을 유지할 수 있다고 말한다. 교회를 떠난 이들을 기성교회로 돌아오게 하기는 쉽지 않기 때문에 교회를 떠난 상태에서라도 신앙을 유지할 수 있도록 노력도 필요하다는 것이다. 그래서 한 때 한국 교계에서 부각되었던 '구도자에 민감한seeker-sensitive 교회' 뿐만 아니라 '교회 이탈자에 민감한leaver-sensitive 교회'와 '교회 이탈자들이 안전하게 탐구할 수 있는 경계 집단' liminal groups도 필요하다고 말한다.[10] 그러한 그룹과 모임들이 자생적으로, 또한 필요에 의해 여기저기에서 생성되고 있다. 최근에는 가나안 성도를 위한 목회사역을 준비하는 목회자들도 늘어 가고 있다.

그런데 가나안 성도들이 현실적으로 돌아가고 싶어 하는 교회를 찾기가 쉽지 않다면, 기성교회로 돌아가기를 강요하기보다 교회를 떠난 상태에서라도 신앙을 유지하도록 돕는 것이 차선책이 될 수 있다. 실제로 신우회 사역을 하는 목회자들의 이야기를 들어보면 교회는 떠난 상태지만 신우회 모임에는 나와서 신앙을 유지하려고 하는 사람들이 꽤 많다고 한다. 기존 교회가 이들을 위한 사역을 하기는 사실상 쉽지 않으므로, 다양한 '파라 처치' para churches가 이들의 영적인 욕구에 반응하며 신앙을 잃지 않도록 환경을 만들어주는 노력이 필요하다.

그러나 이러한 운동이 제도화 되었을 때 또 다른 모순을 낳을 수도 있다. 다시 말해 가나안 성도들의 공동체가 자칫 '제도화의 역습'에 직면할 수 있다는 점을 고려해야 할 필요가 있다. 가나안 성도들의 교회가 초기에는 공동체적인 특징을 강하게 보이더라도 시간이 지남에 따라 점차 제도화되는 경향을 갖게 될 것이고, 그렇게 되면 이 교회들조차도 기성교회의 모습과 유사한 특징을 띠게 될 가능성이 높다. 따라서 "개혁된 교회는 끊임없이 개혁되어야 한다"Ecclesia reformata semper reformanda는 종교개혁의 명제처럼, 다가올 제도화의 딜레마를 어떻게 극복할 것이냐가 가나안 성도들의 교회에서도 중요한 과제가 될 것이다.

기성교회에서 주목해야 할 대상은 첫 번째 유형이다. 이 유형에 속한 사람들에 대한 방안은 기성 교회가 갱신되어야 한다는 점이다. 이들의 불만이 한국교회에 대한 진지한 문제 제기에서 시작된 것이라면 이들의 교회비판적인 목소

---

10) Alan Jamieson, *A Churchless Faith: Faith Journeys beyond the Churches*(London: The Society For Promoting Christian Knowledge, 2002)

리에 귀 기울일 필요가 있다. 한국 교회가 유럽교회의 전철을 밟지 않고 생명력 있는 공동체로 존재하기 위해서는 보다 근본적인 교회 개혁운동이 전개되어야 한다. 특히 첫째 유형과 둘째 유형은 개념상으로는 분리되지만 현실에서는 서로 중첩되어 있다는 점에 주목해야 한다. 기성교회에 대한 불만이 교회 자체에 대한 부정적인 인식으로 연결될 가능성이 높기 때문이다. 따라서 현실 교회에 대한 갱신 노력이 두 번째 유형에 속한 사람들을 교회로 돌아오게 하기는 어렵다고 해도 이 유형에 속한 사람들의 증가를 방지하거나 경감시킬 수 있다.

그리고 가나안성도들을 교회로 돌아오게 할 방안을 강구하는 점에서, 이들에게 교회 활동을 강요하는 것은 바람직한 일은 아니다. 가나안 성도들은 기존 교회의 강압적인 분위기 때문에 교회를 떠났기 때문에 교회 활동에 대한 지나친 요구나 기대는 자제해야 한다. 또한 가나안 성도들을 단순히 신앙 부적응자 취급을 하거나 교회의 권위나 질서에 불순종하는 신자로 바라보는 것 역시 바람직하지 않다. 설문조사를 위해 만난 대부분의 가나안 성도들은 교회와 신앙 문제에 진지한 고민과 사고를 지닌 사람들이었다. 별 생각 없이 신앙생활을 하는 사람들이었다면 애당초 교회를 떠나지도 않았을 것이다. 그러나 이러한 고민과 생각들을 마음 놓고 털어놓을 사람들이 없었고 교회 안에서도 자신들의 고민이 받아들여지지 않는다는 생각에 이르자 결국 교회를 뛰쳐나올 수밖에 없었던 것이다.

교회와 신앙생활에 대한 설문조사에서도 교회안의 민주적인 의사결정과 교회안의 다양한 견해를 수용해 달라는 요구가 가장 높았고, 다음으로 목회자에 대한 무조건적인 순종이 적절한 태도가 아니라는 견해가 많았다. 이것은 과거와 달리 신자들이 목회자와 교회에 대한 맹목적인 충성을 원하지 않으며, 이제는 교회가 획일적이고 수직적인 방식이 아니라 협의와 조정을 통해 수평적이고 민주적인 공동체를 이루어가야 한다는 생각을 보여주고 있다. 그럼에도 오늘의 교회는 이렇듯 다양해지고 높아진 성도들의 욕구를 채워주지 못하고 있다. 따라서 가나안 성도에 대한 충분한 이해를 바탕으로 실제적인 대안이 마련되어야 할 것이다.

나가는 말

한국 교회는 가나안 성도를 비난하기보다 오히려 자기 반성의 기회로 삼을 필요가 있다. 가나안 성도가 증가하고 있다는 사실은 기존 교회가 그들의 신앙의 필요를 채워주지 못하고 있다는 것을 의미한다. 긍정적으로 볼 때, 가나안 성도와 가나안 교회는 그들이 의도하든 의도하지 않든 기성교회에 큰 도전이 되고 있다. 이들은 기성교회에 대해 뚜렷한 불만을 가지고 떠난 사람들이고, 이들 중 일부는 기성교회와 차별성을 갖는 대안적인 교회를 세우고 있기 때문에 더욱 그러하다. 이것은 마치 중세교회가 제도화되고 교권화됨에 따라 수도원 운동이 활발하게 일어났으며, 교회를 정화하기 위해 교권이 미치지 않는 사막으로 나갔던 사막의 수도자들의 모습을 떠올리게 한다. 이것은 교회 제도화에 대한 반제도주의 운동이었던 것이다.

지금 우리 개신교 내부에서 증가하는 가나안 성도와 가나안 교회도 한국교회가 지나치게 제도화되는데 대한 반작용이면서 동시에 비제도권 기독교의 교회갱신 운동으로 볼 수 있다. 그러므로 이들을 섣불리 교화하려 하거나 제도권으로 성급하게 흡수하려 하기 보다 그들의 영적인 욕구가 무엇인지 파악하고 이것을 기성교회에서 수용함으로써 교회를 갱신하고자 하는 노력이 절실히 요구된다. 교회는 특정 부류의 사람들이 모인 곳이 아니라 "헬라인이나 유대인이나 할례파나 무할례파나 야만인이나 스구디아인이나 종이나 자유인이 차별" 없이골 3:11 서로 다른 부류와 다양한 계층의 사람들이 모여 하나가 되는 공동체이어야 하기 때문이다.

교회는 스스로 공동체임을 표방하지만 그 공동체의 성격이 무엇이고 그것을 어떻게 이루어 가느냐 하는 것이 매우 중요하다. 개인을 무시하는 공동체는 진정한 의미의 공동체라고 말할 수 없다. 영성과 사회성의 균형을 이루며 바람직한 공동체상을 보여주는 사례로 이야기되는 세이비어 교회의 고든 코스비 목사가 "참된 교회와 공동체에는 극도의 다양성이 존재한다."고 강조했던 점은 시사하는 바가 크다. 한국 교회가 다양한 생각을 가진 개인들을 존중하고 포용하며 서로 간에 소통할 수 있는 공동체성을 회복함으로써 탈현대 시대에도 종교적 의미를 담지할 수 있는 진정한 공동체로 거듭나기를 소망한다.

탈교회 현상에 대한 종교사회학적 분석[11]

최 현 종

서울신대, 종교사회학

탈교회 현상이란?

몇 년 전부터 한국 교계에 '가나안 교인'이란 말이 유행하고 있다. 주지하다시피, 가나안 교인이란 '기독교 신앙을 가지고 있으면서 교회에는 출석하지 않는 사람'들을 가리키는 용어다. 이러한 현상은 한국에만 국한되지는 않는다. 일찍이 영국 종교사회학자 그레이스 데이비Grace Davie는 '소속 없는 믿음' Believing without Belonging이라는 용어로 이러한 현상을 정의하였고Davie, 1990, 미국 학계에서는 "종교적이지는 않지만, 영적인"not religious, but spiritual 이라는 형용사로 이들을 표현하기도 한다. 조사에 의하면 미국의 경우 '종교적'이라고 대답한 사람의 79%가 자신을 '영적spiritual'이라고도 규정하였지만, '종교적'이 아니라고 대답한 사람의 54%도 자신을 '영적'이라고 정의하였다.Roof, 2003: 145 이러한 "영적이지만, 종교적이지는 않다"라고 규정한 비율은 전체 조사 대상자의 약 14%를 차지하였다. 최근에는 이러한 이들을 가리키는 용어로 '교회 난민' Church Refugees이라는 용어도 등장하였다.Packard and Hope, 2015

---

11) 이 글은 필자의 『현대사회, 종교, 그리고 돈』(한국학술정보, 2019)의 내용을 수정 보완한 것이다.

이러한 현상은 왜 나타나는 것일까? 이 현상은 현대modern 혹은 탈근대 post-modern의 사회변화로 나타난 결과로 보아야 할까? 그리고 기독교적 관점 에서 우리는 이러한 현상을 어떻게 바라보아야 할까? 이 글에서 필자는 이러한 '탈교회 현상'을 종교사회학적으로 분석하고, 위 질문들에 대해 나름대로 답 을 제공하려고 한다.

1. 탈교회 현상: 종교의 개인화?[12]

사회가 발전하면 종교는 쇠퇴하는가?

현대사회의 종교적 변화를 설명하는 중요 이론 중의 하나는 '세속화' 이론 이었다. 일반적으로 세속화는 "종교가 사회생활의 다양한 영역에서 그 영향력 을 상실해 가는 과정"이라고 정의된다.Giddens, 2011: 594 역사적으로는 30년 전 쟁의 혼란 상황에 이은 베스트팔렌 평화조약의 협상 과정에서 토지와 재산이 교회의 통제로부터 벗어남을 나타내는 용어였다.Reicke, 1986 하지만 이는 점차 로, 특히 19세기 이후 전근대사회로의 변화과정, 특히 종교적 변천과 전통적 가치들의 변화를 일컫는 용어로 발전되었다.최현종, 2013: 87

세속화 이론의 일반적 입장은 종교의 '쇠퇴'이다. 즉, 사회가 '근대화', '합 리화'되어감에 따라 종교는 쇠퇴할 수밖에 없다는 입장이다. 이는 사실 서구사 회 일반의 소위 '근대화' 이론과 궤를 같이하는 것으로, 최근에는 서구적 '근 대성' modernity 개념에 대한 재검토와 함께 많은 학자들에 의해 반박되고 있는 실정이다. 말하자면, 근대성이 기본적으로 근대화의 수렴 이론에 기초한 것처 럼, 세속화 개념도 사실은 '근대성'의 한 갈래이며, 그 기반에는 계몽주의적이 고, 근대주의적 규범적 편향이 자리 잡고 있다는 것이다. 이러한 맥락에서 '세 속화는 과연 보편적이며, 필연적인 과정인가?'하는 문제가 제기되고 있다. 근

---

12) 이 장의 많은 부분은 최현종(2013)의 해당 내용을 수정 기술한 것이다.

대성을 다양한 방식으로 논의하려는 '다양한 근대성'의 논의와 마찬가지로, 세속화 개념을 다원적으로 논의하는, '다원적 세속성'이 제기되고 있으며, 나아가 세속성 개념 자체의 재정의가 필요하다는 입장이 제기되고 있다.

하지만, 기존의 세속화 이론에 대한 반대 이론은 단지 이론적 방식이 아닌 실증적 자료를 근거로 더욱 강력하게 제기되고 있다. "사회가 발전함에 따라 종교가 쇠퇴할 것"이라는 세속화 이론가들의 주장과는 반대로 유럽 일부를 제외하고는 전세계의 종교인구가 증가하고 있기 때문이다.Jenkins, 2009 물론 최근에는 서구 사회 가운데 세속화 이론의 예외라고 주장되었던 미국에서도 종교인구가 줄어든다는 통계를 제시하면서, 이에 대한 활발한 연구도 진행되고 있지만Zuckerman, Galen, Pasquale, 2016, 전세계적으로 종교인구는 여전히 늘어나고 있는 실정이다. 이러한 세속화 이론의 변화를 보여주는 대표적인 사례는, 세속화 이론의 대표적 학자라고 할 수 있는 피터 버거Peter Berger의 입장 변화이다. 그는 일찍이 『종교와 사회』 *The Sacred Canopy*, 1967 등의 저서를 통하여 세속화 이론의 주요한 대변자로서 활동하였으나, 1990년대에는 『세속화냐, 탈세속화냐』 *The Desecularization of the World*: *Resurgent Religion and World Politics*, 1999라는 책을 통해 현대 사회를 설명하는데 있어서 기존의 세속화 이론이 더 이상 유효하지 않음을 밝혀주었다.

제도 종교는 쇠퇴하는 반면, 개인적 종교가 부흥한다.

사회의 발전과 진보로 인해 종교의 '쇠퇴'를 주장하는 기존의 세속화 이론과는 별개로, 현대사회에서 종교는 일반적으로 생각하듯 쇠퇴하는 것이 아니라 제도적 종교형태에서 개인적인 방식의 형태로 '변화'하고 있음을 주장하는 또 다른 입장이 있다. 이러한 입장을 대변하는 대표적인 학자는 토마스 루크만Thomas Luckmann인데, 루크만은 『보이지 않는 종교』 *The Invisible Religion*, 1967에서 현대사회에서 '보이는 종교', 즉 '제도적 종교'는 쇠퇴하고 있는데 반해, '보이지 않는 종교', 즉 '개인화된 종교'는 여전히 종교로서 의미를 지닌다고 주장한다. 그리고 이러한 변화의 중심에는 종교의 개인화와 교회의 의미 해석의 독점의 상실이 자리 잡고 있다.[13] 그래서 거룩한 영역과 관련된 주제는 더 이상 제도 종교의 독점 사항이 아니고, 세속적, 비종교적 의미 체계와 경쟁하게 되었다. 즉, 사회의 기본적인 가치체계는 더 이상 종교의 독점물이 아니며, 나아가 종교적 전문가들도 '거룩함'의 재화에 대하여 다른 영역의 전문가들에게 조언을 구하기도 한다. 이와 같은 상황에서 거룩을 추구하는 개인은 제도 종교든 개인적 영성이든 선택을 해야 하는데, 새로운 종교성은 더 이상 공적이지 않으며, 사적이며, 개인적인 형태로 정착하게 되며, 이러한 사적 신앙은 개인의 자율성을 존중하며, 공식적이고 제도적인 종교 모델과는 구분되는 양상을 지닌다는 설명이다.

이러한 루크만의 주장에는 몇 가지 전제가 있다. 먼저 그의 주장은 종교의 '본질적'인 정의 보다는 '기능적'인 정의를 바탕으로 하며,[14] 종교의 기능을 주로 '의미 추구'와 관련하여 주목하고 있다. 또한 루크만은 초월성을 거대 초월성, 중간 초월성, 작은 초월성으로 구분한다. 그래서 기존의 전통적인 종교가 일상생활에서 접근할 수 없는 경험의 영역인 '거대 초월성'의 부분을 주로 다루었다면, 종교의 직접적 경험이 제한적이고, 부분적으로만 넘어설 수 있을 뿐, 시간적, 공간적으로 도달할 수 없는 부분을 '작은 초월성'이고 한다면, 타인의 신념과 같은 다양한 사회적 경험을 간접적으로 다루는 부분을 '중간적 초월성'으로 정리하면서, 이 모든 형태의 초월성도 종교의 범위에 포함시키고 있

---

13) 의미해석의 상실이란 현대사회에서 종교는 교회당이나 성당에 모이는 예배나 의례의 형태가 아니라는 것이며, 목사나 사제와 같은 성직자에 의해 일방적이고, 권위적으로 행해지는 설교와 가르침으로 독점적 지위를 누릴 수 없다는 것을 말한다-편집자주.

14) 종교의 '본질적' 정의는 '거룩함', '영적 존재' 등 종교가 가지고 있는 특질들을 통하여 종교를 정의하려는 시도를 말하며, 이에 반하여 '기능적' 정의는 '사회통합', '의미 부여' 등 종교가 '무엇을 하는가'에 근거한 정의이다. 종교의 본질적 정의와 기능적 정의에 대하여는 이원규(2006) 2장 참조.

다. 이러한 루크만의 입장은 앞서 언급한 데이비의 '소속 없는 믿음'이나, 울리히 벡Ulrich Beck의 『자기만의 신』 등의 주장으로 이어지고 있다.

물론 루크만 이전에도 종교의 개인화에 대한 주장이 존재하였다. 예를 들어 트뢸치Ernst Troeltsch는 종교의 유형을 '교회 유형' church type과 '소종파 유형' sect type이라는 집단적 종교유형 외에 '신비주의' mysticism라는 개인적 종교유형을 제시하였다. Troeltsch, 1912 이와 관련하여 짐멜Georg Simmel도 '종교' Religion와 '종교성' religiosity을 나누어 '제도적 종교'와 '개인적 종교'를 구분하였다. Simmel, 1912 짐멜은 종교성과 종교를 '내용'과 '형식'으로 연결하여 해석했다. '종교'는 '종교성'을 담는 그릇이요, 형식은 종교의 내용이다. 종교의 본질을 담고 있는 종교성은 시간이 지남에 따라 내용보다는 종교 형식의 논리에 따라 움직이게 된다. 그러나 제도적인 종교가 갖는 형식으로부터 탈피하여 이를 극복하기 위해 순수한 종교적 내용, 즉 '종교성'을 회복하기 위한 노력이 개인적 종교의 형태로 나타나게 된다는 것이다.

짐멜에서 루크만에 이르는 입장을 탈교회 현상과 연관지어 해석해 보면, 결국 탈교회 현상은 현대사회의 특징인 개인화, 특히 '종교의 개인화'에 따른 현상이다. 따라서 가나안 성도들이란, 제도 교회로부터 탈출하려는 사람들로, 이들은 더 이상 제도 교회의 독점적 지위를 인정하지 않는 경향이 있다. 그러므로 '종교의 개인화'는 달리 보면 종교가 지나치게 형식화됨으로써 종교 자체의 본래적 '내용'을 잃어버린 제도적 교회에 반발하여 종교 본연의 '내용'을 회복하고자 하는 노력으로 해석할 수 있다.

2. 개인화된 종교: 영성의 추구 [15]

현대인은 제도 종교보다 개인 영성을 추구한다.

15) 이 장은 최현종(2017), 239-242의 내용을 수정하여 서술한 것임.

앞서 우리는 현대사회는 '개인화'를 특징으로 하며, 그로 인해 '종교의 개인화' 현상이 동반된다고 지적했다. 그런데 많은 학자들은 '제도 종교'와 '개인화된 종교'를 구분하기 위해 후자를 '영성'이라는 용어로 사용한다. 이는 앞서 언급한 짐멜의 '종교성'과 가까운 말이지만, 현대의, 특히 영미권 학자들은 '종교성'이란 말보다 '영성'이란 용어를 더 선호한다. '영성' spirituality은 제도 종교가 강조하는 교리나 의례에 반하여 "의미와 인간의 전 실존을 향한 탐구를 의미한다.Roof, 2003: 138 영성에 대한 관심은 사람들이 형이상학에 대한 믿음을 잃고, 좀 더 새로운 형태의 종교적인 것을 찾으려는 경향에 기인한다. 이러한 변화된 종교적 욕구와 경향이 과거의 특징이었던 '제도적 종교'보다는 오늘에 와서 새로운 형태의 '종교적인 것'을 요구하였고, 이것이 '영성'이라는 형태로 나타나게 되었다는 것이다. 미국의 종교사회학자 우스나우Robert Wuthnow는 제도적 종교와 새롭게 출현한 영성을 구분하면서 '거주자' dweller와 '탐색자' seeker라는 대조적 개념을 통하여 그 차이를 설명하고 있는데Wuthnow, 1998:3 , 여기서 '거주자'가 기존의 잘 정돈된 의례나 일상의 습속에서 질서와 의미를 발견하는 사람이라면, '탐색자'는 그 말 자체가 의미하는 것처럼, 의미나 절대성에 대해 다양한 가능성과 '개방성'을 가지고, 새로운 영적 가능성을 탐색하는 사람을 의미한다. 그리하여 종교적이며, 영적인 삶과 관련하여 거주자는 정착된 삶을 사는 이의 이미지를, 탐색자는 여행자, 혹은 방랑자의 이미지를 전해 준다.

미국의 경우 이미 1970년대 중반의 조사에서 10명의 미국인 중 8명 가량이 "개인이 교회와 독립적으로 자신의 종교적 신앙을 가져야 한다"는 데에 동의하는 것으로 나타났고, 비슷한 비율의 사람들이 "교회나 회당에 참석하지 않는다 하더라도 그는 좋은 크리스찬이나 유대교인일 수 있다"고 답하였다.Princeton Religion Research Center, 1978 이러한 제도적 종교에 얽매이지 않은 종교인/영적 탐색자의 모습은 로버트 벨라R. Bellah는 '쉐일라이즘Sheilaism'이라는 표현으로 설명한 바 있다.16 쉐일라이즘은 현대의 종교생활에 있어서 '표현적 개인주의' 혹은 '공리주의적 개인주의' 의 경향을 잘 보여주는 것으로, 현대인의 종교적 경향은 특정 종교의 입장보다는 자신의 개인적 필요에 따라 다양한 종교에 접촉하려는 생각을 가지고 있으며, 그러한 다양한 종교적 원천으로부터 자신에게 필요한 것을 소비하는 경향을 보여준다는 것이다. 이는 단지 종교만의 현상이라기보다는 사회 전반의 상대주의, 다원주의, 개인주의와 같은 경향이 반영된 것으로 볼 수 있다.

현대인의 '자아' 중심성

현대사회가 제도 종교보다 개인화된 영성을 찾고자 하는 현상의 이면에는 '자아', 특히 '자아 실현' 이나 '자아 표현' 과 같은 문제가 매우 중요한 이유로 작용한다. 거기에 '창조성', '자발성' 과 같은 심리학적, 사회문화적 개념이 종교적 현상에 투영되어 나타난 것이라고 할 수 있다.17 이러한 경향들은 종교의 선택과 종교적 소비에 영향을 미치고, 나아가 자신의 필요에 따라 종교를 가공하는 것으로 발전하기도 한다. 즉 현대인의 종교생활은 과거처럼 기존의 패키지화된 경험18에 자신을 맞추는 것이 아니라, 도리어 종교를 자신의 창조물로서의 경험적 생산물을 추구하는 경향으로 나타난다는 것이다.Flory, Miller, 2007: 203, 19 그리하여 현대인이 추구하는 대상에서 중심에 위치한 것은 '신' 이 아니라, 앞서 말한 것처럼 '자아' 이다.20 따라서 자신이 소비하고자 하는 종교

---

16) 종교문제에 관하여 자기 자신의 내적 목소리를 좇아 행했던, 심리치료 중에 있었던 한 젊은 간호원 (Sheila Larson)을 묘사하기 위해 벨라 등이 사용한 용어. 종교의 개인화 경향을 단적으로 드러내 주는 표현으로 통용된다. 이와 관련하여서는 Bellah et al. (2001) 참조.

17) 루프는 이러한 변화에 중요한 영향을 미친 요소로 '개인주의적 에토스', '치료적 사고방식', '증가하는 소비주의' 를 들고 있다.(Roof, 2003: 142)

18) 잘 정돈된 의례나 종교관습에 의한 종교경험-편집자주)

19) 미국의 이머징 처치의 경우에도 이러한 경향이 일부 나타나는 것으로 볼 수 있다. 또한 이러한 경향은 단순한 소비자가 아니라, 어느 정도 가공을 행하는 '프로슈머(Prosumer)' 라는 일반 사회적 개념과도 상통하는 것으로 볼 수 있다.

20) 힐라스(P. Heelas)는 이를 '거룩한 자아' (sacred self)라고 말한다. 이와 관련하여 Heelas(1996)

적, 영적 재화가 소비 욕구에 적합하지 않을 때, 그들은 쉽게 다른 종교적, 영적 재화, 혹은 나아가 비종교적 재화로 소비를 변경할 수 있다. 그리하여 이제 진리는 '교회'의 진리가 아니라, '나'의 진리가 되어야 하며, '나'의 진리가 되는 데는 '교리'보다 '경험'이 중요한 영향을 미친다. 이제 현대인의 종교성향은 '영혼의 탐색soul-searching'이 '진리의 발견truth finding'보다 더 중요한 것이 된다.Droogers, 2007: 93f

드루거스에 의하면 종교의 개인화 경향은 2가지 방향으로 진행된다. 하나는 공적/사적 영역에서 종교의 '주변화' marginalization 경향이 나타나며, 또 하나는 개인 실존의 불안정 때문에 '새로운 종교성'으로 발전하는 경향이 나타난다고 한다.Droogers, 2007: 84 이러한 경향으로 인해 현대인의 종교성은 자기 성취를 삶의 목적으로 삼으려는 주관성에 초점을 맞추고 있으며, 미래에 대한 불확실성으로 인해 과거의 전통이나 종말론적 희망보다는 '지금 여기'에 집중하면서, 거룩함에 대한 맹목적 복종을 통하여 위안을 얻으려고 한다. 이러한 현대의 종교적 경향에는 종교생활이 요구하는 조직화된 틀로부터 완전한 자유를 추구하려는 요구가 담겨 있으며, 그것에 대한 답으로 나타난 것이 현대적 의미의 '영성' 추구 현상이라고 설명할 수 있다.

3. 탈교회 현상의 출발로서 개인화의 기원과 전개

탈교회 현상은 종교의 개인화 현상이다.

최근 등장한 영성 추구에 있어서 '개인화 현상'은 종교만의 문제는 아니다. 다시 말하면, 제도적 교회의 약화는 단지 종교만의 문제가 아니라, 전반적인 사회변화에 따른 일반적인 사회현상의 한 양상으로 볼 수 있다. 교회에서 일고 있는 탈교회 현상은 정당 체제나 노동조합의 약화 등 다른 제도권 영역, 다른

참조.

자발적 조직체들의 변화와 함께 살펴보아야 한다.Davie, 2007: 92f. 교회 뿐 아니라 정규적으로 모임을 요구하는 다른 사회적 활동들도 쇠퇴하고 있으며, 교회는 많은 자발적 조직체 중의 한 유형으로 존재하고 있다. 카메론Helen Cameron에 의하면, 특히 사회적 자본의 생성과 관련된 집단이 쇠퇴하고 있으며, 반면에 상대적으로 구성원에 대한 요구가 적은 집단은 성장하는 추세를 보인다고 주장한다.Cameron, 2001 반면, 종교적 집단에서 세속적 집단으로 전환하고 있다는 세속화의 증거는 나타나지 않는다.

종교 개인화의 뿌리는 종교개혁 개신교에서 나왔다

그렇다면, 이러한 개인화는 언제 어떻게 일어난 것일까? 흥미롭게도 독일의 사회학자 울리히 벡Ulrich Beck은 이러한 개인화가 종교에서부터 시작된 것이라고 설명한다. 그는 자신의 책『자기만의 신』에서 종교개혁을 '개인화의 혁명'이라고 표현한다.벡, 2013: 146 그는 루터의 혁명의 골자를 종교의 개인화, 즉 '자기만의 신'을 발명한 것이라고 주장하며, "교회의 정통 교리에 대항해 주관적 신앙의 자유를 설파"했다고 기술한다.벡, 2013: 147 이를 통하여 주관적 신앙은 교회의 권위로부터 이탈하고, '자기만의 신'과의 개인적 대면을 통하여 신앙의 확신을 얻게 된다. 제도적 교회를 통한 고전적인 형태의 고해告解, 즉 본당신부를 통해서 죄의 사면을 받는 고해성사는 이제 신과의 직접적인 고해, 그러니까 개인적으로 연결된 형식의 고해, 이를테면 '자기만의 신'과 대화하는 형태의 '기도'로 바뀌게 된다는 것이다. 벡에 의하면 짐멜이 구분한 바, 형식으로서의 제도적 '종교'와 내용으로서의 개인적 '종교성'의 구분은 이미 루터에게서 나타났다고 말한다. 벡은 루터가 '종교적'이라는 형용사를 '종교'라는 명사로부터 구분하였다고 주장하는데, 이는 짐멜의 구분과 일치한다. 벡은 이러한 변화종교적인 것이 종교로부터 구분되는 변화-편집자주를 '개인화의 제1단계'라고 명명한다. 그에 따르면 "신앙의 확실성을 제공하는 근원을 교회의 위계질서

대신 '자아'에서 찾는 사람은 '관점의 변화'만을 가져오는 것이 아니라, '세계의 변화'까지도 가져온다"벡, 2013: 148 나아가 이러한 개인은 신과의 유사성, 그리고 신의 직접성으로 인해 스스로의 내면에서 '자기충족', '진정성', '창의성' 등의 근원도 발견하게 된다.벡, 2013: 153 결국, 스스로를 성찰하는 '자율적이고 해방된 주체'는 자신이 도달한 '내면적 자유'를 통하여, 새로운 신이 되고 영웅이 된다.

　벡은 '개인화의 제2단계'는 개인화가 '제도화'되는 것으로 설명한다. 이는 국민국가의 등장, 그리고 그에 따른 복지국가의 등장과 관련되어 있다고 주장한다. 벡에 의하면 이러한 국가들은 개인의 책임을 전제로 한 사회적 법체계를 가지며, 공민적 기본권, 정치적 기본권, 사회적 기본권 등은 이러한 국가 체계의 산물이다.벡, 2013: 153 이러한 체계가 대상으로 삼는 것은 집단이 아닌 개인이다. 이 단계에서 '복지국가의 아이러니'가 나타난다고 벡은 주장하는데, 국가의 발전과정에서 계급투쟁을 통해 복지국가가 어느 정도 실현되면, 이를 통해 계급이 의미를 상실하고, 개인화가 더욱 진행된다. 더 나아가 21세기가 시작되는 현재의 시점에서는 과거 국민국가, 복지국가, 계급, 가족 등에 속해 있던 특성, 기능 및 활동들이 밖으로는 지구적, 국제적 차원으로 이동되고외주화, 안으로는 '개인'들에게 이전된다.내주화 현대의 상황은 '제도화된 선택의 기회'와 '제도적으로 개인화된 선택의 강요'가 함께 존재하는 것이라고 벡은 기술한다.벡, 2013: 165 벡은 "현재 확산되고 있는 것은 다양성이 아니라 다양성의 정상화"이며, 이를 통해 "개인화된 개인이 제도적인 뿌리를 통해 생산되고 재생산된다"고 주장한다.벡, 2013: 167f 그리고 이러한 '개인화/세계시민화'가 나타나는 가장 중요한 영역이 노동세계와 함께 종교라고 벡은 주장한다.벡, 2013: 171

　종교개혁이 사실은 '개인화의 혁명'이었다는 벡의 주장은 사실 반대로도 설명할 수 있다. 즉, 종교개혁 때문에 개인화가 일어난 것이 아니라, 개인화적 경향의 발달이 종교개혁을 일으켰다는 입장이다. 그렇다면, 개인화의 기원을 어디서 찾아야 할까? '유물론적' 종교사회학의 입장을 지닌 브라이언 터너Bryan. S. Turner는 그 기원을 사유재산제의 발달에서 찾는다. 즉, 개인주의는 재산권을 정당화하는 과정에서 나타난 경쟁적 자본주의 체제의 자연스러운 결과라는 것이다. 자본주의 체제는 사유재산, 개인의 권리 등의 개념을 전제하며, 재산의 소유, 이양, 침해 등과 관련된 개인주의적 법체계가 없이는 지속될 수 없다. 어떤 의미에서 '법적 주체'라는 개념은 '상품'이라는 형식의 법적인 표현이라고도 볼 수 있다. 이와 함께 소유자 계급의 경제적 이익을 보호하기 위해서도 개인주의적 가치관은 필수적이다. 결국 개인주의는 자본주의 사회에서 하나의 중심 이데올로기로 작용한다. 자본주의 국가의 중앙집중적, 관료적/위계적 작동에 있어 '개인'이라는 원자화된 작용 단위의 설정은 필수적이다.Turner, 1983, 160 터너는 자본주의 국가는 이러한 개인화/원자화의 장치를 고정시키고, 형식적으로는 평등한 것처럼 보이는 이러한 단자들monads의 통합을 대변하는 것처럼 작용한다고 주장한다. 그 결과, 사회 내의 계급 간의 갈등은 개인 간의 갈등으로 경험되며, 국가는 정치 기구의 통합 하에 이러한 분열된 개인들을 조정한다는 '허구'의 역할을 감당한다는 것이다. 푸코Michel Foucault 또한 유사한 맥락에서 '개인'은 사회의 이데올로기적 표상에 있어서의 허구적 단위이며, 이들은 '규율'이라고 불리는 권력의 장치에 의해 만들어진다고 주장한다.푸코, 2003 결국 개인화는 한편으로는 사람들을 구별되고, 분리된 단위로 만들지만, 다른 한편으로는 통제에 보다 종속되게 하는 역설적 작용을 하게 된다.

터너는 이러한 사유재산제에 근거한 상품 생산 사회에 가장 어울리는 종교가 개신교라고 생각한다.Turner, 1983, 155 터너는 베버의 '자본주의 정신'과 '개신교 윤리'와의 관계에 대한 주장을 인과적이기보다는 '유사한' 성격을 지닌 것으로 다르게 파악되어야 한다고 보며, 이러한 유사성은 상품생산에 있어서의 교환적 관계에 의해 설명될 수 있다고 주장한다.Turner, 1983, 169 결국, 양심의 자유와 시장의 자유는 동시적으로 발달한 것이다. 터너는 트뢸치를 인용하여, 개신교 '종파'가 '교회' 조직의 전통적, 집단적 특성에 반한 개인주의를 배양하는 모판이 되었다고 주장한다.Turner, 1983, 172 개신교의 가장 중요한 특징 중의 하나는 종교의 주요 목적인 '구원의 추구'에 있어서 공동체적 '성사'의 의미를 제거하거나 축소한 것이다. 하지만, 이러한 '종파'들은 현대 자본주의 사회에서 개인주의의 발전에 따라 다시 '신비주의'로 흐르면서, 보다 사적이고, 개인주의적 양태에 의해 대체된다는 것이 트뢸치-터너의 입장이다. 이러한 종교적 개인주의는 '개인'간의 관계는 중요시하지 않고, 오직 개인의 영혼과 신 사이의 관계를 강조할 뿐이다. 한편으로 이러한 개인주의적 종교는 '엘리트' 적 성격을 띠기도 하는데, 그러한 의미에서 트뢸치가 말한 '교회 유형-신비주의 유형'의 차이는 베버가 말한 '대중적' 종교성'과 '대가大家'의 종교성=거장의 종교성과 구분과도 어느 정도 상응한다고 볼 수 있다.

이상 언급한 터너와 벡사이에 견해 차이는 있지만, 양자의 공통된 견해는 개신교의 탄생이 개인주의의 출발과 깊은 관련을 맺는다는 것이다. 그리고 그와 같은 개인주의의 경향은 현재 더욱 심화되어, 개인주의의 시작에 기여했던 개신교의 모습 자체를 변화시키고 있다. 터너는 개신교 '종파'는 외부 세계로부터 개인을 분리시키는 대신, 내부 구성원들간의 결속을 강화하는 경향이 있다고 보았으며, 그 역사적인 사례로 산업혁명기 영국의 감리교 운동을 들었다. 하지만, 이제 그 내부적인, '종파적인' 결속도 약화되고 있고, 이러한 상황은 현재의 '탈교회'적 현상으로 이어지고 있다.

4. 시장이론: 탈교회 현상의 또 다른 설명

현대사회에서 종교는 쇠퇴하는가?

종교의 사회적 현상을 설명하는 가장 통념적인 관점은 사회가 발전함에 따라 종교는 '쇠퇴'한다는 일반적 "세속화 이론"이 있었으며, 그와 달리 종교는

'쇠퇴' 하는 것이 아니라, 개인화된 종교로 '변화' 하는 것 일뿐이라는 "개인화 이론", 그리고 현대 종교사회학의 새로운 이론으로 소위 "시장 이론"market theory, 혹은 "합리적 선택 이론"rational-choice theory이 있다.21

그럼 여기서 가장 일반적인 종교현상 이론으로 간주되었던, 이른 바 '세속화 이론' 에 대해 생각해 보자. **세속화 이론에 의하면 현대사회는 세속화 사회이므로 종교는 쇠퇴할 것이라는 이론이다.** 그런데 과연 현대는 과거에 비해 세속화된 사회일까?-현대사회는 비종교적, 혹은 반종교적 사회라고 말할 수 있는가?-편집자주 세속화 이론이 처음 제기되었을 때부터 여기에 대한 많은 반론이 제기되어 왔다. 그 중 가장 많이 제기되는 문제는, 과연 과거의 시기가 세속화 이론이 가정하는 만큼 신앙적 시기였는가 하는 문제이다. 보통 서구 사회의 경우, 현대 이전의 시기, 특히 중세를 매우 종교적인 시기로 보는 입장을 '카톨릭 유토피아주의' 라고도 부르는데, '유토피아' 라는 말의 어원에서도 알 수 있듯이, 이는 과거의 '신앙의 시대' 라는 주장은 허구일 뿐이라고 주장한다. 실제로 이 시기의 농촌 생활은 교회에게 별 관심의 대상이 되지 못했다. 교회는 도시적 현상이었을 뿐이다. 그리하여 '카톨릭 유토피아주의' 를 반박하는 사람들은, 중세는 '신앙의 시대' 라기보다 '종교적으로 규정된 사회 질서의 시대' 일 뿐이라고 말한다.

과거가 더 종교적이지 않았을 뿐 아니라, 현대 또한 덜 종교적이지 않다는 주장들도 세속화에 대한 반론으로 제기되었다. 앞서 언급한 바처럼 종교의 쇠퇴는 서구 유럽에 제한된 현상이며, 실제로 아시아, 아프리카, 라틴 아메리카에서는 종교가 여전히 부흥하고 있다. 심지어 가장 현대화한 국가라고 할 수 있는 미국에서도 최소한 종교는 쇠퇴하지 않고 명맥을 유지하고 있다.22 이와 같은 관점에서 유럽과 미국의 학자들은 서로 상대방의 경우가 보편적 사회 발전

---

21) 이하의 논의는 최현종(2013), 102-105의 기술을 약간의 수정을 거쳐 재수록한 것이다.
22) 최근에는 종교인이 감소하는 경향이 점차 나타나고 있다.

에 있어서 예외적인 경우라고 주장하는 '미국 예외주의'와 '유럽 예외주의'를 주장하고 있다. 즉, 세속화를 주장하는 입장에서는, 아직 근대화, 산업화 도상에 있는 제3세계 국가들을 제외한다면, 종교의 쇠퇴를 보이지 않는 미국이 예외적이라는 것이 '미국 예외주의'적인 입장이며, 그에 반하여, 유럽을 제외한 모든 국가들에 있어 종교적 부흥이 나타나고 있는데, 그렇지 못한 유럽이 예외적이라는 것이 '유럽 예외주의'의 입장이다. 앞에서 언급한 세속화론자들이 대개 '미국 예외주의'에 서 있다면, '유럽 예외주의'를 주장하는 대표적인 학자들은 로드니 스타크Rodney Stark로 대표되는 미국의 '시장 이론23)'가들이라고 할 수 있다.

탈교회는 종교시장의 수요에 부응하지 못한 탓이다

스타크에 의하면, 종교 시장과 그로 인한 종교간 경쟁은 반드시 종교의 약화로 이끌지는 않는다. 종교가 약화하는 것은 오히려 변화하는 환경에 대해 종교적 제도들이 불충분하게 적응한 결과이다. 또 다른 시장 이론가인 야나코네 L. Iannacone에 의하면 종교적 독점은 오히려 종교의 생명력vitality에 해로운 영향을 미친다. 종교가 시장논리와 경쟁상황에서 벗어나 있는 종교적 독점은 일종의 '무임승차' free-ride와 같은 것으로 특정한 종교 집단의 정체성에 장애 요소로 작용하며, 독점적인 종교 집단은 배타성을 지닐 뿐 아니라, 이들이 갖는 사회적 장벽과 진입비용은 사람들을 상대적으로 종교에 무관심한 채로 그 집단 밖에 머물게 한다. 세속화 이론의 주장과는 달리, 미국인들의 교회에의 소속 비율은 1789년 교회와 종교의 분리, 그리고 이어지는 19세기의 종교적 활동 속에서 급속도로 성장하여, 미국의 독립 당시에 10%에 불과했던 미국의 교회 신도들은 이제는 거의 60%에 이르고 있다는 것이 이들의 주장이다. Stark and Finke,

---

23) '시장 이론'은 수요자의 필요에 적절히 공급함으로써 시장의 경쟁에서 승리하거나 반대로 실패한다는 종교현상을 종교시장의 관점에서 설명하는 입장이다-편집자주

2009 시장 이론가들은 종교적 수요는 상대적으로 안정되어 있으며 이러한 면에서는 개인화론자들과 일치한다, 종교 시장의 규제가 약할수록, 종교시장의 형태가 다원화될수록, 종교시장의 경쟁이 많을수록 종교적 생명력은 강하다고 주장한다. 즉, 유럽의 종교의 쇠퇴는 많은 규제, 독점, 경쟁의 부재가 가져온 산물이지, 세속화로 인한 결과는 아니라는 것이다. 이에 반하여, 종교의 자유로운 시장이 보장되는 미국에서는 종교가 여전히 부흥하고 있는 것이 그 증거라고 이들은 주장한다.

그렇다면 탈교회 현상을 시장이론의 측면에서는 어떻게 설명할 수 있을까? 시장이론의 주요한 측면은 수요가 아닌 공급의 측면이다. 즉, 시장에서 적절한 종교적 공급이 나타나지 않기 때문에, 그 수요를 충족시킬 수 없는 수요자들이 시장에서 물러난다는 것이다. 이를 한국 사회의 탈교회 현상에 적용해 본다면, 탈교회는 자신의 수요에 맞는 교회를 발견하지 못한 신자들이 종교시장, 적어도 교회와 관련된 시장에서 철수하는 현상이라고 볼 수 있다. 이를 역으로 해석하면, 그들이 원하는 교회가 나타난다면, 이들은 언제든지 다시 교회로 돌아올 것이라고 예측할 수 있다. 시장이론이 모든 탈교회 현상을 설명하지는 못하지만, 일부의 탈교회 현상은 이러한 요인으로 설명이 가능한 것으로 보인다.

나가는 말: 탈교회 현상을 어떻게 보아야 할까?

지금까지 한국사회에서 증가하고 있는 탈교회 현상의 원인을 종교사회학적 관점에서 살펴보았다. 필자는 탈교회 현상은 단순히 종교 현상만이 아니라 현대사회의 전반적인 특징인 '개인화 현상'이 교회적 현상으로 표출된 것이며, 역사적으로 볼 때, 이러한 개인화는 종교개혁 개신교의 탄생과 밀접한 상관성이 있다고 본다.

결국, 개인화된 종교는 종교적 의미 해석을 더 이상 교회의 권위에 독점적으로 의존하지 않으며, 개인의 종교 해석과 교회의 종교 해석이 충돌할 때 더이상 신자들은 교회에 머무르지 않고 다른 교회로 이동하거나, 혹은 자신의 입장, 자신의 수요에 맞는 교회가 없을 때에는 교회 자체에서 벗어나기도 한다.

21세기는 다양성의 시대다. 벡의 표현을 빌면 "현재 확산되고 있는 것은 다양성이 아니라 다양성의 정상화"이지만 말이다. **과거에 '교회' 중심의 종교만이 정상적이었다면, 이제는 교회를 벗어난 '탈교회적' 종교도 존재한다.** 그러므로 탈교회적 기독교인도 다양성의 정상화로 간주할 수 있을 것이다. 그렇다고, '이것만이' 우리가 나아갈 방향은 아니다. 매일 새벽기도회에 나아가 '축복'을 위하여 기도하고, 통성기도를 통하여 그 마음에 쌓인 것을 신에게 호소하는 모습은 한국 기독교의 귀중한 자산이며, 소중한 종교적 가치를 지닌다.[24] 문제는 하나의 기준을 가지고, 다른 모든 것을 임의적으로 판단하는 데 있다. 사람은 개인마다 서로 다르고, 또 서로 다른 환경과 조건에서 살아가고 있다. 그러한 사람들이 어떻게 하나님을 똑같은 방식으로 믿을 수 있겠는가? 중요한 것은 그들이 그들의 방식으로 '신과 소통한다'는 사실이 아니겠는가? 서로 다른 교회가 이들의 다양성을 포괄하기 위해 필요하다. 그리고 혹시 그러한 교회가 아직 없다면 그들은 교회를 벗어날 수도 있다. 아마, 그러한 교회가 언젠가는 나타날 것이다. 그러나 혹 그들이 좀 더 개인적인 형태로, 교회에서 벗어나 있다면 하지만 그들이 하나님 안에 있다면 무엇이 문제인가? 그것은 어쩌면 '교회의 문제'일 뿐이다.

---

24) 필자는 이러한 모습을 '뜨거운 영성'이라고 규정하고, 현대 영성 연구자들이 주목하는 '차가운 영성'과 구별한 바 있다. (최현종, 2017: 246)

소속없는 신앙인들의 정체성과 특성에 관한 연구

'세속성자 수요모임'을 중심으로

안 창 덕

서강대 종교연구소, 종교사회학

지금 한국 사회에서 교회는 비난과 비판의 대상이 되고 있다. 이는 교회가 시대 변화와 상황에 적절하게 적응하지 못하는 현상에 대한 반응이라고 할 수 있다. 계몽주의 이래로 사회 전반에서 탈구조주의와 개인화가 진행되고 있지만 기존의 교리와 형식만 고수하고 있는 교회는 사회에서 도태되고 있는 중이다. 교회가 사람과 사회에 영향을 끼치던 존재에서 사람과 사회에 불필요할 뿐 아니라 해악적 존재로 인식되는 상황에 처해 있다. 이로 인해 '가나안 성도'라고 불리워지는 신자들이 교회를 탈출하는 21세기 출애굽이 광범위하게 일어나고 있으며, 그로 인해 교회 밖 신자들의 숫자는 급격하게 늘고 있지만 그 통계조차 정확하게 파악하지 못하고 있다. 이런 현상은 교회 밖 대안 모임이 생기는 원인이 되고 있으며 이들 모임은 기존 교회의 신학적이고 형식적인 범위내에 있는 파생적 교회나 모임과 새로운 신학적, 신앙적 지향점으로 대안 종교성을 가진 모임으로 분류 할 수 있다.

이 글의 주제인' 세속성자 수요모임'은 '가나안 성도'들이 모이는 모임으로 기존 교회와는 다른 구조와 형식, 내용을 가진다. 수요모임은 조직과 체계가 없으며 의례儀禮, ritual만 제공한다. 가나안 성도들은 이곳에 와서 신앙을 소비하고 돌아가는데, 수요모임의 이런 특성은 일시적이고 유동적인 형식을 가진다. 또한 수요모임은 여기에도 저기에도 속하지 않는 애매모호함을 가지고 있으며, 이곳에 참석하는 가나안 성도들도 교회나 이 모임에 속하지 않는 주변인으로 남는다. 이런 면에서 수요모임에 참석하는 가나안 성도들은 '중간적 존재'가 된다. 이 글에서는 수요모임의 이런 특성을 분석하면서 이 모임에 참석하는 '가나안 성도'의 정체성을 밝히고자 한다.

1. 가나안 성도, 바른 용어인가?

탈교회한 신앙인은 가나안 성도인가?

먼저 '가나안 성도'라는 용어에 담긴 의미를 명확히 할 필요가 있다. 한국교회에서 일반적으로 '가나안 성도'라고 할 때 '가나안'은 교회에 '안 나가'는 신앙인들을 일컫는 말로 통용되고 있다. '안 나가'를 거꾸로 읽으면 '가나안'이 되므로 교회에 나가지 않으면서 기독교 신앙의 정체성을 가지고 있는 사람들을 이렇게 부르는 말이다. 과연 이 용어는 적절한가? '안 나가'를 거꾸로 하면 '가나안'이 된다고 했을 때, 그 '가나안'은 이스라엘 백성들이 애굽을 떠나 가나안을 향해 광야를 떠돌았던 것을 의미한다. 이처럼 '가나안 성도'는 교회를 떠난 신앙인들이 이스라엘 백성처럼 광야와 같은 세상에서 정처없이 떠도는 것을 비유한 것이다. 그러나 이는 잘못된 비유이다. 이스라엘 백성이 애굽을 떠난 것이나 교회를 떠난 신앙인들을 실향失鄕, displacement, 25했다고 할 때 실향에는 3가지 의미가 있다. 첫째, '물리적 실향'으로 자기가 살던 지역을 떠나는 것이다. 자의든 타의든 물리적 지형을 떠날 수밖에 없는 상황으로 주로 이북민이나 난민들의 경우 전쟁 등의 상황으로 쫓겨나거나 그 지역을 탈출하는 것을 말한다. 둘째, '사회적 실향'으로 공동체로부터 소외되는 것이다. 어떤 공동체에

---

25) 이를 '노마드'라고도 하며 일정한 거처나 방식에 얽매이지 않고 떠도는 것을 말한다.

속하거나 모임에 속한 경우 그곳에서 탈퇴할 수밖에 없는 상황이다. 셋째, '개인적 경험'으로 자기가 속한 곳에서 벗어나는 것이다. 개인적으로 취미생활을 하거나 신앙생활을 할 때, 또는 직업을 가질 때 역시 자의든 타의든 그것을 중단하는 함으로써 경험적 현실에서 벗어나는 것을 말한다.

교회를 떠나는 신앙인들은 이 세 가지를 다 경험하거나 적어도 한 두 가지 경우에 적용된다. 이들은 교회를 떠남으로써 교회 공동체로부터 벗어나며 개인의 신앙적 습관이나 행위를 중단하게 된다. 그러나 이스라엘 백성이 가나안을 향해 가는 여정은 지역을 벗어날 뿐 공동체를 떠나거나 신앙 행위를 중단하는 것이 아니었다. 출애굽했던 그들은 애굽을 탈출한 이후에도 여전히 강력한 신앙공동체였으며 광야에서도 공동체적 의례를 멈추지 않았다. 따라서 출애굽한 이스라엘 백성이 가나안을 향해 광야에서 정처없이 떠돌던 것을 교회를 떠난 이들이 어디에도 소속되지 못하고 떠돌고 있는 것과 비유하는 것은 잘못이다. 오늘날 교회를 떠난 이들은 출애굽한 이스라엘 백성과 달리 공동체 안에 머물러 있지 않으며, 개인적으로 존재하며, 어떤 '소속'도 없는 것이 이들의 정체성을 말해주는 가장 큰 특징이 된다. 따라서 이들을 진정한 '소속없는 신앙' believing without belonging이라고 할 때 한국에서 '가나안 성도'라고 부르는 것은 표현상의 오류라고 할 수 있다. 물론 단순히 교회에 '안나가'는 신앙인을 거꾸로 읽어서 '가나안'이라고 했다고 해도 '가나안'은 성경의 지명이고 일반적으로 출애굽한 이스라엘이 광야에서 떠도는 것을 의미할 때 사용하는 용어라는 점에서 '가나안 성도' 역시 그런 의미로 사용된다는 것을 무시할 수 없다. 그러므로 '가나안 성도'를 교회를 떠나 '소속' 없이 개인적 신앙을 가진 사람들을 지칭하는 것은 문제가 있다.

또한 '교회 밖 신앙인' unchurched christian이나 '교회없는 신앙' churchless christianity도 오해를 일으킬 수 있는 표현이다. 여기서 '교회'라고 했을 때 일반적인 모임을 통칭하여 '교회'라고 한다면 이런 모임에도 소속되지 않는 상황을 말하는 것이겠지만, 단순히 전통적 교회를 벗어난 것을 말하는 것이라면 명확한 표현이라고 할 수 없다. 이들이 다른 신앙 모임에 '소속' 된다면 정체성이 소멸하기 때문이다. 따라서 '가나안 성도' 라는 용어보다는 외국에서 일반적으로 통용되는 '소속없는 신앙believing without belonging, 26이나 '소속없는 신앙인' 27이라는 표현이 더 정확하다.

'소속' 된다는 것

이처럼 '소속' 이란 교회를 떠난 신앙인들의 정체성을 명확히 하는데 중요한 개념이다. 또한 이를 통해 이들이 모이는 모임을 규명할 수 있고 그 특성을 분석할 수 있다. 나아가 오늘날 한국 사회에서 큰 이슈로 떠오르고 있는 '소속없는 신앙인' 의 범위를 정하는 것에도 도움이 된다.

소속감은 인간이 최적의 심리적 기능에 필수적이며 가장 필요한 사항이라고 할 수 있다. 그룹은 회원들에게 최적의 심리적 기능에 필수적인 기본 욕구를 충족시켜 준다. 28 귀베르나우Montserrat Guibernau에 의하면 '소속' 이란 다음의 내용을 포함한다. 29 먼저, 개인과 공동체의 '호혜적 책임' 이다. 어디에 소속된 개인은 그 공동체를 위한 의무를 진다. 공동체는 개인을 위해 필요한 것들을 제공한다. 다음으로 '친숙성' 이다. 개인이 공동체에 소속됨으로써 그는 그곳에서 편안함과 안전하다는 느낌을 가진다. 그곳에 속한 이들과 친밀한 관계를 형성하는 것이다. 또한 '감정적 차원' 도 있다. 따라서 '소속' 된 사람들은 그 조직과 공동체의 일정한 규범과 가치관을 공유하고 책임도 함께 나눈다. 이 때 가장

---

26) Grace Davie, *Religion in Britain since 1945: Believing without Belonging* (Oxford: Oxford University Press, 1994)

27) 이 글에서는 '소속없는 신앙인' 으로 쓴다. 그러나 인용문의 '가나안 성도' 는 그대로 쓴다.

28) Gardner, W. L., Pickett, C. L., & Brewer, M. B. (2000) Social exclusion and selective memory: How the need to belong influences memory for social events. *Personality and Social Psychology Bulletin*, 26, 486496.

29) 몬트세라트 귀베르나우, 『소속된다는 것: 현대 사회의 유대와 분열』, 유강은 역(서울: 문예출판사, 2015), 9–60.

중요한 것은 '자발성'이다. 여기에는 '자유'가 있어야 하며 개인의 자발적 선택과 참여가 필수적이다. 이런 논의로 보면 교회안에도 '소속없는 신앙인'이 있을 수 있다. 교회에 등록되어 있으면서 일정하게 교회를 출석하고 일정한 역할을 하고 있지만 위의 조건들을 충족시키지 못한다면 그는 '교회안의 소속없는 신앙인'이 되는 것이다. 이들에게는 "경계와 소속"boundaries and belonging, 30의 문제가 발생한다. 이들은 교회라는 경계안에 있지만 소속감은 없는 투명한 존재가 되는 것이다. 북미에서는 이들을 1)교회를 떠난 '탕자형', 2)가끔 교회에 나오는 '유랑형', 3)교회에 나와도 마음은 이미 떠난 '포로형'으로 구분하기도 한다.

'가나안 성도 교회'는 없다

최근 가나안 성도 문제가 급증하면서, 가나안 성도들을 대상으로 주일예배를 드리면서 모이는 '가나안 성도들의 교회'가 등장하고 있다. 그러나 이 경우, 이들이 자발적으로 모이고, 지속성을 가지고, 체계적인 형태를 가지고 있다면, 그들은 이미 교회 공동체에 '소속'된 것이므로, 어쩌면 그 모임은 이미 '교회'가 되었다고 볼 수 있다. 이럴 경우 그 교회는 더 이상 '가나안 성도'들이 모이는 교회가 아니다. 이들은 그 모임에 자발적으로 '소속'되는 순간 '가나안 성도'라는 정체성을 잃어버린다. 또한 그 모임이 '교회'라는 명칭을 쓰고 있다면 '가나안 성도'가 속할 수 없는 곳이 된다. '가나안 성도'는 소속이 없는 것을 원칙으로 하기 때문이다. 여기서 중요한 것은 '자발성'과 '지속성' 그리고 일정한 '체계적 구조'이다. 자발성과 지속성은 여기에 참석하는 신앙인의 소속감을 규명할 수 있고 체계적 구조는 이들이 소속감을 느끼게 되는 모임이나 단체, 교회의 구조를 말한다. 이 두 가지가 충족될 때 이들은 '가나안 성도'의 정체성을 잃게

---

30) Kristina Bakkar Simonsen, *What It Means to(Not) Belong: A Case Study of How Boundary Perceptions Affect Second-Generation Immigrants Attachments to the Nation*, Sociological Fourm, 33/1(March 2018), 118.

된다. 물론 일반 교회에 등록하지 않고 지속적으로 나가는 경우도 있다. 이들은 기존의 교회를 떠났지만 예배를 위해 어떤 교회를 '이용'한다. 이들은 그곳에서 제공하는 의례ritual 서비스를 '소비'하고 온다. 이럴 경우 그 의례는 하나의 '이벤트'event가 될 뿐 다른 의미는 될 수 없다. 그곳에 친숙성이나 호혜적 책임감은 없다. 이럴 경우 그 교회는 '가나안 성도가 다니는' play 31 교회가 아니라 '가나안 성도가 가는' go 교회인 것이다. 그 교회를 아무리 많이, 지속적으로 가도 이는 '일회성'이 된다. 가는 행위는 연속적인 의미가 아니라 일회적이고 비정기적으로 반복되는 일회적 행위이기 때문이다. 따라서 '가나안 성도의 교회'라는 것은 있을 수 없다. 그들이 그 '교회'에 소속된 이상 '소속없는 신앙인'이라고 할 수 없는 것이다. 이런 논의는 한국에서 일반적으로 '가나안 성도'라는 존재를 좀 더 명확히 해주고 평가할 수 있게 한다. 이 글에서는 이런 개념으로 가지고 '소속없는 신앙인'들이 참여하는 〈세속성자 수요모임〉을 분석한다. 이런 분석은 오늘날 '소속없는 신앙인'이나 그들의 신앙행태, 그들의 모이는 모임의 정체성을 좀 더 분명하게 파악 할 수 있게 해준다.

2. 소속없는 신앙인을 이해하기 위한 분석틀

리미널 이론과 액체 교회

가나안 성도들은 교회에 소속되지 않는 신앙인을 말한다. 그러나 이들도 교회 밖에서 모임을 구성하여 모이고 있다. 교회를 떠났지만, 신앙인으로 살아가는 이들의 정체성과 특성을 파악하기 위해서는 몇 가지 사회이론을 가지고 설명할 필요가 있다. 가나안 성도들의 모임은 탈구조주의 시대와 문화에서 기존 교회와는 다른 대안적 종교현상으로 나타난 모임이라고 볼 때, 이를 종교 문화

---

31) '다니는'이란 의미가 "어떤 볼일이 있어 일정한 곳을 정하여 놓고 드나들다," "어디를 자주 또는 정기적으로 드나들다"라는 의미로 정기적인 개념을 가진다면 '가다'는 지나간다는 의미로 볼 수 있다.

의 한 현상으로 보아야 한다. 이 새로운 종교현상을 파악하기 위해, 빅터 터너 Victor Turner의 '리미널liminal' 32 이론을 이해할 필요가 있다. 이런 모임은 교회 밖 대안운동으로서 리미널한 과정에 있다는 것인데, 그 이유는 이 모임이 구조 적이지만, 동시에 조직적인 교회에 대한 반 구조Anti-Structure의 형태로 구성되 어 있다는 점에서 그렇다. 이런 모임의 또 다른 특징은 '액체 교회' liquid church 라는 관점에서 분석할 필요가 있다. 리미널 이론과 액체교회는 가나안 성도들 같은 소속없는 신앙인들을 이해하기 위한 유용한 분석틀이라고 할 수 있다.

터너는 '의례' Ritual 儀禮란 한 문화 속에서 시간과 상황을 표현하는 방식으로 보았다. 그에게 사회적 세계는 "되어감 속에 있는 세계"이며, 고정적이지 않은 세계다. 이 세계는 의례의 상징을 갈등 상황에 처하게 하고 이를 분석하기 위해 터너는 '사회극' social drama이라는 개념을 사용한다.33 사회극은 변화하는 것은 갈등을 드러낸다고 보고, 이를 분석하고 기술하기 위한 하나의 고안이다. 이런 개념으로 터너는 의례가 사회를 지속적으로 재정의하고 갱신하는 변화속에서 함께 변화되는 한 부분이라는 것을 밝혔다. 따라서 터너에게는 컨텍스트context 의 의미가 중요하다. 의례에서 컨텍스트는 갈등 상황이고 이를 분석하기 위해 사회극이라는 개념을 사용하는 것이다. 터너는 사회극을 통해 사회의 긴장과 갈등이 드러난다고 주장했다.

따라서 수요모임을 사회극social drama으로 볼 때, 여기에는 '소속없는 신앙' 이라는 컨텍스트상황가 존재한다. 이들은 교회를 떠나면서 가졌던 신앙에 대한 회의懷疑와 긴장을 가지고 이 모임에 들어온다. 이로써 갈등 상황이 고조되고

---

32) '리미널' 이란 '문지방' 을 뜻하는 라틴어 '리멘' (limen)에서 파생된 말이다. 문지방은 집안과 밖, 방과 방 사이를 구분하는 경계선이다. 그래서 리미널의 특징은 이것도 저것도 아닌, 이곳도 저곳 도 아닌, 어중간한 상태이거나 중간적인 상태, 그리고 경계에 있는 상태를 말한다. 가나안 성도는 기존 교회에도 속하지 않으면서 그렇다고 교회 조직을 구성하지도 않는 '애매모호함' 에 있다. 또 한 이들은 교회를 떠나 소속없는 신앙인들이지만, 여전히 신앙인의 정체성은 지니고 있는, '경계' 와 '틈새' 에 있는 사람들이다. -편집자주.

33) Victor Turner, *Dramas, Fields, and Metaphors, Symbolic action in Human Society* (New York, 1974), 24.

이 모임은 이를 드러나게 하기도 하고 제거하기도 한다. 이런 면에서 수요모임과 '소속없는 신앙인'은 사회극의 주체가 될 수 있다.

터너는 소속없는 신앙을 설명하면서, 위반breach – 위기crisis – 교정행동redressive action – 재통합re-integration 또는 분리separation 라는 네 단계를 설정했다.34 그런데 여기서 교정 단계는 리미널liminal의 단계인데, 이 단계는 '이것도 저것도 아닌 것'betwixt and between의 단계다.35 이 단계는 어디에도 속하지 않기 때문에 애매모호한 위치를 가진다. 어떤 것으로도 특정할 수 없기 때문에 규칙적이거나 지속적이지 않다. 그렇기 때문에 비구조적이며 구조적인 차원을 비판하는 '반 구조'Anti-Structure의 특성을 가진다. 이 단계는 영원한 상태나 고정된 상태가 아니라 과정에 지나지 않는다는 것이 중요하다. 여기서는 이 순간, 현재, 즉 각성이 중요하고 과거와 현재의 사이에서 어디에도 속하지 않는다.

가나안 성도를 이해하기 위해 액체 교회liquid church라는 이론도 유용한 이해의 틀이 된다. 액체 교회는 체계적으로 고정된 교회와 이를 기반으로 설립된 종파를 벗어난 형태로 더 넓은 문화와 접속하고 실천에 집중하는 교회를 말한다. 와드Pete Ward는 유동적 교회액체 교회의 개념을 이해하려면 대중문화와 더 깊은 관계를 유지하는 실천 신학에 대한 새로운 이해가 필요하다고 했다.36 따라서 '유동적 교회'액체 교회란 현장에서 실천되는 신앙이 필수적이다. 여기에는 교단이나 종파는 중요하지 않다. 이 유형은 자신이 속한 교파나 종파에서만 실천하는 신앙도 아니다. 종파나 교단에 상관없이 신앙이 실천되는 곳이 '유동적 교회'액체 교회인 것이다. 어디에도 소속되지 않는 액체교회는 사회의 문화와 이에 상응하는 종교 사이를 연결하는 중재 기능을 한다. 액체 교회의 '중재'의 의

---

34) Victor Turner, *From Ritual to Theatre: The Human Seriousness of Play*(New York: Performing Arts Journal Publication, 1982), 68-69.

35) *Ibid.*

36) Pete Ward, *Participation and Mediation: A Practical Theology for the Liquid Church*(London: SCM, 2007), 95.

미는 리미널 단계의 '이것도 저것도 아닌 것'의 특성과 함께 어느 한 곳에 고정되어 있지 않는 상태를 나타낸다. 그래서 액체교회는 이곳과 저곳을 연결하고 이어주는 다리의 역할을 한다.

리미널의 특성은 현재의 실천을 중요시하는 "유동적 교회"의 그것과 닮았다. 유동적 교회는 고정되어 있지 않으며 그렇기에 모든 것과의 연결이 가능하다. 또한 이들은 종교의 한계를 벗어나 사회문화의 변화에 영향을 끼친다는 점에서도 동일성을 찾을 수 있다. 특히 리미널한 상태와 같이 탈구조주의 사회에서의 공동체는 주로 피상적인 공동체의 특징을 나타내며 어떤 목적을 가지고 잠시 동안 같이 공생하거나 장기적인 약속이 없는 공동체 의식을 제공할 수 있다.37 그러나 이러한 경우에는 진정한genuine 공동체는 될 수 없다. 이 종교 공동체는 지속성이나 조직성이 없기 때문에 '대리 공동체' surrogate community에 불과하다.38

4. 세속성자 수요모임 분석

수요모임은 '청어람ARMC' 39에서 교회를 이탈한 '가나안 성도' 들을 위해 2013년부터 〈세속성자 수요모임〉을 시작한 모임의 약칭이다. 수요모임은 교회에서 파생된 조직이나 모임이 아니라 문화운동에서 시작되었다는 점이 태생부터 이 모임이 종교계에 한정된 것이 아닌, 사회문화적 특성을 가졌다는 것을

---

37) Zygmunt Bauman, *Community:Seeking safety in an insecure world* (Cambridge: Polity Press, 2001), 69-70.

38) Zygmunt Bauman, *Liquid Modernity* (Malden, Mass: Blackwell, 2000), p.112. 바우만은 소속감이 자연스러운 인간의 감정이지만 이 시대에 억압되고 있으므로 인간 사교성을 만족시키기 위한 시도인 가상의 사회적 집합체의 대리 형태에서 나타난다고 주장한다. 이때 소비는 사회적 모임을 위한 대리적 방법이 된다. 대리 공동체에 대한 구체적인 설명은 다음 부분에서 소개된다.

39) ARMC는 'Academy', 'Research', 'Mission & Movement', 'Communications'의 약자이다. '청어람ARMC은 정치, 예술, 문화 등 종교와 인문학, 과학, 철학의 주제를 강좌 형태로 펼치는 기독교 문화운동 기관이다.

보여준다.

수요모임에 의하면 "세속적"이라 말은 불경건한 의미를 가지지 않는다. 하나님은 세상을 선하게 창조하셨고 사랑하신다. 하나님의 뜻은 하늘에서 이루어진 것 같이 땅에서도 이루어지는 것이다. 하나님은 세속에서 일하시며 역사하신다. 예수의 죽음은 율법의 이분법적 사고와 지배를 거부했기 때문이다. 따라서 예수를 믿는 사람들은 "오늘날 우리 신앙이 마땅히 세속성과 거룩성의 역설적 결합을 통해 드러나야 할 것을 천명"[40]하고 이런 삶을 가르치며 실천하기 위해 수요모임이 시작되었다고 설명하고 있다.

또한 이 모임은 '가나안 성도'들의 모임이기도 하다. 수요모임은 이들의 출현을 한국 개신교 교회의 실패라고 규정한다. 그러므로 이들이 교회를 떠난 무책임한 이탈자나 나태한 구성원으로 평가받는 것에 반대한다. 이들은 자신의 신앙적 정체성과 필요를 찾아 제도권을 벗어나 영적 순례를 떠난 적극적 신앙원이다. 그러므로 수요모임은 이들이 교회와 기독교 신앙에 대한 문제의식과 기존의 예배를 계승할 '대안적 공간'을 제공한다. 기존의 전통적 교회나 종교단체에 머무는 것이 아니라 사회와 삶속에서 행하는 신앙인을 '세속성자'로 규정하고 이들을 위한 대안적 공간을 제공한다는 것이다. 이들은 자신들의 예배의 역할을 1) 그리스도인을 공동체로 통합하며, 2) 그리스도인들의 신앙을 형성하고, 3) 그리스도인들의 신앙을 이 세상 속에 구현하는 것으로 정의한다. 그러면서 '예배와 그리스도인의 삶'은 '교회와 그리스도인의 삶'보다 가깝다고 강조하고 있다

수요모임은 두 시즌으로 나뉘어서 진행된다. 하나는 3월~6월/9월~12월로 이 기간에는 성경을 강해하거나 한 가지 주제를 가지고 12주 동안 연속으로 설교한다. 다른 하나는 7월~8월/1월~2월 기간으로 이 기간에는 한 권의 책을 선정한 후 이를 읽고 토론하는 독서모임으로 구성된다. 수요모임은 수요일 오후

---

40) http://ichungeoram.com/10139 검색일 2017.8.9

7시 30분이다. 이 모임의 예배 순서는 1) 예배로의 부름, 2) 침묵과 성찰, 3) 평화의 인사, 4) 찬양, 5) 말씀 나눔, 6) 묵상과 새김, 7) 세속성자의 기도, 8) 광고로 이루어진다. 수요모임의 의례를 굳이 정의하자면 성공회 양식과 비슷하다. 또한 수요모임은 '복음주의'를 표방하지만 어느 교단에도 속하지 않는다. 매주 한 번의 의례만 제공할 뿐 그 외의 모임이 없다. 출석은 자유이며, 관리하지도 않는다. 의례의 모든 순서는 개신교 신앙의 사회적 참여와 봉사를 지향하는 방향으로 진행된다.

세속성자 수요모임의 특성

'지나가는 과정'으로서의 모임

수요모임이 어느 교단이나 단체에 속하지 않는다는 점과 이곳에 참석하는 소속없는 신앙인들의 소속 교단이 다양하다는 것은 기본적으로 이 모임이 유동적 교회액체 교회의 특성을 가지고 있는 것으로 볼 수 있다. 또한 이 모임은 구조적이거나 규범적이지 않다. 수요모임은 기존 교회가 진행하는 성경공부나 교리공부 등 일체의 신앙적 훈련을 제공하지 않는다. 매주 모이는 가나안 성도들에게 예배만 제공할 뿐이다. 이 모임은 어떤 목표나 계획을 내세우지 않기 때문에 예배외에는 신앙수준의 향상이나 성경공부와 같은 다른 모임이나 출석인원의 목표 같은 것이 없다. 참석자들에게 요구하는 것이 전혀 없이 오직 예배 하나만 제공한다. 따라서 개인의 신앙은 개인의 선택이며 판단이 된다. 또한 출석이나 관리가 없기 때문에 이들은 자신의 선택에 의해 참석하기도 하고 사라지기도 한다. 어떤 의미에서 볼 때, 이 모임에 나오는 이들은 그 예배를 소비하러 오는 것이다. 수요모임이 모임의 홍보나 전도를 하지 않기 때문에 이 모임을 찾아오는 대부분의 가나안 성도는 양희송의 글을 읽거나 매스미디어를 통한 정보를 보고 자발적으로 찾아오는 경우가 대부분이다.41 이런 소셜네트워킹 관계는 이 모임에 진정한 소속감을 주는 작용을 하지 못하게 한다. 이런 관계는 사회적 범주로 분류할 수 있는 관계를 형성하지만 구성원과의 친밀한 관계를 만들지는 못하는 것이다.42 수요모임에 오는 소속없는 신앙인들은 부부가 아닌 이상 개별적으로 움직인다. 이들은 전통 교회를 떠났다는 것과 교회안에 있어도 교회의 소속감을 느끼지 못한다는 느낌들에 대한 공통된 경험을 공유한다. 이들은 '소속없는 신앙인' 이라는 사회적 범주로 분류되는 관계라고 할 수 있다. 그러나 이 모임에서 예배 외에 다른 어떤 모임도 가지지 않고 이를 통한 친밀한 관계형성의 기회가 없다는 점에서 이들은 사회적 범주 분류에 머문다. 이런 사회적 범주의 분류내에서는 공동체성보다 '연대성' 이 생긴다. 한국의 종교적, 사회적 상황에서 공통의 경험과 생각으로 하나의 범주로 분류된다는 것이 연대성을 키우는 것이다. 바우만에 의하면 이런 모임은 '인스턴트 공동체' instant community 가 된다.

따라서 이 모임은 터너에 의하면 '리미널한' 단계에 있다고 할 수 있다. 리미널은 '이곳도 저곳도 아닌', '여기도 저기도 아닌' 불특정의 특성을 가진다. 기존 교회에도 속하지 않으면서 자체적으로 조직화도 되지 않은 '애매모호함' 이 이 모임의 가장 큰 특성이 되는 것이다. 이는 터너가 말한 네 단계 중 '교정' 의 단계를 의미하며 여기에 속한 모임은 반구조적 특성을 나타낸다. 반구조의 특성은 구조화된 사회와 그 외의 것에 대한 비판과 교정을 요구하는 속성을 가지며 이런 의미에서 수요모임이 사회와 기존 교회에 대한 비판의식은 당연하게 보인다. 여기에 참석하는 '소속없는 신앙인' 들 역시 어디에도 소속되지 않는 '주변인' 으로 머문다. 어디에도 속하지 않는 '주변인' 이야말로 '소속없는 신

---

41) 수요모임은 인터넷 홈페이지, 트위터, 페이스북, 유튜브 등을 활용한다.

42) Matt Easterbrook, Vivian L. Vignoles, "What does it mean to belong? Interpersonal bonds and intragroup similarities as predictors of felt belonging in different types of groups," *European Journal of Social Psychology*, Eur. J. Soc. Psychol, 43(2013), 460.

앙인' 이라는 정체성의 가장 큰 특징이라고 할 수 있다. 교회를 떠나 위기 상태에 있는 가나안 성도들은 이곳에서 교정을 받는다. 이들은 교회나 종교단체를 떠남으로서 생긴 갈등을 이 단계에서 치유받는다. 그리고 이들은 '재통합' 이나 '분리' 의 선택으로 나아간다. 여기서 '재통합' 이란 기존의 전통적 교회로 돌아가는 것이고, '분리' 는 새로운 공동체나 모임, 또는 개인으로 남는 것을 말한다.

일시적인 만남, 일시적인 자격, 일시적인 행사(event)

이들은 예배 후 다른 프로그램으로 모이거나 주중에 수요모임의 이름으로 모이는 것도 없다. 서로 연락하거나 친목을 위한 모임을 만들지도 않는다. 이들은 단지 일주일에 한번, 예배를 위해 모였다가 바로 흩어진다. 그리고 종합적인 관리 없이 점조직으로 형성되어 있다. 이런 점에서, 수요모임은 예배를 위해 일시적으로 개설한 즉각적인 모임의 특성을 가지고 있다고 볼 수 있다. 교회를 떠난 '소속없는 신앙인' 들에게 공간을 제공하고 예배를 진행한 후 없어지는 것이다. 공간도 일시적으로 빌려서 사용한다는 점에서 일시적이고 잠정적인 '머뭄' 의 개념을 나타낸다. 이렇게 볼 때 수요모임은 종교 의식ritual을 위한 모임일 뿐 그 이상도 그 이하도 아닌 것이 된다. 이들은 신앙의 사회참여라는 공동의 목표 아래 연대성은 있지만 공동체성은 없는 것으로 보인다. 이는 매주 모이는 사람들의 약 30~40% 정도가 계속 바뀌는 것으로도 짐작할 수 있다. 이 모임에서 양희송이 주로 설교를 하지만43, 그는 목사 안수를 받지 않았다. 그리고 설교시간이 끝나면 그의 설교자의 위치도 자동적으로 소멸한다. 수요모임 시간에 주어진 설교자로서의 자격은 그 시간에 한정되고 일시적으로 부여되는 것이다. 이는 반구조anti-structure=대항구조의 특성인 '평등성' 의 특성이다.

---

43) 그런데 수요모임의 설교자는 양희송만이 아니라 청어람 내부 연구원과 가끔 외부 강사를 초청하기도 했다. 특히 본 연구를 진행하는 기간에는 양희송 전 대표가 지속적으로 설교하고 있었다. 최근에는 설교 순서를 없애고 성경 묵상으로 대체하고 있다. -편집자주

터너는 구조화된 사회에 대항하여 반구조는 비구조화된, 기본적으로만혹은 '최적화된' 구조화된 상태라고 정의하고 여기에는 비차별성과 평등성의 성격을 가진다고 주장했다. 수요모임이 전통적 교회에 대한 반구조로 존재할 때 여기에는 비차별성과 평등성이 나타나며 어떤 직분도, 계급적 계층도, 구조적 조직도 없게 되는 것이다. 따라서 이곳에서 주어지는 모든 자격의 특징은 일시적, 순간적, 무계급적이며 잠시 주어지는 것으로 볼 수 있다. 이런 특성은 이 모임을 '공동체성'은 약하고, '동질성'은 강한 모임으로 만든다. 이들은 모임이 끝나면 다른 모임이 없기 때문에 바로 흩어진다. 일시적으로 잠시 만나기 때문에 공동체성을 추구하지도 않을 뿐 아니라 자연스럽게 형성되지도 않는다. 다만 이들은 교회를 떠났거나 남아 있어도 교회의 한계를 절감하는 것으로 동질성을 가진다고 볼 수 있다. 따라서 기존 교회가 공동체성을 강조한다면 수요모임은 '연대성'을 가진다. 이는 기존 교회와 종교계, 나아가 사회에 대한 비판의식을 공유하는 것으로 나타난다.

수요모임이 중장기적인 계획이나 주중 모임도 없이 수요일에 한번 모이는 것도 일시적인 만남의 특성을 보여준다. 이 모임에 참석하는 A는 "잠시 만나다 흩어지는" 모임이라고 말했다. 이는 액체교회의 전형적인 특성 중 하나로 이를 'event' 행사라고 할 수 있다. 어떤 기획을 가지고 일시적으로 모여 목적을 달성하는 것처럼 공동체성이나 지속성을 담보하지 않고 만나는 것이다. 여기서의 체험은 개인적이고 일시적이며 이에 따라 '행사' event는 교회church보다 더 중요하게 인식된다. 탈구조주의 시대에서 신앙은 개인의 '행사'일 뿐 '교회'가 아니다.

대리공동체(surrogate community)

수요모임의 이런 특성은 이 모임이 구조적이고 조직적인 형태가 아니라는 것을 보여준다. 이들이 수요모임에 등록되지 않는다는 것과 수요모임도 이들에게 등록을 권유하거나 출석을 점검하지 않는다는 점에서 이 모임은 '소속없는 신앙인'의 의례를 대행해 주는 서비스를 제공한다고 볼 수 있다. 탈구조주의는 모든 것에서 '탈중심화'에 관여한다. 이는 다원적이며 모호한 것이 사실로 받아들여지는 것을 말하며 기존의 진리에 대한 유일성을 거부하는 것으로 나타난다. 이런 현상은 종교의 역할에 의문을 가지게 하며 필요성을 감퇴시켰다. 근대 이전까지 세상의 모순과 자연 재해에 대한 이해 부족이 종교에 대한 수요를 창출했다면, 이제는 그런 혼란을 포함하는 가치관은 종교를 필요로 하지 않는다. 이러한 모순과 혼란 속에 살고 있는 사람들은 기존 종교의 체계나 서비스에 만족하지 않고 불확실성을 진단하고 설명해 줄 전문가를 찾는다. 이전까지 종교가 주었던 일방적 정보와 의사소통을 개인들이 스스로 찾는 시대가 된 것이다. 바우만에 의하면 이런 시대의 공동체는 '인스턴트 공동체' instant community가 될 것이다. 예를 들어 축제 때 일시적으로 파티에 참석하거나 같은 의상을 입고 참여하는 것을 말한다. 여기에는 공동체성도 없고 지속적인 유대도 없다. 마찬가지로 탈구조주의 시대의 종교 시스템은 일정한 경험을 제공하게 된다. 이전까지 '소속'이 유일한 신앙인이 되는 방법이었다면 이제는 개인적으로 '경험'을 제공받는 것이다. 이런 종교 공동체는 지속성이나 조직성이 없기 때문에 '대리 공동체' 44에 불과하다.

수요모임이 '대리 공동체'가 되는 이유는 이 모임이 기존교회 혹은 제도교회를 대신하여 종교적 예배의례를 일정 부분 대신하고 있기 때문이다.45 우선 수요모임에 참석하는 '소속없는 신앙인'의 배경은 다양하다. 교회를 떠난 사람부터 주일에는 교회에 나가고 수요일에는 이 모임에 오는 사람들도 있다. 이들은 수요모임에 소속되지 않는다. 출·결석은 자유이고 지정된 헌금도 없다.

---

44) Zygmunt Bauman, *Liquid Modernity*, 112.

45) 수요모임에 참석하는 '가나안 성도' 가정은 기존교회의 주일예배는 참석하지 않은 채로, 수요모임을 주일예배를 대신하는 개념으로 생각하고 다니고 있었다.

예배가 끝난 후 후속 모임도 없으며 주중 모임도 기획되지 않는다. 이 모임에서는 오직 수요일에 의례만 제공할 뿐이다. 따라서 사람들은 수요일에 이 모임의 의례를 소비하러 오며 의례를 제공하는 수요모임은 이들의 종교적 경험을 제공하는 '대리 공동체'가 된다.46 교회에서 풀지 못하는 영적 문제나 갈급함을 이곳에서 제공하는 의례를 통해 제공받고 다시 교회나 일상으로 돌아가는 것이다. 따라서 수요모임은 의례를 제공할 뿐 아니라 의례를 소비하는 이중적 장소가 된다.

'소속없는 신앙인' 그룹의 사회참여 인식

그렇다면 이 모임을 어떻게 정의할 수 있을까. 기존의 종교계에서는 종종 교회를 떠난 사람들을 자기 중심적이며 이기적이라고 비판한다. 그러나 한 연구에 의하면 새로운 영성을 찾는 사람들은 기존의 봉사보다 더 확장된 개념인 '환경보호', '평화' 또는 '동물의 권리' 등에 더 헌신적인 것으로 나타났다.47 베르구이츠Joantine Berghuijs은 종교 단체를 4개로 분류한 뒤 각각의 사회참여 수준을 측정했다. '연합되지 않은 영성 그룹'unaffiliated spirituality groups과 '새로운 영성 그룹' new spirituality groups , '전통적 종교 그룹' traditional religious groups , '세속적인 그룹' secular groups이 그것이다. '새로운 영성 그룹'은 '연합되지 않은 그룹'보다 사회적 참여와 관련하여 더 독특한 특징을 보여주며, '전통 그룹'과 함께 '세속적인 그룹'보다 사회적 참여가 더 높게 나타났다. 그러나 전체적으로는 '전통 그룹'이 가장 높은 사회참여를 나타냈다. 이는 교회가 조직적 차원에서 사회봉사를 실행하기 때문으로 보인다. 그러나 이런 '자원봉사' 부분을 제외하면 오히려 환경보호나 평화운동 등과 사회정치적 참여에 있어서는 낮게 조

---

46) 데이비(Grace Davie)의 "대리 종교(vicarious religion)"도 같은 개념이다.
47) Joantine Berghuijs et al., "New Spirituality and Social Engagement," Journal for the Scientific Study of Religion , 52/4(Dec 2013) 참조.

사되었다. 이는 새로운 영성을 찾는 그룹이 전통적 봉사에서 벗어나 사회정치적 참여에 훨씬 적극적이라는 것이다. 이런 기준에서 수요모임은 '영적이지만 약간의 구조화를 이룬 비연합 영성 그룹'으로 분류할 수 있다. 따라서 사회참여에 자유로우며 다른 그룹과의 연대가 가능하다. 이런 연대를 통해 수요모임은 신앙인으로서 사회, 문화적 변화에 적극 참여할 수 있는 기회를 제공한다. 그리고 이런 분류는 기존 교회를 떠난 신앙인들이 다른 모임이나 교회에 어떻게 흡수되는가를 알게 해준다.

기존 교회를 떠난 신앙인들은 대부분 교회를 새로 만들어 모인다. 그들의 교회는 기존 교회의 폐해를 버리고 새롭게 형성된 교회이다. 하지만 예배 형식이나 구조는 기존 교회의 그것을 차용하는 경우가 많다. 이런 교회들은 기존 교회의 잘못을 수정하고 새로운 교회를 추구하지만 신학이나 신앙의 방향에서 기존의 것들 범위 내에 있는 것이 대부분이다. 기존 교회의 재정이나 세습, 다른 잘못들에 반발하여 떠나는 경우, 그런 것을 답습하지 않으면서 신앙생활 할 수 있는 교회를 만드는 것이다. 그러나 다른 경우에 있어서 교회 탈퇴의 이유는 훨씬 신학적이고 종교적이다. 이들은 기존의 신학적 해석을 수용하지 않고 새로운 의미를 찾아내며 이를 사회정치적 현실에 적용한다. 따라서 이런 모임은 기존 교회의 봉사 수준에서 볼 때 새로운 참여방식을 택하는 경우가 많고 이는 신학적으로, 신앙적으로 대립과 갈등을 야기한다. 기존 교회의 봉사가 재정적 도움이나 육체적 노동에 의한 봉사가 많다면 이들은 지적이며 이론적인 사회참여를 추구하는 경우가 많다. 이들은 신학과 신앙으로 사회를 해석하며 정치와 문화의 변혁을 위한 운동에 참여한다. 따라서 기존의 종교가 신학적 해석 범위 내에서 사회참여를 한다면 이들은 문화적 해석 범위 내에서 사회에 참여한다. 그리고 이는 기존의 종교뿐 아니라 사회와 문화 전반에 영향을 끼치며 이들이 연대를 통해 세력화했을 때 종교에서는 새로운 종파주의로 나타나며 사회에서는 문화변혁의 촉매제가 될 수 있다.

'교회'와 '모임' 사이

이곳에 참석하는 사람들은 개신교인으로서의 '동질성'에 대해서는 일관된 응답을 했다. 이 모임의 성격과 상관없이 자신들의 신앙적 지향점과 신자로서의 위치 등에 관해서는 공통분모를 찾는 것 같았다. 그러나 이 모임을 공동체로 생각하고 있느냐는 질문에는 각기 다른 응답을 했다. 또한 이 모임이 '교회인가'에 대한 질문에도 서로 엇갈린 반응이었다. 이런 것으로 볼 때 이들에게는 자신이 신앙을 하는 곳이 교회인가 아닌가는 중요하지 않은 듯 보였다. '소속없는 신앙인'에게는 '교회'가 중요한 것이 아니라 '신앙'이 중요하다. 이는 공동체보다 개인이 앞서는 시대적 상황과 무관하지 않다. 개인에게는 교인이 아니라 신앙인으로서의 자신이 우선인 것이다. 따라서 이 모임에 대한 정의는 애매모호하다. 이는 이 모임을 성경적으로 정의할 것인가, 신학적으로 정의할 것인가에 따라 달라질 수 있다. 성경적으로 교회를 규정할 때는 주로 "두 세 사람이 모인 곳에 나도 그들과 함께 있겠다."마 18:20고 한 말씀에 근거한다. 이를 바탕으로 교회론을 주장하는 신학자들도 많다. 그러나 신학적으로 교회를 규정할 때는 좀 더 규범적인 것을 요구한다. 교회의 본질을 '사도성', '보편성', '통일성', '거룩성' 등으로 규정하면 이 모임은 전통적 '교회'의 범주에 들어갈 수 없다. 성경적으로는 교회지만 신학적으로는 교회가 될 수 없는 위치가 되는 것이다. 따라서 이런 신학적 논의마저도 수요모임이 애매모호한 리미널의 단계에 있으며 액체교회의 특성을 가지고 있음을 드러낸다. 그럼에도 이를 교회로 규정한다면 '플래쉬 몹 교회flash mob church'48로 볼 수 있을 것이다. 동일한 목적을 가지고 순간적으로 모였다가 그 목적을 달성할 후 다시 흩어진다는 점에서 이들은 공통점이 있다. 이런 모임의 특성은 '무소속 신앙인'의 모임이라는 정체성을 더 명확히 해준다.

---

48) 플래시 몹이란 인터넷 등을 통해 사전에 약속된 장소에 순식간에 모였다가 돌출성 집단 행동을 벌이고 흩어지는 행태이다. 일종의 '번개모임'도 여기에 속한다. -편집자주.

나가며

한국에서 '소속없는 신앙인'들이 모이는 모임은 동일하지 않다. 각각의 모임의 구조나 내용, 추구하는 지향점이 다르다. 하지만 크게 두 가지로 나뉠 수 있다. 먼저, 기존 교회의 신학과 형식, 내용을 답습하지만 부정적인 것은 버리는 경우이다. 이는 대부분 '교회'로 자리매김한다. 여기에는 기존 교회를 떠난 신앙인들이 좀 더 정직하고 투명한 교회를 만들려는 목적이 있다. 다음으로 수요모임과 같이 종교와 문화적 운동이 함께 공존하는 경우이다. 이때는 종교나 문화가 서로 영향을 주고받는다. 신학은 사회문화적 배경에서 해석되고 적용된다. 이는 기존의 초월적 개념에서 벗어나 초월과 현실이 공존하는 것을 추구하는 것이다. 따라서 이런 모임은 기존 교회가 보수화되었고 이는 현실을 외면한 초월성만을 지향한다고 비판한다. 이들은 사회정치적 현실에 민감하며 이를 신학적으로 해석하고 신앙적으로 참여하는 것을 목표로 한다. 그러나 또한 중요한 것은 이런 모임의 구조가 '소속없는 신앙인'들의 정체성을 소멸시키는가 아닌가로 나뉜다는 것이다.

앞서도 살펴본 바와 같이 전통적 교회를 떠났다고 해서 모두 '소속없는 신앙인'이라고 할 수 없다. 반대로 전통적 교회나 어딘가에 속해서 신앙생활을 한다고 해서 '소속없는 신앙인'이 아니라고 할 수도 없다. 이를 명확히 하기 위해서는 '물리적 소속없는 무소속 신앙인'과 '심리적 소속없는 무소속 신앙인', 그리고 이 둘을 합친 '통합적 소속없는 무소속 신앙인'으로 분류할 필요가 있다. '물리적 '소속없는 신앙인'은 전통적 교회나 종교 단체를 떠나는 것을 말한다. 그러나 심리적으로 여전히 예전의 교회나 종교단체에 친밀성을 가지며 그 신학적 방향에 동의한다면 이는 진정한 '소속없는 신앙인'이라고 할 수 없다. 따라서 단순히 교회에 나가지 않는다고 해서 모두 '소속없는 신앙인'으로 분류할 수 없다. 교회나 종교단체 내에 등록되어 있고 출석하지만 심리적으로 완전히 떠난 상태라면 이는 '소속없는 신앙인'으로 볼 수 있을 것이다. 그는 교회의 신학과 운영에 동의하지 않으며 여러 가지 이유로 수동적으로 참석할 뿐이다. 그러나 진정한 '소속없는 신앙인'은 물리적이나 심리적으로 완전히 떠난 신앙인을 말한다. 이렇게 될 때 한국 종교계에서 이들의 정체성과 신앙적 특성을 파악할 수 있고 그 숫자를 좀 더 정확히 가늠할 수 있다.

이런 논의는 이들이 모이는 종교 모임이나 단체에 확대 적용된다. 이들이 자발적으로 모이는 곳이 '교회'라는 명칭을 공개적으로 사용하거나 조직이나 체계적인 구조를 지향하고 있다면 이들은 '소속없는 신앙인'의 정체성이 소멸될 가능성이 크다. 이들은 물리적으로나 심리적으로 그곳에 '소속'되었다고 볼 수 있기 때문이다. 또는 어떤 모임에 지속적으로 참여하여 활동하거나 일정한 역할을 맡았다면 그곳이 '교회'라는 공개적 명칭을 사용하지 않는다고 해도 그곳에 '소속'되었을 가능성이 있다. 오늘날 한국교회에서 이런 분류없이 무분별하게 전통적인 교회를 떠난 사람들을 모두 '가나안 성도'라고 부르는 경향이 있다.

따라서 이들이 '소속없는 신앙인'의 정체성을 유지한 채 모임에 참석하려면 다음의 조건들이 필요하다.

첫째, 교회라는 명칭은 공개적으로 사용하지 않아야 한다. 또한 구조적이고 체계적인 조직이 없어야 한다.

둘째, '소속'되지 말아야 한다. 물리적, 심리적으로 어떤 교회모임이나 신앙모임에 지속적이고 구조적으로 소속되지 않아야 한다. 그 모임에서 자발적으로 일정한 역할을 지속적으로 맡는 것도 '소속'의 조건이 될 수 있다.

셋째, 이를 위해 그 모임은 리미널한 정체성을 유지해야 한다. 교회도 아니고 교회가 아닌 것도 아닌, 어디에 속하지도 못하고 속할 계획도 없는, 그래서 중간적 정체성으로 존재해야 한다. 이는 이 모임이 다의성versatility을 가진 존재라는 것을 의미한다. 따라서 이 모임은 교회로 분류되기도 하고 교회가 아닌 것으로 판단되기도 한다. 여기에 참석하는 신앙인 또한 전통적 교회에서 볼 때 신자이기도 하며 신자가 아닌 존재가 된다. 이 모임에 속한 신앙인이 아니라 여전히 '주변인' 49에 머물고 만다.

넷째, 이들의 모임은 '일회적' 이며 지속성이 없는 것으로 볼 수 있다. 물론 매 주 모인다는 점에서 계획적이라고 할 수 있지만 참석하는 신앙인들의 출석이 자유롭고 큰 폭으로 바뀐다는 것 등으로 보아 이들에게는 각 각의 의례로 수용된다. 이때 의례는 이들에게 제공되는 서비스service가 되며 이들은 이것을 '소비' 하고 돌아간다.

다섯째, 이런 특성으로 이들은 공동체성이 없이 개별적 신앙에 머문다. 이곳에서는 '교회' 보다 '신앙' 이 앞선다. 그러나 여기에는 자의든 타의든 전통적 교회에서 떠났다는 것과 여전히 소속없이 개별적으로 존재한다는 체험으로 인해 연대성을 가진다.

지금까지 살펴본 논의는 한국교회에서 의미있게 등장하고 있는 '소속없는 신앙인' 의 정체성을 명확히 정리하고, 그 특성을 알게 해준다. '소속없는 신앙인' 의 모임은 한국 개신교의 종교적 현상일 뿐 아니라 종교-문화의 변화에 일정한 역할을 한다는 점에서 의미가 있다. 이 글에서 살펴 본 수요모임은 이런 특성을 잘 드러내는 모임으로 교회 밖에서 일어나는 새로운 신앙문화의 하나라고 평가할 수 있다. 수요모임은 기존 교회에서 파생된 교회가 아니다. 복음주의 범위 안에 있지만 전통적인 의미에서 교회가 아니며 신앙인들이 모인다는 점에서 단순한 사회 모임도 아니다. 일시적으로 모인다는 점에서 액체교회의 특성을 가지고 있지만 이를 전통적 교회의 범주 안에 넣을 수는 없다. 따라서 수요모임은 교회와 모임 사이에 위치한다. 수요모임은 한국 기독교에서 교

---

49) 이들을 "성벽 안의 삶에 헌신하지 않는 주변인들" 이라고 표현되고 있다. 양희송, 『가나안 성도 교회 밖 신앙』 (서울: 포이에마, 2014), 171.

회 밖의 새로운 신앙 흐름에 신선한 자극을 주면서, 가나안 성도 현상의 특징적인 것들을 뚜렷하게 보여주는 사례의 하나라고 평가할 수 있다.

2부

포스트 크리스텐덤 시대의 탈교회

탈교회 시대의 교회

de-churched인가, post-churched 50인가?

김 선 일

웨스트민스터신학대학원대학교, 전도학

서구 사회에서 기독교의 위상은 중심부에서 주변부로 밀려나 이미 탈기독교세계로 진입한 지 오래되었다고 진단하고 있다. 기독교는 이제 더 이상 서구세계가 아니라 비서구 세계non-western world의 남반부를 중심으로 활성화되고 있는 형편을 맞이하고 있다. 탈기독교세계라는 예기치 못한 상황으로 이러한 상황에서 탈교회 현상이 일어나고 있을 뿐 아니라, 제도와 형식을 벗어난 새로운 교회 유형들이 출현하고 있다. 바로 이러한 현상은 서구 기독교의 가장 충실한 학습자인 한국교회에도 불어 닥치고 있으며, 그것은 탈교회 현상과 함께 새

---

50) 이 글의 몇 가지 영어 표현을 설명한다면, 'unchurched' (people)은 'non-churched people' 과 비슷한 의미로서, "교회 다니지 않는 사람들"이나, "교회에 관심이 없는 사람들", 혹은 "전도되지 않은 사람"이나 "불신자"를 가리킨다. 그래서 unchurched people은 믿음(believing)도 없고, 교회에 소속되지 않는(without belonging) 사람들이라면, dechurched' (people)은 "교회에 친숙했으나 이제는 더 이상 교회에 매력을 느끼지 못하는 사람들", 그래서 "교회를 이탈한 사람들", 즉 '탈교회 기독교인" 혹은 "가나안 교인들"이다. 따라서 이들은 믿음은 있지만(believing), 교회에 소속되지 않는(without belonging) 사람들이다. 또한 'pre-churched(people)은 "기독교세계 이전의 기독교인들"로서' 제도적 교회 '에 소속되어 있지 않으며, 종교화된 기독교를 중시하지 않고, 진정한 믿음이 중요한 시대의 기독교인이었다면, 크리스텐덤(기독교세계, 기독교왕국) 시대의 기독교인들의 특징은 기독교국가 시대가 도래하면서 "믿음(beliving)은 없지만, 교회에 소속된"(beloning) 명목상의 기독교인들(nominal Christians)을 양산했던 시대라고 할 수 있다. 반면, 'post-churched(people)은 post-Christendom, 즉 "기독교세계 이후", "후기 기독교세계" 시대의 기독교인을 가리킨다. post-churched는 "다양한 이유 때문에 교회를 이탈한 사람들"이며, "탈교회한 기독교인", 혹은 "교회 너머의 기독교인"이라 할 수 있다. 그래서 이 용어는 dechurched(people)과 비슷한 의미로도 사용되기도 한다. 참고. Stuart Murray, *Church After Christendom*, Paternoster, 2006, 25-편집자주.

로운 교회운동의 요청에 직면하고 있다.

1. 한국사회와 탈교회 시대

먼저 짚고 넘어가야 할 문제는 과연 한국교회 상황을 탈기독교세계[51]에 진입했다고 단정할 수 있는가 하는가 여부이다. 과연 탈기독교세계라는, 서구 교회의 상황 변화의 틀을 사회적으로나 문화적으로 기독교 체제를 경험한 적이 없는 한국교회에도 유효하게 적용할 수 있을까? 우선 한국교회의 여정이 서구 교회의 궤적을 따라가고 있다. 19세기와 20세기 초반 영적 각성을 통해 성장했던 영미교회들의 영향을 받은 한국교회도 20세기 초반과 중반에 폭발적 성장을 경험한다. 성장만이 아니라 쇠퇴 역시 그렇다. 20세기 중반 이후 영국교회가 먼저, 그리고 미국교회가 그 전철을 밟아가며 쇠퇴해왔는데, 한국교회는 20세기 후반부터 성장의 둔화를 경험하다가 21세기 들어서 뚜렷한 감소세를 보이고 있다. 이러한 현상은 아마도 한국교회가 영미 교회와 선교사들로부터 상당한 영향을 받으면서, 동질적 하위구조를 이루고 있음을 반영한다. 현재 한국교회가 당면한 마이너스 성장, 전도의 어려움, 대 사회적 신뢰도 저하, 심지어 속출하는 교회당 파산과 같은 절박한 상황은 탈기독교세계의 위기와 크게 다를 바 없다.

탈기독교세계 vs. 탈교회
한국사회에 탈기독교세계, 혹은 후기 교회(Post-Church) 시대가 도래했는가?

그럼에도 한국의 탈교회 현상은 탈기독교세계와는 구분해서 이해될 필요

---

51) "탈기독교세계"는 통상 "포스트크리스텐덤"(post-Christendom)으로 표기된다. 따라서 "기독교세계"(크리스텐덤)는 '기독교왕국' 혹은 '기독교화된 세계'로서 서구 유럽의 기독교를 일컫는 말이라면, Post-Christendom은 '기독교 이후 세계', '후기 기독교세계' 혹은 '탈기독교세계'로 번역된다. 이 글의 저자는 '포스트크리스텐덤'을 '탈기독교세계'로 사용했다-편집자주.

가 있다. 지난 2015년 통계청 종교인구 조사에서 개신교 신도수가 1위의 위치에 오르긴 했지만, 그간의 모든 통계에서 지금까지 한국사회에서 가장 많은 종교인구는 불교였다. 게다가 개신교는 천주교와 불교에 비해서 전래 기간이 가장 짧다. 개신교가 한국사회의 체제와 문화 양식을 편성할 시간도, 장악력도 없었다. 그럼에도 불구하고 한국 현대사의 과정에서 개신교는 특수한 지위를 누리며 다른 종교들에 비해 가장 강력한 영향력을 발휘했다. 서구 문물과 기독교는 거의 동시에 한국사회에 도래했으며, 전통 유교질서가 붕괴되면서 식민통치와 공산화의 위협을 물리치고 근대화를 이루는데 기독교가 지대한 역할을 하였다. 근대화의 동반자인 기독교는 한국인들에게 억압자가 아닌 해방자요, 선구자로 인식되기도 했다.52 그래서 기독교는 여러 종교가운데 하나가 아니라, 근대화 과정에서 한국 사회 곳곳에 '깊은 흔적과 영향력을 행사하는 인식론적 중추의 역할을 수행'했다고 평가된다.53 개신교보다 일찍 전래된 천주교가 19세기 내내 탄압을 받으면서 포교의 능동성을 잃은 반면에, 개신교는 구한말 우호적인 분위기에서 수용되었다. 박정희 정권의 출산조절 정책을 포함한 근대화 과정에 개신교는 적극 동참하였으나 관조적 영성과 반 낙태 신념을 표방하는 천주교는 수동적일 수밖에 없었다. 또한 구습을 타파하는 새마을 운동은 불교와 같은 전통 종교에 더욱 불리한 이미지를 남기게 된다. 개신교 일각의 적극적 사고방식과 번영신학은 이러한 사회 전면의 근대화 궤도에 안착할 수 있었다. 이는 한국 현대사회에서 기독교의 영향력을 부각시켜 놓았다. 2006년 중앙일보 탐사 기획팀이 한국 사회의 파워엘리트들인 정치인, 고위공무원, 법조인, 군 장성, 의료인, 기업인, 교수, 언론인들을 포함해 31,800명의 출신 지역, 학교, 종교 등을 조사한 적이 있는데, 이 조사에서 개신교인의 비중은 40.5%에 다다랐다. 천주교인의 22.6%와 성공회의 0.3%까지 합하면 기독교

---

52) 류대영, 『한국 근현대사와 기독교』 (서울: 푸른역사, 2009)
53) 고미숙, 『한국의 근대성, 그 기원을 찾아서』 (서울: 책세상, 2001)

인 전체의 비중은 63.4%로 타의 추종을 불허한다.[54]

비록 한국사회와 문화에서 기독교 정신과 가치관이 지배적 영향력을 발휘하는 규범체제로 군림한 적은 없지만, '우월한' 서구 문명을 대변하는 기독교 특히 미국 교회의 기독교 중심주의의 세례를 받으면서, 한국교회 안에 어느덧 기독교 세계의 습관과 논리를 내재화시키려는 착시현상이 일어난 것으로 보인다. 우리 사회의 중심부에 그리스도인들이 다수 포진하고 있다는 인식은 자칫 규모와 힘으로 복음을 대변하려는 패권적 선교의식을 형성할 수도 있다. 그러나 최근 우리 사회가 전반적으로 개신교에 대해 비우호적인 분위기가 급증하고 있고, 신앙이탈의 움직임가나안 교인 현상, 주일학교의 위기 등이 통계적으로도 뚜렷한 모습을 띠는 이러한 현상은 지난날 한국기독교가 마치 우리 사회에서 지배적이고, 중심부적 위상을 차지하고 있었다는 것이 일종의 착시현상이었음을 우리에게 깨워준다. 기독교의 대사회적 신뢰도는 지속적으로 하락하고, 교회에 대한 냉소와 비판, 그리고 탈교회 현상이 뚜렷하게 일어나면서 한국기독교에도 어느덧 탈기독교세계가 도래하고 있다는 인식을 던져주고 있다.

종교사회학자 강인철은 종교가 사회와 맺는 관계의 방식을 '헤게모니 전략', '영향력 전략', '생존전략'이라는 세 가지 태도로 분류한다. 한국역사에서 기독교는 초기에는 생존전략을 사용할 수밖에 없었지만, 점점 근대화를 이루면서 영향력 전략을 구사하게 된다. 그런데 영향력이 높은 종교가 사회에서 공신력을 잃을 경우 이는 선교의 위기와 쇠퇴로 이어질 수 있음을 그는 지적한다.[55]

그러나 뚜렷한 기독교세계Christendom를 경험하지 못한 한국사회의 상황에서, 현재 겪는 교회의 위기는 문명과 사조의 차원에서 기독교가 배제되는 모습이라기보다는 현대사에서 개신교회가 지녔던 일시적 우위가 약화되는 현상이

---

54) 이규연 외, 『대한민국 파워엘리트』 (서울: 황금나침반, 2006)

54) 이규연 외, 『대한민국 파워엘리트』 (서울: 황금나침반, 2006)
55) 강인철, 『한국의 종교, 정치, 국가: 1945-2012』 (수원: 한신대학교출판부, 2013), 364.

라고 봐야 더욱 정확할 것이다. 서구사회에서는 사회 전반에 걸친 기독교 체제와 관습이 낯설어지는 과정이 탈기독교 세계라면, 한국에서는 사회의 중심 세력과 교회의 유착관계가 약화되면서 탈교회 현상이 일어난다고 볼 수 있다. 한국의 탈교회 현상은 서구의 탈기독교 세계 현상에 비해서 매우 짧은 역사와 좁은 범위 안에서 이루어지고 있다. 몇 년 전에 만난 한 미국 신학교의 총장은 서구 사회에서는 불가지론과 무신론이 오랫동안 깊이 침투되어 있기에, 사회 전반에서 기독교 신앙이 다시 부흥되는 일은 거의 불가능하다는 말을 한 적이 있다. 그렇다면 현재 우리가 경험하는 탈교회 현상을 전체적인 교회와 기독교 신앙의 본격적 쇠퇴 국면으로 보기보다는 교회를 갱신하고 복음을 새롭게 표현할수 있는 기회로 볼 수 있지 않겠는가? 종교는 사회의 변화에 따라서 소멸되거나쇠퇴하기보다 새롭게 변모하면서 지속하는 법이다. 미국의 교회 역사를 보더라도 교세의 부침은 늘 존재했고, 그때마다 교회가 갱신하고 혁신하며 새로운전도와 선교의 동력을 만들기도 했다. 따라서 현재 한국의 탈교회 현상은 서구와 같은 탈기독교 세계 현상이라기보다는, 특정한 형태의 기독교와 교회로부터 벗어나는 과정일 수 있다.

탈교회 현상은 한국사회에서 기독교의 타당성 상실 내지 위축을 의미한다.

종교사회학에서 사용하는 '타당성 구조'라는 말이 있다. 특정 사회 속에서 특정한 종교가 그 사회의 문화와 공감하며 지배적 호소력을 갖는 현상을 타당성 구조plausibility structure 또는 '설득적 구조'로 번역되기도 한다로 본다.56 '타당성'plausible이라고 번역된 용어는 개연성, 그럴듯함의 뜻을 지니는데 어떠한 종교나 이념이 특정한 시대 사람들의 생각과 관습에서 주된 판단과 기준이 되었

---

56) Peter Berger, *The Sacred Canopy: Elements of A Sociological Theory of Religion* (New York: Anchor Books, 1967), 45. 피터 버거는 이 책에서 사회를 유지시켜주는 '기반'(base)을 말하면서, 종교가 변증법적으로 기존 사회와 교류하면서 이러한 기반에 동참하게 될 때, 타당성 구조를 형성한다고 말한다. 서구 사회의 경우 기독교가 오랫동안 사람들의 집단적 가치와 인식체계 전반을 포괄하는 '신성한 덮개'(sacred canopy) 노릇을 해왔다.

다는 것이다. 그렇다면 그 동안 한국의 현대 역사에서 기독교가 사람들에게 호소력을 갖고 확산될 수 있었던 경로는 무엇일까?

한국의 현대사에서 사람들이 전쟁과 광기의 시대에 자기를 보호하는 수단으로서 기독교를 선택했고, 그 기독교는 반공과 친미의 성격을 띨 수밖에 없었다. 그러나 한국기독교의 이와 같은 친미 반공이라는 타당성 구조는 1980년대 이후 폭발적으로 일어난 반미, 민주화 운동에 의해 현저하게 약화되기 시작했다. 기독교적 국가인 미국이 한국의 불의한 군사독재정권을 옹호하고 지원한 것으로 인식되었고, 반공이념도 북한과의 적대적 공생관계의 일환으로 오직 권력 유지와 민중 착취만을 일삼는 기득권 계층의 논리일 뿐이라는 실망과 회의감은 그동안 친미, 반공을 통치수단으로 삼아 왔던 비민주적인 독재정권을 찬양. 옹호해 왔던 교회로 향하기도 했다.

경제적으로도 이미 저성장 후기 산업사회의 양상이 뚜렷한 한국사회에서 교회가 특별히 유리한 위치에 놓여 있지도 못하다. 적극적, 긍정적 사고방식노만 빈센트 필, 로버트 슐러, 조엘 오스틴과 번영신학의 유혹은 모든 시대, 모든 인간에게 상수일 뿐, 21세기 한국사회에서 기독교 성장의 변수로 기능하긴 어렵다. 오히려 경제적인 측면에서 기독교가 제공할 수 있는 선물이 있다면, 그것은 경쟁과 결핍의 시대에 심플 라이프simple life와 나눔의 정신과 실천이 될 것이다. 흔히 20세기가 산업화를 위한 생산과 성장을 일으키는 엔돌핀의 시대였다면, 21세기는 내면 성찰과 쉼의 상징인 세로토닌의 시대라고도 한다. 한국교회는 그동안의 성장 동력에 익숙한 나머지, 결단, 헌신, 열정 등의 자극적이고 행동주의적인 프레임 안에서 신앙을 표현하고 경험해왔다. 안식, 성찰, 묵상, 절제 등과 같은 가치들은 교회와 신앙의 고지로 나아가는데 어울리지 않아 보였다.

문화적으로 문명 개화기 시대의 기독교는 일반은총에 해당하는 신문물의 매개자 역할을 수행함으로써 한국사회에서 일종의 구원자의 위상을 누렸으나 근대화가 일정 수준 도달된 이후 기독교의 존재감은 이전에 비해 훨씬 저하된 것이 사실이다. 물론 미국적 기독교의 강력한 유입으로 여전히 헐리우드를 비롯한 미국의 대중문화와 엔터테인먼트 산업이 전 세계의 문화 상징을 잠식하고는 있으나, 이제는 교회가 일반 사회에 비해서 문화적으로 '앞선' 코드를 지녔거나 문화적 역량을 표현하는데 유리한 환경이 되지 못한다.

이와 같은 반공, 친미, 자본주의, 근대화로 요약되는 한국기독교의 타당성 구조가 흔들리면서 교회에 대한 호의와 신뢰도 와해되기 시작한다. 대신, 오늘날의 주요 이슈들인 다양성, 소수자, 개인존중, 공정사회, 평화와 통일, 페미니즘 등에 대해서 기독교는 극히 수세적이며 병리적인 역逆 대응을 하고 있다. 한국사회의 정치와 문화적 가치를 보수와 진보로 크게 나눈다면, 교회는 당연히 보수의 확고한 보루역할을 하는 것처럼 비처진다. 그런데 여기서 확인해야 할 사안이 하나 있다. 한국의 개신교인들이 과연 보수적 가치만 추구하고 있을까? 물론 동성애와 전통적 가족 가치에서 개신교인들은 보수적이다. 하지만 개신교인 전체가 보수 일변도라고 보기 힘들다. 그 실례는 지난 2017년 대선에서 보여준 선거결과가 잘 보여주고 있다. 정치적 이념성향에서도, 개신교 신자들이 천주교에 비해서는 보수적이지만, 불교에 비해 상대적으로 진보적이라는 통계가 있다.[57] 2013년 기독교윤리실천운동본부에서 종교인 과세에 대해 벌인 여론조사 결과에서도 개신교인들의 72.8%가 찬성하는 것으로 나온다. 물론 이 수치는 90%에 육박하는 전 국민적 여론보다는 낮긴 하지만, 종교인 과세 반대를 교계 지도자들이 앞장서서 반대하며 이를 진보정권의 개신교 길들이기로 보는 시각이 공공연한 것에 비추어보면 일반 개신교인들 사이에서는 다른 정서가 존재한다는 의미로 볼 수 있다. 따라서 개신교인들의 경우 일부 교회 지도자와 교계단체가 내거는 보수 이념적 행보와 달리 국민 전반의 정서에서 크게 벗

---

57) 천주교 신자들의 39.9%는 중도, 27.8%는 보수, 27.1%가 진보라고 밝혔다. 불교는 36.7%가 보수, 35.6%가 중도, 20.5%는 진보라고 응답했으며, 개신교에서는 중도가 36.0%, 보수가 29.7%, 진보는 29.0%가 나왔다. 개신교인들이 천주교 보다는 약간 더 보수적이지만 불교에 비해서는 덜 보수적이다.

어나지 않고, 개인적 차원에서만 신앙생활을 하면서 교계 전반의 사회, 정치적 입장에 대해서 소리 없는 반대를 할 수도 있다. 최근 교회에 다니지 않는 가나안 교인들이 큰 폭으로 상승한 것은2012년 10.5%에서 2017년 23.3% 바로 이와 같은 교계 지도자들과 일반 신자들의 사회, 문화적 의식의 괴리에서 빚어진 현상이 아닐까 싶다. 그리고 이러한 괴리가 가나안 교인들을 양산하며 탈교회 현상을 강화시키고 있는지 모른다.

결국 한국교회의 쇠퇴와 탈교회 현상은 사회속에서 기독교의 타당성을 상실한 데서 찾을 수 있을 것이다. 그러나 여기서 주의할 것이 있다. 서구 사회에서 기독교가 타당성을 잃은 것과 한국 사회에서 기독교가 타당성을 잃은 것에는 중요한 차이가 있다. 서구에서의 기독교적 타당성은 오랜 역사에 걸쳐 형성된 기독교 체제라는 기반을 갖추고 있다. 기독교적 언어와 관습이 한 동안 지배적이었으나, 이제는 기독교 자체를 전적으로 낯설어하는 세대가 서구사회의 주류를 이루고 있다. 그러나 한국 현대사에서 기독교는 이념의 대립 속에서 한 축의 주장과 가치에 협력해서 타당성을 공유한 것이다. 기독교가 주도해서 형성한 타당성이 아니라, 기독교가 다른 타당성 구조에 적극적으로 동참했을 뿐이다. 그리고 교회들이 그 동참의 혜택을 입었다. 이제 그와 같이 차용된 타당성 구조가 도전을 받으면서 기독교도 위기를 겪고 있다. 하지만 엄밀히 말한다면, 지금의 위기는 기독교 세계가 약화되는 것이 아니라 20세기에 한국적 상황화를 이룬 교회가 변화되어야 할 요청을 받는 것이다. 따라서 한국의 탈교회 현상은 사회 전반에 걸친 탈기독교화가 아니라, 특정 이데올로기와 사회, 문화적 편승했던 교회의 존재와 표현 양식에 대한 도전이라 할 수 있다.

2. 새로운 교회의 상상으로서 탈교회 현상

탈교회 시대에 우리는 새로운 교회의 표현과 양식을 고민해볼 수 있다. 최근에는 경제 양극화 뿐 아니라, 교회의 양극화라는 현상이 일어났다. 소규모 상가 임대 교회들은 이전보다 훨씬 더 생존에 힘겨워 하는 반면, 명망있는 목회자와 시스템을 갖춘 대형교회 집중 현상은 심화되고 있다. 이러한 양극화 상황에서 탈교회 현상도 심화되고 있다.

2012년에 조사된 한국 개신교인의 교회 출석 여부를 보면 10.5% 정도가 교회를 다니지 않는 것으로 집계된다. 그 가운데 교회를 출석하지 않는 이유로는 목회자에 대한 부정적 이미지19.6%, 배타적이고 이기적인 교인들17.7%, 헌금강조17.6% 등으로 교회 내부의 문제를 주로 지목했다. 개인적인 이유라 할 수 있는, 교회에 나갈 시간이 없기 때문이라는 응답이 15.8%였다.58 하지만 같은 기관의 5년 뒤 2017년 조사에서 교회 나가지 않는 이유로 가장 많이 나온 응답은 '얽매이기 싫어서' 44.1%였다. 이는 새롭게 추가된 항목이었는데, 특히 응답자가 젊을수록 비율이 더 높았다. 5년 전의 조사와 달리 교회 나갈 시간이 없어서는 8.3%로 낮아졌다. 아마도 '얽매이기 싫어서' 라는 응답 항목과 중복되어 보이기 때문일 수 있다.59 여기서 나타난 통계에 의하면 젊은층에서의 교회 이탈율은 더욱 높다는 것이다. 학원복음화협의회에서 조사한 바에 따르면 개신교인 대학생의 28.3%가 교회를 다니지 않고 있으며, 특히 서울39.3%과 인천, 경기29.3 등 수도권 지역에서 비율이 높게 나온다.60 원래 가나안 교인 현상은 교회와 목회자에 회의를 느꼈거나 신앙이 깊이 형성되지 않은 이들에게서 주로 나타났다. 그러나 가나안 교인이라는 명명이 이루어지고 사회적 논의가 확대되면서 자신의 정체성을 가나안 교인으로 규정하는 이들이 높아지는 것으로 추측된다. 이는 교회로부터의 이탈이 교회의 잘못 때문에 일어나는 현상만이 아니라 기독교인 스스로의 판단과 결정에 의해서 이루어지고 있음을 암시

---

58) 한국기독교목회자협의회 편, 『한국기독교 분석리포트 2013』 (서울: URD, 2013), 70-71.
59) 『한국 기독교 분석리포트: 2018 한국인의 종교생활과 의식조사』, 82.
60) 학원복음화협의회 편, 『청년 트렌드 리포트』 (서울: IVP, 2017), 157-158.

한다.

최근에 이르러 한국사회에서는 자기 정체성과 타자 및 소수자에 대한 논의가 화두로 떠올랐다. 이에 대해서는 심도있는 토론이 필요하지만, 우리 사회가 기본적으로 집단주의 문화에서 개인존중의 문화로 바뀌고 있음은 분명하다. 반면 기존 교회들은 집단성과 동원, 각종 종교적 규칙과 의례, 교회 밖 사람과 문화에 대한 극심한 경계심으로 채색되어 있다. 이는 교회의 규모와 상관없이 퍼져있다.

그런데 우리가 여기서 주목할 점은 탈교회 현상이 반드시 비관적이고 부정적인 것만이 아니라는 것이다. **탈교회 현상은 역설적으로 새로운 교회의 출현을 촉발하는 계기가 되고 있다. 가나안 교인들은 기존교회와 제도적 교회를 탈출하는 과정에서 새로운 교회 운동, "교회 밖 교회"와 같은 "탈교회적 교회"의 가능성에 주목하게 한다.** 미국의 종교인구 조사기관인 '바나 리서치'에 의하면 2009년에 조사한 바에 따르면, 전통적인 교회 예배에 참석하지 않은 기독교인들 가운데 28%가 대안적 형태의 종교 공동체가정교회, 미디어교회, 일터교회 등를 경험한 것으로 나타났다. 이들 가운데 4%는 가정교회에, 9%는 직장에서 모이는 형태의 공동체에, 12%는 인터넷과 미디어를 통한 신앙활동에 참여하였다. 바나 리서치의 또 다른 조사에 의하면, 이러한 대안적 형태의 신앙 공동체에 참석하는 이들의 66%가 만족하는 모습을 보인데 반해, 전통적인 교회 참석자들은 40%만이 만족하는 것으로 나타남으로써, 사뭇 대조적인 결과가 나온다. 이와 같은 비제도권 유형의 신앙 공동체들은 미국에서는 선교적 교회missional church, 영국에서는 '교회의 신선한 표현' fresh expressions of the church이라는 이름으로 탄력적이며 다양하게 시도되고 있으며 상당히 의미 있는 결과를 만들어내고 있다. 이에 대한 상세한 논의는 본 총서의 다른 글에서 다루고 있기에 생략한다. 61

---

61) 영국의 처치 아미스 리서치(Church Army's Research)에서 행한 2013년 조사에 따르면, 영국 노르위치 주교관구(Norwich Diocese) 내에서 유일하게 개척과 성장을 경험하는 교회들은 바로 '(교회의) 신선한 표현들'에 속한 교회들이었다. 이들은 노르위치 주교관구 내 교회들의 10%를 점유하

한국에서도 새로운 교회의 모색은 활발하게 이루어지고 있다. 주로 선교적 교회, 공동체 교회 등을 표방하며 일어나는데, 이는 현재 한국사회가 안고 있는 사회 문화적 문제에 대한 민감한 인식에 기초하고 있다. 오늘날 한국사회의 사회적 관계와 공동체는 어떠한 상황에 처해 있을까? 2014년 현대경제연구원에서 발표한 바에 따르면, 한국의 사회자본 지수는 OECD 32개국 가운데 최하위권인 29위로 나타났다. 공적 사회자본OECD 32개국 중 31위이 사적 사회자본28위에 비해 더 낮게 나왔음을 볼 때, 우리나라는 공적인, 즉 제도적인 복지와 안전망이 현저히 낮다. 반면 한국인들이 만족스러운 사회적, 공적 자본을 보유하지 못했음에도 불구하고, 공적 참여지수16위와 사적 참여지수18위는 OECD 국가의 평균을 웃도는 수준으로 나왔다. 즉, 사회적, 공적 삶에 대한 사람들의 관심과 의향은 어느 정도 형성되었음에도 불구하고 이를 견인할 네트워크와 기구가 부족함을 함축한다. 경제협력개발기구OECD에서도 주기적으로 36개 회원국을 대상으로 '행복지수' Better Life Index'를 조사하는데, 한국은 늘 하위권에 머무르곤 했다. 이 조사에서는 여러 항목에 대한 회원국의 지수를 조사하는데, 지난 2017년 조사에서 한국은 사회적 연대 부문에서 최하위인 36위였다. 특히 경제소득이 중하층으로 갈수록 공동체 지수는 더욱 낮아졌다.62 공동체 지수는 사회적으로, 정서적으로 지원을 받을 수 있는 네트워크와 사회적-성적 차별 등을 통한 삶의 만족도를 측정하는 것이다. 공동체 지수 조사에서는 힘들고 필요할 때 주변에 의지할 수 있는 사람이나 단체가 얼마나 있느냐를 묻기도 하는데, 한국사회는 이 부분이 현저하게 취약하다. 전통적으로 향약, 두레, 품앗이 등의 지역 결속과 유대, 그리고 견고한 가족주의 풍조가 있음에도 불구하고,

---

며, 이 교회들의 46%에서는 평신도들이 리더십을 발휘하는 것으로 드러났다. 이들이 모이는 장소로는 48.7%는 기존 교회당을 사용했으며, 25.6%는 교회의 홀을, 25.6%는 가정과 같은 교회 밖 공간을 사용하였다. 모이는 시간도 56%는 일요일을, 40%는 주중의 하루를, 4%는 토요일을 활용하였다. 이러한 교회들의 규모는 3-12명이 78%, 13-19명이 5%, 20명 이상이 5% 정도를 차지했다.

62) http://www.oecdbetterlifeindex.org/countries/korea/

급격한 핵가족화와 도시화, 그리고 소비주의와 개인주의로 인해 우리 사회의 네트워크가 붕괴되고 있다고 해도 과언이 아니다. 이와 같은 사회적, 인적 관계망의 취약성은 경제적 자립의 기회 및 타인과의 교류의 폭을 좁히면서 사람들은 심각한 고립감과 고독에 시달릴 수 있다고 OECD 보고서는 전망한다.

이러한 위기의식 가운데 사회 전반에서 마을 공동체, 지역 공동체 운동이 활발하게 일어나고 있다. 인문학 모임이나 독서공동체, 좋은 먹거리 모임, 지역화폐 운동, 수공예 공방, 작은 도서관 설립, 동네축제, 동네극단, 콘서트, 생태학습 등이 그 사례들이다. 최근에는 신앙의 공공성과 사회적 기독교에 대한 관심이 증가하면서 적잖은 교회들이 이와 같이 지역을 섬기는 창의적, 문화적 사역에 동참하고 있다. 선교적 교회 운동에서는 지역과 이웃을 위해 보냄 받은 교회의 정체성을 강조한다. 새로운 교회 운동이 신앙의 가치가 대안적 문화로 표현되는 일에 더욱 관심을 갖고 적극적으로 참여하는 현상은 바람직하다. 이는 교회의 사회적 역량을 더욱 강화시키면서 영적인 교류의 가능성을 높여줄 것이다. 그러나 이와 같은 현재의 기독교 지역 공동체 운동에 대해서 우려되는 부분이 있다. 주로 기성 교회 중심의 지역 사회 실천 프로그램이 전시적이며 행사적인 양상을 띨 수 있다는 점이다. 인격적 교류와 각자의 은사 계발을 통한 사회적 관계 형성보다는 전문성과 시스템에 의해 좌우되는 프로젝트로 기울어질 수 있다는 말이다. 이는 미국의 지역 공동체 운동들에 대한 평가에서도 비판적으로 제기되었던 문제다.63 또한 교회와 교인들은 지역 사회의 자연스러운 구성원이 되어 그 안에서 어울림을 갖고 사람들의 필요와 재능이 교환되면서 상호케어가 일어나는 과정에 참여하기보다는, 교회가 갖고 있는 물적, 인적 자원을 서비스한다는 공급자의 위치에 설 수 있다. 그러면서 아이러니하게도, 교회와 사람이 분리되는 현상이 일어날 수 있다.

---

63) 이에 대해서는 John McKnight과 Peter Block, *The Abundant Community*: *Awakening the Power of Families and Neighborhoods* (Berrett-Koehler, 2012)를 참조하라.

그렇다면 탈교회 현상은 항상 긍정적이기만 한가?:
탈교회에 대한 교회론의 문제

그럼에도 불구하고 탈교회 현상과 소속없는 신앙을 무비판적으로 옹호하는데는 태생적 한계가 있다. 한국교회의 집단주의적이고 일률적인 관행에서 해방되어 소속없는 신앙에 대한 갈망이 부상하는 것은 수긍할만하다. 그러나 그러한 갈망이 지속가능하기에는 인간의 공동체적이며 인격적인 교감에 대한 원초적 갈망이 훨씬 더 압도적이다. 더구나 한국사회는 공동체에 대한 환멸과 동시에, 더 이상 준거적 공동체가 부재하고 몹시 취약한 이중적 모순을 안고 있다. 개별성을 존중하고 보호하는 새로운 공동체에 대한 모색이 필요한 것이지, 공동체에 대한 거부, 더 나아가서 신앙 공동체로서 교회로부터의 의식적 일탈은 건강하지도, 지혜롭지도 못하다. 나는 탈교회 시대가 교회의 전통적 울타리를 리모델링하는 시도로 전환되기를 바란다.

탈교회 시대에 교회가 점점 더 세상의 주변부로 밀려가고 있는 것이 사실이다. 그러나 교회가 주변화되고 왜소화되고 있는 현실이 교회와 복음의 위축을 가져오는 것이 아니라, 오히려 형식화된 종교의 틀을 넘어서 복음을 새롭게 표현하는 기회로 전환될 수 있다. 탈교회 시대의 교회는 오히려 교회와 무관하고 종교적 언어에 낯선 무수한 사람들과의 접촉을 위해서는 매일의 평범한 삶이 생성되고 교류되는 이웃 관계 속에서 복음이 표현되고 선교적 공동체가 세워질 수 있다. 무엇보다 교회를 성직 제도와 건물로 보는 전형적인 틀을 넘어서, 다변화된 상황에서 창의적이고 혁신적인 유형, 무형의 교회됨을 추구하는 것도 가능하다. 다만, 전통적인 교회론과의 충돌을 피하기 위해서 이를 '선교적 공동체'나 '프리 처치' pre-church, 64로 명명하는 신중함도 필요하리라 본다. 이 일을 뜻있는 기존교회 목회자들의 연대를 통하여 새로운 교회개척 협력의 일환으로 진행시키는 것도 시도할만하다. 그런 의미에서 한국적 상황에서 탈교회

---

64) pre-church에 대한 상세한 설명은 각주 1번 참고.―편집자주.

가 반드시 근본적이고 보편적인 교회로부터의 de-churched가 아니라, 기존의 통념적 교회를 극복하며 다양하고 혁신적인 새로운 교회들의 출현을 가리키는 post-churched로 볼 것을 제안해 본다.65

3. 교회 갱신의 촉매제로서 탈교회 현상

탈교회 현상은 새로운 교회 운동으로서 뿐 아니라, 기존교회로 하여금 반성하고 갱신하도록 만드는 자극제 혹은 촉매제 역할을 할 수 있다. 교회를 떠난 이들에 대한 지속적이고 광범위한 연구를 하고 있는 앨런 제이미슨Alan Jamison은 그 유형을 "환멸을 느낀 추종자들"disillusioned followers, "성찰적 유배자들"reflexive exiles, "전환적 탐험자들"transitional explorers, "통합적인 길 발견자들"integrated way finders의 네 유형으로 나눈다. 비록 뉴질랜드의 복음주의 오순절 교회들을 대상으로 했던 연구이지만, 탈교회 가나안 교인들의 신앙여정에 관한 종합적 연구이기에 참고할만한 가치가 있다.66

'환멸을 느낀 추종자들'은 원래 수동적인 신앙인들로서 교회생활을 하다가 교회로부터 상처를 받거나 개인적인 실망과 분노로 인해서 교회를 떠난 이들이다. 이들은 교회에 신앙 자체에 대한 큰 고민 없이 의존적인 신앙생활을 했다가 교회를 떠난 뒤에는 아예 교회로부터 멀어지거나 성찰적 유배자들로 편입되기도 한다. 이 유형은 가나안 교인들 가운데 18%에 해당되는 것으로 본다.

'성찰적 유배자들'은 기독교 신앙에 대한 고민과 회의를 던지고 교회를 떠나는 이들이다. 하나님, 예수, 성경, 기도 등에 대한 기독교 신앙의 근본에 대한 질문을 던지며 신앙이 자신들의 삶에서 어떠한 의미가 있느냐를 고민하며

---

65) de-churched(people)와 post-churched(people)에 대한 설명은 이 글의 첫 번째 각주를 보라-편집자주.

66) Alan Jamison, *A Churchless Faith: Faith Journeys Beyond the Churches* (London: SPCK, 2002)

교회를 떠난다는 면에서, 이들은 환멸을 느낀 추종자들과는 다르다. 교회를 떠난 사람들 가운데 이러한 유형이 30%에 해당되는 것으로 본다.

'전환적 탐험자들'은 새로운 신앙이나 종교의 유형을 찾는 이들이다. 이들은 성찰적 유배자들과 비슷한 신앙의 고민을 했지만 처음부터 새로운 대체 신앙을 능동적으로 찾는다는 면에서 차이가 있다. 이들은 통합된 길 발견자가 되거나, 아니면 뉴에이지나 불가지론과 같은 다른 종류의 신념 세계로 들어가기도 한다. 탈교회 사람들 가운데 이 유형은 18% 정도 되는 것으로 본다.

네 번째 유형인 '통합적인 길 발견자들'은 교회와 신앙에 대한 친화성에서는 환멸감을 느낀 추종자들과 비슷하고, 새로운 대안을 찾는다는 면에서는 전환적 탐험자들과 비슷하다. 이들은 말 그대로 통합적인 신앙, 즉 온전하고 합리적이며 체계적인 신앙을 찾는다. 이 유형은 27% 정도 되며, 성찰적 유배자들이나 전환적 탐험자들이 이 유형으로 발전할 수도 있다.

위와 같은 네 유형 외의 탈교회 사람들de-churched people은 신앙을 잃어버리거나 무신론자가 되는 경우들이다. 이러한 네 가지 유형에 상응할만한 한국의 가나안 교인들에 대한 분류는 없지만, 교회를 떠난 가장 주된 이유인 '얽매이기 싫어서'라는 답변44.1%이 목회자와 교인들에 대한 실망과 회의를 반영하는 다른 답변들목회자들에 대한 부정적 이미지: 14.4% +교인들의 배타성과 이기성: 11.2%+사회적 역할을 하지 못하는 교회: 6.8%=32.4%을 합쳐도 그보다 높다는 것이 특이하다. 이는 가나안 교인에 대한 과거의 연구에서 암시했던 '소속 없는 신앙'의 가능성을 한층 높여준다. 위 유형에서 환멸을 느낀 추종자들이 신앙은 있으나 교회에 대한 부정적 경험 때문에 교회를 떠나는 이들32.4%이라면, 앞으로는 한국교회에게 기본적으로 퍼져있는 집단주의적이고 획일적인 신앙 문화로부터 거리를 두는 이들이 더 늘어날 것이며 이것이 현재 급증하는 탈교회 현상의 일면이다. 그런 의미에서 앞서 말한 것처럼 개별성을 존중하며 자율적 신앙의 탐구를 허용하는 새로운 공동체가 필요하다. 아울러 이는 기존의 교회됨과 목회사역에 대해서 종합적인 재고를 하게 만든다.

　탈교회 상황에 대해서 제이미슨이 제안하는 바는 '떠나는 이들에게 민감한 교회'가 되라는 것이다. 그동안 교회의 선교와 전도를 위해서 '구도자에 민감한 교회', '찾는 이 중심의 교회'라는 단어를 통해서 교회를 리모델링해왔는데 이제는 떠나는 이에게 민감하도록 사고의 전환이 필요하다. 단순히 교회의 뒷문을 막으라는 교인 관리나 단속 차원이 아니라, 사회 문화적 상황이 변동하는 시대에 복음이 재해석되고 교회의 사역이 적절한 틀로 변모되기 위함이다. 제이미슨은 떠나는 자에게 민감한 교회 사역을 위한 여섯 가지의 구체적인 지침을 밝힌다.[67]

　첫째, 사람들로 하여금 신앙의 의문과 의심을 나눌 수 있는 공간을 마련하라. 사람들이 신앙에 대한 불만과 고민을 표출할 수 있게 하라. 하나님은 대답 속에서만 존재하시는 게 아니라 질문 속에서도 임재하심을 깨달을 필요가 있다.

　둘째, 여정의 신학을 제공하라. 신앙은 구원의 확신 이후에도 평생에 걸쳐 지속되는 과정이다. 여정에는 고통과 방황도 포함된다.

　셋째, 신앙에 대해 답답해하는 이들을 정죄하지 말고 지지해주라. 신앙에 대한 의심과 불만을 표현하는 이들을 신앙을 잃은 자로, 혹은 하나님께 반항하는 자로 정죄하지 말고, 많은 이들이 신앙의 갈등 여정을 지나왔음을 알려줘야 한다.

　넷째, 다른 신학적 이해의 모델을 제공하라. 현재 교회의 신앙 전통이 절대 기준이고 그 기준을 벗어난 탐구와 의심은 용납하지 않는 태도를 지양해야 한다. 하나님은 특정한 신학 관점보다 훨씬 크시다.

---

67) Ibid., 146-149. 필자의 말로 요약해서 정리한다.

다섯째, 율법적인 신앙보다 정직한 신앙생활의 모델을 제공하라. 그리스도께서 자유케 하시는 복음을 주셨지만 너무나 많은 교회들이 억압적인 금기와 율법적인 법칙을 강요하고 있다. 사람들의 현실적 삶을 있는 그대로 하나님과 진실한 대면에 이르게 해야 한다.

여섯째, 감정과 직관을 위한 공간을 마련하라. 사람들이 자신들이 느끼는 바를 하나님 앞과 회중 앞에서 숨기는 습관을 갖게 해서는 안 된다. 공예배 중에도 하나님 앞에서 탄식하고 절규하는 시간을 갖게 하는 것도 한 방법이다.

이와 같이 교회의 평소 분위기를 떠나는 이에게 민감한 문화로 바꾸는 작업은 기본적으로 전체 집단의 기풍과 다른 사람들, 개인들, 소수자들을 존중하는 태도에 바탕을 두어야 한다. 교회가 집단주의적이고 경직된 보수주의 문화 속에서 위와 같은 분위기를 단순히 뒷문을 막으려는 전략만으로 추진해서는 단기적인 한계에 봉착할 것이다. 어쩌면 사역자들이 탈 교회인들을 어떻게 이해하고 대하느냐에 따라 기존 교회에 새로운 반성과 생기가 돌 수도 있다. 그들을 다시 교회로 데려오려는 것만이 능사는 아니다. 구습과 관행에 익숙한 나머지 신앙의 깊고 오묘함과 복음 사역의 진정성을 가로 막은 점에 대해서 통렬한 자기 성찰의 기회로 삼는 게 우선일 것이다.

나가며: 탈교회 시대의 예수 그리스도

탈교회 현상을 보면서 교회 밖 그리스도인들에 대한 논의를 할 때마다, 교회사의 두 가지 금언이 떠오른다. 하나는 초기 기독교 교부였던 키프리아누스가 남기고 전래되어 온 "교회 밖에는 구원이 없다"는 말이고, 다른 하나는 안디옥의 교부 이그나티우스의 "오직 예수 그리스도께서 계신 곳에 교회가 있다"는 말이다. 전자는 탈교회와 가나안 교인을 반박하는 주된 논조로 쓰인다. "교회 밖에 구원이 없다"는 이 선언은 과연 탈교회에 대한 치명적 위협이 될 것인가? 여기서 교회라는 용어가 어떻게 쓰이느냐가 중요하다. 교회라는 개념이 가시적인 제도권의 교회에만 국한되는가, 아니면 예수 그리스도를 따르는 다양한 형태의 신앙 공동체까지 포함하는 것인가? 물론 우리는 역사와 전통을 계승한 신앙의 본질적 내용을 존중한다. 아니 필연적으로 우리는 어떠한 특정 신앙의 전통을 따르는 공동체에 속할 수밖에 없다. 그런 의미에서 신앙은 주관주의적이거나 개인주의적 일 수 없으며, 따라서 교회 밖에 구원이 없다는 선언은 여전히 의미있는 명제다. 하지만 신앙의 표현은 새로운 공간과 시간 속에서 늘 새로워지기 마련이다. 특정한 문화 속에서의 신앙과 교회 형식을 고집하는 것은 일종의 우상숭배와 같다. "교회 밖에 구원이 없다"는 선언은 "오직 예수 그리스도께서 계신 곳에 교회가 있다"라는 더욱 근원적인 선언에 근거해야 한다. 만일 탈교회 현상을 정직하게 반성하며 성육신하신 예수 그리스도를 따라 새로운 교회 운동과 교회 갱신의 소명을 회복한다면, 그러한 갈등과 몸부림 속에서 예수 그리스도께서 계시며, 그분이 계신 곳에서 교회는 새롭게 일어날 것이다.

또한 "예수 그리스도께서 계신 곳에 교회가 있다"는 이 선언은 우리에게 예수 그리스도에 대한 더욱 온전한 이해를 요청한다.[68] 예수 그리스도가 어디에 계시냐에 앞서 예수 그리스도가 누구신가에 대한 질문이 선행되어야 한다. 탈교회 현상과 동시에 주목받는 선교적 교회 운동가들은 "교회론은 선교론에 기초하고, 교회론은 기독론에 기초한다"고 말한다. 그렇다면 탈교회 시대의 선교를 위해서는 예수 그리스도에 관한 신학을 오늘의 상황에서 재발견하는 선행 작업이 요청된다. 오늘의 목회와 선교사역을 위해서 중요한 기독론적 초점은 예수 그리스도의 대리적 사역과 예수 그리스도와의 연합 교리이다. 예수께

---

68) 이그나티우스의 서머나 교회에 보내는 편지에 등장하는 이 선언은 교회의 분열에 대해 경고하고 예수 그리스도께서 육신을 입으시고 고난을 받으며 죽으시고 부활하셨다는 전통적 기독론을 강조하며 나온다. 이그나티우스는 예수께서 하신 일과 그의 정체성이 바로 교회의 유일한 기초임을 거듭 확인하고 있다.

서는 우리를 대신해서 사역을 하셨고, 지금도 살아계신 예수께서는 성령 안에서 그 일을 지속하신다. 그 사역은 바로 보냄 받음의 사역인 선교이다. 예수께서 보냄 받으시고 맡기신 일을 이루시고 그 일에 성령을 통해서 우리를 동참케 하시는 그 사역은 그의 성육신과 죽음, 부활, 승천의 교리를 통해서 완성되었다.69 바로 이 예수 그리스도께서 계신 곳에 교회가 있다. 교회는 그의 몸이다. 로마서 12장, 고린도전서 12장, 에베소서 4장 등에서 교회의 여러 사역과 기능들예배, 교육, 전도, 친교, 봉사 등은 그 자체가 독립적인 의미를 갖는 것이 아니라, 그리스도의 몸으로서 유기적 관계를 이룰 때 성도를 세우며 복음을 증언하는 것이다. 그리스도의 몸을 이루는 교회의 기능은 상호보완적 구조 안에서 복음을 증언하는 것이다. 나는 탈교회 시대에 제도와 관습을 넘어서는 새로운 교회들이 출현하는 것을 환영한다. 그러나 분업화되고 개인주의화된 시대에서도 교회를 교회되게 하는 본질은 변하지 않는다. 그리스도가 누구신가의 질문은 교회에 대한 새로운 발견과 모색에서 항상 제기되어야 한다. 탈교회적 교회가 de-churched에 머무르지 않고, 새로운 교회를 전망하는 post-churched가 되려면 먼저 예수 그리스도께서 계신 곳이어야 한다.

---

69) 기독론을 목회적 관점에서 조명한 책으로는 앤드류 퍼브스, 『부활의 목회』 김선일 역(성남: 새세대, 2013)와 『십자가의 목회』 안정임 역(성남: 새세대, 2016)를 참조하라.

제도 교회 밖의 교회를 상상하다

지 성 근
일상생활사역연구소, 미션얼닷케이알, 대표

"교회에 정기적으로 출석하지 않은 지 2-3년이 되어가지만 나는 내가 문제가 있다고 생각하지 않아요. 나는 스스로 예수님을 따르는 제자라는 것을 의심치 않고 매일 매일의 삶 가운데서, 특히 직장생활을 하면서 하나님과 관계를 맺고 사는 것에 오히려 집중할 수 있어서 좋습니다. 다만 외로울 때가 있는데, 그것도 이전 교회의 친구 동생들과 주중에 만나서 대화할 수 있어서 문제가 되지 않는다고 생각해요. 이런 생활이 얼마나 더 계속될지 알 수 없지만 지금으로서는 이것이 최선이라고 생각합니다. 또 다시 전통적인 교회에 들어가 상처 받으면서 신앙생활하고 싶지 않아요."

직장을 다니고 있는 40대 미혼 여성을 만나 대화중에 들은 말이다. 요즘은 이와 비슷한 이야기를 많이 듣는다. 얼마 전에도 이 삼 십대 청년들과 대화하는 모임을 하면서 최근 나를 행복하게 하는 포인트 두 개와 나를 미치게 만드는 포인트 두 개를 키워드로 적고 그것을 모아 공통된 주제를 뽑아 대화하기로 했다. 이 삼 십대 그리스도인 청년 남녀 12명의 첫 번째 키워드는 놀랍게도 "교회"였다. 2위와 3위는 공부와 연예 그러나 안타까운 것은 교회는 나를 행복하게 하는 포인트가 아니라 나를 미치게 만드는 포인트로 첫 번째 키워드였던 것이다.

아래는 그날 나눈 대화의 일부이다.

"오랫동안 다닌 교회에서 제주 강정마을에 다녀온 이야기를 청년들이랑 모임시간에 나누었습니다. 그런데 담임목사님께 불려가서 교회에서는 사회나 정치적인 대화를 하지 말라고 하면서 담임목사님이 교단 헌법책을 꺼내 흔들어 보여주는 바람에 오랫동안 다니던 교회를 떠나게 되었습니다."

"어느 시점부터 페이스북과 인스타그램에 적은 내 이야기가 교회 사람들을 통해 부모님께 그대로 전달되고 있다는 것을 알고 나서부터 글을 쓰기가 부담스럽고 그래서 표현하지 않거나 공유대상을 제한하게 되었습니다. 부모님은 제 신앙이 극단적이라고 이야기합니다. 교회가 건물이 아니라 사람이라고 알고 교회의 본질에 대해서 배운 것을 이야기한 순간부터 이런 이야기를 듣습니다. 기성세대와의 갈등 때문에 기존 교회를 어떻게 해야 할지 모르겠어요."

"교회에 열심을 내고 싶어서 목사님의 말씀을 꾸준히 필기한 적이 있습니다. 그런데 어느 날 그 노트를 열어서 다시 읽어 보니 거의 모든 말씀의 결론이 "감사하는 생활"이었습니다. 성경에 정말 다양한 말씀이 있고 세상을 향한 여러 말씀들이 있는 데 어떻게 이렇게 한 가지 결론만 이야기할 수 있을까 생각이 들어 교회를 옮기는 것을 고민하기 시작했습니다. 부모님 때문에 직장문제로 거주지를 옮기고 나서야 교회를 옮기는 것을 실행할 수 있었습니다."

몇 년 전까지만 해도 이런 대화를 할 때 필자는 이야기를 들어 주고 난 후 "그래도 주님의 피로 사신 몸된 교회를 인내하며 사랑하자"고 권면할 수 있었고 상대편은 답답함을 토로하고 마음이 좀 풀린 상태이기 때문에 새 힘을 얻어 기존의 교회를 어떻게 사랑하고 변화시킬 수 있을지 대화로 이야기를 이어가곤 했다. 그러나 최근 이삼년 사이 이런 류의 대화의 결론은 필자 스스로 놀랄 만큼 매우 달라져 있다. 대부분은 기존에 다니던 교회를 떠나는 것으로 결론이 난다. 말하자면 "탈교회"가 결론인 것이다. 필자도 더 이상 "인내"와 "사랑"을 이야기하기 힘들만큼 기존교회의 상황들은 피폐해져 있어 새로운 상상력으로 문제를 대해야 할 필요를 이야기하기 시작했다.

　말하자면 진정한 교회를 누리고 경험하기 위해서는 "탈교회"에 대한 제안인 동시에 "새로운 교회"를 모색하자는 제안이다. 여기서 새로운 상상력이란 교회가 무엇인지를 묻는 본질적인 질문과 함께 역사속에서 하나님 백성의 공동체로서 교회의 모습은 어떻게 변화하여 왔는지 역사 문화적으로 이해하고 실천하는 것과 연관되어 있다. 바꿔 말하자면 새로운 상상력은 두 가지 방향에서 추진력을 제공 받는데, 하나는 성경을 읽으면서 얻게 되는 것이고, 다른 하나는 역사적이고 사회적인 실제적 사례들을 통해 얻게 되는 것이다. 이 순서로 교회에 대한 상상력을 이야기해 보자.

새로운 상상력이 필요하다-경계시기(liminality)

　필자는 2015년 3월호 〈목회와 신학〉에 "교회 밖 목회현장에서의 목회자의 정체성"이란 글을 쓰면서 〈상속의 시대에서 상실의 시대로〉 목회현실이 변하고 있으므로 〈약속의 땅에서 약탈의 땅〉으로의 변화에 주목해야 한다고 이야기한 적이 있다. 이 글을 시작하면서 청년들과 이야기한 〈탈교회〉와 〈새로운 교회〉의 제안은 바로 이런 시대의 변화를 염두에 둔 이야기이다. 이전 시대에 자연스럽고 당연하게 가졌던 생각의 방식으로는 문제가 해결되지 않는 시대가 되었고 우리는 지금 이전 시대와 앞으로 도래할 시대 그 가운데 끼여있는 일종의 '문지방 시기' 혹은 '경계 시기'를 살고 있다.

이러한 변화의 시기와 새로운 상상력에 관하여 알렌 락스버러Alan Roxbourgh 의 〈길을 잃은 리더들〉과 마이클 프로스트의 〈위험한 교회〉는 공통적으로 인류학자인 빅터 터너가 생성한 개념인 "경계시기liminality와 코뮤니타스communitas"를 언급하고 있다는 점에 주목할 필요가 있다.

아프리카 응뎀부Ndembu족을 관찰하면서 성년식成年式을 통해 유년기에서 성인기로 들어가는 과정을 연구한 인류학자 빅터 터너는 이런 통과의례를 거치는 과정에 있는 시기, 더 이상 어린아이는 아니지만 동시에 아직 성인 취급을 받지 못하는 시기를 경계시기liminality라고 하고, 이 시기를 통과하면서 경험하는 일종의 공동체 경험을 코뮤니타스commnunitas라고 표현했다.70 그리고 이 경계시기에 경험한 공동체 경험이 전체 사회를 변화시키는 중요한 힘과 상상력을 제공한다고 보았다. 이점에 관하여 마이클 프로스트는 다음과 같이 언급하고 있다.

"그터너는 젊은 부족 남성들이 제한적 시기 혹은 '중간' limbo단계에 있는 동안 그들이 경험하는 공동체의 깊이가 대단하다는 것을 발견했고, 그 결과 제한기경계시기라는 용어를 이전까지 사용해 왔던 일반적 이해를 넘어서는 의미로 인식하기 시작했다. 그는 통과의례에 참여하는 사람들은 그들을 집약적 친밀감과 평등에 대한 자연발생적 경험으로 인도하는 강력하고 뚜렷한 사회공동체를 발전시킨다. 이 공동체는 차별이 없고, 평등주의적이고, 직관적인 공동체이다. 제한기에 참여하는 사람들은 사회 일반적 규범에 대한 일치로부터의 점진적인 해방을 경험하며 서로를 향해 근본적이고 집단적인 마음을 품게 된다. 이와 같은 '초공동체supercommunity' 에 대한 감정은 거룩한 공간, 신, 영의 현존에 대한 탐구를 포함하거나 그런 존재의 실존에 자극을 받는다. … 그는 참여자들 사이에서 발생

---

70) 빅토 터너, 『의례의 과정』, 박근원 역, (서울: 한국심리치료연구소, 2005)

하는 이러한 놀라운 경험을 '코뮤니타스' 라고 불렀다."[71]

"매년 반복하는 제한기에서의 회귀가 초래한 에너지와 일상적인 부족생
활에 대한 젊은이들의 비판은, 부족민이 품고 있는 핵심적 가치에 대해
다시 한 번 상기할 수 있는 기회를 제공해 주고, 하나의 사회로서 그들 부
족이 미래를 향해 나가도록 격려하는 역할을 한다...터너는 코뮤니타스
의 맛을 본 사람들은 미래의 발전과 변화의 씨앗을 담고 있는 캡슐과 같다
고 말했다."[72]

터너의 관찰에 의하면 통과의례인 성인식 경험을 통해 응뎀부 부족의 자라
나는 아이들은 이전의 구조와는 다른 공동체인 코뮤니타스를 경험하는 경계시
기를 경험하면서 그 경험을 통해 개인뿐 아니라 전체 부족이 정기적으로 새로
운 활력을 제공받고 새로운 상상력으로 다음 세대가 구비되는 것을 경험하곤
하였던 것이다. 알란 락스버러는 이런 경계경험이 가져다주는 의미를 하나님
백성의 공동체와 연관하여 아래와 같이 이야기한다.

"경계성은 영구적인 조건이 아니다. 그것은 일정 기간 지속된다. 그런 다
음, 상황은 다시 어떤 형태의 구조와 위계질서로 전환된다. 경계성의 문
이 열릴 때, 그 문지방에는 새로운 것을 불러일으킬 수 있는 하나님 백성
의 상상력과 창의성이 잠재되어 있다. 문지방은 진정으로 새로운 것이 떠
오를 수 있도록 기존의 옛 형태와 비판들이 한동안 배제될 수 있는 공간이
다."[73]

---

71) 마이클 프로스트, 『위험한 교회: 후기 기독교 문화에서 선교적으로 살아가는 유수자들』, 이대현
   역 (서울 : SFC, 2009), 222.
72) Ibid. 227
73) 앨런 록스버그, 『길을 잃은 리더들』, 김재영 역 (서울 : 국제제자훈련원, 2005), 140.

이처럼 한 시기에서 다른 시기로 넘어가는 경계시기가 주는 불확실함과 불편함과 불안함이 분명히 존재하지만 동시에 이런 시기가 주는 기회의 요소를 경계시기와 코뮤니타스를 통해 발견한 빅터 터너의 인류학적 관찰은 '탈교회' 현상을 다루는 우리에게도 지혜를 제공해 준다. 통과의례라는 경계시기를 당면한 부족의 아이들이 경험하였던 불안과 공포를 어떤 의미에서 우리 시대 교회 전체가, 그리고 그 구성원인 청년들을 포함한 성도 전부가 경험하고 있다. 21세기라는 밀림 속에서 우리가 맞게 될 현실이 어떤 것인지를 모른다는 무지는 두려움으로 자리잡게 되고 다시금 편안했던 과거로 회귀하고 싶은 열망을 품게 한다. 그래서 하던 일을 더 열심히 하자는 주장들이 편만해지는 것이다. 그러나 만약 이 시기를 창조적으로 보낼 수 있다면, 즉 밀림 속 통과의례 가운데 있는 아이들의 공동체communitas를 부족 전체가 의도를 가지고 주시하고, 무엇보다 부족의 전통과 이야기를 전수하는 기회를 가지게 될 때, 이 불안의 경계시기와 그 속에서 배태된 공동체communitas가 부족 공동체 전체를 업그레이드 시키는 것처럼, 우리 시대의 탈교회 현상으로 등장하는 새로운 공동체적코뮤니타스 생존 양태들을 성서적이고, 역사적 교회의 본질과 연결시키고 전승된 이야기를 공유할 수 있다면, 탈교회라는 경계시기를 통해 배태되는 새로운 교회 공동체들은 복음과 교회의 미래를 향한 중요한 인큐베이터로 작동할 수 있지 않을까?

구약성서에서 얻게 되는 상상력- Post 성전시기

경계 경험의 시대를 새로운 상상력이 배태한 시기로 보고, 이것으로 구약을 이해하는 데 적용한 성서신학자는 월터 부르그만이다. 그는 성전이 무너지고 이스라엘이 바벨론 포로가 된 시기와 포로기 이후 성전을 재건할 목적으로 귀향했던 공동체를 이런 관점에서 보고 있다. 1993년에 쓴 성경과 포스트모던 시대의 상상력을 재고하는 책에서 월터 부르그만은 "백인 남성 서구 식민주의 세계의 권력을 너머선 공동체를 이끌 설교자/예배인도자로서 우리는 성령이 새로움을 가져다 줄 경계의 시기를 잘 다루어야 한다"[74]라고 이야기했다. 4년 후 1997년에 낸 책에서 부르그만은 미래 교회의 모델을 찾기 위하여 구약성경의 교회모델을 이야기하는 대목에서 이렇게 말한다.

"성전의 주도권이 붕괴된 다음의 포로기와 포로기 후기는 현재 교회의 진로를 이해하기 위하여 세심한 주의를 기울여야 하는 시기라는 것이다. 왜냐하면 그 시기의 신학적인 특징이 다시 우리가 처한 시대의 상황 속에서 다시 메아리치고 있기 때문이다."[75]

부르그만은 성서적 관점에서 교회론의 모델을 재고하기 위해[76] 구약성경의 모델을 3가지로 정리하여 제시한다. 첫 번째는 '이스라엘 군주제 모델' 인데 이것은 안정적인 왕의 리더십과 이에 부응하는 제도적인 제사장의 성전 리더십, 그리고 이것을 보완하는 좀 더 열정적이고 이상적인 경향을 가지는 선지자들의 상호 조화를 통해 오늘날 '문화적으로 잘 정착된 교회' 에 부합하는 모델이다.

그러나 이 군주제 모델은 주전 587년 이스라엘의 붕괴로 무너지고 실패를 경험하였으며 이로 인해 새로운 모델이 추구되기 시작했다고 본다. 그런데 이 새로운 모델을 추구할 때, 중요한 참조점이 되는 모델이 있었으니, 그것은 두 번째로 '군주제 이전의 이스라엘 모델' 이다. 모세로부터 시작하여 다윗왕조 이전까지 이스라엘은 군주제와는 다른 정치체제를 가졌는데 이것을 급진적으로 표현할 때 안정적인 사회관계를 포기한 〈대안적인 변방 공동체〉, 출애굽 이야기에 근거하는 〈언약과 해방의 공동체〉로 부르그만은 이것을 일종의 새로운

---

74) Walter Brueggemann, *Texts Under Negotiation* (Fortress: Minneapolis, 1993), 91.
75) 월터 브루그만, 『탈교회 시대의 설교』, 이승진 역 (서울: CLC, 2018), 286.
76) Ibid. 273-298. 제7장의 제목이 "교회론의 모델을 성경적 관점에서 재고하기" 이다.

교회의 모델의 출발이었다고 본다.

　세 번째로 우리가 주목할 것은 '포로기 이후 이스라엘 모델' 인데 부르그만은 특히 이 모델의 특징을 다음과 같이 이야기했는데, 이를 통해 오늘 우리 시대에 적실한 교회의 방향을 탐구하려 한다. 그에 따르면 포로기 이후 모델은 다음과 같은 특징을 가지고 있었다. 첫째, 그 당시 신앙공동체는 주변 사회의 공공 정책에 아무런 영향력을 행사할 수 없는 시대적인 상황을 살아내야만 했으며, 두 번째로, 헬레니즘 시기에는 문화적 혼합주의의 유혹과 독특한 정체성의 상실 문제가 매우 심각했다. 세 번째로, 이런 정치적 무관심과 사회적 혼합주의에 직면한 당시 신앙공동체의 주된 목표는 공동체의 고유한 문화 언어적인 하부구조를 구축하는 것이었다. 그래서 사회정치적인 주변부로 물러나게 된 이 공동체는 기억과 기원, 그리고 연결망 회복에 집중하기 위해 족보를 통한 과거 회복에 힘을 기울였다. 그리고 네 번째로, 희망에 관한 강력한 실천을 위한 묵시문학에 관심을 기울이는 공동체, 사회적으로 변방에 놓인 공동체, 강력하고도 신실하게 하나님을 기다리는 공동체로 존재하였다. 마지막으로 강력한 본문 공동체가 발전하였는데, 그런 점에서 이 시대는 구약의 정경화의 시대이며 회당과 '벧 미드라쉬' 라는 토라학당이 생겨나던 시기로, 그와 함께 율법과 전통을 가르치는 랍비가 등장했던 때라고 평가한다. 부르그만은 그렇게 결론을 내린다.

　　"따라서 필자가 여기에서 내릴 수 있는 결론은 포로기 전후의 상황이 성전-왕권-선지자의 공동체로부터 본문 공동체로의 변화를 가져왔다는 것이고, 그 과정에서 공동체는 텍스트 속에 담긴 진리와 그 모든 위험스러운 파괴력과 씨름하면서 이 세상을 향하여 이 세상과 전혀 다른 실재의 양식을 계속 증언했다."77

---

77) Ibid, 290.

월터 부르그만의 분류대로 말하자면 포로기 이후 모델은 성전 공동체로 드러난 군주제 모델을 극복하기 위해 군주제 이전의 모델로 돌아가 초기 모델의 자료를 활용하고 창조적으로 발전시켜 나갔고 강력한 '본문 중심의 공동체'를 탄생 시켰던 것이다. 어찌 되었든 우리는 월터 부르그만의 논의를 통하여 "성전"을 중심으로 그 이전 시대와 그 이후 시대의 분명한 시대적인 전환이 있었다는 점을 확인하게 된다. 앞에서 언급한 것처럼 군주제의 안정적 구조는 종교적으로는 성전의 존재=성전 종교를 통해 더 확고하여졌다는 것이다. 성전은 여호와 하나님의 임재의 상징이었고 성전은 여호와의 이름과 명예를 두신 곳이기 때문에 성전과 성전을 품고 있는 예루살렘은 절대 함락될 수 없다는 것이 확고한 이스라엘의 믿음이었다. 그러나 이런 믿음이 주전 587년의 성전과 예루살렘의 붕괴, 그리고 바벨론 포로로 끌려가는 역사적 사건을 통해 산산이 무너졌다.

안전함과 확실함의 근거였던 성전의 붕괴 이후post-성전의 하나님의 백성들은 본향을 잃어버린 불안과 불확실함 가운데 거하게 되었다. 무엇보다도 성전 없이 어떻게 하나님을 예배할 것인지, 성전종교가 보장하는 제사장과 제사 제도없이, 그리고 성전 공동체없이 하나님을 예배하고 살아가는 법을 배워야 했다. 성전의 붕괴와 포로기 이후의 삶은, 한편으로는 하나님의 백성의 공동체의 종교적 도덕적 실패에 대한 징벌이며 엄청난 위기였지만, 다른 편으로는 이 시기는 하나님이 성전과 제사제도와 제사장을 중심으로 하는 성전종교에 매이지 않는 분이시며 예루살렘 성전에서만 예배 받으시는 분이 아니라 바벨론 제국 어디서나, 유브라데 강가에서도 높임을 받으시는 분이시라는 것을 깨닫게 되는 엄청난 기회, 창조적인 교육의 시간이었다. 앞에서 언급한 회당중심의 본문 공동체의 형성도 이런 창조적인 기회를 통해 얻게 된 결과였다.

다니엘은 우리가 아는 대로 모든 제국의 시대를 거쳐 살면서 역사의 주인이 여호와 하나님인 것을 증거한 사람이었다. 다니엘과 세 친구의 공동체는 위기의 시대, 경계의 시기에 형성된 일종의 코뮤니타스 공동체였다. 다니엘은 과거 성전의 방식으로 짐승을 죽여 화제로 드리는 제사를 드린 적은 없지만 여전히 하루에 세 번 예루살렘을 향한 창문을 열고 기도하는 새로운 방식으로 창조적인 방식으로 하나님을 매일 예배하였다. 이렇게 성전붕괴 이후, 바벨론 포로로 잡혀 간 이후 하나님의 백성들은 전에는 한 번도 상상할 수 없는 방식으로 공동체를 형성하고 하나님을 예배하는 새로운 방식을 경험하게 된 것이다.

탈성전의 시대인 바벨론 포로 시대 하나님의 백성들은 이렇게 창조적으로 새로운 예배 방식을 스스로 체득하고, 새로운 소수의 공동체를 통해 군주제 이전 시대, 출애굽으로부터 내려오는 이야기들을 함께 나누면서 결국은 자신들의 탈성전 경험을 통하여 아브라함의 언약의 핵심인 모든 열방에게 복을 주시려는 하나님의 의도가 숨겨져 있다는 것을 알아야 했다. 바벨론 포로기 이전에는 확실성과 안전의 상징인 성전과 예루살렘으로 보호되는 하나님의 백성을 자처하는 유다족속만 복을 독점적으로 누리는 것으로 아브라함의 언약을 오해했다면 이제 탈성전의 시대를 맞으면서 비록 처음에는 혼란과 불확실성속에서 우왕좌왕하였지만 실패한 자신들을 하나님의 백성으로 삼으신 원래의 소명을 확인하기 시작했다. 바벨론에 포로로 가 있는 사람들에게 보낸 예레미야의 편지는 이런 내용을 담고 있다.

> "만군의 여호와 이스라엘의 하나님께서 예루살렘에서 바벨론으로 사로잡혀 가게 한 모든 포로에게 이와 같이 말씀하시니라 너희는 집을 짓고 거기에 살며 텃밭을 만들고 그 열매를 먹으라 아내를 맞이하여 자녀를 낳으며 너희 아들이 아내를 맞이하며 너희 딸이 남편을 맞아 그들로 자녀를 낳게 하여 너희가 거기에서 번성하고 줄어들지 아니하게 하라 너희는 내가 사로잡혀 가게 한 그 성읍의 평안을 구하고 그를 위하여 여호와께 기도하라 이는 그 성읍이 평안함으로 너희도 평안할 것임이라" 렘 29:4-7

하나님께서 탈성전의 당황스러움을 경험하게 하신 것은 바벨론에서 일상생활을 누리면서 동시에 그 도시, 그 이방 민족을 위하여 평안을 구하고 복을 구하는 원래의 소명을 수행하는 자들이 되도록 하시기 위함이었다. 이것이 하나님의 백성 이스라엘이 바벨론의 도시로 보냄 받은 사명이 된 것이다. 집을 짓고 텃밭을 만들며 결혼하고 양육하는 일상생활을 통하여 생활신앙이 무엇인지 알고 경험하며 그 과정속에서 주변의 이방 민족들이 모여 있는 도시를 향한 평안을 구하고 복을 구하는 기도를 드리는 하나님 백성의 공동체, 이것이야 말로 원래 성전의 목적의 성취이다. 한 마디로 다시 말하면 탈성전을 통하여 비로소 성전의 목적을 성취할 수 있었다는 것이다. 물론 이 모든 일은 하나님이 직접 일하심을 통하여 가능한 것이었다. 하나님은 이런 원래의 소명, 혹은 보냄받은 사명을 잘 수행할 때 다시 원래의 고향으로 70년이 차면 돌아 갈 수 있을 것이라고 이야기하신다. 렘 29:8-9

"탈성전" 혹은 "Post-성전"으로 표현되는 이 포로기 이후 시기의 이야기는 일종의 전복적 상상력을 21세기를 사는 우리에게 제공해 준다. 오늘 우리가 경험하는 좌절과 실패감, 혼란과 불확실함은 소위 post 시대의 징후라고 이야기해도 과언이 아니다. 문화적으로 post-modern뿐 아니라 post-human, post-religion, post-truth의 시대로 표현되는 시대를 우리가 살아가고 있고, 그리스도인들로서 우리는 이 모든 것 위에 소위 후기 기독교 시대 혹은 탈 기독교 시대로 표현되는 post-Christianity의 도전을 맞닥뜨리고 있다. "탈교회"를 이런 포스트 '탈' 혹은 '후기'로 번역되는 시대의 맥락에서 정의할 수 있다면 우리는 이런 포스트 시대, 탈현상을 위협으로 볼 것인가 아니면 다시금 우리 시대를 앞서서 이끌어 가시는 하나님의 일하심으로 볼 것인가 하는 질문을 스스로 던져 볼 수 있을 것이다. 앞에서 살펴 본 "탈성전" 혹은 "포스트성전"의 이야기는 각종 post 무엇 시대의 내용을 통째로 그 안에 함축한 것 같은 "탈교회" 현상을 새롭고 창조적으로 대할 수 있는 역동적인 상상력을 제공해 준다. 말하자면 소명과 사명을 망각한 유다민족을 교정하시려는 목적으로 바벨론 포로 경험을 통해 경계경험을 하게 하시고 그런 와중에 이전과 다른 모습의 코뮤니타스communitas 공동체가 일어나게 하시고 그것을 통해 성전의 원래 목적이 성취되는 것을 경험하게 하신 것처럼, 하나님께서는 소위 포스트 세상 속에서 본연의 사명을 놓쳐 버리고 제도화되고 경직된 교회를 다시금 새롭게 하시려는 하나님의 일하심으로 "탈교회"를 볼 수 있는 눈을 열게 하실 것이다. 이런 눈으로 포스트 시대, 세상 속에서 일하시는 하나님의 일하심을 분별하고 인식하여 그 일하심에 동참하는 실제적 사례들인 다양한 공동체들, 새로운 교회들의 모습의 출현은 탈교회 시대를 위한 또 다른 창조적이며 새로운 상상력의 단서가 될 수 있을 것이다.

선교적 교회, 일상교회, 교회 너머의 교회-Deep Ecclesiology

포스트 시대의 징후로서 교회가 세상의 주변부로 밀려나 있는 현실을 인도 선교사를 은퇴하고 영국으로 돌아와 목도하게 된 레슬리 뉴비긴은 다원주의적인 영국 상황에서 복음을 사사로운 것으로 만들어 버리고, 사회와 문화 속에서 복음을 공적인 진리로 제시하지 못하는 교회의 모습을 안타까워하였다. 그래서 그는 〈다원주의적인 세상 속에서 어떻게 교회가 존재해야 하는가〉에 대한 근원적 물음에 답을 찾기 시작하였고 여러 통찰력 있는 저술들을 내어 놓았다. 교회는 우선 존재하는 곳에서 보냄 받은 의식과 성육신적 삶을 공동체적으로 현현하여야 하며 복음을 타당성 구조로 받아들이고 그 복음에 합당한 교회로 존재하는 것이 가장 공적이 될 수 있는 길이라고 제안하였다.[78]

레슬리 뉴비긴이 토마스 아퀴나스의『신학대전』에 비견하여 선교학 대전이라 극찬하였던 책『변화하고 있는 선교』Transforming Mission을 쓴 남아공 선교학

---

78) 레슬리 뉴비긴은『다원주의 사회에서의 복음』,『포스트모던 시대의 진리』,『헬라인에게는 미련한 것이요』등에서 복음이 사적인 영역에서만 진리에 머무르는 것이 아니라 공적인 진리라는 것을 강력하게 주장하고 있다.

자 데이빗 보쉬는 선교의 패러다임의 변화에 초점을 맞추어 그의 책을 기술하였다.[79] 그는 토마스 쿤의 패러다임 쉬프트 개념을 선교학에 적용하여 교회사를 6개의 시대epoch로 나누고 각 시대마다 그 시대에 걸맞는 선교 패러다임이 있어왔다고 주장하였다. 그의 주장의 백미는 현시대는 현시대에 맞는 Emerging Ecumenical Missionary Paradigm 신흥 에큐메니칼 선교적 패러다임이 필요하다고 주장한 것이다. 특별히 그는 패러다임의 변화에 따른 선교의 역사를 정리하면서 오늘날 교회가 과거 시절의 선교의 역사를 회개하고 어떻게 우리 시대에 필요한 패러다임을 가질 것인지를 이야기하였다.

레슬리 뉴비긴과 데이빗 보쉬의 이런 통찰을 북미의 상황 속에 투영한 움직임이 1996년 시작된 북미의 Gospel and Our Culture Network였다. 그리고 이 그룹의 첫 번째 결과물이 George R. Hunsburgh, Craig Van Gelder, Alan J. Roxburgh, Inagrace T. Dietterich, Lois Barrett, Darrell L. Guder가 함께 쓴 『선교적 교회』Missional Church, 80라는 책이다. 이들은 이 책을 통해 북미속에서 교회가 자신의 정체성을 승리자 혹은 정착민settler이 아니라 순례자pilgrim로 이해하여야 할 필요를 강력히 제기한다. 북미교회가 해외 선교를 통해 선교의 최선봉에 서있다고 자부할 것이 아니라 지금 교회가 서있는 자리가 바로 선교지임을 자각하며, 교회와 그리스도인의 모든 활동을 세계 속에서의 하나님의 선교에 동참하는 것으로 이해하여야 한다고 주장하였다.

이런 일련의 흐름에 자극을 받은 목회자들과 실천가들은 21세기 포스트 세계 속에서 일하시는 하나님의 일하심에 전향적으로 반응하기 시작했다. 이런 다양하고 창의적인 모습을 담으려고 노력한 책이 마이클 프로스트와 알란 허쉬가 공저한 『새로운 교회가 온다』이다. 이 책에서 저자들은 패러다임의 변화를

---

79) 『변화하고 있는 선교』, 김병길 역 (서울: CLC, 2010), 『세계를 향한 증거 : 선교의 신학적 이해』, 전재옥 역, (서울: 두란노, 1993)

80) 대럴 구더 편, 『선교적 교회』, 정승현 역 (인천: 주안대학원대학교출판부, 2013)

촉구하는 수많은 신선하고 도전적인 개념들예를 들면, 경계사고와 중심사고의 비교, 제3의 장소개념 등을 제시하면서 동시에 실제적이고 전위적인 사례들을 묘사한다. 이 사례들은 저자들이 꼭 답습해야 할 모델로 생각하라고 제시하는 것이 아니라 이런 사례들을 통하여서 관점이 열리고 창의적인 자극을 받는 일종의 양식mode을 보여주려고 기술한 것이라고 할 수 있다.

마이클 프로스트와 알란 허쉬는 지난 1700년 동안 서구 사회를 지배해 왔던 종교문화로서의 크리스텐덤의 시대가 종국을 고하고 있다고 말한다. 그런데 서구 문화는 종교와 사회가 결탁되어 있는 크리스텐덤을 극복한 포스트 크리스텐덤 시대를 맞이했는데 여전히 서구 교회는 크리스텐덤 방식으로 생각하고 움직이고 있다고 비판하면서 새로운 패러다임의 전환이 필요하다고 주장한다. 특히 전통적으로 크리스텐덤의 패러다임 속에서 볼 때 기독론복음이 교회론을 결정짓고 그 교회론에서 선교가 나오는 "교회의 선교"의 입장이 대세였다면 이제는 "기독론Christology이 선교학missiology을 결정짓고 선교학이 교회론ecclesiology을 결정짓는다"81는 "하나님의 선교"Missio Dei의 관점, 원래의 성서적인 관점으로 패러다임이 획기적으로 변화할 필요가 있다고 주장한다. 말하자면 그리스도의 복음Christology으로 보냄받은 선교의 현장인 세상을 하나님의 선교의 관점으로 바라볼 때missiology 그 지점에서 합당한 교회의 틀과 방향, 모습ecclesiology이 결정된다는 것이다. 이것은 역사적으로도 증명되는 데 교회는 그 문화적 환경과 불가분의 관계를 갖고 있고 문화적 변화에 따라 교회 자체의 개념도 바뀌어 온 것이 역사적인 현실이다.

저자들은 크리스텐덤 교회를 극복하는 선교적 교회의 모습을 세 가지 특징으로 제시하고 있다. 첫째, 매력을 발산하여 사람들을 끌어 모으는 것이 아니라 적극적으로 세상 속으로 들어가는 성육신적인 모습을 가지며, 둘째, 세상과 물질에 부정적인 이원론적인 영성을 극복하고 문화와 세상에 참여하도록 하는 메

---

81) 마이클 프로스트, 알란 허쉬, 『새로운 교회가 온다』지성근 역 (서울: IVP, 2009), 40.

시아적 영성이 필요하며, 마지막 셋째, 계급적인 리더십을 극복하고 모든 성도들이 은사대로 참여하는 사도적 형태의 리더십의 모습을 가진다고 이야기하면서 이런 모습들을 수많은 전복적인 사례들을 들어 제시한다. 많은 경우 이런 사례들은 우리가 "교회"라고 아는 모습들과는 급진적으로 달라보여서 당혹스럽기도 하다. 그러나 때로는 매우 전통적인 모습을 하고 있지만 실제로 들어가 보면 놀랍고도 흥미로운 공동체들의 모습도 보는 데 이런 탈크리스텐덤 교회 모습의 교회들은 한결같이 상상력과 창의성가 혁신과 대담성을 가치 있게 여기는 리더십들을 통해 이런 모습을 갖게 되었다는 것을 알 수 있다.

위에서 언급한 동일한 문제의식 속에서 자연스럽게 나온 것이 '일상교회'이다. 일상생활 속에서 복음과 공동체, 제자도를 이해하고 추구하는 교회의 모습을 필자가 시작한 〈일상생활사역연구소〉가 이야기해 왔고 필자 자신이 이런 의식을 가지고 개척하여 10여년을 함께한 교회도 이런 흐름 속에 있다고 할 수 있다. 일상교회의 취지는 시간적으로 주일을 제외한 주중의 삶에서 복음을 드러내지 못하고 제자의 삶을 살지 못하는 이유가 기존의 교회가 성도들을 주중의 삶에서의 일상생활을 적극적으로 예배의 자리로 이해하고 살아내지 못하도록 막기 때문이라고 생각하고 주중 모임을 없애고 대신에 주중의 일상생활을 어떻게 이해하고 살아야 하는지에 대해 서로 나누고 격려하는 그런 교회를 만들고 추구했다. 이런 교회의 모습을 베드로의 공동체와 영국의 현실 공동체를 엮어 이론적으로 보여주는 책이 나온 것은 다행한 일이었다. 2011년에 영국에서 출간되고 2015년에 한국에서 번역 발간된 『일상교회』는 후기 기독교 상황인 영국에서 〈크라우디드 하우스〉라는 일종의 네트워크를 통하여 쇠락해가는 영국교회의 최전선에서 창의적으로 복음을 전하고 교회를 개척하는 참신한 발상들을 서술하고 있다. 팀 체스터와 스티브 티미스는 **일상생활에서 선교하는 일상의 교회**가 되는 것을 소명으로 생각하고 "선한 이웃과 동료, 가족으로 **일상생활을 살면서, 적의를 느낄 때 선을 행하고, 평범한 삶의 정황에서 그리스도를 증거**

하는 일상의 선교"를 이야기하고 있다.[82] 필자는 이 책을 추천하는 글에서 "한국교회는 지금까지 하던 일들을 조금 더 열심히 하는 것으로는 더 이상 극복하지 못할 위기에 처해 있다. 평범한 매일의 삶이 하나님의 선교의 핵심이라는 이해와 상상력을 통해서만 이 위기는 기회가 될 것이다. 이 책은 베드로 전서와 저자들이 겪은 실제 경험을 통해 그 핵심에 대한 이해와 상상력을 한껏 제공한다."라고 이야기 한 적이 있다.

이렇게 일상생활을 선교의 자리 보내심을 받은 사명의 자리로 이해할 때 교회의 모습은 참으로 다양할 수 있을 것이다. 전통적인 교회의 틀과 구조를 유지하면서 일상생활에서의 생활신앙을 강조하는 것에서 시작하여, 주중교회 형태로 직장사역 모임이나 일터교회를 통하여 직장과 일터로 나가는 선교적 시도를 하는 모습을 거쳐, 시간적으로 공간적으로 지금까지는 전혀 보지 못했던 틀거리[83]를 만들어 내는 급진적 시도에 이르기까지 일상교회의 스펙트럼은 다양할 수 있겠다.

무엇보다도 중요한 것은 '어떤 틀을 먼저 생각하고 그 제시된 틀이 주효할 테니 다 같이 그렇게 해 보자' 하는 쏠림현상은 그것이 아무리 "선교적"이란 이름을 붙인다 할지라도 지금까지 한국교회에서 자주 볼 수 있었던 퇴행적인 모습에 다름 아닐 것이다. 그래서 무엇보다도 잠잠히 지금 세상 속에서 먼저 행하시며 일하고 계시는 하나님의 일하심이 어디에서 어떻게 진행되고 있는지를 보는 공동체적 안목, 리더의 안목이 필요한 것이다. **교회의 위기 속에서 정말 희망을 발견하려면 오히려 모든 것을 "교회"로 환원시키는 디폴트모드를 버려야 한다**고 강조하면서, 오히려 이웃과 세상 속에서 앞서가며 일하시는 하나님을

---

82) 팀 체스터, 스티브 티미스, 『일상교회』 신대현 역, (서울: IVP, 2015), 18–19.

83) 예를 들면 시간적으로는 매주 한 번 주일에 모이는 형태가 아닌 격주로 모이는 교회. 매월 한 번 모이는 형태의 공동체라든지 공간적으로는 그런 시도들이 적지 않지만, 전형적인 교회 공간이 아닌 일상적인 공간을 평소에는 제3의 장소로 사용하고 예배 때에는 공동체의 모임 장소로 사용하는 카페교회나 도서관교회.

신뢰하며 이웃가운데 들어가서 작은 행동을 실천해 보자고 권유하는『교회 너머의 교회』를 쓴 알란 락스버러의 이야기[84]에 우리는 귀를 기울일 필요가 있다.

　실제로 지난 3년간 필자는 뇌성마비로 스스로는 거동을 하지 못한 채 37년 간을 지내온 한 형제를 한 달에 한 번 일요일에 방문하고 있다. 10년 전까지는 지역교회의 청년 공동체에서 이 형제를 주일 교회로 실어 나르는 수고를 했기 때문에 지역교회를 나갈 수 있었지만 공동체의 리더십이 바뀌고 상황이 바뀌면서 도울 수 있는 사람이 없어서 자연스럽게 교회를 나갈 수 없게 되었다. 그는 물론 부모님이 업어서 등교했고 어머니가 대신 리포트나 시험을 형제가 구술하면 적어주는 노력을 통해 학부에서 신학을 공부했고 특별히 귀납적 성경연구에 대한 열정이 강렬하여서 교회에 나갈 수 없는 형편에서도 지속적으로 말씀을 읽고 연구하였다. 그럼에도 불구하고 그는 교회에 나가지 못했던 이 시기를 안타까운 시기로 이야기한다. 이런 형편 때문에 필자는 개척한 교회를 사임한 그 주일에 이 형제를 방문하고 그 이후로 이 형제가 연구한 말씀을 나에게 이야기해 주는 방식으로 이 형제와 우리는 한 달에 한 번 교회를 경험하고 있다. 형제는 어쩔 수 없는 이유로 "탈교회" 했지만 지금 우리는 교회를 경험하고 있다. 한 번은 다시 이전의 교회 혹은 부모님이 나가시는 교회로 갈 마음이 있는지를 물었는데 그럴 마음이 전혀 없다는 의외의 대답을 들었다. 이유는 무엇일까? 그는 한 달에 한 번이지만 예수님의 이름으로 두 사람이 만나는 만남을 교회로 이해하고 있었다. "두 세 사람이 내 이름으로 모인 곳에는 나도 그들 중에 있느니라." 마 18:20

　사실 어떤 의미에서 시간적으로 공간적으로 전통적인 크리스텐덤 형태의 교회의 구조를 유지하는 것은 이제 점점 힘들어 질 것이다. 일부 대형 교회들은 그 구조와 그 구조를 위해 필요했던 교회의 표지들을 붙잡고 계속해서 교회의 영광을 이야기할 수 있을지 모르지만 **탈크리스텐덤 시대의 교회는 새로운 상상력**

---

84) 알란 락스버러, 『교회 너머의 교회』 김재영 역, (서울: IVP. 2018), 191.

이 필요하고 새로운 상황에 맞는 교회론과 교회의 표지도 필요하다.[85] 이런 점에서 이머징 선교적 교회의 논의 중에 나온 '깊은 교회론' Deep Ecclesiology을 여기서 소개하려 한다. 2002년 즈음에 이머징 선교적 교회 담론이 형성되는 과정 중에 뉴질랜드의 선교적 교회개척 실천가중 한 명인 앤드류 존즈가 사용하였던 말을 브라이언 맥클라렌이 2008년 그의 삼부작의 마지막 책인 *The Last Word and the Word After That* 에서 정교하게 만들어 인용하였고 2009년 짐 벨처가 『깊이있는 교회』에서 전통교회와 이머징 교회의 장점을 종합하여 제3의 교회의 모습을 추구하는 데 있어서 이 용어를 사용하였다. 짐 벨처는 자신의 책의 제목을 Deep Church라고 사용하면서 이 용어가 제일 먼저 사용된 것은 오래전 C. S. 루이스가 한 언론 기고문에서 개신교의 여러 전통을 아우르고자 사용했던 데서 '깊은 교회' 라는 단어가 유래했다는 것을 밝혀내었다.

2005년 내시빌에서 열린 이머전트 컨벤션에서는 '깊은 교회론' 이라는 용어를 이렇게 정의했다. "우리는 어떤 형태의 교회를 선호하거나 혹은 다른 형태를 거부하기보다는 모든 교회의 형태들은 강점과 약점 가능성과 문제점을 가지고 있다고 보며 '깊은 교회론' deep ecclesiology을 실행하려한다."[86] 브라이언 맥클라렌은 깊은 교회론은 역사적이고 문화적인 정황 속에서 교회가 어떤 형태의 모습을 택하든지간에 두 세 사람이 예수 그리스도의 이름으로 모인 곳에 그리스도의 임재가 함께 하시겠다는 말씀에 입각하여 교회를 이해할 것을 이야기한다. 이런 깊은 교회론의 관점에서 탈크리스텐덤 시대의 교회, 탈교회 시대의 교회를 생각한다면 그것은 어떤 모습의 교회일까? 아마도 그 교회는 역사속에 존재해 왔던 모든 형태의 교회의 모습을 존중하면서도 주변부의 삶, 일상생활의

---

85) 나는 전통적인 교회의 표지인 니케아 콘스탄티노플 공의회의 "하나이며 거룩하고 보편적이며 사도적인 교회를 믿는다"는 고백이나 혹은 종교개혁교회의 표지인 말씀과 성례, 권징의 바른 시행은 여전히 유효한 가치를 지닌다고 믿는다. 동시에 이 표지들은 일정 정도 당대의 역사적 정황에서 교회의 순수성과 건강성을 지키기 위한 필요에서 만들어 졌다는 것도 인정할 필요가 있다고 생각하며 그런 점에서 오늘 우리 시대에 적합한 논의가 필요하다고 생각한다.

86) http://tallskinnykiwi.typepad.com/tallskinnykiwi/2005/05/deep_ecclesiolo_1.html

삶속에서도 복음의 이야기를 나눌 수 있을 만큼 비형식적이고 실천적이며 전복적인 형태의 소수의 공동체들의 모습이 될 수 있지 않을까?[87]

나가면서

탈성전 시대, 즉 성전 이후 시대를 살았던 하나님의 백성들 중 일부는 다시 귀환하여 성전을 재건하는 일을 하게 되었다. 그러나 그들이 쌓아올리는 성전의 모습은 학개서 2장 3절에 의하면 어떤 사람들이 보기에는 보잘 것이 없을 정도로 안타까운 모습이었다. "너희 가운데에 남아 있는 자 중에서 이 성전의 이전 영광을 본 자가 누구냐 이제 이것이 너희에게 어떻게 보이느냐 이것이 너희 눈에 보잘것없지 아니하냐." 패배주의와 실패감이 다시 하나님의 백성의 공동체를 휩쓸었다. 냉소주의가 배어 나오는 상황이었다. 이런 상황에 주시는 하나님의 말씀은 두려워하지 말고 스스로 굳세게 하며 진동치 않을 나라로서의 하나님의 성전을 기대하라는 것이었다. 학2:4-7

탈교회 시대의 교회, 포스트크리스텐덤 시대의 교회, 제도교회 너머의 교회를 추구하는 오늘날의 선교적 교회, 일상교회, 교회 너머 교회, 깊은 교회론이 건설하는 교회의 모습 역시 과거의 크리스텐덤 교회의 영화를 기억하는 사람들에게는 보기에 보잘 것 없을 수 있을 것이다. 그러나 성서와 역사속의 모든 패러다임 전환의 시기에 하나님의 백성들에게 주시는 하나님의 말씀의 약속을 믿으며 이 걸음을 걷는 이들이 필요하다. "스스로 굳세게 할지어다. 내가 너희와 언약한 말과 나의 영이 계속하여 너희 가운데에 머물러 있나니 너희는 두려워하지 말지어다."

---

87) 브라이언 맥클라렌의 책 *The Last Word and the Word After That* 을 인용하고 있는 아래의 싸이트를 참고하라. http://www.beliefnet.com/faiths/christianity/2005/05/wherever-two-or-three-are-gathered.aspx#4HpXUEVhX5FBZm6r.99

평신도 교회
우정, 평등, 비일상의 해석공동체를 위하여

최 규 창
작가, 바이오벤처 기업가

> 평신도라는 용어는 종교적 어휘에서 최악의 용어 중 하나이므로 그
> 리스도인의 대화에서 사라져야 마땅하다_ 칼 바르트

일극주의(一極主義)[88]의 종말

우리나라만큼 서열이나 리더십이 중요한 사회가 또 있을까. 우리는 모이면
늘 정치 이야기를 하고 정확히는 정치인들, 안정적 관계를 위해 나이든 기수든 빨
리 관계의 서열을 정하려고 하고, '갑을관계'가 당연시 되고, 가부장 문화 세대
가 공존하고 있으며, 승진이나 연봉이 주는 상대적 만족이 죽고사는 것을 결정
할 정도로 민감한 사회 속에서 살고 있다. 역사적으로도 근대가 시작된 이후 줄
곧 '복종'의 정치 이데올로기 시대를 거쳐, '순종'을 종교적 덕목으로 여기는
종교문화가 마치 공기처럼 자연스럽게 우리 곁에 존재하는 환경을 살아왔다.
정치집단들도 개인의 의견보다는 리더의 '입만 쳐다보는' 문화 속에 있고, 사
회 전체적으로도 여전히 집단주의 문화가 강하게 작동하고 있다. 따라서 무엇

---

88) 일극주의란 중심이 되는 세력이 한쪽으로 집중되어 있는 경향을 말한다.

보다 리더가 중요하고 그의 지도력으로 조직이 성장한다는 신화를 믿으며 살고 있다.

교회 역시 동시대인들의 공동체이고, 사회적 기관인만큼 이런 영향력에서 자유로울 수는 없었기 때문에, 성경적 세계관으로 제대로 검증되지 못한 '트로이의 목마들'이 교회 안에는 여전히 즐비한 것이 사실이다. 최근에는 한국교회 내부에서도 '성직주의'나 '성장주의'와 같이, 성경적 근거도 희박하고 시대정신에도 부합하지 않는 부정적 개념들이 분석, 폭로되고, 이를 개선하기 위한 자정自淨의 움직임이 일어나고 있는 것 또한 사실이다. 어찌보면, 모든 조직이 리더 중심의 일극주의一極主義로 운영되는 우리나라의 정서상, 교회에서 균열탈중심화이 일어난다는 것은 매우 이례적인 현상이라고 할 수 있다. 하나님에 대한 일원론적 신앙이 시나이 광야에서의 금송아지처럼 조금만 왜곡되면 현실세계에서는 사람에 대한 일극주의로 나타나기 때문에, 이탈이 가장 어려운 집단이 바로 교회이기 때문이다. 교회의 미온적, 형식적 변화에 만족하지 못하는 많은 교인들이 교회를 소리없이 빠져나가는 현상은, 인간에 대한 사회적 인식이 급격하게 변화되는 상황에서, 기존 교회 구조나 교리들이 세상에 대한 설명력을 잃고, 이에 부응하지 못하면서 나타난 현상이라고 볼 수 있다. 이전에는 교회가 세상과 분리되어 존재할 수 있는 시대도 있었지만, 이제는 더 이상 교회가 홀로 존재할 수 없는 시대다. 거룩함으로 세상과 불화不和해야 할 교회가, 수준 이하의 몰상식과 비도덕으로 세상과 불화하고 있고, 언제부터인가 성도들과도 불화하기 시작한 것이다. 이탈은 그런 불화가 분열과 분리로 이어지는 현상이다. 교회를 떠난다는 것은 한편으로는 신의 대리인으로 여겼던 리더를 떠나는 것이며, 신앙생활의 중심을 벗어나는 행위다. 5백년전 종교개혁은 소수의 강력한 리더들에 의해 주도되었지만, 오늘날 벌어지고 있는 양상은 전혀 다르다. 아마도 이런 현상은, 사회의 다른 분야들과 마찬가지로, 매우 크고 빠르고 급진적으로 진행될 가능성이 높다.

이런 분위기에서 하나의 현상으로 나타나고 있는 것이 소위 '평신도 교회'다. 이에 대해 논하는 것은 아직 설익고 단기적인 분석에 그칠 가능성이 높으며, 더군다나 서열이나 리더십이 매우 중요한 우리 사회에서 그것이 최소화된 공동체는 어떤 형태로 존재할 수 있을 것인가에 대한 전망이 정확할 수는 없을 것이다. 교회사에서도 그런 형태의 교회는 존재해왔으나 주류를 형성하지는 못했다. 한국교회를 보더라도, 특히 최근 20년간 내가 목격했던 몇 사례를 떠올려보면, 방향을 찾지 못하고 결국 제도권 교회로 편입되어 들어가거나, 성장을 멈춘 채 신학적으로 방황하는 경우도 적지 않았다. 물론 안정적으로 잘 성장해가는 평신도교회들도 자주 목격할 수 있다. 하나님이 교회를 어떤 방향으로 이끄실지는 여전히 우리가 짐작할 수 없는 영역이다. 그러나 목사나 전문사역자가 없는 교회가 과연 존재할 수 있는지, 그렇다면 기존 교회와는 어떻게 다른지, 그 성경적, 신학적 근거는 무엇인지에 대한 질문은 지금도 끊임없이 일어나고 있는 것이 사실이다. 나는 이 질문에 답하기 위해 한국교회의 다양한 구조를 경험하는 시도를 수십 년간 해왔다. 대형교회, 중형자립교회, 소형개척교회, 가정교회, 주거공동체교회 등을 경험하면서 그 차이가 무엇인지를 주목했다. 그러면서 평신도교회가 기존 제도권 교회가 가지지 못하는 몇 가지 가치들values을 추구하고 있음을 알게 되었다. 경영학에서는 기업의 '가치'가 소수의 경영자나 컨설팅 회사의 의지로 만들어지는 것이 아니라, 문화처럼 이미 그 조직 내에 존재하는 것이라고 말한다. 따라서 가치는 만들어내기 보다는 찾는 것이며, 시대적 결과물로 구성되는 것이다. 교인들이 제도권 교회를 이탈하는 현상 역시 이미 일어나고 있는 가치가 기존의 구조와 충돌하면서 생기는 현상이라고 할 수 있다. 그 구조는 '신학'일 수도 있고, '사람'일 수도 있다. 따라서 평신도 교회와 그 가치에 대해 알고자 한다면 그들이 어떻게 모이고 생활하는지 자세히 들여다보는 것이 우선일 것이다.

라오스, 라이코이, 이디오테스, 클레로스

평신도 교회는 성직자로 집중된 교회 권력의 탈중심화의 표현

평신도는 '성직자'의 상대적 개념이기 때문에, '평신도 교회'는 '구별된 성직자가 없는 교회'라고 문자적으로 정의할 수 있다. 인류사는 한편으로 계급의 역사이기도 하기 때문에 우리는 교회 내에서의 시대적 계급, 그리고 그것이 '원론적 평등'이라는 근대정신으로 옷입은 '직분'이라는 개념에 대해 별다른 거부감없이 수용해 왔던 것도 사실이다. 푸코의 표현을 따르면, 권력의 양상은 전前근대의 '주권 권력' 군주, 귀족의 통치이 근대의 '규율 권력' 법의 통치으로 변화되고, 현대에는 '생명정치권력'으로 조정되면서 진화해 왔는데, 계급의 개념 역시 그에 걸맞게 변화되어 계속 새로운 옷을 갈아입는 형태로 존재했다고 할 수 있다. 법에 의한 강제, 억압, 투쟁을 통한 규율권력의 통치는 20세기말에 서서히 종식되었고, 이제 사람들이 스스로를 살게 만들고, 살아야 할 자들을 스스로 결정하게 만들고, 이를 위해 인구조절과 인권, 평등, 자유의 개념을 새롭게 정의하기 시작한 생명정치권력이 사람들의 인식과 사회의 양상을 변화시키고 있다. 이제 사회는 어떤 강력한 국가이성이나 카리스마적인 리더가 없어도 스스로를 관리하면서 진화하는 단계로 들어가고 있는 것이다. 공중권세엡 2:2 역시 세상을 통치하는 방식을 바꾸어 가고 있다. 교회의 리더십이 평신도로 옮겨가는 현상은 이러한 생명정치 시대의 '권력의 탈脫중심성'과 무관하지 않다. 주권에서 규율로 환원되던 시대에도 건재했던 '성직자'라는 중심성은 이제 급격히 해체되고 있다. 하지만 평신도 중심이라 해도 다시 새로운 중심이 생긴다면 모양만 바뀔 뿐 근본적인 변화라고 할 수는 없다. 다시 말해 평신도 교회가 지향하는 것은 중심이 성직자에서 평신도로 바뀌는 것이 아니라, 모두가 하나님의 '한 백성', '온 백성'으로 존재하는 본래적 공동체인 것이다.

평신도의 본뜻

사실 오늘날의 평신도를 뜻하는 헬라어 '라이코이' laikoi, laikos는 성경에 등장하지 않는 용어로, '평범한 무리에 속하는 자'라는 의미를 가진다. 성경에서 성도를 뜻하는 용어는 모든 하나님의 백성을 통칭하는 '라오스' laos인데, 예수 운동이 필요에 의해 체계와 위계를 갖추어가던 1세기 말에, 로마의 클레멘트 Clement of Rome가 이를 변형하여 만들어 낸 용어가 바로 라이코이다. 2세기 이후 공동체에서 성직자가 아닌 사람들을 지칭하던 또 하나의 용어는 이디오테스 idiotes_영어 idiot의 어원인데, 신약성서에는 두 번의 용례가 등장한다. 산헤드린 공의회가 사도들을 폄하하면서 '학문없는 범인' 행4:13이라고 부른 것과, 바울이 아직 그리스도인이 되지 않은 사람들을 부를 때 사용한고전14:23 예가 그것이다. 비성직자인 평신도란 단어는 교회 내에서 성도들을 성직자와 구분하는 용어가 아니라 비하와 경멸의 호칭으로 지칭된 무리들이었다. 성경에서 하나님의 백성을 지칭하는 말로 사용된 라오스는 특정 성도의 그룹을 지칭하는 것이 아니라, 열방의 모든 사람들과 대비하여, 하나님의 백성이 된 전체 무리들, 성도 전체를 의미한다. 행15:14, 엡4:11~12 "그러나 너희는 택하신 족속이요 왕 같은 제사장들이요 거룩한 나라요 그의 소유가 된 백성laos이니.. 너희가 전에는 백성이 아니더니 이제는 하나님의 백성이요...." 벧전2:9~10

성직자clergy라는 말도 클레로스kleros라는 헬라어에서 왔는데, 이는 '지명된', 혹은 '상속받은' 자들이라는 의미로, 백성의 지도자가 아니라, 세상으로 보냄받은세상 속에서 지명받은 '백성 전체'를 의미한다. 그러나 교회 내에서 의미가 변질되어 '교회 내에서 지명된' 존재를 지칭하는데 사용되었다. 이 단어가 '성직자'를 의미하게 된 것은 3세기에 이르러서인데, 이때 라이코스라는 말도 교회에서 보편화된다. 의미가 왜곡된 클레로스가 상대적인 개념으로 등장하자, 나머지를 지칭하는 라이코스도 나타난 것이다.

정리하자면, 라오스와 클레로스는 모두 세상 속에서 부르심을 받고, 보냄을 받은 '모든 하나님의 백성'을 의미하는 말이었으나, 교회가 세상과 분리되면서 교회 내에서 성직자와 그렇지 않은 사람들을 구분하는 말로 변용되기 시작한 것이다. 이 두 용어가 구분됨으로써 '주님의 일' 사역도 성직자가 하는 일도 구분되었고, 평신도의 일상생활은 이에 반하는 세속적인 영역으로 이해되었다. 라오스의 의미로 보면 교회는 역할을 나누어 사역하는 성직자와 평신도를 가지는 것이 아니라, 그 자체가 하나님의 하나인 사역체이며, 각자의 고유한 사명을 가지고 있는 것이 아니라 교회 자체가 사명선교인 것이다. 본디 언어가 의식의 형성에 결정적인 영향을 미치는 바, 2천년간 사용되어온 '성직자', '평신도'라는 말은 우리의 의식 속에 서로 이질적이고 다른 존재로서의 라오스를 구분하도록 만든 것이다. 말과 의식은 서로에게 영향을 미치고, 그 결과로 고유한 실천을 낳는다. 어떤 개념이 생기면 그것을 부르는 언어가 생기고, 개념보다 언어를 먼저 수용하는 세대들은 그 구분을 본래적인 것으로 인식하고 받아들이면서 언어의 지배를 더욱 공고하게 세워가게 되는 것이다. 현재 교회에서도 엄연히 목사, 전도사, 선교사와 같은 전업 사역자들이 존재하기 때문에 나머지 성도들을 지칭하는 용어가 필요한 것이 사실이다. 하지만 적어도 '라이코이'나 '이디오테스'와 같이 '성스럽지 않다'는 의미를 담고 있어서는 안된다.

성직의 역사

성직은 없다

평신도 교회의 정당성 확보를 위해서는 먼저 '성직' 개념의 해체가 선행되어야 한다. 폴 스티븐스는 성직자 개념의 4가지 차원을 언급하는데, 그것은 1) 존재론적 차원안수 받은 자, 2) 대리적인 기능예배 인도자, 3) 성례전적 기능성례 집전 자격자, 4) 전문가적 지위교회 운영에 훈련된 사람들 등이다. 그리고 이런 요건들이, 적어도 사도들이 활동하던 1세기 후반까지의 예수 운동에서는 거의 근거를 찾을 수 없는 허구이며, 교회에서 만들어진 전통이라고 말한다. 레위인들은 백성을 대표하는 이들이지 대신하는 이들이 아니었다. 누구도 다른 이들을 대신할 수는 없다. 또한 성경 어디에도 기름부음이나 안수가 받는 사람의 존재를 바꾸어 놓거나, 그를 더 신령한 사람으로 만든다는 말은 없다. 안수는 특별한 사명을 위해 사람을 세우는 목적으로 사용되며, 그 사명이 달성되면 그 효력 없이 소멸된다. 이는 평신도 신학을 강조하는 이들에게 난감한 텍스트로 인식되는 구약의 경우들에도 동일하게 적용된다. 왕, 제사장, 선지자들도 기름부음으로 존재 자체가 바뀌지는 않는다. 그들도 구원에서 멀어질 수 있고 타락할 수 있었다. 모세의 경우처럼, 구약성서에서 성직을 정당화하는 것처럼 보이는 본문들도, 하나님이 모세의 리더십의 정통성을 인정하는 것이지, 성직계급의 정당성을 옹호하는 것은 아닌 것이다. 모세에 대한 고라와 미리암의 반란은 계급이 없는 평등한 세상을 위한 것이 아니라, 자기들이 리더십을 잡기 위한 것이었다. 하나님은 백성을 인도하기 위해 '리더십'이 필요했던 것이고, 이를 위해 모세를 훈련하고 준비시키신 것이며, 이는 나중에 여호수아와 사사들, 그리고 왕국 시대의 왕들에게 이어진다. 하지만 그들 중 하나님과의 약속을 신실하게 지킨 이들은 드물었다. 모세나 사도들의 리더십을 오늘날 목사들이 본받고 따르는 것은 자유지만, 스스로를 그들과 같은 존재로 인식하는 것은 본질을 한참 벗어난 일이다. 나는 그나마 리더십의 필요성 조차 예수의 십자가로 인해 모두 폐지되었다고 생각한다. "하나님의 백성됨과 관련해서는 옛 언약과 새 언약의 놀라운 연속성이 있지만, 리더십과 관련해서는 뚜렷한 불연속성이 존재한다"고 든 피 새 언약 하에서는 십자가의 공로로 성직자의 기능 자체도 폐지된 것이다. 리더십은 특정한 목적을 달성하기 위한 조직의 필요성이고, 공동체의 핵심적인 원리는 아니다. 교회의 규모가 커지고 의사결정권이 중요해질수록 리더십의 중요성도 커지겠지만, 성경은 이런 방식의 공동체를 지지하지 않는다. 물론 리더나 리더십이 없는 교회는 존재하기 어렵다. 두 사람만 모여도 계급, 정치,

리더십은 생기기 마련이다. 하지만 그것을 최소화하기 위한 노력은 교회의 주요 사명으로 언제나 존재해야 한다. 이를 위해 필요하다면 양적 성장을 포기할 수도 있어야 한다.

　교회사 역시 성직의 형성은 시대적 필요에 의존하고 있음을 보여준다. 1세기에는 명확히 성직자, 평신도의 구분이 없었으며, 그런 용어 자체가 없었다. 그러나 2세기 이후 수백년간 몇 가지의 경향이 교회로 침투해 들어온다. 가장 강력한 것은 헬라–로마 세계의 이원론신플라톤주의 모델인데, 그 영향으로 기독교 신앙에도 거룩한 것과 세속적인 것을 구분하는 신학이 생겨나기 시작했다. 구약 제사장 모델이 다시 살아나 특별한 옷을 입는 사제들이 예배를 인도하게 되었다. 그리고 그들의 사역이 신성한 것으로 여겨져야 했기에, 예배 전후의 평범한 식사였던 '주의 만찬' 역시 아무나 인도할 수 없는 거룩한 의식으로 탈바꿈되었다. 콘스탄티누스 황제가 기독교인이 된 이후 교회는 급속히 로마의 정치기구들과 비슷한 구조로 변화되어 갔다. 제국 전역에서 주교는 시민행정관으로 임명되었고, 교회 역시 로마의 통치방식답게 교구단위로 조직되었다. 주교는 교회의 머리로 간주되고, 다른 복장을 입어야 했으며, 다른 장소에 기거하면서 결혼도 하지 못하게 됨으로써 성도들의 일상과 멀어지게 되었다. 예배 역시 대중의 언어가 아닌 '보다 거룩한' 다른 언어를 사용하는 것이 전통이 되었다. 사실 한 사람의 지도자나 주교에 의존하는 체제는 로마제국에 의해 기독교가 수용되기 이전부터 나타났다. 당시 확장되는 교세와 더불어 이단적 가르침 역시 급속히 퍼져갔기 때문에 이를 심판하고 의사결정을 내리는 '사도권'을 가진 이들이 필요해졌던 것이다. 어떤 조직이든 커지거나 다양해지면 결정을 내릴 하나의 구심점이 필요해지기 마련이다. 법이나 시스템으로 판결할 수 없는 일들이 많아지면 리더의 주관과 판단, 성향에 의존할 수 밖에 없기 때문이다. 성직은 결국 양적성장이 만들어낸 '필요'였다. 자크 엘륄의 말대로, 기독교는 교세가 커질수록 본질에서 멀어지고 힘이 약해지는 유일한 종교였다. 안타깝게도 16세기 종교개혁 역시 교회론이 아닌 구원론에 치중된 운동으로 평가받기도 한다. 구교의 극단적 사제주의와 왜곡된 구원론, 과도한 성례전에 반발하면서, 그것이 성직자의 성경해석과 묵상의 결과물인 '설교' 중심의 예배로 탈바꿈되는 결과가 나타나면서, 결국 설교자가 사제를 대체하게 되었을 뿐이라는 것이다. 그러나 그 설교의 권리 역시 평신도들에게는 주어지지 않았고, 결과적으로 교회의 구조는 이전과 별반 다를바가 없이 전문가들에 의해 유지되는 형태로 5백년을 더 이어오게 되었다. 그 동안 가톨릭의 신학교 체제가 그대로 유지되었고, 여전히 '기독신앙'은 '교회생활'과 동의어로 인식되었다. 하나님 나라의 사역은 교회의 사역이며, 교회밖에는 구원이 없다고 믿었고, 평신도 중심의 영성이나 사역은 촉구된 적이 거의 없었다.

사명, 소명, 사역, 인생

부르심에는 차별이 없다

16세기 종교개혁은 오늘날까지도 유효한 많은 유익을 가져다 주었는데, 그 핵심은 예수께서 하셨던 것처럼 하나님 나라를 전파하는 사명이 모든 성도들의 삶에서 구체적인 소명으로 주어졌다는 것을 명확히 했다는 데 있다고 할 수 있다. 사명은 모든 사람에게 예외 없이 주어진 것이고, 이를 위해 하나님이 각 사람을 호명하신 부르심에는 어떤 차별이나 계급이 존재하지 않는다는 것이다. 고든 피는 신약성서의 어떤 본문에도 사역자를 부르시는데 있어 차별이 존재하지 않았다는 것을 강조한다. 신약성서에 나오는 지도자간의 일차적 구분은 능력이나 지위가 아니라 오로지 순회하는 지도자와 그렇지 않은 지도자간의 구분, 즉 장소와 기능에 따른 구분일 뿐이라는 것이다. 폴 스티븐스는 교회 내의 직분장로, 감독, 주교, 집사 등을 받는 자격에 대한 성경의 언급은 오직 성품이나 영적 성숙과만 관련되어 있고, 심지어 부르심에 대한 언급조자 없다고 말한다. 딤

전3:1-13, 딛1:5-9, 벧전5:1-10 부르심은 구원으로의 부르심, 그리고 자신의 소명이나 공동체로의 부르심으로 충분했던 것이다. 바울 역시 −심지어 디모데나 디도에게조차− 특별한 사역을 위한 특별한 부르심을 언급한 적이 없다. 성직자가 되기 위한 특별한 부르심은 성경적 근거가 희박하다. '구원의 부르심' 속에 이미 누구나 공동체에서 리더십을 가질 수 있는 근거는 모두 마련되어 있다. 나머지는 은사얼마나 잘 할 수 있는가, 열망얼마나 그 사역을 소망하는가, 섬김주님의 제자로서 이웃을 섬기는 사역인가의 기준이 적용될 뿐이다. 그러나 오늘날에도 목사의 권위를, 역사적으로 반복될 수 없는 예수께서 사울바울을 부르신 드라마틱한 사건에 빗대어 강조하는 경우를 종종 볼 수 있다. 한국의 전임사역자들은 대부분 하나님이 '양을 먹이는' 특별한 사역으로 자신을 부르셨음을 확신할 것이다. 그러나 여기에는 중요한 두 가지의 사실이 간과되고 있다. 첫째는 하나님이 모든 성도들을 각자의 자리고전7:17로 차별없이 동일하게 부르셨다는 것이고교회 사역은 그 부르심의 하나다, 두 번째는 하나님의 부르심 외에도 공동체의 호명이 매우 중요한 요인이라는 점이다. 루터와 칼빈은, 사역을 위한 부르심에는 공동체의 부르심, 그리고 교회가 증인이 되는 과정이 반드시 필요하다고 말했다. 거기에는 물론 은사와 성품이 가장 중요한 덕목으로 점검되어야 한다. 교회 내에서 교역자(성직자)와 다른 하나님의 백성들 사이의 존재론적 차이는 없다. 교회의 리더십은 하나님께로서만 아니라 마땅히 공동체 백성들로부터도 인정받는 것이어야 한다. 그럼에도 불구하고 오늘날 한국교회의 목회자들은 하나님이 자신을 부르셨다고 확신하며 스스로의 결정으로 신학을 공부하고 가르침의 전권을 소유하게 되었다. 열정이 있는 것은 분명하나, 신학공부가 은사와 성품을 대치할 수는 없는 노릇이다. 은사와 성품이 전제되지 않은 열정이 빚어낸 한국교회의 온갖 스캔들을 우리는 자주 목격하고 있다.

성스러움과 속된 일은 없다

종교개혁의 중요한 또 하나의 성과는 소명을 교회 바깥에서도 찾을 수 있다는 것, 또한 우리가 소명을 가진 그 곳이 바로 교회라는 점을 일깨웠다는 점이다. 종교개혁가들은 '오직 주께서 각 사람에게 나눠 주신 대로 하나님이 각 사람을 부르신 그대로 행하라' 고전7:17는 말씀을 적용하면서, 모든 사람에게 하나님의 부르심이 있다는 점을 강조했다. 사실 모든 인간을 평등하게 보지는 않았던 당시로서는 이 본문을 최대한 확장해석하더라도 자신의 삶의 위치나 사회적 지위의 틀에서 볼 수 밖에 없다는 한계가 있는 것은 분명했지만, 성도들이 자신의 일상 속에도 하나님의 부르심이 있다는 것을 안다는 것은 매우 중요하고도 혁명적인 사건이었을 것이다. 사실 신약성서에는 하나님이 우리를 특정한 일이나 직업으로 부르신다는 소명교리는 없다. 다만 우리의 일상에는 '고상한 일' 마리아과 '저급한 일' 마르다이 있고아우구스티누스는 이를 '관조적인 삶' vs. '활동적인 삶'으로 표현하기도 했다, 전자의 사람들은 수도원이나 사제직에 입문하고 나머지 사람들은 열심히 생업에 종사하면서 그들을 후원하는 것이 당연하다고 가르쳤던 헬라 이원론식 신학이 존재했을 뿐이다. 다른 몇 가지 유익에도 불구하고, 이러한 이원론적 관점은 오늘날까지도 우리의 깊은 무의식을 사로잡아 자신의 욕망이나 두려움을 미러링하여 하나님의 뜻으로 포장하는 내면의 배제를 작동시키고 있다. 종교개혁가들은 이를 극복하기 위해 소명을 세속적 영역으로 꺼냈고 두 영역의 구분을 허물어 버리려고 시도했던 것이다. 이러한 가르침은 17세기 이후 청교도 운동에도 반영되어 구체적인 직업까지도 자신의 소명으로 인식한 나머지, Smith대장장이, Miller방앗간 주인, Carpenter목수와 같이, 성姓에 직업이 자리잡는 현상이 나타나기도 했다. 직업을 하나님의 부르심으로 여기면서 그 과정에서 성실, 정직, 인내와 같은 덕목을 종교적 소명으로 받아들인 이들에 의해 근대 자본주의 정신이 태동되었다고 보는 견해도 있다. 막스 베버나 한스 로크마커 등은 유독 개신교 국가들이 빨리 부를 축적하고, 많은 대학을 세워 과학을 발전시키고, 기하학적으로 정밀하고 밝은 회화를 그리는 이유가 종교적인 원인 외에는 찾기 힘들다고 말한다.

오늘날과 같이 직업군 자체가 급격하게 변화하는 시대에는 직업이 곧 소명이라고 믿는 사람들은 많지 않다. 반면 소명, 사역이 교회 안에만 머문다고 주장하는 신학 역시 이미 힘을 잃었다. 그러나 한 편으로는 다른 과제들이 신학의 과제로 대두되고 있다. 인류 역사상 가장 변화가 빠르고, 스트레스가 심하고, 과학이 발달된 시대를 사는 현대인들에게 있어 소명이란 무슨 의미인가. 소명vocatio이 그 어원처럼 '부름을 받았다'는 의미라면, 이 시대에 하나님은 우리를 왜, 어디로 부르셨다는 말인가. 복음, 선교, 전도, 변혁의 의미는 이 시대에 어떻게 다시 해석되고 실천되어야 하는가. 오늘날 우리의 인생에 있어 성도의 공동체, 교회란 무엇인가. 이러한 질문들에 대한 대답에 앞서 우리는 이전과는 달리 현대인들이 접하고 있는 이 세계의 몇 가지 딜레마에 대해 고찰해 보아야 한다.

현대세계의 특징1 : 비일상의 일상화, 안식의 상실

생텍쥐페리는 "완벽하다는 것은 모든 것을 갖춘 상태가 아니라, 더 이상 뺄 것이 없는 상태를 말한다"라고 썼다. 자연의 원리는 단순함이다. 근대주의의 명법대로, 규모를 키우고, 시스템을 갖추고, 더 채워 넣고, 화려하게 장식하고, 감동적으로 설교하는 방식으로 성장해 온 교회가 오늘날 당면하고 있는 것은 〈무엇이 교회를 교회 답게 하는가〉하는 역설적인 질문이다. '정말 이것까지 빼면 교회라고 할 수 없다'고 할 만한 지점까지 빼고 줄여서 단순해져야 하는 것이 오늘날 교회의 사명이다. 그 이유는 교회가 일상이 아닌 '비非일상'의 공간, 풍요가 아닌 비어 있는 공간으로 남아 있어야 하기 때문이다.

교회는 비일상화의 공간이 되어야 한다

일상은 목적이 지배하는 공간이다. 따라서 일상은 항상 지향하는 방향이 있다. 그러한 개별적 지향들이 모여 사회적, 역사적 방향을 만들며, 흔히 그것을 진보라고 부른다. 근대 세계는 이러한 '목적의 지배'가 자본에 의해 노골화되고 체계화된 공간을 말한다. 목적의 달성을 위해 위계와 시스템이 만들어지고, 계획, 평가, 보상체계도 수립된다. 이윤을 목적으로 운영되는 영리법인들처럼, 목적이 지배하는 공간에서는 계급구조가 정당화된다. 우리는 일주일의 대부분을 이러한 공간에서 때로는 '갑'이 되고, 때로는 '을'이 되어 살아간다. 하지만 인간은 그 상황을 견뎌내는데 한계가 있기 때문에 반드시 일정한 시간은 목적이 정지되는 공간에 머물러야 하고, 거기서 에너지를 충전시켜야 한다. 배제와 억압이 우리가 만들어낸 사회 시스템의 불가피한 찌꺼기이기 때문이다. 그리고 우리는 스스로의 선택에 의해 그 찌꺼기가 인류 역사상 가장 거대하게 쌓인 시대를 살게 되었다. 우리는 이 '정지'와 '충전'의 영역을 무의식, 축제, 휴식, 광기, 힐링이라고 부른다. 인간이 속한 공동체 중에서 목적이 존재하지 않아야 하는 곳은 '가정'과 '교회'다. 여기서는 모두가 동등하고 존귀한 인간으로 대접받아야 하고, 서로를 용납하고 수용해 주어야 한다. 만약 여기에 목적이 들어오면 인간은 더 이상 쉴 곳이 없어진다. 그러나 불행히도 가정은 '대학 입시', '아파트 입주', '가부장 문화', '부모의 심리적 투사'와 같은 다양한 목적에 잠식당했고, 아이들은 그러한 억압을 당연한 듯 받아들이며 자기를 부모의 요구에 부합하는 존재로 주체화 하기 위해 자기에게 '주어진' 목적에 헌신한다.

그렇다면 교회는 다른가. 매 년 계량화된 전도 목표가 주어지고, 성전건축, 규모 확장, 선교사 파송, 물질 축복의 간증, 화려한 시설이나 찬양팀, 성가대와 같은 예배 요소 등이 우리가 이해하기 쉬운 양적 형태로 부과된다. 그러면 이를 달성, 유지하기 위해 당연히 목사의 강한 지도력이 필요하고, 교인들 간의 비교, 평가, 차별, 배제, 계급이 정당화될 것이다. 헌금을 많이 내는 사람의 발언권이 커질 수 밖에 없고, 목사, 장로, 교사 등 언어권력을 가진 이들의 지도력이 더 중요해질 수 밖에 없다. 일상사회생활에서나 존재하던 '목적이 이끄는 삶' 이 가정과 교회 내로 들어오는 것이다. 비일상의 공간이 되어야 할 교회가 일상의 연장이 되어 버린 것이다. 그 결과 주일은 안식하는 것이 아니라, 더욱 피곤한 날이 되어 버린지 오래 되었고, 성도들은 교회에 충성된 일꾼이 되는 것이 곧 바른 신앙생활이라고 믿고 이원론적 삶을 더욱 강화하는 쪽으로 소명을 후퇴시키게 되었다.

예배의 탈일상성

하지만 교회의 핵심인 예배는 분명 탈脫일상적이고 수행적인 성격을 갖는 공동체적 실천임은 아무리 강조해도 지나치지 않다. 그 시간에는 자기의 계획이나 염려, 기복적 욕망을 내려놓고, 오직 상한 마음으로 하나님을 만나야 한다. 하나님을 만족시켜드림으로써 그 분께 무엇을 얻어내기 위해 간구하는 도구적 예배가 우리에게 안식과 탈일상적 회복을 가져다 줄리 만무하다. 기독신앙이 변혁적 힘을 잃고 사회적 관성으로 회귀하는 중요한 이유는 예배의 영역마저 일상성에 의해 침탈되기 때문이다. 이렇듯 삶의 모든 영역으로 일상성이 침투한다면 결국 인간의 뇌는 안식을 위해 광기를 유발함으로써 사회성, 즉 언어의 작동방식을 차단시키는 방법을 사용하게 될 것이다. 21세기에 급증하는 현대인의 질환이 바로 자가면역질환과 정신병인 것은 이와 무관하지 않다. 과거에는 직접적으로 인간을 괴롭히던 악한 영들은 더 이상 인간 의식에 침투possession하는 방식으로 활동할 필요가 없어졌고, 그저 도시성과 일상성을 강화시키는 방향으로 사회를 몰아가는 기능을 유지하는 것만으로도 충분히 공중권세를 유지할 수 있게 되었다. 사회의 혼돈과 복잡성은 인간 스스로가 만든 것이다. 하나님의 최초이자창2:3 가장 엄격한출20:8~10 명령인 '안식' 을 포기한 오늘날의 교회는 이제 연장된 일상의 장場으로 변화되고 말았다. 어쩌면 월요일에 안식하는 대부분의 목회자들은 제대로 된 안식 없이 월요일 아침에도 교통지옥을 겪으면서 출근해야 하는 평신도들의 고충을 잘 이해하지 못할 수도 있다.

일상과 비일상의 교회

이런 의미에서, 지역성locality을 기반으로 이웃과의 삶 속에서 선교와 섬김의 삶을 실천하는 '일상교회' everyday church 또는 '선교적 교회' missional church 운동은, 교회가 바로 비일상의 영역에 존재하면서 일상을 침노하고, 그 충돌로 다시 침노를 당하는마11:12 공동체임을 잊어서는 안된다. 교회는 일상 속에 있지만 일상이 아니며요17:11~16, 일상 바깥에 있지만 언제나 일상을 향해 있다. 교회는 일상에 깊이 관여해야 하지만, 일상 속에서 안식을 제공하는 피난처가 된다. 예배가 비일상의 행위라면 '일상의 예배'란 마치 '네모난 동그라미' 같은 형용모순으로 들릴 것이다. 그러나 진정한 예배와 기도는 '일상 속에서 비일상의 공간을 생산하는 행위'라 할 수 있다. 그 순간 우리는 세상 속에 있지만 세상에 속하지 않은 것이며, '뱀처럼 지혜롭고 동시에 비둘기처럼 순결한' 마10:16 경계의 상태에 머물게 된다. 교회는 지속적으로 '안'이나 '바깥'에 거할 수 없다. 예수의 삶도 결국 그러한 일상의 비루함에 비일상적 권위를 가져와 잔치를 벌이신 것이다. 그것은 바로 하나님 나라가 일상에 임하는 것이었다.눅11:2

교회 안에서 '목적'을 내려놓을 수 없다면 우리는 안식을 누릴 수 없다. 그것이 계량적인 것이든, 정량적인 것이든 목적은 공동체를 도구화한다. 우리가 그것을 포기하지 못하는 이유는 그런 목적이 없는 공동체를 거의 경험해 본적이 없기 때문이다. 나는 목적을 내려놓고 성도들의 영성과 치유에 집중하면서 그들과 관계를 맺어가는 목회자를 거의 본적이 없다. 구조적으로 개個교회의 유지 자체가 너무 어렵고, 복음전도의 사명과 양적 성장을 분리해서 생각하는 것 자체가 이 땅의 목회자들이 신학교 시절부터 배워온 신학과 너무 다르기 때문이다. 점점 다원화되고 경쟁이 심해지는 현대 사회에서 우리는 어떻게 참된 안식을 찾을 것인가. 목적이 없어야 할 또 하나의 공동체인 가정은 어떻게 세우고 성숙시켜가야 할 것인가. 가정의 문제를 건드리고 회복시킬 수 있는 곳은 현실적으로 교회뿐인데, 교회도 목적에 의해 움직이고 있다면 어디서 희망을 찾을 수 있겠는가.

현대세계의 특징2: 자의식의 팽창

평신도 교회는 교회의 재구성을 위해 해체된 교회다

전통적인 기독교 인간관은, 고대 인간의 의식이 거의 동물의 본능이나 직관과 같은 수준에서, 스트레스로 인해 우뇌를 통해 신의 음성을 듣는 '양원적 의식'으로 발전하고, 이후 언어를 발전시키면서 소위 '자의식'이라는 것이 생겨났다는 줄리언 제인스의 의견을 거의 지지하지 않을 것이다. 하지만 성서에 기록된 최초의 불순종 행위가 바로 인간이 하나님, 타인, 자연과의 소통관계를 끊고 자기 스스로를 중심에 두고자 하는 '자의식의 탄생' 사건이었음은 의미심장하다. 본회퍼의 표현대로 "태초의 '자유로운 존재'는 '타인을 위해 자유로운 존재'였지만… 이제 인간이 한 가운데 서게 되고 어떤 한계도 없이 존재"하게 된 것이다. 기독교 교리에서 '죄'라고 부르는 것은 결국 '자기중심성'이고, 타인을 돌보지 않는 것이다. 계몽주의자들이 꿈꾸었던 이상은 개인이 타인의 자유를 침해하지 않으면서 자유를 최대한 보장받을 수 있는 세상이었다. 그러나 욕망을 내포한 고도화된 자의식은 이것이 불가능하다는 것을 입증하고 있다.

자유, 평등, 평화, 천부인권과 같이 현재 우리가 당연한 것으로 받아들이는 굳건한 진리들은 불과 몇 백 년 전만해도 사람들이 거의 받아들이지 않던 개념들이라는 사실을 간과해서는 안된다. '만인에 대한 만인의 투쟁'이었던 역사는, 사람들의 자의식이 발전함에 따라 공멸을 막기 위한 방식을 찾도록 진화되었고, 그러한 '자기 배려'의 결과로 오늘날 민주주의라는 정치방식이 탄생되었다. 민주주의는 천부인권을 부여받은 평등한 인간들이 각자 합법적으로 자기의 자유를 추구하고 평화를 이루며, 더 나은 세상으로 진보하기 위해 만들어진 제도다. 하지만 유발 하라리는, 인류가 아직은 대규모로 협력하고 공생하고 집단적 정의를 추구하는 것이 곧 나 자신을 살리는 것이라는 사실이 유전자 내에 본능으로 자리잡기에는 진화의 기간이 너무 짧으며, 그래서 인간 사회를 결집시키기 위해 생겨난 것이 '공통의 신화'라고 주장했다. 사회학의 아버지인 에밀 뒤르켐은 동일한 신화와 광기를 가지는 집단을 '사회'라고 불렀다. 신학적 논쟁 이전에, 이들이 말하고자 하는 분명한 메시지는 귀기울일 필요가 있다. 역사는 집단적 의식에서 개인의 자기 의식이 분화, 고도화되어 나오는 과정이다. 우리의 의식, 특히 자기 의식은 계속 변화하고 있으며, 사회는 그것을 반영하여 시대마다 모양을 바꾸고 있는 것이다. 자의식의 수준은 그 시대의 종교, 윤리, 법의 형태를 바꾸고 진화시킨다. 다시 말해, 현재 우리의 삶은 우리가 우리 자신을 어떻게 생각하느냐에 따라 결정되는 것이다.

통신기술의 발달, 특히 휴대용 단말기를 활용한 정보기술의 확장은 현대인을 역사상 가장 극적인 자의식 팽창의 단계로 끌어 올리고 있다. 이제 그야말로 개인이 '세상의 중심'에 설 수 있게 된 것이다. 사회관계망서비스SNS는 많은 사람들이 순식간에 같은 정보와 의견을 공유하도록 하며, 각 사람을 주인공으로 만들어 준다. 많은 유익에도 불구하고, 이러한 현상은 사람들의 욕망을 증폭시키고, 분열과 충돌을 야기하기도 한다. 공동체란 전통적으로 '공통의 가치에 헌신하는 사람들의 집단'이라고 생각해왔지만, 자의식의 팽창은 그 공통의 영역을 최소화시킴으로써 공동체의 개념 역시 바꾸어 놓고 있다. 한편으로 이것은 매우 바람직한 영향을 주기도 한다. 소외되고 소수자였던 사람들이 자신들의 목소리를 내고 있고, 회의주의에 빠져 있던 사람들이 용기를 내어 신앙의 의문들을 쏟아놓기 시작한다. 교회의 편중된 의사결정 체제에 불만을 제기하기도 하고, 합리적이지 않거나 특정 그룹에 불이익을 주는 결정에 반발하기도 한다. 호칭에도 민감해지고, 확장된 −물리적 수준을 넘어, 언어적, 심적 수준까지− 개념의 폭력의 피해자임을 드러내기도 한다. 공동체는 이제 더 이상 공통점을 가진 이들의 모임이 아니라, 다양한 개성을 그대로 가지고 들어와 공존하는 형태로 하나가 되었다가, 다시 다른 형태로 흩어져 모이는 비정형적 방식의 '임의적 특이성' 조르주 아감벤을 가진 존재가 되었다. 네그리와 하트는 이제 '군중' 이나 '대중' 이 아닌 '다중' 多衆의 공동체 시대가 열렸다고 주장한다. 문제는 이러한 변화가 너무 빠르다는 것이고, 교회가 여기에 대해 거의 준비가 되어 있지 않다는 것이다.

사이토 준이치는 '공공' 公共의 개념을 1 국가가 하는 공식적인 것official, 2 사람들이 공통으로 공유하는 것common, 3 모든 사람들에게 열려 있는 것open 으로 설명한다. 말하자면 오늘날 공동체의 개념은 교집합common에서 합집합open 으로 바꾸어 가고 있다. 전통적으로는 공동체에 소속되려면 공유된 원칙에 동의하고 그것을 지켜야 하기 때문에 헌신과 희생이 강조되었다. 그러나 합집합으로서의 공동체는 구성원들에 의해 공동체의 성격과 모양이 결정된다. 헌신보다는 개성과 상호 존중이 더욱 중요해진다. 전통적인 헌신의 대상이 사라졌기 때문이다. 생명정치의 시대에는 강압이 없더라도 사람들이 스스로 자기를 관리하고 통제한다. 오늘날 교회가 상대해야 하는 권세는 점점 미시화微視化, 비가시화되어 가고 있고 논리도 더욱 정교해지고 있다. 사람들로 하여금 스스로 그렇게 하도록 만드는 권세, 그것이 합리적이고 시대에 부합하는 방식이라고 믿게 하지만, 결국 모두가 길을 잃게 만드는 힘들이 존재한다. 교회의 존재사명은 하나님을 사랑하고 이웃을 사랑하는 것이며, 세상이 창조주를 알고 그 안에서 하나가 되게 하는 것이다. 그리고 그 사명의 수행을 위해 기꺼이 새 포도주를 새 부대에 담을 준비가 되어 있어야 한다. 새 부대로 바뀌더라도 내용물이 포도주임은 변하지 않는 사실이다.

오늘날 젊은 세대들에게 교회는 시대에 뒤떨어진 '비합리적인' 집단으로 비쳐지고 있는지도 모른다. 일부 대형교회들이 만들어내는 스캔들은 매스 미디어를 통해 급속히 확산되면서 부정적인 가십을 계속 생산해내고 있다. 자의식이 고도로 팽창되어 가는 곤고한 현대인들에게 복음은 더욱 절실해졌지만, 교회는 그들이 공존할 수 있는 방식으로 변화되기를 거부하고 있는지도 모른다.

사실 오늘날 교회의 내면을 들여다보면 이미 '과잉 개인주의' 미로슬라브 볼프라 할 수 있는 '합집합 공동체'로 변화되어 가고 있다. 교회 역시 보편교회의 본질과 공교회성을 포기하고 '개個교회주의'로 치달으면서 메가처치 현상을 만들어 냈으니, 성도들에게 어떤 본을 보일 수 있겠는가. 교회의 외부적 분열과 내부의 성도의 분열은 이제 막을 수 없는 현실이 되었다. 하지만 본질은 '교집합인가, 합집합인가'가 아니라, 타인으로 인해 내가 존재하게 되는 '관계적 인격'이 성립될 수 있는가 하는 것이다. 본회퍼는 교회란, 친밀감에피쿠르스 학파이나, 원자적 개인들의 집합데모크리토스, 그 이상이라고 말한다. **교회는 개인의 집합이나 관계망이 아니라, 그 자체가 하나인 것이다.** 신광은은 메가처치 현상을 분석하면서 '다수'의 공동체합집합와 '하나'의 공동체교집합를 넘어, 그 대안으로 하나님의 삼위일체와 같이 상호침투페리코레시스의 존재방식을 지향하는 '관계'의 공동체를 제안한다.

평신도 교회가 가지는 유연성은 급증하는 합집합 공동체의 요구, 즉 빠르게 변화하는 '자기 개념'에 효과적으로 적응할 수 있는 가능성을 보여주고 있다. 규모가 너무 커지지 않는다는 전제 하에서 각자의 개성이 존중되고, 다른 생각이 두려움이 없이 충분히 나누어지고, 서로 판단하거나 판단받지 않으면서 도전과 자극을 받을 수 있는 구조를 갖추고 있다. 어떤 이들은 '목사가 있더라도 그런 교회는 얼마든지 가능할 수 있지 않느냐'고 반문할 수 있다. 하지만 현재 내가 속한 평신도 교회 모임에서, 전도사 한 명이 우리 중에 같이 앉아 있다고 생각하면 과연 동일한 나눔이 가능할 것인지에 대해 나는 회의적이다. 우리는 '신학을 공부한 전문가'인 그의 눈치를 보게 될 것이고, 우리의 모임은 다시 모험을 포기하고 '교리적 정답'과 타협점을 찾게 될 것이다. 오늘날 우리에게는 팽창된 자기 의식을 보듬어주고, 다시 새로운 방식의 하나됨을 이루어갈 공동체가 필요하다. 모든 조직이 그렇지만, 교회는 일단 현재의 구조에서 해방될 필요가 있다. 평신도 교회는 목사가 없는 교회가 아니라 재구성을 위해 해체된 교회다. 타자들을 그 중심에 놓기 위해 자발적으로 다시 구조를 만들면 그것은 그들의 고유하고 효과적인 구조가 될 것이다. 물론 그것이 후대로 되물림되어 형식이 먼저 전달되면 다시 해방의 사건이 필요해지겠지만 말이다.

현대세계의 특징3: 신앙의 기호화

상품과 기표로 상품화된 신앙에서 탈출을!

막스 베버가 『직업으로서의 학문』의 마지막 장에서, 아침이 오기를 고대하는 에돔 파수꾼의 노래사21:11~12를 인용하면서, '지금이 여전히 저녁이며, 아침이 오더라도 다시 금방 밤이 온다'는 절망을 묘사한 상황은 오늘날도 여전히 계속되고 있다. 일상이 지속되는 곳은 참된 안식과 혁명이 불가능하다. 도시의 일상성에 대해 가장 먼저 체계적인 연구를 해온 이는 프랑스의 마르크스주의 사상가 앙리 르페브르다. 그는 일상이 비참함과 위대함을 모두 포함하고 있다고 말한다. 의미 없이 반복되는 일상은 고통과 지루함과 권태를 안겨준다. 휴가나 축제를 마쳐도 우리는 다시 일상으로 돌아와야 하고, 다음 휴가만을 기다리며 견디는 삶이 이어진다. 하지만 위대한 발견, 삶의 경이로움이 존재하는 곳도 역시 일상이다. 일상은 떠나서는 살 수 없으나 이해도 할 수 없는 수수께끼와 같다. 하지만 르페브르는 19세기 경쟁자본주의가 태동하기 전까지는, 다시 말해 소위 '상품의 세계'가 전개되기 전까지는 일상성의 지배가 보편적이지 않았다고 주장한다. 예전에는 빈곤과 억압 속에서도 삶의 일정한 '양식'style이 존재했다. 자본에 의한 대량생산물이 아니라 개인이 직접 만든 고유한 '작품'이 있었던 것이다. 그러나 이제 그 어떤 인간도 하나의 온전한 작품을 완성할 수 없고, 대량생산의 한 파트를 담당하는 부품으로서의 역할을 수행할 뿐이다. 자본은 이 세계를 원자들의 종합으로 미분해 버렸다. 오늘날 기업에서 개인이 하는 일도 결국 큰 프로세스의 일부분에 불과하다. '작품'은 '상품'이 되었고, 노동은 분업체제에 의해 그 상품 제조의 일부 공정을 처리하는 기능으로 전락했으며, 노동자는 자기가 만든 상품도 소비할 수 없는 처지로 전락하여 자기의 노동으로부터도 소외되고 말았다. 현대 도시의 노동자는 이제 노동의 결과물인 상품의 소비자로는 격상되었지만, 도시의 '일상성'이란 결국 자신과 '상품과의 관계'를 의미한다는 사실은 변하지 않는다. 현대인은 '소비하는 인간'이다. 소비할 수 없는 인간은 권리도 향유할 수 없게 되었다.

그렇다면 무엇이 인간과 상품을 끊임없이 연결하고 추동하는가? 르페브르는 그것이 '광고'라는 이미지라고 말한다. 도시의 일상은 권태로움욕구의 발현, 일탈욕구의 분출, 중독불안의 가속의 순환적 반복을 우리에게 안겨주며, 광고는 권태를 자극하여 일탈적 욕망을 불러 일으킨다. 오늘날은 '상품+광고'의 패턴이 언어를 통해 우리의 의식을 지배하는데, 그 이유는 광고가 지칭하는 대상상품 속에 어떤 진리가 들어 있다고 믿는 '물신성'이 우리에게 스며들어 오기 때문이다. 모든 상품, 연예인들, 예술 등은 오직 광고의 효과를 통해서만 우리에게 표상된다. 이제 사물 자체보다는 기호와 말기표가 더욱 중요해졌다. 과거의 언어는 대상을 직접 지칭하는 용도였지만, 상품의 시대에는 상품의 경험 이전에 물신성을 강화시키는 추상적인 언어가 먼저 주입된다. 사물은 이제 기표에 의해 명명되고 지칭될 때만 존재하게 되는데, 그 사물과 관계를 맺는 인간 주체 역시 사회적 호명에 의해서만 탄생하게 되므로, 우리의 삶은 끝없는 언어의 '추상성' 속으로 빠져들어가게 되는 것이다. '행복'이나 '만족'도 추상적 기표이자 사회적 호명의 결과물이다. 진정한 행복이 무엇인지는 몰라도, 타인이 부러워하면 행복감을 느낀다. 이것이 담론의 질서이자 언어의 음모다. 오늘날 일상은 말기표과 글의 통치이며, 대상 자체보다는 그것과 분리된 기표 자체, 즉 추상성에 의해 움직이고 있다. 해석을 요하는 대상의 본질적 의미기의와 분리된 채, 기표는 물질성을 지니며 마치 그 안에 어떤 본질이 숨어 있기라도 한 것처럼 우리의 일상을 끌고 가고 있다. '말과 사물' 푸코, '기표' 記表와 '기의' 記意 소쉬르, '기호와 지시대상' 롤랑 바르트은 완전히 분리되었고, 인간은 의미와 분리된 '기표의 물질성'에 함몰된 채, 의미상실의 상태로 쉴 새 없이 빠져들고 있다. 우리는 일상을 살아가지만 사실은 일상이라는 담론을 흡수하고 있는 것이고, 외국을 여행하지만 사실은 '여행'이라는 기호를 구매하는 것이며, 교회에 다니지만 '예배'라는 서비스를 소비하고 있는 것인지도 모른다. 다시 돌아온 자리는 여전히 에돔 파수꾼의 지루한 밤일 뿐이다.

신앙이라는 양식이 상품화되고, 그 상품마저도 기표만 떠다니는 오늘날은 하나님, 믿음, 구원, 교회 같은 개념은 하나의 기호로만 존재할 가능성이 높아졌다. 교회출석, 예배, 전도와 같은 실천물질성은 일어나지만, 본질은 추상성 속으로 사라지고 있는 것이다. 언어는 우리가 본질에 가까이 다가가는데 오히려 장애로 작용하고, 부유하는 기표로서 우리의 의식을 포획한다. 오늘날의 교인들은 어쩌면 하나님, 이웃과의 인격적 만남 없이, 종교행위, 형식적 만남을 통해 신앙생활을 '신에 대한 담론'으로 소비하고 있는 것인지도 모른다. 하나님과의 만남이 없어도 끊임없이 하나님에 대한 '말'을 만들어낼 수는 있기 때문이다. 그렇게 되면 우리는 예배시간에 하나님을 바라보는 것이 아니라 기호들에 사로잡힌 자기의 내면과 대화하고 있는 것이며, 〈'이 정도면 구원을 받을 수 있겠지'〉, 〈'나는 그래도 종교적으로 의롭고, 사회적으로 정상적인 시민성을 지닌 괜찮은 사람이다'〉라는 식의 의식적 기만에 사로잡히게 된다. 언어학과 인지과학적 성과로 추정컨데, 우리의 불완전한 의식은 실재하는 성령의 역사가 아닌 담론적 실천에 사로잡힐 가능성이 있다. 언어는 추상적 차원으로 우리의 의식을 내몰고 마비시키는 힘이 있기 때문이다. 그래서 일상성은 실제적 실천이 결여된 관념으로서의 삶을 가능하게 하고, 공동체는 실제가 아닌 담론의 효과로 전락한다.

오늘날 교회는 시스템을 신봉한다. 일시에 수 만 명의 예배를 치르고, 성도를 관리하는 대형교회의 시스템은 마치, 의식을 잠재우고 대량생산 공정의 일부분을 기계적으로 수행하는 상품자본주의의 노동자 관리 시스템을 연상시킨다. 어쩌면 멋진 시스템은 그리스도인의 삶의 양식을 억압할 수 있다. 신앙생활에서 시스템을 포기하고 '불편함'을 추구한다는 것은 다시 양식을 추구하고자 하는 욕구를 반영한다. 상품과 소비의 세계에서 자기의 삶을 하나의 작품이 되게 하는 것, 자기에 대한 배려를 실천하는 것, 양식화stylization를 이루어가는 것은 오직 우리의 삶이 하나님과의 만남을 통해 거듭날 때만 가능한 일이다. '담론 구조 속에서의 회심'은 '새 사람'의 '새로운 실천'을 낳기 어렵다. 자신의 껍질을 벗고, 이웃과 다시 대면하고, 그 실천 속에서 하나님을 다시 만나는 체험이 없다면, 신자유주의의 지배 체제 속에서 교회 공동체가 하나님의 뜻을 분별하고 따르기는 매우 어려워질 것이다.

평신도 중심성은, 목회자의 존재도 하나의 상품으로 전락할 위기에 처한 교회의 현실 속에서 다른 길을 모색하는 새로운 움직이라고 할 수 있다. 여기서의 핵심은 '새로운' 시도라는 점이다. 갈 바를 정확히 알 수 없지만, 이전의 형식을 나의 것으로 받아들이지 않고, 경로를 이탈하여 새롭게 구성한다는 의미를 담고 있다. 이전과는 다른 환경, 다른 자의식을 가진 이들이 동일한 구조의 교회에 자기를 적응시키며 버틴다는 것은, 결국 본질과의 만남 없이 형식이 주는 기표로 신앙을 받아들이는 결과를 가져올 가능성이 높다. 부모의 체험적 신앙이 자발적으로 만들어낸 헌신의 형식은, 자녀들에게는 율법주의로 비춰진다. 체험이 없는 이들에게 하나님도 원하지 않을 거룩하기만 한 예배는 단지 형식적 기표에 불과하다. 유전자가 숙주를 바꿀 뿐, 영원히 이어지는 것처럼, 복음은 세대마다 체험적으로 세워지는 공동체의 구성을 요구한다. 우리는 너무나 오랫동안 이점을 간과해왔다. 평신도 교회는 가장 이상적인 교회의 형태는 아니겠지만, 분명 자발적으로 세워진 새로운 시도라는 점에서 체험을 내포한 힘을 가진다.

서두에 언급했듯이 평신도 교회의 태동은 기존 교회에 대한 대안운동의 성격을 강하게 띠고 있다. 그리고 전임 목회자를 따로 세우지 않는다는 점을 제외하면, 신학적으로는 기존 교회의 틀과 교리를 대부분 수용한다. 이들이 추구하는 것은 보다 자유롭고 평등한 공동체이지, 획기적인 신학적 개혁이 아니다. 그럼에도 불구하고 이전에 누리지 못하던 자유와 평등의 가치는 매우 귀중한 것임에 틀림없다. 하지만 내가 평신도 교회에 대해 바라는 것은 보다 근본적인 것이다. 그것은 교회의 본질이 예배, 교제, 그리고 실천에 있으며 그것은 각각 '비일상적 안식을 통해 하나님을 만나는 것' 예배, '형제/자매의 진정한 평등으로 계급이 사라지고, 서로의 겉사람이 아니라 깊은 속사람의 만남이 있는 것' 교제, '일상의 삶 속에서 비일상의 예배가 만들어짐으로써 일상과 비일상이 교차되는 가운데 삶의 의미와 에너지가 생성되도록 하는 것' 실천이라고 할 수 있다. 지금까지의 긴 설명은 교회의 이러한 본질에 대한 서론이었다. 그리고 나 자신이 지금까지 출석하고 헌신했던 여러 기성 교회들은 대부분 이러한 본질에 충실하지 못했다. 그럴 수 없는 구조를 가지고 있었다고 말하는 편이 보다 마음 편할 수도 있겠다. 교회를 담당하였으나 여전히 사회의 호명에 좌우되는 목회자 중에 누가 교회를 양적으로 성장시키고자 하는 욕구를 버릴 수 있겠는가. 깊은 만남과 교제가 없이 어떤 이들이 타자를 나보다 존귀하게 여기고, 그와 비교하고 자기를 자랑하기를 포기할 수 있겠는가. 어떤 성도가 교회가 부여한 성장 목표를 중요하지 않다고 선언할 수 있겠는가. 그 속에서 일어나는 수많은 비교와 좌절, 부담과 피곤함이 교회 안에 들어와 있는 목표의식이나 일상성의 지배라면, 과연 그것은 그런 대가를 치를 가치가 있는 것일까. 만약 그렇지 않다면 교회가 오히려 주목해야 할 다른 가치들은 무엇일까.

우정: "나는 너희를 친구라 하였노니"

평신도교회: 평등한 신도들과 만들어 가는 우정의 공동체

평신도 교회란, 언어의 정의상 '신도들로 구성된, 평신도 중심의 교회' 라고 할 수 있다. 이는 전문적인 전임 사역자가 존재하지 않는다는 의미일 수도 있고, 리더십을 평신도들이 가지고 있다는 말일 수도 있다. 평신도平信徒를 전임 사역자의 상대어로 이해하는 것은 모순이다. 그보다는 평신도란 공동체 안에서 '평등한 사람들' 平等信徒을 일컫는 의미라고 생각한다. 세상에는 항상 차이와 틈이 존재한다. 우리는 종종 거기서 파생되는 계급과 억압의 효과를 과소평가하는 오류를 범한다. 이 세상에 완전한 '등가교환' 은 가능하지 않다. 그 부등가不等價의 차이는 반드시 어떤 대가를 요구하고 부채의식을 생산하게 되어 있다. 틈이 벌어지는 것이다. 비슷한 의미에서 이 세상에 완벽하게 평등한 관계 역시 존재하지 않는다. 장소, 역할, 대상에 따라 우리는 늘 서열과 계급을 매기는데 익숙하다. 가까운 사이에서도 분야별로 어떤 서열이 존재하고 하극상은 용납되지 않는다. 그래서 예전에는 국가 간의 관계로 연구되던 '탈식민주의' 이론도, 페미니즘과 같이 인간 사이의 계급관계를 연구하는데 적용되기도 한다. 무언가 편안하지 않은 관계라면 식민화된 관계일 수 있다. 그러나 목적과 일상을 떠나 '하나된 사람들' 로 이루어진 공동체는 항상 평등을 지향해야 한다. 성도들에게는 어떤 형태의 차별이나 계급도 존재해서는 안되며갈3:28, 심지어 모든 구별조차도 넘어서 모두 하나가 되어야 한다. 따라서 성직자와 구분하기 위한 '라이코이' 는 폐지되어야 하지만, 평등한 신도들을 의미하는 용어는 개발되어야 한다.

친구란 유일하게 계급이 존재하지 않는 관계를 말하는데, 이런 의미에서 진정한 친구를 갖는 것은 인생에서 가장 어렵고도 귀한 가치라고 할 수 있다. 주님은 우리를 '종' 이라 하지 않고 '친구라고' 부르셨다. 요15:15 주님의 부르심은 최대한 완벽하게 평등한 관계, 계급으로 인한 상처와 폭력이 없는 상태로의 부르심이다. 돈이 많든 적든, 귀족이든 천민이든 주님 안에서는 모두 가족형제와 자매이 되는 것이다. 신약 서신서의 많은 부분이 당시 황제를 찬양하는 표현이나 시민들 사이에 통용되던 관용어를 사도들이 전용한 것이지만, 고대 문헌 중에서 오직 신약성서에만 나타나는 고유한 유비類比는 공동체 구성원들을 '형제' 와 '자매' 라고 불렀다는 사실이다. 당시 그리스도의 공동체는 로마황제의 이복동생과 노예들이 같이 예배를 드릴 수 있는 곳이었고, 죽임을 당해야 할 탈주노예를 주인이 형제로 맞아주어야 하는 곳이었다. 몬1:16 신자유주의 시대에 교회가 회복해야 할 가장 중요한 가치는 바로 평등을 기반으로 한 '우정' 이라고 할 수 있다. 특별히 경제적 평등, 언어적 평등이 이루어져야 한다. 재산이 많거나 헌금을 더 많이 하는 사람이 특별대우를 받아서는 안되며, 교회가 자산규모의 확장이나 이윤을 추구하는 목적을 가져서도 안된다. 종교적 언어설교나 가르치는 말를 독점하는 이들이 권력을 가질 수밖에 없는 구조에서 그것을 안수, 직분, 나이, 사회적 지위 등의 이유로 소수가 독점하는 것은 평등한 공동체가 아니다. 성도들은 이런 점에서 오랜 억압과 불공평을 '교회의 덕德' 이라는 미덕의 기표를 위해 견뎌왔고, 온유함과 겸손함 뒤에 가려진 계급의 일상성을 당연하게 수용해 왔다. 심지어 목사의 범죄나 편법까지 덮어 주기도 했다. 하지만 그것은 결코 바람직한 일이 아니었고, 한국 교회 전체를 다른 사회구성원들로부터 비난받게 하는 결과를 낳았다. 이런 맥락에서 나타나기 시작한 평신도 교회, 가나안 성도 현상이 앞으로 어떤 방향으로 진행되어야 할 것인지가 향후 한국교회의 미래를 결정할 매우 중요한 시금석이 될 것이라 생각한다. 불법은 항상 틈, 계급을 전제로 형성되기 때문이다.

해석: "말씀을 받고 이것이 그러한가 하여 날마다 상고하므로"

평신도 교회, 가치의 부활과 새로운 시도의 공간

평신도교회가 품어야 할 가치에 대해 나는 '단순성' 안식의 가치와 '비일상'의 시공간을 제공하는 가치, 그리고 평등한 신도들 간의 '우정'의 가치에 대해 언급했다. 이것은 교회의 규모가 커질수록 점점 어려워지는 가치들이다. 교회는 규모가 커질수록, 쇠를 먹고 자라는 불가사리처럼, 그 자체가 별도의 인격을 지닌 괴물이 되어 구성원들을 삼켜버리기 때문이다. 신광은은 교회의 대형화 자체구조의 문제가 아니라 목사의 그릇된 동기와 욕망만을 비판한 1세대 윤리적 교회운동이 기형적 메가처치를 탄생시킨 하나의 원인이라고 분석한다. 종종 교회는 임계치를 넘어가는 크기로 성장하는 것 자체가 문제일 수 있다. 규모는 거스를 수 없는 구조이기 때문에 내재적 가치를 제한한다.

평신도 주체에 의한 말씀의 자유로운 해석

작은 평신도 교회는 가치의 부활과 새로운 시도를 가능하게 한다. 그 중 가장 핵심적인 가치는 바로 말씀의 자유로운 '해석'이다. 굳이 현대 해석학적 근거를 언급하지 않더라도, 성서 역시 텍스트의 형태를 취하고 있는 바, 시대마다, 해석자마다 새로운 해석에 항상 열려 있어야 함은 당연하다. 한국 기독교는 성서 해석의 권한을 안수 받은 소수의 설교자와 훈련된 해석자신학자들에게만 부여해 왔다. 따라서 해석과 삶의 결합인 설교 역시 이들의 몫으로만 남아 있다. 교회 안에서 설교에 대해 우리가 보일 수 있는 반응은 약한 인상비평 수준을 넘지 못하며, 다른 해석은 금지된다. 왜냐하면 성서의 모든 텍스트는 우리에게 성경, 즉 경전으로 제시되었기 때문이다. 경전은 가장 절대적인 권위를 가진 '법의 언어'다. 따라서 그것은 해석하는 것이 아니라 암송하고 순종해야 하는 텍스트다. 해석이 금지된 신앙은 각 주체의 다양성을 인정할 수 없고, 다시 '목적이 이끄는 삶'으로 우리를 인도한다. 왜냐하면 누구든 텍스트를 대하는 순간 이미 해석에 참여하고 있는 것인데, 사심이 없는 해석이란 존재하지 않기 때문이다. 텍스트가 경전이라면 결국 권력은 소수의 해석자들에게 부여될 수 밖에 없다. 우리는 역사적으로 '해석'의 차이로 수많은 종교 전쟁과 학살이 자행되었던 것을 알고 있다. 해석은 군중을 결집시킬 수 있었고, 그 군중을 배경으로 종교권력은 국가권력을 압도하던 시절이 있었다. 폴 비릴리오의 말대로, 국가가 종교와 분리되고 그 지배를 벗어날 수 있었던 것은 순전히 무기의 발달로 소수의 군대가 군중을 통제할 수 있게 됨으로써 막강한 절대국가가 탄생한 근대에 들어와서였다. 이 시기에 와서야 해석의 차이는 학살을 면하는 수준으로 진정된다. 그러나 오늘날도 해석의 독점은 교회 내에서 수많은 폐단을 낳고 있다. 나는 예전에 출석했던 몇 교회에서 지속적으로 평신도 중심으로 설교자들을 다양화할 것을 주장했으나 잘 받아들여지지 않았다. 일부 수용된 곳도 있었다 일방향식 설교가 보편화된 오늘날 예배 형식에서 교단 신학교를 졸업한 사역자가 아닌 평신도가 설교하는 것은 여전히 교회 내의 큰 위협으로 간주된다. 현재 내가 몸담고 있는 주거 공동체 교회에서는 성인이라면 누구나 설교를 할 수 있다. 그 대신 설교를 마치고 더 긴 시간을 할애하여 말씀에 대해 함께 다시 해석하고 토론하면서 설교를 보완하고 완성한다. 그러다 보면 다양한 관점을 만날 수 있고, 성서의 텍스트가 살아 움직이는 검처럼 각 사람의 일상 속에 예상치 못한 방향으로 역사하고 있음을 깨닫게 된다. 신기한 것은 예전의 일방향식 예배에서는 한 시간도 버티기 힘들던 사람들이 세 시간 가까이 되는 예배시간을 별다른 무리없이 즐기고 있다는 점이다. 아이들도 점점 대화에 평등하게 참여하게 되었고, 심지어 부모가 아이의 고민을 공동 예배시간에 발견하게 되는 경우도 있었다. 자기의 해석이 공유되고 피드백을 나누는 경험은 연령을 초월하여 긍정적 효과를 발휘한다. 자기의 설교나 나눔에 대한 책임이 따르기 때문에 삶의 실천으로 이어질 가능성도 훨씬 높아진다.

사실 평신도 중심의 교회가 생겨나고 있다는 것은 이미 해석의 다양성이 받아들여지고 있다는 것을 의미한다. 교회란 무엇인가를 물으면 곧 목사와 건물을 떠올리는 것이 당연한 시대에, 목사 없는 교회가 가능한지, 심지어 리더가 없는 평등한 공동체가 가능한지, 각자의 말씀 해석이 공동체에서 수용될 수 있는 것인지, 적극적으로 전도하는 삶을 노정하지 않더라도 하나님 앞에서 참인간으로 성장해 가는 것이 더욱 중요할 수도 있는 것인지를 고민하는 것은 매우 의미심장한 모험이다. 그리고 그것이 궁극적으로 하나님 나라를 살아가고, 복음을 전하는 삶이라는 확신을 얻기까지 교회는 짧지 않은 세월을 걸어왔다고 할 수 있다.

아직도 가야 할 길

평신도 중심의 교회가 이제는 크게 눈치 보지 않아도 어느 정도 자유롭게 만들어지는 시대가 왔다. '이래도 교회라고 할 수 있나' 하는 불안감은 여전히 있지만 지금은 분명히 누구라도 대안을 내놓아야 하는 시대다. 나는 현재 신뢰하는 형제, 자매 몇 가정과 함께 공동주택을 건축하고 15년이 넘는 세월을 함께 생활하면서 평신도 교회에 참여하고 있다. 여기서 안식이 무엇인지, 일상을 벗어나고 다시 일상으로 들어가는 것이 무엇인지, 서로를 용납하고 평등하게 여기는 것이 무엇인지를 배웠다. 주일날은 많지 않은 인원이 아침부터 밤까지 계속 이야기를 나누는데, 수 년이 지나도 하지 못한 이야기가 너무 많아서 매 주일마다 늦은 시간까지 헤어질 생각을 하지 않는다. 아예 삶을 같이 살고 있으니 주중에도 얼마든지 왕래하면서 시간을 함께 보낸다. 서로를 알아간다는 것은 길고 긴 여정이다. 추상적인 언어의 껍질을 벗게 하고 기표의 지배에 맞서는 것은 공동체적 삶의 체험 외에는 없다고 생각한다. 삶을 함께 하는 가운데 자연스럽게 나중에 생업, 취미, 노년의 일상까지 함께 보낼 계획을 세운다. 교회는 성도들의 일상과 분리된 비일상이 공간이 되어야 한다. 하지만 교회가 성도들의 인생과 분리되어 존재할 수는 없다. 기표로서의 교회는 항상 한걸음 떨어져 우리를 관망하면서 수십년이 지나도 변하지 않은 채, 늘 '다음 세대를 준비하자'는 말만 하지만, 함께 세워지고 함께 늙어가는 교회는 언어에 의해 정복당하거나 일상의 침범을 받지 않는다.

평신도 교회 운동은 그저 기존 교회에 대한 반작용으로 다른 대안이 없기 때문에 생겨난 것이어서는 안된다. 이미 기독교 공동체가 목적이나 차별을 버리고자 하는 운동이 시작된 것으로 봐야 한다. 목사가 있는지 없는지가 본질적인 문제는 아니다. 목사의 '수행성' performativity을 내려놓고자 하는 움직임은 목사들 사이에서도 이미 시작되고 있다. 목사의 수행성隨行性이 문제라면 교회 운동은 윤리 운동의 차원을 넘지 못할 것이다. **교회에게 본질적인 것은 '목적이 지배하지 않는 비일상의 공동체'다.** 성도들의 무의식은 그것을 갈망하고 있다. 사람들이 일상에서 그리스도의 제자로 살아가게 하는 힘을 공급하고 다시 세상으로 보내는 교회를 소망하는 것이다. 평신도는 '평등한 성도' 이기 때문에 그 가치 아래에서는 어떤 직위나 소명을 가진 사람이라도 차별없이 동일한 꿈을 꿀 수 있다.

평신도들은 기존 교회의 외적 문제점에 대해 저항하는 것만이 아니라, 이 시대 교회를 교회답지 못하도록 만드는 기저의 원인에 대해 깊이 고민하는 주체가 되어야 한다. 그렇지 않으면 그들의 공동체는 얼마 지나지 않아, 기존 교회의 드러난 문제점만을 극복하는 방식으로 새로운 리더십이 주도하는, 또 다른 기표적 교회들로 안정화되어 갈 것이다. 평신도 교회는 이제 처음으로 전통적 형식을 벗고 새로운 가치를 추구할 수 있게 되었다는 점에서 다시 기로에 섰다. 어쩌면 한국교회 전체가 지금 그 도전에 직면하고 있는지도 모른다. 지금 나의 관심은 '허용되는 한계의 끝까지 우리가 달려볼 수 있을까' 하는 것이다.

3부

탈교회 현상에 대한 교회사적 접근

김교신의 무교회주의와 탈교회

전 인 수
KC대학교, 교회사

"요즘 우리 불교인구가 지속적으로 감소하고 있다고 하네요. 그런데 더 큰 문제는 뾰족한 대안이 없다고 합니다." 며칠 전 한 원로 교수가 불교학 강좌에서 하셨던 이야기이다. 한국교회의 고민을 이웃 종교에서도 들을 수 있었다. 한국교회도 신자들이 줄고 있다. 그 이유 중 하나는 가나안 성도이다. 가나안 성도는 예수는 믿지만 교회를 나가지 않고 홀로 신앙 생활하는 기독교인을 말한다. 2017년 한국교회탐구센터가 실시한 조사에 따르면 개신교인 10명 중 약 2명은 현재 교회에 출석하지 않는다.[168] 곧 개신교인의 20%가 교회와는 상관없이 신앙생활을 하고 있다. 한국 개신교인을 1,000만 명 정도로 볼 때 200만 명에 육박하는 수이다.

김교신金教臣, 1901-1945이 최근 부각되는 것도 이 가나안 성도 현상과 밀접하게 연관되어 있다. 왜냐하면 그 를 한국교회의 '원조 가나안 성도' 라고 부를 수 있기 때문이다.[169] 그를 보면 가나안 성도가 보이고 대안도 탐색할 수 있다는 생각이 드는 것이다. 가나안 성도 현상을 일찍부터 탐구해 온 양희송은 그 신학적 토대를 김교신에게서 찾았다.[170] 또 그가 가나안 성도 현상을 보면서 하나의

---

168) "가나안 교인 5년 전보다 8% 늘었다," 「뉴스앤조이」(2017.6.9)
169) 전인수, "원조 가나안 성도, 김교신,"「이제 여기 그 너머」NO. 13/14(2017 가을 겨울), 90.
170) 양희송, 『가나안 성도, 교회 밖 신앙』 (서울: 포이에마, 2014)

대안으로 제시한 '세속성자' 론은 김교신의 문제의식을 21세기의 한국의 현장과 언어로 표현한 것이라고 봐도 무방할 정도이다.171 필자도 김교신을 '세속성자' 와 연결시킨 바 있다. 일상생활과 유리된 가톨릭교회의 수도자적 영성이나 개신교회 전문 사역자들의 목회 영성과는 차원이 명확하게 구별되는 평신도 영성을 일상에서 구현한 김교신을 세속성자로 이해했던 것이다.172

　　가나안 성도 현상이 김교신의 무교회주의까지 소급되는 상황이다 보니 자연스럽게 다음과 같은 의문이 일어날 수 있다. 김교신의 무교회주의는 탈교회를 지원하는 하나의 근거점이 되는가? 다시 말해 김교신의 무교회주의는 '교회 밖의 기독교,' 혹은 '교회 너머의 신앙' 의 가능성을 선견자적으로 보여 준 통찰이었는가? 아니면 그를 탈교회 현상과 연결 짓는 것은 지나친 과잉해석인가? 김교신의 무교회주의는 오늘의 탈교회 현상과 어떤 점에서 다르며, 어떤 점에서 연결되는가? 김교신은 교회 자체를 부정했는가? 아니면 그의 무교회주의는 제도 지향적인 교회에 대한 반제도주의 혹은 비제도주의적 교회론인가? 그는 제도교회 안에 갇힌 기독교인이 아닌 삶 속에서의 신앙을 추구했는가? 본고는 이런 의문점을 해소하고자 한다. 이를 위해 가장 일차적으로 해명되어야 할 부분이 바로 '그가 주장한 무교회주의는 무엇인가' 이다. 그의 무교회주의론이 정리된다면 그의 교회론도 자연스럽게 해명될 것이다. 단 가독성을 위해 김교신의 일차 자료인『김교신전집』부키, 2001-2002에 대한 각주는 생략하였다.

---

171) 양희송,『세속성자: 성문 밖으로 나아간 그리스도인들』(서울: 북인더갭, 2018)
172) 전인수, "김교신의 일기 연구: 삶에 대한 그의 철학과 그 구현 형태,"「신학논단」제92집(2018), 317.

1. 성서중심주의 신앙

김교신은 기본적으로 교회에 대한 애정을 가지고 있었다. 그는 매년 성탄절마다 집 앞까지 찾아와 새벽송을 불러주는 교회 성가대에 감격해 했다. 또 교회에서 설교도 하고 봉사도 하였다. 교회를 돕고자 하는 것이 그의 마음이었다. 그는 자신의 교회비판을 불가피한 때의 한마디였다고 말했다. 그럼에도 김교신은 교회관이 조선 교계와 달랐다. 그는 "교회에 대한 근본 개념에 차이가 있다"고 분명히 말했다. 또한 "이 점에 있어서 교회라는 관념이 세상 것과 우리 것과는 판이한 바 있다. '비교회' 적 혼백의 단단한 것이 우리 속에 있다"고도 말했다. '비교회' 를 제도교회에 대한 반대라는 의미로 읽을 수 있다. 또한 최태용이 주장한 '비교회주의' 로 볼 수도 있다. 비교회를 비교회주의와 관련하여 좀 더 살펴보자. 최태용崔泰瑢, 1997-1950은 현재 한국기독교교회협의회NCCK의 회원교회인 기독교대한복음교회1935를 설립한 인물이다. 그는 서구와는 구별된 한국인의 신학과 교회를 이 땅에 수립하고자 노력했는데 복음교회는 그 연장선에서 출발한 교회이다. 그는 김교신과 마찬가지로 우치무라 간조內村鑑三, 1861-1930로부터 깊은 사상적 영향을 받았으며 무교회주의를 하나의 이론으로 조선에 가장 먼저 소개하였다.

최태용은 자신이 간행한 「천래지성」이라는 신앙잡지에서 비교회주의를 주장하였다. 그가 문제 삼은 것은 교회주의이다. 그는 교회주의를 기독교가 곧 교회인 것처럼 생각하고 이를 추구하는 것, 교회가 기독교의 전부인 것처럼 여기는 것으로 보았다. 그는 교회를 절대시하는 신앙과 교회에 깃든 교회주의를 경계하였다. 최태용은 비교회주의를 교회주의가 아닌 신앙이나 교회주의를 반대하는 사상으로 정의했다. 이는 자신이 교회를 절대시하는 것과 교회주의는 반대하지만 교회 자체를 반대하는 것은 아니라는 점을 명확히 한 것이다.

최태용은 〈교회가 '교회주의'를 버리고 '신앙' 중심이 되어야 한다〉고 주장했다. 그는 교회가 신앙 중심에 있는지, 그 신앙이 교회조직이나 의식, 신조나 교리로 퇴화해 버리지는 않았는지, 신앙보다 그 형식을 중시하는 본말전도에 빠지지 않았는지를 물었다. 그래서 비교회주의는 교회를 신앙중심으로 돌아오게 하는 신앙중심주의이자 교회보다 신앙이 우선한다는 신앙우선주의이다.[173] 그렇다면 최태용의 목표는 교회주의에 함몰되지 않는 신앙 중심의 참 교회를 회복하는 것이었다고 볼 수 있다.

김교신은 이러한 비교회주의에 대해 전적으로 동의했다. 비교회주의에는 무교회주의와 그 지향점이 매우 유사한 부분이 있다. 그런데 김교신은 비교회주의를 무교회주의와 동일한 것으로 생각하지 않았다. 그는 교회 안에 교회주의가 깃드는 것을 반대했지만 한 발 더 나갔다. 그는 제도교회의 중개 없이 바로 성서를 통해 그리스도를 믿는 신앙 경향을 갖고 있었다. 김교신의 무교회주의를 한 마디로 정의한다면 성서만으로 기독교의 진리를 파악할 수 있고, 그리스도를 믿을 수 있다는 신념이다. 교회를 중심으로 말하자면 최태용에게는 제도교회가 필요하지만 김교신에게 제도교회는 불필요한 것이다.

김교신은 교회가 성서가 말하는 신자들의 영적인 모임이라면 이를 긍정했다. 김교신은 '신자들의 모임'이나 '영적 공동체로서의 교회'를 반대한 적이 없다. 반면 그 교회가 제도화되고 조직화되어 기독교인들의 신앙을 구속하고 구원을 중계하는 도구로 전락하는 것을 반대했다. 그는 회합하는 장소인 예배당을 통상적으로 교회라고 불렀다. 그러나 신학적으로 논의할 때 교회와 예배당을 구분하였다. 예배당은 예배를 드리는 장소로서 성서에서 말하는 신자들의 모임과는 구별된다. 그는 교회를 예수를 구주로 믿는 신도들의 회합이나 성도의 영적 단체라고 생각했다. 당시 무교회주의자들도 성서집회나 성서연구회와

---

173) 전인수, "김교신의 무교회주의: 최태용의 비교회주의와의 비교를 중심으로," 「한국기독교와 역사」 제45호(2016. 9), 229.

같은 모임을 가졌다. 그 모임은 영적인 회합이라는 의미에서 일종의 교회였다. 김교신은 신자들의 모임인 에클레시아는 긍정했지만 교권과 조직으로 운영되는 제도교회는 신앙의 본질적인 부분이라고 전혀 생각하지 않았다. 그는 제도교회 없이 신앙생활이 불가능하며, 교회조직에 소속되어야 구원을 받을 수 있다는 주장에 강력하게 항의했다. 그는 구원이 그리스도에 대한 믿음으로만 가능하다고 보았다.

김교신에게 무교회주의는 성서만을 통해 예수를 만날 수 있다는 신념이다. 기독교인은 교회에서 독립하여 성서만으로 신앙생활 하는 자이다. 곧 교회조직이나 목회자로부터 독립하여 그리스도 앞에 서는 것이다. 그래서 무교회주의는 교회가 아닌 성서에 그 중심이 있다. 김교신은 자신의 길이 "교회 개혁 운운의 일체의 생각을 염두에 두지 않고 오직 성서의 진리를 배우며 자신을 초달쳐서 그리스도의 족적을 따르려는 것"이라고 말했다. 또한 "우리는 예수와 성서를 그 중심에 두지 교회에 그 중심적 의미를 부여하지 않는다"고 했다. 그리고 성서를 중히 여기고 성서 연구에만 치우친다는 일부의 비판은 무교회주의자들의 일면을 잘 드러낸 말이라고 생각했다. 곧 김교신은 교회를 개혁하고 교회를 비판하는 것보다 성서 자체를 따르는 삶이 무교회주의의 본령이라고 여겼던 것이다. 그렇다면 무교회주의는 교회가 아닌 성서를 중심으로 예수를 믿는 신앙방식이라는 것을 알 수 있다.

김교신의 무교회주의를 다음과 같이 정리할 수 있다. 교회라는 관점에서 보았을 때 무교회주의는 신자들이 모여서 예배를 드리는 신앙공동체를 전혀 부정하지 않는다. 에클레시아로서의 교회는 절대 긍정이다. 반면 제도교회는 신앙생활에 있어 전혀 필수적인 요소가 아니다. 또한 제도교회를 다녀야 구원을 받을 수 있다는 생각을 강력하게 거부한다. 때문에 신앙으로 형성된 자연스러운 공동체는 문제가 없으며 제도교회를 출석하지 않아도 상관없다. 무교회주의는 성서만으로 예수를 신앙할 수 있다는 신념이기 때문이다. 곧 무교회주의는 제도

교회가 없어도 성서만으로 예수를 믿을 수 있다는 성서중심주의 신앙이다.

2. 조선교회의 무교회주의 인식

일제시대, 조선의 기독교인들은 예수를 통한 구원을 절대 신뢰하였다. 동시에 구원을 교회와 연결시켜 이해하는 경향이 다분했다. 교회를 구원의 통로 내지 방주方舟로 생각했던 것이다. 1930년 김교신을 직접 겨냥하면서 무교회주의를 비판했던 김인서金麟瑞, 1894-1964도 노아의 방주를 구원의 방주라고 하면서 이를 그리스도와 교회의 예형豫型으로 해석하였다.174 당시 기독교인들에게 교회는 구원을 매개하는 구원의 방주와 같았다. 홍수에서 살아남는 방법은 노아의 방주뿐이듯이 교회는 구원의 방주와 같다고 믿었다. 그러나 김교신은 이러한 믿음은 비성서적이라고 생각했다. 예수 그리스도가 아닌 교회를 구원의 통로로 보는 것이기 때문이다. 그는 오직 구원은 예수 그리스도가 주는 은혜의 선물이며 교회는 단순히 신앙인들의 모임이라고 생각했다. 김교신은 교회 바깥에도 구원이 있다고 보았다. 구원이 오직 신앙여부에 달려있다고 보았기 때문이다. 무교회주의의 핵심을 하나 짚는다면 이는 교회가 구원의 매개체라고 주장하는 모든 주장에 대해 강력히 프로테스트protest하는 것이다.

당시 많은 조선 기독교인들은 신자들의 모임인 교회와 모임 장소인 예배당을 구분하지 않았고 그것에 대한 별다른 문제의식도 갖지 않았다. 이는 카르타고의 주교였던 키프리아누스Cyprianus가 3세기에 말했던 "교회 바깥에는 구원이 없다"는 말이 조선교회에서 암묵적으로 인정되고 있었다는 뜻이다. 물론 키프리아누스가 말한 교회는 감독이 중심이 되는 가톨릭 교회였다. 당시 조선 기독교인들은 개신교적 입장에서 교회가 구원을 매개한다고 생각하고 있었다. 이렇게 되면 구원은 제도화된 교회에서 신앙생활을 하고 교회라는 문을 통과해

---

174) 김인서, "창세기 사경," 『김인서저작전집』3권 (서울: 신망애사, 1975), 74.

야 얻을 수 있다는 신학사상이 도출될 수 있다.

김교신의 교회론에 직접적인 영향을 미친 사람은 우치무라 간조이다. 간조는 제도적 교회institutional church를 비판하였고, 예수가 말한 에클레시아는 집회 assembly라는 일상적 의미였다고 주장했다.175 그는 교회 없는 기독교 신앙을 인정하지 않는 서구의 선교사들을 비판하였다. 곧 간조는 구원받기 위해 교회를 반드시 거쳐야 하는 것은 아니라고 보았다.176

무교회주의자들이 거부한 것은 신자들의 모임이 아니라 교회를 예배당이라는 건물과 동일시하는 것, 제도적 교회를 신성시하거나 절대시하는 것, 교회조직과 교회 내의 계급적인 성직자 제도, 교회를 구원의 매개로 생각하는 것, 구원을 받으려면 세례와 성찬을 해야 한다는 것,177 교회 안의 비진리 비성서적인 행위 등이었다. 이런 신앙형태를 김교신은 교회주의나 교회지상주의라고 불렀다. 이처럼 무교회주의자들은 교회주의를 거부했으며, 제도교회가 신앙생활에 필수적이라는 주류입장에 도전했다. 그들은 제도교회가 아니라 성서를 붙들어야 한다고 생각했다. 김교신은 성서중심의 신앙을 추구하였고 성서가 말하는 온전한 에클레시아를 실현하려고 노력하였다. 때문에 무교회주의를 교회를 공격하는 사상이나 에클레시아 자체를 부정하는 사상이라고 호도하는 것은 잘못이다.

무교회 그룹의 교회관은 함석헌咸錫憲, 1901-1989에게서 잘 드러난다. 김교신은 그의 무교회론에 전적으로 동의하였다. 함석헌은 인간주의의 침입, 그리

---

175) 미우라 히로시, 『우치무라 간조의 삶과 사상』오수미 역 (서울: 예영커뮤니케이션, 2000), 124-125.

176) 미우라 히로시, 『우치무라 간조의 삶과 사상』, 134.

177) 김교신은 성찬, 세례와 같은 교회의식을 중시하지 않았다. 그 이유는 신자의 구원이 오직 예수를 신앙하는데 있다고 보았기 때문이다. 그는 교회가 성찬과 세례를 지켜야 한다고 주장하는 것도 일종의 율법주의, 의식주의, 형식주의로서 바울이 배척했던 할례의식과 크게 다르지 않다고 보았다. 그는 '믿음' 이외에 그 어떤 것도 구원의 조건으로 두는 것을 거부했다. 믿음을 절대화하면서 세례와 성만찬을 상대화했다고 볼 수 있는데, 이는 교회의 의식이 율법주의로 흐를 수 있고, 또한 예수로만 인한 구원을 부인하는 결과를 가져올 수 있었기 때문이었다.

스도 본위에서 교회 본위로 기울어지는 것, 그리스도만이 아닌 조직으로 교회를 세우려는 것에 반대하였다.[178] 신앙은 교회에 들어와 교권에 복종함으로 되는 것이 아니라, 하나님을 사랑하는 신앙에 의하여 지상의 교회가 성립된다는 것이다. 그는 교권이 그리스도를 대표한다는 주장에 대해 그리스도는 바로 그 교권을 깨뜨리기 위해 죽었으며 그리스도 외에 다른 중개자는 필요 없다고 주장하였다. 또한 성속聖俗의 구별과 교회의 의식주의를 비판하였다. 무교회주의는 하나님 절대중심주의에서 인간적인 모든 것은 상대화되어야 한다는 입장이다.[179] 함석헌과 김교신은 이 부분에 맥이 닿아 있었다.

교회관이 달랐던 이유로 조선교회와 무교회주의자들은 서로 갈등하였다. **김교신은 신자와 그리스도 사이에 제도교회나 목회자와 같은 중재자는 필요 없다고 생각했다.** 무교회주의는 만인사제주의에 근거한 강한 평신도 지향성을 특징으로 한다. 그러나 당시의 조선교회는 제도적 교회를 예수께서 친히 세우셨다고 생각했기 때문에 교회를 떠나, 목회자 없이 신앙생활을 할 수 있다는 입장을 이해할 수 없었다. 더구나 목회자들은 자신들을 직접 겨냥해서 비판하는 김교신을 감정적으로도 용납하기 어려웠다. 1920-30년대 조선교회에 대한 가장 강력한 비판은 무교회주의 진영에서 나왔다. 이 때문에 조선교회를 비판하는 것 자체를 무교회주의로 단정하는 사례도 나타났다. 그 비판이 교회를 위하고 교회를 올바른 방향으로 이끄느냐의 문제는 이차적인 문제였다. 비판 자체가 교회 공격이요, 교회를 공격하면 무교회주의자로 정죄되는 구도였다. 감리교회 부흥사 이용도李龍道, 1901-1933나 앞에서 언급했던 김인서도 조선교회의 비진리적 행위를 지적했다가 무교회주의자로 몰리고 말았다.

---

178) 함석헌, "無教會(상)," 「성서조선」 제86호(1936. 3), 3-7.
179) 함석헌, "無教會(하)," 「성서조선」 제87호(1936. 4), 3-10.

3. 자연은 우리의 예배처

사실 성서는 '그리스도'와 '교회'의 관계가 남편과 아내처럼 긴밀하다고 말한다. 엡5:22-32 교회는 그리스도를 신앙하는 공동체이다. 그런데 이 그리스도 중심성이 사라져 버린다면 교회로서의 정체성도 상실되기 마련이다. **교회는 신앙에 필수적인 것이다. 그러나 예배당이 바로 교회라는 생각은 성서적 개념이 아니다. 예배당을 교회라고 생각하거나 교회를 신성시해서는 안된다.** 스데반은 하나님은 손으로 지은 성전에 갇혀 지내는 분이 아니라고 말했다가 유대인들이 던진 돌에 맞아 죽었다. 행7:46-50 성전도 그 자체가 신성시되면 하나님께서 내친다. 교회를 신성시하거나 예배당과 동일시하는 생각은 스데반 당시의 유대교적인 사고에 갇혀 있는 것이다.

교회는 예수 그리스도를 메시아라 믿는 자들 혹은 그들의 모임이다. 초대교회 당시 교회는 집에서 모였다. 집은 교회가 모이는 예배 처소였다. 집은 예배당, 즉 공간적 의미의 교회였던 셈이다. 기독교인들이 집에서 떡을 떼며 하나님을 찬미했다는 것행2:46-47은 집이 예배 처소의 역할을 했다는 뜻이다. 베드로가 기적적으로 탈옥한 후 찾아간 곳은 마가의 어머니가 거하는 집행12:12이었다. 이도 예배처였을 것이다. 브리스가와 아굴라의 집롬16:5, 눔바의 집골4:15, 아킵보의 집몬1:2 등, 성서 여러 곳에서 교회가 모이는 장소가 집이었음을 보여준다.

이처럼 처음 개인주택이 예배당이었다. 공인받기 전까지 기독교는 박해받는 이들의 종교였기 때문에 독자적인 큰 예배당을 갖거나 교회 고유의 건축양식을 발전시킬 수 없었다. 초기 기독교인들은 로마 건축양식을 빌려와 자신들의 목적에 맞게 변형하였다. 공인 이전에 가정교회는 주택을 개조하여 사용하였다. 부유한 기독교인들의 큰 집이나 조용하고 은밀한 장소를 집회 장소로 이용하였다. 그러다가 3세기 중엽부터 교회만을 위한 건축이 이루어졌다. 공인

이후 비로소 기독교인들은 거대한 예배공간을 가질 수 있었다. 콘스탄티누스 황제는 교회건축사적으로 새로운 전환점을 마련한 인물이다. 그는 많은 교회를 지었고 기독교 고유의 양식을 창출하였다. 그는 예루살렘, 베들레헴, 콘스탄티노플 등에 기념교회를 세웠다. 유대반란 이후 폐허로 변했던 예루살렘도 새로운 성지로 개발되기 시작했다. 성묘교회Shrine of the Holy Sepulchre와 같은 웅장한 교회가 지어졌으며, 순례자의 발길도 이어졌다. 오늘날 많은 기독교인들이 콘스탄티누스 이후의 교회관, 즉 예배당을 교회와 동일시하는 사고에 사로잡혀 있다. 여기에 교회 밖에서의 구원은 불가능하다는 테르툴리아누스Tertullianus와 키프리아누스의 사고까지 더해지면서 예배당을 벗어나면 구원을 받지 못한다는 생각이 고착되어 버렸다.

김교신은 교회 공간만을 예배의 장소로 보지 않았다. 그는 자신이 거니는 생활공간 모두를 예배하는 곳이라 여겼다. 생활 전체 일거일동이 다 예배요, 신성한 곳이 따로 없었다. 모든 공간이 예배당이었다고 볼 수 있다. 성속을 구분하지 않고 자신의 전존재와 생활을 하나님께 드리고자 했던 그로서 이는 당연한 것이다. 김교신은 그중에서도 자연自然에서 예배하기를 즐겼다. 그는 자연이 전능한 신을 드러내고 있다고 보았기 때문에 자연에서 무한한 하나님의 섭리를 느꼈다. "달밤에 북한 산록 계곡을 거슬러 보토현에 오르니 가을 하늘秋天에 가득 찬 달빛, 별빛과 묵묵히 솟은 북한의 숭엄, 가을벌레의 교향악에 잠든 계곡의 신비. 첨탑이 높이 솟은 교회당을 소유함이 없고 '파이프 오르간'의 아악을 못 가진 무교회자에게는 이런 데가 가장 엄숙한 예배당이다." 자연 중에서 김교신이 특히 선호했던 장소는 새 소리, 계곡을 흐르는 물소리를 듣고, 하늘의 별을 보며, 새벽이슬을 맞으며 기도할 수 있는 숲속이었다. 그는 인공으로 쌓은 교회당 건물보다 산속에 자연스럽게 피어나는 한 송이 백합화에서 무한한 생명의 경이를 느꼈다. "새벽 산상 기도에 영감이 소나기 같다. 우리 예배당의 벽은 북한산성이요, 천정은 화성, 목성이 달린 청공靑空이요, 좌석은 임간林間의 반석이요, 주악은 골목을 진동하는 청계淸溪의 물소리요, 찬양대는 꿩과 뻐꾹새와 온갖 멧새들이다."

김교신은 예배의 핵심이 기도와 말씀을 통해 삼위일체 되신 하나님과 직접 교통하는 것이라고 생각했다. 그는 송림松林 속에서 우로雨露와 같은 성령의 임재를 자주 체험하였다. 김교신과 「성서조선」을 함께 시작했던 류석동柳錫東, 1903-?은 이런 자연 속에서의 예배에 대해 "영이신 하나님은 영으로 예배해야 한다. 사람의 손으로 만든 집 속보다 하나님이 만드신 자연 속에, 솔바람과 새 소리와 더불어 여호와를 찬미함을 그는 기뻐한다."고 말했다. 이처럼 무교회주의 공동체는 자연 친화적이었고, 자연을 통해 하나님의 창조와 섭리를 배웠다.

김교신은 자연에서 하나님을 성찰했고 농사를 즐겼다. 그래서 천연의 소산물을 통해 자연은 관대하고 인후仁厚함이 절대하다고 느꼈다. 그는 자연과 더불어 생활 속에서 신앙의 참맛에 도달해 갔다. 이러한 신학적 성찰은 벌레의 노래 소리, 동물에게까지 이르렀다. 그는 언젠가 북한산에서 설교할 때 자신의 설교가 오히려 대자연의 설교를 방해하지 않을까 염려하였다. 그는 매미, 잠자리, 하루살이와 같은 작은 생명 속에서도 하나님의 음성을 듣고 하나님의 크신 경륜과 사랑을 깨닫고 싶어 했다.

김교신은 계절의 변화에서도 민감하게 하나님을 만났다. 북한산록에서의 삶은 계절마다 그에게 새로운 감명을 주었다. 봄은 특별한 의미를 지녔다. 그는 생명이 약동하는 것을 통해 부활에 대한 신학적 성찰로 나아갔다. 그에게 자연은 더불어 사유하는 유기체이자 하나님을 성찰하게 해주는 생명체였다. "매년 봄이 돌아올 때 산야의 초목과 조충鳥蟲이 부활을 노래할 때 그때가 우리의 부활 주일이 되리라." "아! 그리스도의 입춘, 이는 죄인만 맛볼 수 있는 명절이다." 이러한 봄에 대한 성찰 속에서 겨울에 대한 신학적 의미도 두터워 졌다. 자연과 계절의 변화는 하나님을 만나고, 느끼고, 삶을 성찰하게 해주는 중요한 요소였다. 김교신은 자연을 하나님의 임재를 경험하는 영적인 곳으로 여겼다.

4. 삶의 모든 영역에서 성서의 진리를 구현하는 생(生)의 기독교

삶의 모든 장소가 하나님을 예배하는 곳이라는 김교신의 교회관은 신앙의 본질이 생 전체의 영역으로 확장되어 나간다. 자신이 처한 모든 공간이 하나님을 예배하는 곳이 된다. 무교회주의의 본령은 "적극적으로 진리를 천명하며 복음에 생활하는 데" 있다. 이런 신앙적 자세를 "생의 기독교", 혹은 "삶의 기독교"라고 부를 수 있을 것이다. 김교신이 하나님을 예배하는 영역은 하나님이 인간에게 부여해 준 공간과 시간의 전 부분으로 확대된다. 우리가 처한 땅은 인간이 하나님의 뜻을 실현하고 발 딛고 살아나가야 할 터전이며 우리가 처한 시간도 하나님의 뜻을 이루기 위해 주어진 것이다.

김교신은 삶을 하루 단위로 살아나갔다. 하나님 앞에 하루를 살고, 하루로 계산되겠다는 것이다. "신자의 생애는 육으로나 영으로나 하루 살림을 원칙으로 한다. 절대 신뢰의 생애는 그날그날 하루하루의 살림이 아닐 수 없는 까닭이다."그는 그 하루를 하나님이 자신에게 부여한 시간이라 생각했다. 그래서 영을 최우선으로 두는 삶, 신앙 제일주의의 삶을 실천하려 하였다. 게으름과 나태, 불신용, 거짓은 그를 깊은 절망으로 빠뜨리는 요소였다. 그는 하루를 충만한 시간으로 채우고자 하였다. 이는 시편 기자의 고백을 생각나게 한다. "우리에게 우리 날 계수함을 가르치사 지혜로운 마음을 얻게 하소서."시 90:12

김교신이 삶을 하루 단위로 살아간 데에는 유교의 영향을 생각할 수 있다. 그는 "복음적 유자儒者"라고 부를 수 있을 정도로 유교적 가치관이 삶의 저변에 자리 잡고 있었다.180 기독교적 관점에서 유교를 깊이 연구했던 배요한은 기독

---

180) 류대영, "복음적 유자: 김교신의 유교적-기독교적 정체성 이해," 「한국기독교와 역사」 제50호 (2019. 3), 5-41.

교인이 유교를 통해 배울 수 있는 것으로 일상의 삶 속에서 거룩한 삶을 추구하는 유교적 영성을 들었다. 유교에서는 삶의 모든 영역이 자신의 인격을 도야하는 장이다. 유교는 오늘보다 나은 내일이 되도록 노력日新又日新하며 일상에서 진실하고 충실하려는 자세 등 일상의 영성을 지향한다.[181]

　　두 번째는 우치무라 간조와 류영모柳永模, 1890-1981의 영향을 들 수 있다. 그는 일본 유학 시절 우치무라로부터 하루하루를 한 평생처럼 하나님 앞에 최선의 경주를 다해 사는 일일일생一日一生주의를 배웠다. 그래서 김교신은 하루가 일생이며, 하루의 걸음이 쌓여서 일생을 이룬다는 의미로 자신의 일기를 일보日步라 하였다. 그런데 류영모를 통해 이 일일일생주의는 더 심화되고 구체화되었다. 김교신이 일일일생주의를 삶 속에서 보다 구체화 시킬 수 있었던 데는 나이를 하루로 계산하는 방법을 배웠기 때문이다. 그는 1933년 2월 19일 처음으로 일생을 하루 단위로 계산하였다. 류영모가 이를 가르쳐 주었다. 류영모가 자신의 산 날을 세기 시작한 때는 1918년 1월 13일이었다.[182] 김교신보다 15년이 빠르다. 지인들의 증언에도 잊을 수 없는 기억이 바로 류영모가 날짜를 헤아렸다는 점이다. 함석헌은 "처음에는 생일을 음력으로만 알 뿐이었는데 선생님이 가르쳐주셨으므로 양력으로 하게 됐고 날을 헤아리게도 됐습니다."라고 추억하면서 이를 "이제─여기주의로 살자"로 설명하였다.[183] 김흥호金興浩, 1919-2012도 "선생님은 언제나 하루살이다. 선생님에게는 어제도 없고 오늘도 없고 내일도 없다. 영원한 하루다. 선생님은 언제나 자기의 날을 세면서 살아간다."고 말했다.[184] 류영모는 이처럼 '오늘살이' 今日生活를 강조하였다. 그는 어제와 내일이 아닌 '오늘'을, 저기와 거기가 아닌 '여기'에서, 그와 저가 아닌 '나'의

181) 배요한, 『신학자가 풀어 쓴 유교이야기』(서울: IVP, 2014), 289-290.
182) 박재순, 『다석 유영모』(서울: 홍성사, 2017), 130.
183) 함석헌, "젊은 류영모 선생님," 『제소리: 다석 류영모 강의록』(서울: 솔, 2001), 19-20.
184) 김흥호, "늙은 류영모 선생님," 『제소리: 다석 류영모 강의록』, 28.

삶을 살아야 한다고 주장했다.185

이로써 김교신은 오늘 하루를 살 뿐만 아니라 오늘 태어나고 오늘 죽게 되었다. 곧 그는 깨고 다시 잠이 드는 과정을 통해 매일 태어나고 죽었던 것이다. 일일일생은 하루를 한평생처럼 살고 이것이 일 년을 이루고, 이 일 년이 평생을 이루는 것이었다. 태어나는 것도 한 번이요 죽는 것도 한번이다. 반면 오늘살이는 오늘만을 산다. 오늘살이에서는 오늘 삶을 마감하기 때문에 내일이 없다. 일일일생주의에서의 하루는 평생을 염두에 둔 하루다. 곧 하루가 평생이다. 그러나 오늘살이에서는 하루가 평생인 동시에 평생이 하루다. 여기에서는 하루만을 염두에 두지 일평생을 생각하지 않는다. 하루를 더 긴밀하게 사는 것이다. 김교신은 12,000일을 산 소감에서 "하루는 일생이요, 일생은 하루"라고 말한다. 이 하루는 하나님이 우리에게 자신의 창조목적에 맞게 살도록 주신 또 한 번의 찬스다. 그래서 양의 세계에서 질의 세계로, 지식의 권내에서 생활의 세계로, 보이는 세계에서 보이지 않는 세계로 나아가야 한다. 그는 기독교인들은 이중 생명이 있다고 말했다. 곧 육체는 갈수록 노쇠할 수 있으나 하나님 앞에 우리는 날마다 괄목상대하게 생장해 가야 한다는 것이다. "단, 그 하루하루를 과연 살았는가? … 차라리 하루의 삶을 의식하고 살며 참으로 살고자 하는 자이다."

무교회주의자 이찬갑李贊甲, 1904-1974은 '생의 기독교'를 "기독교는 예배가 아니라 사는 것이다"라고 잘 표현해 주었다. 기독교는 예배의식에 있는 것이 아니라 삶 자체에 있다는 고백이다. 김교신은 믿음이란 "자기의 전생명을 그리스도에게 넘겨주는 일"이며, "모든 교회 법규를 다 지키고 외양의 행동을 선히 하여도 나를 하나님께 바치지 않는 이상 신앙이 아니다"고 생각했다. 하나님 중심으로 돌아와야 한다는 외침이었다. 이처럼 김교신에게 무교회주의는 자신에게 주어진 삶의 전 영역에서 성서의 진리를 구현하는 생의 기독교이다.

---

185) 류영모, "오늘,"『제소리: 다석 류영모 강의록』, 390-394.

5. 참된 교회, 에클레시아

김교신이 가나안 성도가 된 데에도 교회와 깊은 관련이 있었다. 무교회주의 자가 되기까지 김교신의 교회 경험은 8개월에도 못 미칠 정도로 짧았다. 그는 일본에서 유학중일 때 존경하는 담임 목사가 교회에서 쫓겨나는 모습을 보고 신앙이 바닥에서부터 요동치고 말았다. 흔들리는 그를 붙들어 준 이는 무교회 주의자 우치무라 간조였다. 이 때문에 김교신은 교회에 대한 부정적 인식을 가 질 수밖에 없었다. 그는 교회를 긍정적으로 생각할 만한 기회가 거의 없었던 것 이다.

재미있는 것은 무교회주의자가 된 후에도 김교신은 교회와 인연을 간간이 이어갔다는 사실이다. 대표적인 것이 공덕장로교회와의 관계이다. 김교신은 정릉으로 이사 가기 전 서울 공덕동에 7-8년 정도 살았다. 그는 특히 공덕장로 교회 1대 담임목사였던 김정현金正賢과 관계가 깊었다. 이 인연은 김정현 목사 가 주도한 것 같다. 무교회주의자이긴 하지만 일본 유학을 다녀온 엘리트요, 성서에 대한 이해가 깊었던 김교신은 놓칠 수 없는 인재였다. 그는 몇 번 김교 신을 심방했다. 이로써 김교신은 공덕장로교회에서 주일학교장도 맡고 청년 부에서 성서공부도 인도했다. 가족들도 교회에 등록했다. 지금 공덕장로교회 바로 옆이 김교신의 집터이다. 공덕장로교회 교인들은 김교신이 그곳에서 주 일학교 부장까지 맡았다는 사실을 알고 있을까.[186]

이처럼 김교신은 무교회주의를 교조주의적으로 따르거나 교회 출석을 금기 시하지 않았다. 그에게 교회 출석 자체는 아무런 문제가 되지 않았다. 그는 가 능하면 교회에 출석하였고 교회를 돕고 싶어 하였다. 이는 교회가 복음의 전달 처가 되기 때문이다. 또 교회에 다니면서도 교회에만 구원이 있다는 고집을 버 리고 성서 중심적 신앙을 가진 이라면 그는 무교회주의자이기 때문이다. 그런

---

186) 전인수, "원조 가나안 성도, 김교신," 92.

의미에서 무교회주의자는 교회 안에서도, 교회 밖에서도 얼마든지 존재할 수 있다.

필자는 김교신을 중요한 신앙의 모델로 존경하고 있다. 김교신에 대한 얇은 평전도 썼고 논문도 몇 편 발표하였다. 그래서인지 혹자는 필자를 무교회주의자가 아닌가 생각한다. 사실 **나는 성서만으로 신앙생활 하는 자, 곧 무교회주의자는 아니다.** 역사 속에서 형성된 이 교회가 하나님이 세우신 공동체이며, 하나님 나라의 빛이 새어나오는 창문으로서 이 시대의 대안적 역할을 할 수 있다고 믿고 있다. 그럼에도 김교신을 연구하는 이유는 그의 삶과 신학이 한국교회를 성서적이면서도 그리스도 중심적인 신앙에 돌아오게 하는데 도움이 된다고 믿기 때문이다. 곧 한국교회를 위한 김교신 연구를 하고 있다.

주위에 가나안 성도가 되고 싶은 이들이 있을 때 나는 김교신처럼 할 수 있다면 그렇게 하라고 이야기 한다. 김교신처럼 했다가는 차라리 교회 다니는 게 낫다고 생각할 것이 분명하기 때문이다. 김교신은 일요일을 교회에 나가는 그 어떤 기독교인보다 바쁘고 전투적으로 보냈다. 그에게는 새가 지저귀고 물이 흐르는 북한산 계곡이 교회였다. 그는 보통 새벽에 일어나 산에서 기도하고 냉수마찰을 했다. 학기 중에는 주일마다 학생들을 불러 두 시간 정도 성서를 가르쳤다. 그는 이것을 일요집회라고 불렀다. 또한 그는 거의 매일 가족과 함께 성서를 읽으며 가정 예배를 드렸다. 그는 기도와 찬송, 성서 연구를 직장생활을 하면서도 쉬지 않았다. 그가 근무했던 학교 박물실은 하나님을 찬송하고 성서를 연구하는 공간이었다. 그는 하루하루를 하나님 앞에 온전히 서고자 몸부림쳤다. 가나안 성도도 여러 유형이 있겠지만 최소한 명목상 기독교인으로 남는 형태는 김교신의 모습은 아니다.[187]

우리는 교회에 나가지 않아도 될 수십 가지 이유를 댈 수 있다. 지금의 한국교회는 루터가 종교개혁을 일으켰던 당시의 로마 가톨릭교회보다 더 타락하고

---

187) 전인수, "원조 가나안 성도, 김교신," 96.

부패해 보인다. 때문에 많은 이들이 〈교회에 희망이 있을까?〉를 묻는다. 필자는 그렇다고 믿는다. 하나님은 우리를 교회로 불렀다. 교회는 예수운동을 계승한 공동체로서 우리는 이 운동을 지속해 나가야 한다. 그러나 김교신이 말한 것처럼 교회는 교회 자체가 존재의 목적이 되어서는 안된다.[188] 교회는 예수 그리스도의 구속 사역과 하나님의 나라를 전파하는 도구이다. 김교신은 평생 참된 기독교가 무엇인지를 물었다. 그는 참된 기독교를 '전적(全的) 기독교'라 불렀다. 그런 의미에서 김교신은 무교회주의가 바로 '전적 기독교'라고 생각했다. 그는 참된 기독교 안에서 교회 본연의 위치가 다시 자리매김 되길 원했다. 이것이 김교신이 꿈꾸었던 교회의 모습이다. 김교신은 교회가 목회자 중심이 되어 구원을 매개하는 하나의 종교단체로 전락하고, 교회조직이나 번잡한 교리를 통해 교회 자체를 절대시하는 것을 교회의 발전이 아닌 퇴화로 보았다. 그런 의미에서 그는 참 에클레시아를 꿈꾸었다. 우치무라 간조의 제자인 야나이하라 다다오失内原忠雄, 1893-1961는 무교회주의가 제도교회는 반대하지만 에클레시아를 추구한다는 점을 잘 드러내 주고 있다.

> 그런 의미에서 영적 신앙을 가지고 그리스도에 연결된 사람들 전체를 에클레시아라 말할 때, 거기에서 떠난 사람이 생명나무에서 떨어진 가지처럼 말라죽는 것은 당연합니다. 그런 의미로는 "에클레시아 밖에는 구원이 없다"고 말하는 것이 옳습니다. 그런데 성서의 에클레시아가 아니라, 전통으로 만들어진 제도로서의 '교회'에 대해서는 이야기가 다릅니다.[189]

김교신은 교회를 신성시하는 마수에 사로잡히지 않고 성서를 통해 그리스도만을 붙드는 참된 에클레시아를 갈구했고 이를 실현하기 위해 무던히 애를

---

188) 전인수, "원조 가나안 성도, 김교신," 96-97.
189) 야나이하라 다다오, 『개혁자들』 홍순명 역 (서울: 포이에마, 2019), 330.

썼다. 그래서 그는 매일 일요집회를 인도했고 매년 동계성서강습회를 주도했다. 「성서조선」은 소통의 장으로서 구독자들을 하나의 공동체로 묶어냈다.[190] 그렇다면 김교신은 제도적 교회를 떠났지만 에클레시아를 떠난 적은 결코 없었다고 볼 수 있다.

6. 김교신의 무교회주의와 탈교회

무교회주의는 교회를 개혁하기 위해 교회를 비판하는 소극적인 사상이 아니다. 물론 무교회주의가 제도교회와 교회주의를 비판하면서 참 에클레시아의 구현을 소망한 것은 맞다. 그러나 무교회의 본령은 성서만으로 그리스도를 따를 수 있다는 성서중심주의이며, 구원은 그리스도에 대한 믿음만으로 가능하다는 신앙중심주의이다. 이는 제도교회가 신앙생활에 필수적인 요소는 아니라는 뜻이다. 그런 점에서 김교신은 무교회주의를 전적 기독교라고 불렀다. 이는 예수와 바울이 말한 성서적 기독교 그 자체라는 뜻이다. 전적 기독교는 우리가 선 땅과 시간의 전 영역에서 진리를 천명하며 복음에 생활하는 것이다. 곧 전적 기독교는 싸움의 대상이 제도교회나 교회주의만이 아니다. 진리를 훼손하는 그 모든 것이다. 제도교회가 비진리의 온상이 되었을 때 그 전적 기독교는 제도교회를 향한 무교회주의가 될 뿐이다. 때문에 무교회주의는 교회론에 제한된 사상이라기보다는 성서적 신앙을 삶으로 구현하려는 기독교라고 볼 수 있다. 동시에 무교회주의를 교회론에 한정해서 말한다면 당시 기성교회가 말하는 '그 교회' 와 '그 교회론' 을 거부하는 사상으로 볼 수 있다.[191]

이제 김교신의 무교회주의를 오늘날의 탈교회 현상, 즉 가나안 성도와 비교

---

190) 전인수, "김교신의 일기 연구: 삶에 대한 그의 철학과 그 구현 형태," 「신학논단」 제92집(2018), 313-315.
191) 전인수, "김교신의 무교회주의: 최태용의 비교회주의와의 비교를 중심으로," 237.

하여 고찰할 때가 되었다. 이글을 시작할 때 제기했던 문제를 답하면서 정리해
보자.

첫째, 김교신은 교회 자체를 부정했는가?

이 질문에 대해 김교신은 부정과 긍정의 대답을 모두 할 수 있을 것이다. 김
교신은 교회 자체를 부정하지 않았다. 그는 교회가 본연의 위치를 회복하기를
원했는데 그것은 성서가 말하는 에클레시아였다. 그러나 김교신은 교회가 신
앙인의 모임이고 복음을 전달하는 기능을 갖고 있다고 보았기 때문에 제도교회
를 신앙의 필수적인 요소로 전혀 간주하지 않았다. 그는 에클레시아를 추구했
고 그 신앙 모임 안에 형식, 조직, 제도, 의식, 번잡한 교리가 존재하는 것을 철
저히 거부했다. 김교신은 에클레시아는 긍정했지만 제도교회는 부정했다고 정
리할 수 있다.

둘째, 김교신의 무교회주의는 탈교회를 지원하는 하나의 근거점이 되는가?

김교신의 무교회주의는 오늘날 한국교회에서 일어나고 있는 가나안 성도
현상을 지원하는 신학적 근거가 될 수 있다. 또한 탈교회 현상과 신학적 연속성
을 갖고 있다. 왜냐하면 무교회주의는 구원이 오직 그리스도를 믿음으로만 가
능하다고 본다. 김교신은 철저하게 신앙중심적인 기독교를 추구했는데 이것
은 자연스럽게 제도교회를 다녀야 구원을 받을 수 있다는 생각을 거부하는 것
이다. 또 김교신은 철저한 만인사제주의를 추구하였다. 이는 모든 신자가 하나
님 앞에 단독자로 서는 것으로 신앙의 중재자인 목회자가 필요 없다. 김교신은
동시에 성서만으로 기독교의 진리를 구현하고 그리스도를 신앙할 수 있다고 생
각했다. 이는 성서만으로 신앙생활을 할 수 있다는 성서중심주의로서 제도교
회가 필요 없게 된다. 그런 점에서 김교신의 무교회주의는 오늘날 탈교회 현상
을 신학적으로 지지하고 있다고 볼 수 있다.

셋째, 김교신은 제도교회 안에 갇힌 교회가 아닌 삶 속에서의 신앙을 추구했는가?

김교신은 삶의 신앙을 추구했다. 그에게는 성속의 구별이 따로 없었다. 그는 하나님을 예배하는 장소는 예배당만으로 제한되지 않는다고 생각했다. 그는 자연을 하나님을 예배하는 최적의 장소로 여겼으며 삶의 모든 영역을 하나님을 예배하는 시공간으로 보았다. 김교신은 숲속을 최적의 예배 장소로 보았지만 현대를 살아가는 우리에게는 도시의 한 카페나 공원, 사무실도 이 '골방'이 될 수 있다. 그는 또한 할 수만 있으면 일상에서 신앙대로 생활하려고 노력하였다. 그 점을 잘 보여주는 것이 하루살이 신앙이다. 필자는 이를 〈생의 기독교〉라 표현하였다.

넷째, 가나안 성도 현상으로 대표되는 탈교회 현상과 무교회주의는 어떤 점에서 다른가?

가나안 성도 중에도 "신앙이란 무엇인가", "교회란 무엇인가"처럼 기독교 신앙의 본질에 대한 질문 속에서 자신의 신앙을 지키기 위해 교회를 떠난 이들이 있다. 그렇다면 그들의 고민은 무교회주의와 맥이 닿아있다. 무교회주의는 신앙을 하나님과의 인격적인 교제라고 생각하기 때문에 제도교회나 목회자의 중재를 필수적인 요소로 간주하지 않는다. 곧 신앙의 문제는 하나님과 나와의 인격적인 관계에 있다. 이 점에서 무교회주의는 개인주의적인 특징이 있다. 무교회주의에서 제도교회는 성서적 근거를 갖는 것이 아닌 전통의 산물이다. 때문에 무교회주의자들은 교회가 무엇인지를 철저하게 묻고 제도교회를 절대시하는 기성교회의 견해에 동의하지 않는다. 그런 점에서 좋은 교회가 있다면 다시 교회로 돌아갈 수 있는 가나안 성도는 무교회주의자와 다르다. 무교회주의자들은 원칙적으로 제도교회 자체를 신학적으로 불신하기 때문에 돌아갈 교회가 없다. 무교회주의자는 교회에 출석하더라도 교회가 구원에 필수적이라는 생각에서 자유로워야 하고 교회제도와 의식에 대해 철저히 상대주의적인 입장에 서야 한다.

김교신은 자유로운 신앙생활을 위해 가나안 성도가 된 이들을 동정하겠지만 이를 바람직한 방향으로 생각하지 않을 것이다. 그는 성서가 가나안 성도들에게 신앙의 중심으로 자리 잡고 있는지, 삶의 모든 영역에서 성서의 진리를 구현하려는 일상의 영성을 살고 있는지를 물을 것이다. 동시에 김교신은 무교회주의가 현사회에 대한 예언자적 자세를 매우 중시하기 때문에 자신만의 신앙심화와 안정을 추구하는 가나안 성도에 대해 매우 불편해할 것이다. 가나안 성도와 무교회주의는 여러 면에서 접합점이 있지만 무교회주의가 모든 부류의 가나안 성도를 포섭하지는 못한다. 무교회주의와 가장 유사한 가나안 성도 유형은 교회와 신앙이 무엇인지를 근본적으로 묻고, 교회 바깥에서 대안적 신앙 모임을 통해 성서적 삶을 살아내고, 사회가 하나님 나라를 구현하고 있는지 지속적으로 묻는 자들일 것이다.

그럼에도 불구하고 가나안 성도는 1920-30년대 무교회주의가 오늘날 재등장한 느낌이 분명히 있다. 당시보다 김교신의 문제의식에 공감하고 이를 실행하는 이들은 더 늘었다. 과연 김교신은 이단이라는 소리까지 들어가며 무교회주의의 당위성을 주장했는데 가나안 성도 현상을 보면 결국 한국교회가 자신의 말을 인정하게 되었다며 기뻐할까. 아니면 당시보다 신앙이 더 화석화되고 교권화된 한국교회의 모습에 안타까워할까. 아무튼 무교회주의와 가나안 성도 현상의 관계 속에서 제기되는 질문에 대해 다음과 같이 정리할 수 있다.

항 목	예	아니요
김교신의 무교회주의는 탈교회를 지원하는 하나의 근거점이 되는가?		
김교신의 무교회주의는 '교회 밖의 기독교,' 혹은 '교회 너머의 신앙' 의 가능성을 선견자적으로 보여 준 통찰이었는가?		
김교신을 탈교회 현상과 연결 짓는 것은 지나친 과잉해석인가?		
김교신은 교회 바깥에도 구원이 있다고 생각했는가?		
김교신은 교회 자체를 부정했는가?		
무교회주의는 제도교회에 대한 반제도주의 혹은 비제도주의적 교회론인가?		
김교신은 제도교회를 반대했지만 성서가 말하는 에클레시아는 긍정했는가?		
김교신은 제도교회 안에 갇힌 교회가 아닌 삶 속에서의 신앙을 추구했는가?		

　　몇 년 전 케이씨대학교에서 가나안 성도 현상에 대한 강연회를 개최한 적이 있었다. 강연자가 특강을 끝냈을 때 심각하게 듣던 학생들은 이구동성으로 이에 대한 대책을 물었다. 묘약을 구한 것이다. 당시 강연자는 매우 난처해하면서 자신이 그 대안을 갖고 있는 것은 아니라고 대답하였다. 그 순간 학생들의 실망하던 눈빛이 지금도 기억난다. 강연자 입장에서는 여전히 가나안 성도를 '잃어버린 양' 으로 생각하는 전통적 입장이 답답했을 것이고, 대안은 이제 모색하는 단계라고 생각했을 것이다. 생각해보면 두통약처럼 가나안 성도를 위한 효과 빠른 약은 있을 수 없다. 결국 기독교 신앙과 교회의 본질이 무엇인지를 묻고 그 본질을 회복하려는 노력을 통해 가나안 성도 현상을 극복해 나갈 수밖에 없는 것이다. 위기라고 느낄수록 근본에 대해 물어야 한다. 곧 '제대로' 기독교 신앙이 무엇인지, 교회가 무엇인지를 묻고 이를 위해 첫 발을 내 딛어야 하는 것이다. 개신교회의 역동적이고 다원화되어 있는 모습이 이런 가나안 성도 현상에도 발 빠르게 대응할 수 있는 장점으로 작용하기를 기대해 본다.

식민지 시기 탈교회 현상과 비판 담론 1910~34년

옥 성 득

UCLA 한국기독교 석좌교수, 한국사

20세기 한국 개신교는 지속적으로 급성장했다는 이미지를 갖고 있다. 이런 왜곡된 이미지 때문에 21세기에 들어와 개신교가 영적 침체와 양적 감소를 경험하면서, 다음 두 가지 태도가 나타났다. 첫째는 이것을 처음 경험하는 독특한 위기로 보는 관점을 낳았다. 둘째, 현 쇠퇴가 세계적인 무종교인의 증가와 맞물린 비가역적본래의 상태로 돌아갈 수 없는일 수밖에 없다는 비관주의가 형성되었다. 전자로 인해 준비 없이 허둥대며 방향을 상실하거나, 후자로 인해 빈둥거리며 절망하는 태도는 몰역사적이다. 한국 개신교는 타 지역과 달리 성장과 쇠퇴를 반복해 온 독특성을 지니고 있다. 성장 후에 쇠퇴가 온 역사는 겸손을 가르치고, 쇠퇴를 극복하고 회복한 경험은 희망의 원천이다.

일제 식민 시대에 개신교이후 개신교는 한국 개신교를 말한다는 1910년대 초, 1920년대 초, 1930년대 초, 1930년대 후반 이후 네 차례의 침체기를 경험했다. 이 글은 앞의 세 차례 위기와 그 때 발생한 교회에 실망한 자들이 교회를 떠나거나 의무를 행하지 않는 자들이 늘어난 현상을 분석하고, 위기 때 제기된 담론을 검토하고자 한다. 반기독교운동의 비판 담론과 교계의 '예언자적 비판 담론' jeremiads을 비교 분석함으로써, 성장과 쇠퇴를 거듭한 역사의 흐름을 서술하려고 한다. 이런 복기 작업을 통해 현재 개신교가 경험하는 〈교회 유민〉과 〈가나안 성도〉 현상이 일제 강점기에 이미 반복된 고질병이었음을 확인할 수 있

식민지 시기 탈교회 현상과 비판 담론 1910~34년 | 175

다. 개신교 역사에 나타난 쇠퇴기들의 유사성 연구는 향후 개신교가 대안을 마련하는 데 참고자료가 될 수 있을 것이다. 다만 1918년 무오 독감과 같은 팬데믹은 교회 성장에 큰 영향을 주지 않았기 때문에, 최근 코로나 사태와 한국 개신교 쇠퇴 문제를 역사적으로 비교하기는 쉽지 않다.

1. 통계: 왜곡된 이미지와 숨겨진 이야기

이 논문은 식민지 시대 개신교 통계를 이용하는데, 그 근거는 다음과 같다. 종교 통계는 과장하기 때문에 '매입자 위험부담' caveat emptor의 경고 문구가 붙어 있다. 하지만 식민지 시대의 통계는 1970~90년대 통계보다 더 신뢰할 수 있는데, 신뢰도가 높은 총독부의 종교 통계와 선교사들의 통계를 서로 비교 점검할 수 있기 때문이다. 두 번째 경고는 숫자로 교회의 성장과 쇠퇴를 판정할 수는 없다는 사실이다. 그러나 양적 규모는 잠재적 영향력이나 종교성을 보여준다. 식민지 시대 교인의 수적 증감과 교회의 대사회 영향력 증감 사이에는 상관관계가 존재한다.

많은 한국교회사 책들은 1885~1910년의 초기 급성장을 강조한 후, 1900년 이후 10년 단위통계를 통해 개신교가 단선적으로 급성장한 궤적을 보여준다. 1950년 한국전쟁 이후 1990년까지 수직적 성장은 개신교의 폭발적 성장 이미지를 각인시켰다. 1950년부터 매 10년마다 교인수가 배가했다. 대략 1950년에 100만, 1960년에 200만, 1970년에 400만, 1980년에 800만을 기록했고, 1990년에 1,000만에 달했다. 이러한 놀라운 성장에 취한 한국교회 지도자들은 이후 한 세대 동안 증가가 지속될 것으로 예측하고, 교회 확장과 선교 확장 정책을 추진했다.

그러나 [도표 1]에서 1907~39년 선교회별 통계를 보면 개신교 성장에 두 가지 특징이 있었음을 알 수 있다. 첫째, 식민지 시대에는 성장과 쇠퇴가 반복되었다. 둘째, 감리교회의 정체와 쇠퇴가 지속되었다. 북장로회NP는 1910년대에 정체한 후 3.1운동 후 잠시 성장했으나 1927년까지 감소했다가 1930년대에 성장했다. 남장로회, 캐나다장로회, 호주장로회는 표시하지 않았으나 전체 장로교회P에 포함시켰다. 이들은 북장로회의 패턴과 유사했다. 반면 북감리회NM는 1907년의 교인수를 30년간 유지하며 쇠퇴했다. 1919년 삼일운동 참여나 1920년대 교육 투자에도 불구하고 성과가 없었다. 남감리회SM도 1920년대 초반에 약간 성장했으나 이후 쇠퇴했다. 교육과 의료를 강조한 북감리회는 기구주의로 인해 심각한 교회 쇠퇴를 경험했다. 인구 증가율을 고려하면 남감리회도 정체와 침체를 벗어나지 못했다. 반면 북장로회는 1910년까지 세례 학습 교인이 급성장했으나 1911년 이후에는 인구 증가율 정도로 성장하는 수준에 머물렀다.[134]

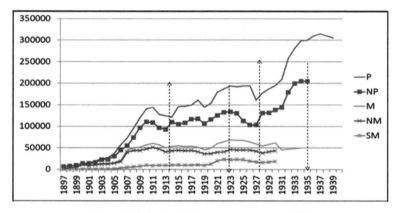

[도표1] 장감 선교회별 교인 수, 1907-1940.[135]

134) Charles D. Stokes, "History of Methodist missions in Korea, 1885-1930," (Yale University, Ph. D., 1947), Appendix F: Methodist and Northern Presbyterian Missionary and Church Statistics; Alfred W. Wasson, *Church Growth in Korea* (New York: IMC, 1934), "Appendices: A. Statistics."

135) Charles A. Clark, *Digest of the Presbyterian Church of Korea* (Seoul: Religious Book and Tract Society, 1918); William G. Bonwick ed., *The Korea Missions Year Book* (Seoul: Christian Literature Society Korea, 1928); Harry A. Rhodes, *History of the Korea Mission of the Presbyterian Church USA*, 1884-1934 (Seoul: Chosen Mission PCUSA, 1934), "Table II," 546-547; Charles

이러한 장감 교회의 차별적 성장은 이후 토론거리가 되었다. 한편 일제 강점기에 전체 인구가 1910년의 약 1,200만에서 1940년 약 2,400만으로 배가한 사실을 고려한다면, 개신교는 같은 기간에 15만에서 30만으로 성장하고, 1945년에 약 20만 명으로 감소함으로써, 인구 성장률과 비슷하거나 그 아래에 머물러, 크게 성장하지 않았다.

2. 역사: 성장과 쇠퇴의 주기적 반복

청일전쟁 이후 해방 이전까지 교회의 양적 성장과 쇠퇴의 관점에서 시대를 구분하면 다음과 같다. 1) 첫 번째 급성장, 1895~1909; 2) 첫 번째 쇠퇴, 1910~1919; 3) 두 번째 급성장, 1920~1922; 4) 두 번째 쇠퇴, 1923~1927; 5) 세 번째 성장, 1928~1929; 6) 세 번째 쇠퇴, 1930~1931; 7) 네 번째 성장, 1932~1935; 8) 네 번째 쇠퇴, 1936~1945. 이처럼 식민지 시대에 개신교는 쇠퇴나 정체 후에 단기간의 성장이 오고 다시 쇠퇴하는 쇠퇴-성장-쇠퇴의 주기를 반복했다. 예상치 못한 1910~19년의 정체기에 이어, 1923~27년의 충격적 쇠퇴기, 대공황 이후의 1930~31년의 짧은 쇠퇴기, 그리고 전시 하의 1938~45년 암울한 쇠퇴기를 경험했다.

첫 번째 급성장, 1895~1909년

두 번의 국제 전쟁인 청일-러일전쟁, 중화주의가 깨어지는 세계관적 변혁기, 콜레라 유행 등 묵시론적 위기 상황에서 한국인은 영적 혁명을 경험하고 교회가 성장했다. 대부흥 운동1903~08을 거치면서는 주요 도시와 읍에는 네비어스 정책에 따라 토착 교회들이 설립되었고, 평양 중심의 서북 기독교가 주류가 되었다. 1896-97년에 창간된 독립신문, 대한크리스도인회보, 그리스도신문

A. Clark, *The Nevius Plan for Mission Work* (Seoul: Christian Literature Society, 1937)

을 통해 기독교인은 한국의 공론장을 주도하고 반봉건 근대화와 반외세 자주화라는 근대 민족 국가 형성에 대한 공론을 이끌었다.

그러나 1909년 9월 개신교인이 15만 명을 넘었을 때, 선교회공의회는 교회의 민족주의를 완화시키고 국가 위기를 전도의 기회로 삼고자 백만명구령운동을 전개했다. 부흥운동이 거리의 전도운동으로 변질되자 숫자적 야망은 성취되지 않았다. 선교사들의 계획이 실패하자 영향력이 감소되었다. 교회 밖 전도집중으로 교회 안 초신자 교육 미비로 이름뿐인 신자들이 나왔다. 교육 선교사인 베커Arthur Becker는 '현실적인 선교사들'은 신비주의자 선교사들이 전개한 열광적인 전도운동에 진심으로 협조할 수 없었다고 고백했다.136 인구 10%에 가까운 100만 명을 개신교인으로 만든다는 표어에 대해 식민 정부는 개신교를 합병 방해 세력으로 간주했다. 정부와 언론은 반기독교 선전을 강화했다. 결국 선교사와 기독교인 민족주의자 세력을 축소하기 위해 1911년 105인 사건을 조작했다. '백만 명'이라는 야망이 교회의 자연 성장을 막았다.

첫 번째 쇠퇴, 1910~19년

왓슨Alfred W. Wasson과 브라운George T. Brown은 1910~19년 기간을 '9년 쇠약기'로 보았다.137 네 가지 외부 요인과 세 가지 내부 요인이 있었다. 외부 요인은 첫째, 병합으로 한국인은 교회가 독립에 기여할 수 있다는 희망을 버렸다. 둘째, 합방 후 정교 관계 악화로 개신교 탄압이 시작되었다. 105인 사건으로 서북 기독교인의 민족주의가 억압되었다. 셋째, 일제는 여론을 얻기 위해 공립학교 제도를 강화하고, 1912년의 교육령으로 선교학교를 탄압했다. 많은 기독교 학교가 폐쇄되었고, 교육에 투자했던 감리교회는 타격을 입었다. 1919

---

136) A. B. Becker, "Chapter Ⅵ. A Wonderful Spiritual Awakening," Arthur Lynn. Becker Papers, University of Hawaii at Manoa.

137) Wasson, *Church Growth in Korea*, 78ff; George Thompson Brown, *Mission to Korea* (Seoul: The Presbyterian Church Department of Education, 1962), 87.

년 3.1운동이 발생하자 총독부는 독립운동에 참가한 교회와 학교를 직접 탄압했다. 이로써 모든 교회와 학교가 쇠퇴했다. 넷째, 1918년 10월부터 무오 독감으로 전국에 걸쳐 약 14만 명이 사망했다.[138] 평안도에는 환자가 없는 군이 없었다. 전국에서 교인들이 일부 죽었고, 1919년 초까지 교회 활동도 침체되었다.

1910년대 개신교가 쇠퇴한 세 가지 내적인 갈등은 첫째, 선교사의 정치로부터 벗어나려는 독립 교회 운동의 전개, 둘째, 일본조합교회의 급속한 성장과 청년 지식인층의 가입, 셋째, 1912년 교육령으로 일제가 학교 인가 조건으로 성경 수업과 채플 폐지를 요구하자, 장로회와 감리회, 장로회 내부에서는 평양파와 서울파 간의 교육 논쟁과 대학 논쟁이 발생한 것 등이었다. 마페트를 중심으로 한 보수적인 평양파는 교육령을 무시하고 기독교 교육을 강조했고, 언더우드를 중심으로 한 자유로운 서울파는 교육령을 수용하고 정부 정책 안에서 타협하려고 했다. 결국 북감리회가 서울파를 지지하고 평양 숭실대학의 베커 선교사가 서울파에 합류하고 뉴욕의 북장 북감 선교부가 서울파를 지지하면서, 1916년 서울에 연희전문학교가 설립되었다. 신앙과 문명이 충돌할 때, 평양파는 우선순위인 신앙을 위해 문명을 포기할 준비가 되어 있었는데, 그 문제가 1930년대 중반에 신사참배 문제로 다시 점화되었다.

내적 요인 중 첫 두 요인의 결합으로 많은 교인이 일본조합교회로 넘어갔다. 1911년 15개 교회에 554명의 교인이던 교세는 1919년 150개 교회에 14,387명 교인으로 급증했는데, 총독부의 재정 지원도 작동했다. 조합교회는 독립교회 지도자들을 영입하고, 반백인주의‧동아주의와 미국 보수주의에 반대하는 독일 자유주의 신학을 내세워, 전라도 농민과 도시 청년을 흡수했다.

이광수는 1917년 개신교가 공헌한 점과 문제점을 지적하여 교계와 사회에

---

138) 「警務彙報」, 1920년 3월호. 제1차 세계대전으로 1,500만 명이 사망했으나 스페인 독감으로 5,000만 명 이상이 목숨을 잃었다. 무오 독감으로 한국도 큰 피해를 입었으나, 사회적 영향에 대한 연구는 적다.

큰 반향을 일으켰다. 기여한 점 8가지는 1) 서양사정 알림, 2) 도덕 진흥, 3) 교육 보급, 4) 여자 지위 향상, 5) 조혼 폐지, 6) 한글 보급, 7 사상의 자극, 8) 개성의 발견 등이다.139 이는 기독교가 다른 지역에서도 공헌한 점이다. 결점은 1) 계급 주의, 2) 교회 지상주의, 3) 교역자의 무식, 4) 미신적인 신앙 등 네 가지였다. 이 결점들은 교회의 쇠퇴 원인이었다. 첫째, 교회가 평등주의를 상실하고, 목사 나 장로와 일반 교인 간에 서열적 계급이 생성된 전제적 교회가 되면서 성직주 의가 등장했다. 둘째, 기독교 신자가 아니면 죄인 취급하고, 세상 학식과 덕행 을 무시하는 완고주의와 성속 이분법에 빠졌다.140 셋째, 다수 교역자는 보통 학교 졸업 후 신학교에서 한 해 3개월씩 5년간 총 15개월 동안 "신구약 성경만 이삼차 맹독하고 백 항 가량 되는 설교학이나 배워"서 일반 학문에 무지했다. 넷째, 일반 교인들은 "창세기의 천지창조설을 문자대로 믿는" 식의 맹목적, 기 복적, 미신적 신앙을 가지고 있었다. 1910년대에 개신교는 시대에 뒤지고 있 었다. 1880−90년대 개화기 초기에 김옥균으로 대변되는 신세대와 구세대의 한 문 세대간의 제1차 갈등이 있었다면, 1910년대 후반은 이광수로 대변되는 일본 어 서적을 읽은 신세대와 한문을 읽은 구세대 간의 제2차 세대갈등이 있었다. 1911년까지 일본 유학 한국인이 1,500명을 넘었고 그들은 진화론 등 신사상을 수용했다. 일본 유학파 신지식인들이 기독교를 비판하는 분위기 속에 삼일운 동이 일어났다.

두 번째 급성장, 1920~23년

3.1운동과 교회 성장에 대해서는 그 관계에 대해 견해가 나뉜다. 삼일운동

---

139) 이광수, "야소교의 ■ 조선에 준 은혜," 『청춘』 9호 (1917년 7월), 13~18; 윤치호 역, "The Ben-efits Which Christianity Has Conferred on Korea," *Korea Mission Field* [hereafter KMF] (March 1918): 34−36.

140) 이광수, "금일 조선 예수교회의 결점," 『청춘』 11호 (1917년 9월): 78; 윤치호 역, "Defects of the Korean Church Today," *KMF* (Dec. 1918): 253−257; 춘원, "신생활론: 기독교사상 (7) 교회지상 주의," 『매일신보』, 1917년 10월 19일.

으로 교회가 성장했다고 보는 전통적인 견해와 달리 필자는 1920-23년의 성장은 삼일운동 때문이 아니라, 김익두 부흥운동 때문이었다고 본다. 즉 전자는 삼일운동이 외견상 실패했지만 민족의식에 기초한 주체 의식을 가진 기독교인들이 적극 참여함으로써 민족과 함께 고난을 받은 교회가 대사회적 공신력을 회복함으로써 교회가 제2의 성장기를 맞이했다는 해석이다. 1920년부터 문화정책이 시행되면서 다소 유연한 종교정책과 선교학교들이 기독교교육을 할 수 있는 것도 도움이 되었다고 본다.141 이런 민족주의 관점에서 본다면 3·1운동에 반대하고 친일적인 행보를 보인 일본조합교회가 1920년부터 급격히 쇠퇴한 것이 이해된다.

그러나 삼일운동은 1920년대 초기 성장에 부정적인 영향을 미쳤다. 1919년 가을에 보고된 통계를 보면, 다수 지도자들이 투옥되자 교인들이 교회를 떠났고, 장로회와 감리회는 22,409명이 줄었다.142 조합교회는 반민족적이라 싫었지만, 장감 교회는 탄압을 받으므로 참석이 두려웠다. 1919-23년의 다양한 전염병콜레라, 천연두 등 유행도 교회 참석을 꺼리게 만들었다. 또한 교회가 일제의 회유와 분열 공작으로 개량주의 노선으로 나가자 실망한 자들이 교회를 떠났다.

1920-23년의 교회는 초월적 부흥운동과 현실적 교육운동이 공존했는데, 전자에 치중한 장로회와 남감리회는 성장하고 후자의 북감리회는 쇠퇴했다. 1918년의 전염병 유행과 3.1운동 직후 허무주의 분위기 속에서 전자가 호응을 얻었다. 민중에게 계몽보다 치유가 급선무였기 때문이다. 김익두 부흥회가 일상어 설교와 치유로 발견한 민중은 계몽주의가 만든 도시 시민이나 사회주의가 만든 투쟁적 민중과 대조되었다. 장기 기획으로 계몽을 추구한 북감리회에 비해 단기적 효과를 나타낸 부흥회가 장로 교회를 성장시켰다. 1920년대 초기 성

141) 유동식, 『한국 신학의 광맥』(전망사, 1982), 62-63.
142) 김승태, "종교인의 3.1운동 참여와 기독교의 역할," 〈한국기독교사연구〉 25 (1989): 22-24.

장의 일차 원인은 기적적 치유를 특징으로 하는 김익두 부흥 운동이었다.

두 번째 쇠퇴, 1924~29년

1920년대의 쇠퇴는 1995년 이후 개신교 쇠퇴와 유사하므로 자세히 살펴보자. 중국 공산당의 반종교 운동 여파 속에 1923년부터 국내 활동을 시작한 사회주의자들의 강력한 반기독교운동으로 교회가 쇠퇴했다. 그들은 김익두 부흥회를 고등 무당의 미신적, 반과학적 집회로 규정하고 방해했다. 한편 총독부의 문화 정치로 신문 잡지를 통해 소개된 사상적, 문화적, 성적 변화의 바람은 더 강력하여서, 청년층은 새 사상을 수용했고, 교회의 구세대는 새 문화의 물결에 적응하거나 대응하지 못했다. 교회 내 세대 간 대화가 단절되고 갈등이 심화되면서 갈등과 분규가 끊이지 않았다. 신여성들은 남성 중심의 유학 지식인의 민족주의와 기독교의 성 담론에 도전했다.

1924년 9월 조선예수교장감연합공의회KNCC가 조직되어 위기를 교회 연합과 독립자주화 정신을 바탕으로 사회도덕을 향상하고 그리스도교 문화를 보급함으로써 타개하려고 했다.143 1925년 12월 공의회는 국제선교협의회IMC 의장이자 YMCA 국제연맹 부의장인 모트John R. Mott를 서울에 초청하여, 조선기독교봉역자의회를 열었다. 이 '모트 대회'의 분과 토론 주제는 1) 청년들의 그리스도와 교회에 대한 태도, 2) 사업 방침 재조명, 3) 영적 동력, 4) 국제선교협의회와의 관계 등이었다. 가장 중요한 주제는 2항으로 한국 교회 문제점들을 토론했다.144

비록 모트 회의에서 연합이 강조되었으나, 장로회와 감리회 선교회들의 정

---

143) "죠션예서교장감연합공의회 규측," 1924; Alfred Wasson, "Observations on the Mott Conference," *KMF* (Feb. 1926): 31–32.

144) 『朝鮮基督敎奉役者議會』, 1925, 4~5; *Conference of Representative Christian Leaders of Korea*, Seoul, December 28–29, 1925; C. L. Philips, "In Helpful, Sympathetic Touch," KMF (Nov. 1926): 240–241.

책은 교파 노선을 따라갔다. 1928년 예루살렘대회를 전후로 한국 교회의 침체 문제와 함께 선교 학교의 동맹 휴학 문제가 논의되었다. 감리회는 청소년을 위해 교육에 우선순위를 두고 학교를 정부의 공립학교 수준에 맞추기 위해 집중 투자를 했다. 반면 장로교회는 비록 교육 예산을 늘리고 교육 선교사를 늘리기는 했지만, 교육을 우선순위에 두지는 않았다. 사실 1925년 마포삼열은 오산학교, 보성학교, 대구 계명학교 등이 세속화의 물결 속에 정치화공산주의와 사회주의 사상 침투하여 기독교 교육 본연의 모습에서 떠나는 것을 개탄하고, 평양의 숭실대학과 숭실중학교를 세속 사상으로부터 지키기 위해서 노력했다.145 다수 장로교회 선교사들은 교육을 전도의 수단으로 보았다. 그래서 1936년 신사참배와 학교 폐쇄의 기로에서 후자를 선택했다.

1928년 예루살렘 선교대회 이후 자유주의 신학의 감리회는 토착적인 기독교 형태를 지지하고, 식민지인 아시아와 아프리카의 농부와 도시 노동자를 위한 사회봉사 사업을 지지했다. 선교사 노블W. A. Noble, YMCA의 신흥우, YWCA의 김활란 등 북감리회 지도자들은 사회 복음을 주창하고 농촌 운동을 전개했다. 장로회의 정인과 등은 전도와 농촌운동을 결합하려고 노력했다. 1928년 이후 한국 교회의 사회봉사는 1930년대 초반 교회 성장을 촉진했다. 그러나 사회복음 참여자들은 신사참배를 국가의례로 수용하면서 친일파의 길을 갔다.

일부 선교사는 1929년부터 교세 감소 원인을 다양하게 분석하기 시작했다. 1919~28년 10년 간 선교사는 16% 증가했고, 한국인 사역자는 35% 증가했지만, 1925년부터 가속도가 붙은 교회 쇠퇴를 막지 못했다. 교육 강조와 학생의 증가에도 불구하고 교인 수는 증가하지 않았다. 막대한 돈을 교회 부동산에 투자했으나 하락 추세를 막을 수는 없었다. 광주의 스와인하트 목사는 선교회별로 목회선교사 수와 비율을 조사하고, 감리회남감 33%, 북감 22%가 목회와 전도

---

145) S. A. Moffett to Norman C. Whittemore, Aug. 28, 1925.

전담 선교사를 줄였기 때문에 세례교인이 급감했다고 분석했다.146 그러나 남장로회66%를 제외하면 모든 장로회 선교회들에서 세례교인은 정체하고 있었다. 사실 북장로회도 1920년대에 목회 선교사와 전체 선교사 수가 감소했다. 그러나 1923년56명보다 1928년49명에 적은 선교사로써 세례교인을 60,018명에서 62,925명으로 증가시킨 것을 보면 목회 선교사 수가 세례교인 증감에 결정적 요인은 아니었다.147

1929년 1월 북장로회의 로즈는 지난 5년간 인구 증가에도 불구하고 교인은 39,000명15%이 감소한 것에 대해서 정치, 경제, 사회적 외적 원인을 분석하고 사회 사업을 해결책을 제시하지 않았다. 그는 교회 내부의 약점 극복이 관건이라고 보았다. 교회의 힘은 사랑, 믿음, 용서, 경건, 기도, 금식, 성경 공부, 성령 충만 등에 있다고 생각했기 때문이다. 로즈는 장로교회에 편만한 제도화와 기구화를 비판했다.148 사실 1929년 북장로회의 코엔 목사는 통계를 재분석하고 감리교회는 물론 장로교회도 교육과 기구를 통한 선교를 훨씬 더 선호한다는 현상을 발견했다. 1928년 남감리회는 1923년에 비해 40%, 북감리회는 2% 예산 감소를 당했다. 반면 장로회는 교육 예산을 증액했는데, 북장은 5년간 75%, 호장 35%, 캐나다연합교회는 50%를 증가했다. 결국 모든 선교회는 시대적 요구인 교육에 대량 투자했다. 1928년에는 전국 중고생의 25%가 선교학교에 재학했다. 개신교인이 전 인구의 1%였던 점을 감안하면 많은 기독교 학교들이 비기독교인 학생들을 가르치고 있었다. 교회는 감소하는 교인에도 불구하고 학교를 유지했으나, 경제가 악화되고 소작인, 화전민, 유민, 이민이 증가하면서, 초등학교에 이어 중학교까지 포기하게 된다.149

---

146) M. Swinehart, "Deductions from Federal Council Statistics, 1927," *KMF* (Jan. 1928): 15.

147) "Survey of Mission Work of the Chosen Mission (1928)," Moffett Korea Collection (Princeton Theological Seminary), Korea material, #52.

148) H. A. Rhodes, "A New Year's Meditation Why we are Standing Still?" *KMF* (Jan. 1929): 2-3.

149) Roscoe C. Coen, "A Study in Statistics," *KMF* (Nov. 1929): 225-231.

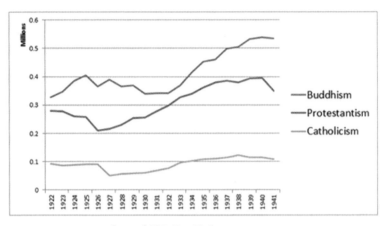

[도표 2] 한국 종교 통계, 1922~1941

[도표 2]의 총독부 연례 종교 통계를 보면 개신교는 1923~26년 급격히 쇠퇴했고, 불교나 천주교는 1924~29년에 쇠퇴했다. 반기독교 운동 여파로 개신교가 먼저 타격을 입었고, 반종교 분위기 속에서 천주교와 불교도 영향을 받아 1930년대 초반까지 감소했다. 1920년대는 초반 쇠퇴에 반해 후반에 주로 장로회가 성장하여 1920년 교인수를 회복했으나 상처뿐인 성장이었다. 1929년 세계 대공황과 뒤따른 한국 경제의 침체로 1930~31년 선교회 예산과 인원이 줄자 교회 성장은 다시 정체되었다. 전도운동으로 1932~35년에 네 번째 성장을 이루었으나, 1937년 중일전쟁의 발발로 교회는 정체하다가 일본의 전쟁을 위해 식민지 한국이 병참 기지로 변하고 총동원 체제의 수단이 되면서 교회도 전쟁을 위한 황민화의 도구로 전락하고, 해방 직전 교인은 1920년 수준으로 감소했다.150 일제 시대 교회의 성장과 쇠퇴의 반복 구조는 교회의 건강한 발전을 저해했다. 비록 30년대 초반 성장이 있었으나 장로교회에 머물렀고, 그 성장률은 인구 성장률 수준에 머물러 인상적이지 못했다. 반복되는 위기 속에 교회 개혁을 위한 목소리와 영적 쇄신 운동들이 일어났으나 교회의 타락과 세속화와 기구화를 막지는 못했다.

150) C. A. Sauer, *Methodists in Korea, 1930-1960* (Seoul : Christian literature Society, 1973)

3. 해석: 성장과 쇠퇴에 대한 선교사들의 세 가지 해석

1927년 백낙준의 박사논문이 1910년까지 초기를 다루었기 때문에, 1930년부터 일부 선교사 학자들은 식민지 시대 한국 개신교의 성장에 대한 박사논문을 쓰기 시작했다. 그 결과 1910년 이후 한국 개신교의 들쑥날쑥한 성장에 대해서 1930~66년에 2세대 선교학자들이 제시한 세 가지 해석이 서로 경쟁했다. 그들 각자는 선교학적 요인, 사회학적사회-경제-정치적 요인, 지역적문화-인류학적 요인들을 강조하고 교파별, 시대별, 지역별 성장에 차이가 발생했다고 주장했다.

선교 정책적 해석

첫 번째 입장은 교파별 선교 정책의 차이가 교회 성장의 결정적 요인이라는 주장이었다. 곧 [도표 1]에서 보았듯이 1910~30년의 20년간, 혹은 1930년대 후반까지 장로교회는 성공했는데 왜 감리교회는 실패했는가의 원인을 선교 정책의 차이에서 찾았다. 북장 선교사 클라크Charles Allen Clark는 1928년 시카고대학 박사논문에서 네비어스 방법

이 한국에서 장로교회 교세를 월등히 우세하게 만들었다고 주장했다. 이는 감리회와 연결된 자유 신학사회 복음, 교육 중시과 혼합주의토착화를 우회적으로 비판한 글이었다.151 클라크 목사는 박사논문을 수정해서 1937년에 선교사역을 이한 네비어스 방법을 출판했는데, 한국에서 장감의 격차가 4배 이상 벌어졌기 때문에, 그는 더 확신을 가지고 자신의 논지를 주장했다.152

그러나 이것은 일종의 결과론적이고 호교론적인 해석이었다. 이후 한국 장로교회는 80년 이상 클라크의 입장을 주류 해석으로 확립하고, 신신학을 경계

---

151) Charles A. Clark, *Korean Church and Nevius Methods* (1930), 234.

152) C. A. Clark, *The Nevius Plan for Mission Work* (1937)

하면서 전도 → 교회 설립 → 교회 성장의 노선을 견지했다. 이는 감리회의 교육과 사회사업 중심의 기구주의와 지나친 사회 참여를 경계하고, 영성주의를 잃지 않고 교회 성장과 부흥을 유지하려는 노선이었다. 그러나 장로교회도 예상했던 부흥 대신 제도화와 기구화의 함정에 빠졌고, 신학의 보수화, 신구 세대의 분쟁, 교회 분열을 거쳐 1930년대 후반 신사참배와 교회 훼절로 나아갔다.

한편 남감리회 선교학자 스톡스Charles D. Stokes는 1947년 예일대학교 박사논문에서 일제 강점기에 장로교회에 비해서 감리회가 저성장을 이룬 이유를 분석했다. 그는 북장로회와 북감리회가 활동한 북한의 선교지부들에는 문화적 지역적 상황의 차이가 없었다고 보았다. 그는 1895-1910년 감리회의 느린 성장은 물론 1910-30년의 쇠퇴의 원인은 직접 전도보다 교육 선교, 의료 선교, 여성 사업을 강조하고 과투자했기 때문이었으며, 이들 기관들에 대한 선교부의 지원 부족이 두 번째 이유라고 주장했다.

사회학적 해석

1934년 남감리회의 왓슨Alfred W. Wasson은 시카고대학교의 박사논문1934을 국제선교연맹IMC에서 *Church Growth in Korea*로 발행하고 정치 경제 사회적 상황 때문에 성장과 쇠퇴가 반복되었다는 사회학적 요인설을 제시했다. 일찍이 한국을 방문한 북장로회의 총무들─1897년의 스피어, 1901년과 1909년의 브라운─은 한국의 정치사회적 요인, 곧 청일 러일 전쟁과 조선의 멸망과 식민지로 변하는 외적 요인 때문에 중국이나 일본과 달리 개신교 선교가 급성장했다는 견해를 피력한 바 있었다.153 왓슨은 남감리회를 중심으로 한국 개신교 성

---

153) Robert E. Speer, *Report on the Mission in Korea of the Presbyterian Board of Foreign Missions* (New York: Board of the Foreign Missions, PCUSA, 1897), 32-37; A. J. Brown, *Report of a Visitation of the Korea Mission of the Presbyterian Board of Foreign Missions* (New York: Board of Foreign Missions of PCUSA, 1902), 1-8; A. J. Brown, *Report on a Second Visit to China, Japan, and Korea* (New York: Board of the Foreign Missions of PCUSA, 1909), 14-15, 63-65.

장에 나타난 "놀라운 변동 폭"을 연구했다. 책 서문에서 라투레트K. S. Latourett 는 교회 성장에 미친 정치적 사회적 요인인 "특정 세속적인 상황들의 영향"을 강조했다.154

왓슨은 1930년까지 다음과 같이 시대구분을 했다. 1 선교의 개시, 1896-1905, 2 5년간 급성장, 1906-10, 3 9년간의 정체, 1911-19, 4 두 번째 급성장, 1920-24, 5 두 번째 정체기, 1925-28, 6 성장기, 1929-30. 그는 정치경제적 변화와 같은 환경적 요인이 교회 성장에 가장 중요한 요인이었다고 서술했다. 1925-28년의 정체기에 대해서는 경제적 상황정부의 영향, 경제 침체의 원인, 기독교인에 미친 영향, 청년의 세계변화된 분위기와 역할, 교육 상황, 기독교 공격, 사회 문제, 교회와 사회상반된 두 개념, 해로운 영향, 교회 중심의 사고 등을 다루었다.

"상반된 두 개념"이란 "사회에 무관심한 교회"와 "사회의 구원자 교회"를 뜻했다. 전자는 1910년대와 1924-30년에 우위를 차지했다. 후자는 1920년대 초반에 다수를 차지했고 강력해졌다. 그러나 생활 여건이 개선되지 않자 사회 변혁을 위해서 교회에 가입한 자들이 교회를 떠났다. 교회는 한국의 모든 사회악을 치유할 힘이 없었다. 교육이라는 점진적 방법은 교회에 덜 해를 미치는 영역으로 이미 판명이 나 있었으므로, 자연히 감리교회는 교육에 투자했다.155

왓슨은 환경적 요인들로 1) 문화가 흘러가는 방향, 2) 당대 한국인의 사상과 이상 간에 불일치하는 간격, 3) 외국인의 정치적 통제, 4) 정부의 규제와 중앙정부 관리의 태도, 5) 정부 학교와 병원, 6) 경제 여건, 7) 외국의 악영향 등을 거론했다. 그러나 이들 요인들로는 1910~30년에 장로회는 성장했는데 왜 감리회는 감소했는지 설명하지 못했다.

---

154) Alfred W. Wasson, *Church Growth in Korea* (New York : IMC, 1934), Foreword.
155) Ibid., 139, 158-159.

문화 인류학적 해석

세 번째 문화-종교-인류학적 해석은 쉐어러Roy E. Shearer 목사의 Wildfire : Church Growth in Korea1966에서 제시되었다. 그는 상이한 지역적 사회적 상황에 있던 선교지부들 간 성장률의 차이를 비교분석했다. 그는 네비어스 방법도 지역에 따라 다른 효과와 영향력을 미쳤다고 주장했다.*156* 반면 어떤 환경적 요인은 특정 지역에 더 많은 영향을 미칠 수 있다고 보았다. 따라서 그는 다음 요소들을 연구할 것을 제안했다. 1) 지역민의 종교에 대한 태도, 2) 사회 구조, 3) 복음에 대한 반응 조사. 그러나 이러한 요소들은 왓슨이 연구한 요인들과 크게 다르지 않기 때문에, 문화 인류학적 요인설은 사회학적 요인설 안에 포함시킬 수 있을 것이다.

4. 담론: 경쟁하는 쇠퇴 담론들

북장로회 선교회 총무 스피어가 재확인한 한국 교회의 한 특징인 반복된 탈교회 현상과 이에 대한 1920년대 세 집단—사회주의, 평양의 근본주의파, 서울의 자유주의파—의 담론을 살펴보고, 이어서 1930년대 개신교 비판 담론을 정리해 보자.

스피어의 탈교회 현상 확인, 1926년

북장로회 해외선교부 총무 스피어Robert E. Speer는 한국에 1897년, 1915년, 1926년 세 차례 방문하고 보고서를 남겼다. 이를 통해 장로교회의 현황을 약 10년 단위로 비교할 수 있다. 스피어는 세례자와 학습자의 지속적 증가에도 불구하고 교인수가 크게 늘지 않는 현상, 즉 교인 유출leakage of church members 현상에 주목했다. 그는 1915년 평양 장대현교회를 재방문했을 때, 18년 전인 1897년

---

156) Roy E. Shearer, *Wildfire : Church Growth in Korea* (1966), 216-217.

자신을 본 사람은 손을 들어 달라고 요청했다. 2,000명의 회중 가운데 16명만 손을 들었다. 모두 이 '엄청난 유출'에 놀랐지만, 설명할 수 없었다. 다른 나라 교회보다 한국 교회가 교인들의 학습, 세례, 입교 과정을 철저히 관리하고 주일성수와 성경공부 참여 점검, 구역별 권찰 제도 실시, 사경회 등을 통해 교인의 영성 성장에 주의를 기울인 것을 생각하면 이상한 일이었다. 이 현상은 주일성수가 강조된 간도 지역 한인 교회에도 동일했다.157

1926년 스피어가 다시 한국을 방문했을 때 교회 성장은 여러 면에서 성장했으므로 문제가 없는 것처럼 보였다. 그러나 스피어는 다시 한 번 세례교인의 탈교회 현상을 점검했고, 계속된 놀라운 교회 유출 현상을 확인했다. 일본처럼 한국에서도 [표 1]처럼 입교인 가운데 '무시무시한 손실' dreadful losses을 기록하고 있었다.158 교회 앞문으로 교인들이 계속 들어오고 있었으나, 뒷문으로 오래된 교인들이 빠져나가고 있었다.

연도	입교인	추가	손실	순증가
1915	47,090			
1925	62,550	+59,962	−44,502	+15,460
1918		+5,067	−4,591	+476
1919		+5,605	−2,358	+3,347
1924		+5,574	−1,116	+4,458
1925		+5,521	−7,447	−1,926

[표 1] 북장로회 한국선교회 입교인 순증가, 1915~25

스피어는 반기독교 서적과 운동이 홍수처럼 몰려오므로 이를 막는 새로운 변증론이 필요하다고 보았다. 기독교의 근본을 변호하는 사상전은 한국만의

---

157) Robert E. Speer, *Report of Deputation Sent by the Board of Foreign Missions of the PCUSA* (New York : 1916), 362.

158) Speer, *Report on Japan and China of the Deputation* (New York : Board, 1927), 65-66.

문제가 아니라 한중일 삼국 교회가 공동 대처할 사안이었다. 스피어는 숭실대의 한 교수가 주장한 새 기독교, 곧 계몽된 한국인의 사고에 맞는 '한국화된 기독교' Koreanized Christianity 없이는 한국을 기독교화할 수 없다는 견해를 지지했다.[159] 동시에 선교회와 한국교회가 조직에서 평등한 관계를 유지할 것을 제안했다.

선교 현장의 선교사들이 세례교인 유출에 대해 신경 쓰지 않을 때, 스피어 박사는 이 현상을 주목했다. 1925년 한 해에 5,521명이 새로 세례교인이 되었으나, 7,447명의 세례교인이 교회를 떠나 전체 세례교인이 1,926명이나 감소한 것은 심각한 문제였다. [도표1]을 다시 보면 북장로회의 세례교인과 학습교인은 지속적으로 성장했지만, 한 해 성장하면 한 해 감소하는 독특한 변동을 보여주고 있다. 이것이 가장 두드러진 해가 1925년이었고 이후 몇 년 간 정체를 보였다.

세례교인이 교회를 떠나는 유출은 오늘날 오랫동안 교회를 다닌 성도들이 교회를 떠나는 '가나안 성도' 현상과 유사했다. 이런 탈교회 현상에 대해서 사회주의자, 기독교 근본주의자, 기독교 자유주의자들이 각각 어떤 담론으로 접근했는지 살펴보자.

사회주의자: 『개벽』의 "예루살렘의 조선" 담론

사회주의자나 지식인의 반기독교, 반선교사, 반서양종교 정서, 특히 반서북 기독교 감정은 사회주의자 필진이 참여한 천도교 잡지 『개벽』에 표출되고 있었다. 한 기자의 평양 방문기를 보자.

평양은 세력으로나 사람 수로나 예수교회가 제일 크니까 그 사회의 인물을 먼저 볼 수밖에 없다. 아따! 참 평양이야 말로 목사님도 많고 장로님도

---

159) Ibid., 67.

많다. 교회에 가면 물론이거니와 서점에 가도 목사 장로, 포목전에 가도 목사 장로, 연회에 가도 목사 장로, 냉면집에 가도 목사 장로, 심지어 코머리退妓집에 가도 목사 장로 쉬--이것은 비밀한 일이다. 함부로 말하지 마라, 간통 사건 소송자도 장로, 고리대금업자도 목사 장로다. 아주 목사 장로의 대풍년이 들었다. [중략] 평양의 목사 장로들은 성령性靈 수련을 잘해서 그러한지 대금업 중개업다 그런 것은 아니다에 돈을 잘 모아서 그러한지, 냉면과 산돼지고기를 잘 자시어 그러한지, 대개는 몸이 모두 肥大하다.160

1920년대 초 평양 기독교가 교회와 교인과 기관 숫자와 규모를 자랑하며 현실을 외면하자 사회주의자들은 평양 예수교, 특히 목사와 장로의 타락을 공격하기 시작했다. 사업, 장사, 연회, 기생, 간통, 고리대금, 비대 등의 단어로 상징되는 것이 평양의 목사와 장로들이었다. 개벽 외에도 일반 신문과 잡지는 공론公論의 이름으로 사회주의자들이 활동하면서 여론을 주도했다. 무엇보다 가장 신랄한 비판은 '예루살렘의 조선' 담론이었다.

1900년 前 頃의 羅馬 대제국의 식민지 에루살넴城이 外飾하는 書記官, 奸惡한 바리새 교인, 사두개 교인, 위선자, 폭악한 羅馬병정, 권세추종자로 충만하엿섯슴과 가티 오늘날의 일본제국의 식민지인 에루살넴의 朝鮮이 가난한 이를 짓밟는 위선자의 무리와 소경이 되어 남을 인도하는 外飾者와 권세를 추종하는 奸邪한 배암의 무리가 處處에 跋扈하는 곳이 된 것을 바라다 볼졔 소위 에루살넴의 朝鮮이 灰칠한 무덤과 가튼 것임을 엇지 깨닷지 안을 수 잇스랴.161

---

160) 金起田 車相瓚, "朝鮮文化基本調査(其八)-平南道號," 『開闢』 51 (1924년 9월): 66~67, 69.
161) 堅志洞人, "「에루살넴의 朝鮮」을 바라보면서, 朝鮮基督敎 現狀에 對한 所感," 『開闢』 61 (1925년 7월): 55~56.

평양은 '조선의 예루살렘' 아니라, 조선을 회칠한 무덤처럼 비정치적인 종교의 공간으로 만들고 교계 기득권층이 판을 치는 '예루살렘의 조선' 이라는 비판이었다. 개신교가 한글 보급, 교육, 의료, 여권 신장 등 사회에 기여했으나, 40년이 지난 후 현실도피 인물만 모여 정의와 빈부 문제를 외면한다고 비판했다. 정치경제적 학대에도 불구하고 "基督敎로 몰리어 安心生命의 길이나 구하는 이 무리들은 언제나 요단강을 건널까 하여 마음을 가공의 천국에 매어 달아두고" 현실저주만 함으로써 조선 사회를 예루살렘화한다고 보았다.

사회주의자들은 김익두 목사의 부흥 운동을 신랄하게 비판하는 동시에 선교사 비판에 나섰다. 사실 웰치 감독을 비롯해 선교사들은 로마서 13장을 내세워 총독부와 우호적 관계를 유지하고 있었다. "이와 가티 그 '예루살넴의 朝鮮'은 권위 추종자, 가난한 이를 짓밟는 외식자, 소경이 되여 남을 인도하는 위선자들의 蠢動하는 곳이 되엿다. 기독교회여! 灰칠한 무덤과 가튼 예루살넴의 朝鮮이여! 福잇슬진저 너의 집이 터만 남으리로다." 이것이 1925년 사회주의자들이 바라본 한국과 평양 기독교의 실상이었다. 박헌영朴憲永은 기독교가 서구제국주의의 영토 이권 확장의 수족이 되었으며, 조선에 미신을 선전하여 금력과 군벌에 인종과 유순을 장려하므로, 기독교를 퇴치하기 위해 반기독교운동을 격렬히 전개한다고 주장했다.[162]

근본주의자: 평양 장로교회의 "조선의 예루살렘 평양" 담론

평양 기독교는 공산주의자의 반기독교운동에 대항하여, 근본주의를 내세우고 평양 성시화 작업에 들어갔다. 1866년 제너럴셔먼호 사건으로 처형된 토마스 목사의 순교기념사업을 가동시켜, 그의 전기를 출판하고 기념교회를 세워 대동강 전도에 나서자는 기획이었다.[163] 마페트를 대표로 토마스 순교 60주

---

162) 朴憲永, "歷史上으로 본 基督敎의 內面," 『開闢』 63호 (1925년 11월): 64-69.
163) 참고 옥성득, "조선의 예루살렘 평양 담론의 실상," 『기독교사상』 (2018년 9월): 9-18.

년을 기념했다. 1927년 순교기념사업전도회가 발족되고 5월에 첫 순교추모예배를 드린 후, 9월 총회 때 토마스를 '한국 개신교 최초의 순교자'로 공식 천명했다. 마페트의 제자로 1925년 숭실대를 졸업하고 숭의여중 영어교사가 된 청년 오문환吳文煥, 1903~62은 수집한 구전 자료로 1928년 『도마스 牧師傳』을 출판했다. 1925년 『평양노회 지경각교회 사기』강규찬, 김선두, 변인서 공저가 그의 죽음을 순교로 서술한 것을 발전시켜, 뱃머리에서 강가의 군중들에게 성경을 던졌으며, 처형하려는 군인에게 성경을 건넸다고 극적으로 묘사했다. '조선의 예루살렘'을 공격하는 공산주의자들에 맞설 수 있는 영웅적 순교자 만들기 작업이었다. 선천을 기독교 왕국으로, 재령을 기독교 천하로, 평양을 조선의 예루살렘으로 자칭하면서 교회의 성벽을 높이 쌓은 이유는 교인들의 유출 현상을 막기 위한 자구책이기도 했다.

신학적으로는 1927년 1월 북장로회 한국 선교회는 『神學指南』에 "종교 변호 선언서"를 발표하고 9개 항목에 대한 입장을 밝혔다. 1) 기독교와 사회: 이웃을 사랑하되 중생이 사회 발전의 근본이다. 2) 성서와 신앙: 영감된 하나님의 말씀인 성경은 신앙의 기초이다. 3) 과학과 기적: 성서의 모든 기적과 예수의 부활을 믿는다. 4) 예수의 인성과 신성: 동정녀 탄생과 부활을 믿는다. 5) 그리스도교의 처세: 견고한 지식 위에 생활한다. 6) 그리스도의 재림을 믿는다. 7) 기도의 능력을 믿는다. 8) 타종교와 달리 그리스도교는 초자연적 종교로 천상천하에 유일하다. 9) 신조: 요리문답과 신앙고백서의 가치를 믿는다고 선언했다.[164] 이는 미국 근본주의가 천명한 5대 교리를 공식적으로 수용한 선언이었다. 1928년 박형룡은 "종교박멸은 왜"라는 글로 반기독교운동을 비판했다. 그는 스코프 재판을 지지한 유니테리언 포터Charles F. Poter가 만든 '人道主義 新宗敎'를 비판하고 근본주의를 옹호했다. 한국 장로교회와 신학교는 "종교변호선언"을 계기로 근본주의 시대에 접어들었다.

---

164) "재죠션북쟝로션교회의 종교변호선언서,"『神學指南』(1927년 1월): 5~9.

자유주의자: 서울 감리교회의 '의무 잃은 교인' 담론

1926년 이후 감리교회는 사회적 목회와 사회적 기독교를 논의하면서 사회 복음을 대안으로 제시했다. 곧 생업, 경제 자립, 실업, 계급, 청년, 여성, 농촌, 노동, 민족, 이민, 술, 담배, 공창, 아편, 이혼, 비행 청소년, 자본주의 문제 등을 해결하는 사회적 기독교를 토론했다. 오늘날의 선교적 교회와 비슷한 화두였다. 1928년 예루살렘 대회는 사회적 경제적 문제를 집중 토론했다. 한국에서도 YMCA와 YWCA를 중심으로 농촌 운동에 들어갔다. 도시에서는 노동자와 청년들을 위한 사업을 전개했다. 일본의 사회 복음 지도자 가가와 도요히코賀川豊彦도 소개되었다.

그러나 1929년 양주삼 목사는 자립을 위해 교인의 의무를 강조했다. 그의 분석에 따르면 1916년~1927년 10년간 인구가 약 1,460만에서 1,866만 명으로 400만이 증가할 때, 예수교인은 279,586명에서 259,076명으로 20만 명이 줄어7.5% 감소 전체 인구 대비 1.9%에서 1.4%로 축소되었다. 장기 쇠퇴를 경험하던 감리교회의 양주삼은 1929년 교회 사활 문제가 자급빚 해결, 자전, 자발, 자치토착화라고 피력했다.[165] 앞의 세 가지는 네비어스 정책이 말하는 3자였고, 네 번째 토착화는 자기 신학self-theology에 해당하는 것이었다. 스피어가 말한 한국화된 기독교의 다른 표현이 토착화였다. 그러나 그 기초는 교인들이 의무인 주일성수와 십일조를 성실히 수행함으로써 자급하는 것이었다. 오늘날의 가나안 교인과 유사한 '의무 잃은 교인"들로 인해 감리교회의 다른 사역은 진행되기 어려웠다.

1927년 김교신은 『성서조선』을 창간하고 무교회운동을 시작했다. 이용도 목사는 1929년 '거룩한 바보 성 시므온'을 소개하고 교회 개혁을 촉구했다.[166] 제도 교회의 타락은 문제의식이 있는 교인들이 교회를 떠나는 현상을 가져왔

---

165) 양주삼, "교회 死活問題,"『기독신보』, 1929년 11월 27일, 12월 4일, 12월 11일.
166) 李龍道, "聖者 얘기,"『기독신보』, 1929년 10월 16일, 23일

고, 그들은 교회 밖에서 신문, 잡지, 서적을 읽고 강연회나 독서 모임을 통해 해결책을 모색했다. 반선교사 독립교회 운동이 힘을 얻었다. 한편 제도 교회를 떠난 이들이 기독교 이단들에게 포섭되기 시작했다. 교회가 건강하지 못할 때, 교회 밖에서 갱신 운동을 하는 지도자도 있지만, 이단에 들어가는 일부 신도도 발생할 수밖에 없었다.

한국 선교 희년과 예언자적 비판 담론, 1934년

1934년 초 장로교회와 선교회들이 선교 50주년 행사를 준비하고 있을 때, 「기독신보」는 신학생 김택민의 "통계로 본 한국 교회"를 8회 연재했다. 비록 장감 교회는 선교 희년 대회에 총력을 기울이고 50년 간 성장한 교회가 사회에 공헌한 것을 자랑했지만, 1920년대의 성찰과 숙고를 이어 1930년대 초반에도 김택민과 같은 여러 예언자적 비판이 있었다. 그는 여러 통계 수치를 통해서 일단 교회가 수적입교인, 헌금액 등으로나 질적으로목회자 교육 수준 등 성장하고 있다고 분석했다. 그러나 이 성장 과정에서 대위기가 발생했으며 그 위기는 다음 네 가지 요인에 기인한다고 지적했다. 1990년대 이후 한국교회 위기 상황과 유사하므로 주의할 필요가 있다.

첫째, 성경 신앙이 아닌 강단 신앙. 설교 중심의 강단 신앙은 고리타분한 목사에게 의존하는 신앙이다. 목사들은 사회 문제를 기도로 해결하려는 기도 환원주의와 연구 없이 높고 거룩한 목소리로 설교를 반복하는 보수주의를 고수함으로써 성경에 기초한 독립적이고 성숙한 신앙 성장을 방해한다. 둘째, 유물화. 교회는 목회자 교육이나 직원의 복지보다 건물에 더 투자했다. 셋째, 학습교인의 교육 실패. 전체 교인 중 학습교인의 비율이 30%1897~1904 → 25%1905~15 → 15% 1916~31 → 10%1932~33로 계속 감소했다. 이는 교회가 초신자의 요리문답뿐만 아니라 생활 교육이 실패했기 때문이다. 넷째, 대교회주의. 현재 목회자 1인당 교인 수는 250명이며, 각 교회 평균 교역자 수는 3명이다. 그럼에도 불구하고 1,500~2,000명 교인을 가진 교회들이 존재하는데, 그 대형교회에는 목사 1인, 남전도사 1인, 여전도사 1인만 있어서 모든 교인을 효과적으로 돌보지도 못하고 그들을 교회 밖에서 진리대로 살도록 인도하지 못한다. 그 결과 독재적인 목사만 남게 되어 평신도들이 그런 목사에게 반기를 든 것이다.[167]

첫째 요인인 설교 의존적 반지성주의 신앙과 세 번째 요소인 삶과 신앙이 괴리된 신앙 환원주의를 결합하면 교회는 사회로부터 격리되고 시대에 뒤처지는 도피주의가 초래된다. 두 번째 중산층 교회와 네 번째 대형교회를 결합하면 권위주의적인 목사의 전횡으로 인한 내부 분쟁과 분열이었다. 이런 1920년대 중반 이후의 현상이 1990년 이후 남한에서 재현되면서, 대도시 중대형교회의 세습이 추가되었다.

나가면서

2000-2020년대 탈교회 현상과 위기를 이해하기 위해서 이 글은 역사적 참고자료로서 1910-20년대를 중심으로 교인 유출 현상과 교회 쇠퇴 담론을 살펴보았다. 시공간과 상황이 다르지만 현재 위기 상황에서 고려할 몇 가지 점을 논의함으로써 결론을 맺고자 한다.

먼저 1920년대 탈교회 현상에 대한 원인과 여러 집단의 대응에 주목해 보자. 이해를 돕기 위해 표를 만들어 각 집단의 운동, 이념, 문제, 구호, 중심인물, 잡지 등을 비교해보자.

---

167) 金宅恩, "數字로 본 朝鮮敎會," 『基督申報』, 1934년 3월 14일, 3월 28일.

집단	공산주의자	평양장로교회	서울감리교회	무교회파	독립파
운동	반기독교	성시화	사회개혁	무교회	탈교회
이념	공산주의	근본주의	사회복음	무교회주의	독립교회
문제	계급 모순	개인의 죄	의무 잃은 교인	제도교회	제도교회
구호	예루살렘의 조선	조선의 예루살렘	토착화	성서조선	예수교회
인물	김기전, 박헌영	마페트, 오문환	양주삼, 신흥우	김교신	이용도
모델	K. Marx	R. Thomas	賀川豊彦	内村鑑三	St. Simeon
잡지	개벽	신학지남	신학세계, 청년	성서조선	예수
절정	1925	1926	1928	1929	1930

[표 2] 1920년대 탈교회 현상에 대한 여러 집단의 반응

표에는 없지만 1925년의 모트 회의 보고서, 1927년의 스피어 보고서, 그리고 1934년 김택민의 연재기사 등에서 1920년대 교인특히 청년층의 대량 유출 현상을 이해할 수 있는 몇 가지 시사점을 발견할 수 있다. 이들과 함께 [표 2]에 나타난 감리회의 토착화자기 신학화, 무교회파와 독립파의 제도권 교회 밖에서의 개혁 운동에서 현재 탈교회 현상에 대한 대안책 모색에 실마리를 찾을 수 있을 것이다.

한국 교회는 해방 이전 두 세대의 역사와 분단 후 두 세대의 역사가 지속되면서 전 세대의 적폐로 인해 신세대가 전진하지 못하는 난관에 직면해 있다. 기독교 도입 한 세대가 지나면서 교회가 조직되고 목회자 군이 형성되는 1910년 이후 제2세대는 교회의 제도화로 인한 기구주의의 길로 가면서 식민지 상황에서 신학의 보수화를 초래했고, 사회 영향력 상실 속에 신사참배의 길을 갔다. 비슷하게 해방 이후 제1세대는 교회를 재건하고 성장했으나, 이전 세대의 죄악으로 인해 분열하는 아픔을 겪었다. 1970~80년대 교회 급성장은 반공이념과 독재 정치가 맞물린 상황에서 신학의 보수화와 예언자적 목소리의 상실이라는 대가를 치렀다. 그 왜곡된 토대 위에서 주체사상으로 대변되는 공산주의가 도입되어 민족과 계급 모순을 말하는 동시에, 1990년대 이후 출현한 창립 목사 중심

의 전제적인 대형교회가 그 모순 해결의 장애물로 인식되면서, 목사의 부패와 타락, 세습과 분열을 비판하는 반개독교 운동이 강화되었다. 이 점에서 1920 년대와 1990년 상황은 유사하며 1920년대의 다양한 반응은 현 교회개혁 운동 가들이 세심하게 살펴야 할 참고점이 될 것이다. 1920년대 중반 이후의 화두가 회개와 연합과 사회화였듯이, 교회 개혁 운동이 이 세 가지 요소를 새롭게 결합 하는 일이 중요할 것이다.

한국 교회사는 일반적인 이미지와 달리 성장과 쇠퇴가 반복된 역사이다. 1920년대와 1940년대의 대 쇠퇴기가 있었다면, 1930년대와 1960년대 이후 의 회복기가 있었다. 1910년까지 한 세대 성장 후, 1910~30년 정체기가 있었 다면, 1935~50년대 혼란기 후에 1960~80년대의 급성장기가 있었다. 한국 교 회는 위기의 곤궁한 시대를 변화로 극복하고 반전의 역사를 이룩한 경험을 가 지고 있기에 희망이 있다. 직선적 성장론을 성장과 쇠퇴의 순환론으로 대체할 때, 안정성은 적지만 역동적이고 낙관적인 면을 볼 수 있을 것이다. 코로나 팬 데믹으로 더욱 가파르게 쇠퇴하는 현 세대1995~2025년 이후를 준비하는 안목 형 성은 역사 복기에서 시작될 것이다.

교회론적 관점에서 본 소종파 운동

재세례파, 퀘이커, 형제단을 중심으로

배 덕 만

기독연구원 느헤미야, 교회사

현재 한국교회는 빙하기 직전의 공룡처럼 보인다. 몸집이 거대하여 천하를 호령하나, 변화된 환경에 제대로 적응하지 못하여 순식간에 멸종할지도 모르기 때문이다. 한때는 근대문명의 전령이자 저항과 변혁의 주체였던 교회가 이제는 수구와 적폐, 추문과 비판의 대상으로 전락하고 있는 듯하다. 대형교회의 세습, 유명 목회자들의 추문, 각종 포비아에 휩싸인 분노와 혐오, 극우적 이념과 폭력적 사회행동. 이런 현상에 대한 반응은 반기독교 세력의 확대와 교세 급감, 가나안 성도의 급증과 이단의 창궐이다. 현재 한국교회 안에 만연한 현상이자 한국교회가 풀어야 할 난제들이다. 이것들은 오랫동안 교회가 씨름해온 죄악이지만, 불행히도 이제는 교회를 점령한 중병이요 재난이다.

그렇다면, 한국교회는 현재의 위기를 극복할 수 있을까? 도대체 문제 해결의 실마리는 어디서 찾을 수 있으며, 무엇부터 시작해야 할까? 기존 교회는 길을 잃었고, 어린 교회는 어디로 가야할지 지도조차 얻지 못했으니, 그저 좌충우돌 속에 우왕좌왕할 뿐이다. 여기서 교회는 기존 교회의 실패를 반복할 수는 없다. 그렇다고 전인미답의 길로 무조건 돌진하는 것도 무모해 보인다. 이처럼 교회가 본질과 성장 모두를 상실한 "종교적 스태그플레이션" 상태에서, 필자는 교회의 역사가운데 기성 교회가 한계에 봉착할 때 마다 새롭게 출현하여 교회의 본질을 고민하면서 그 대안을 제시했던 소종파 운동에 주목하려 한다. 16세기 스위스에서 출현한 아나뱁티즘, 17세기 잉글랜드에서 기원한 친우회퀘이커주의, 그리고 19세기 아일랜드에서 출발한 플리머스 형제단이 바로 그들이다. 그들은 역사상 주류 기독교나 중심부 교회가 된 적이 없으며, 지금도 교회 생태계에서 변두리에서, 그리고 소규모로 존재한다. 하지만 여전히 주류 기독교와 중심권의 교회들에게 무시할 수 없는 자극과 도전을 주고 있다.

이 글은 무엇보다 최근 급증하는 탈교회 가나안성도 현상을 염두에 두면서, 교회사에 나타난 소종파 운동의 사례를 살펴보고자 한다. 소종파 운동의 역사와 그들의 교회에 대한 몸부림을 검토하면서, 이 운동의 교회론적 특징을 비판적으로 평가하려고 한다. 이를 통해, 위기에 처한 한국교회가 주목해야 할 소중한 유산과 우리에게 적절한 대안으로 수용하기 위해 유념해야 할 주의사항도 함께 논하고 싶다. 부디, 작은 돌파구라도 발견하기를 소망하며 글을 시작한다.

1. 아나뱁티즘(Anabaptism)

역사

중세 말 유럽은 근원적 변화에 직면했다. 민족주의와 중상주의가 발흥하면서, 유럽의 정치와 경제에 지각 변동이 일어났다. 르네상스 인문주의와 인쇄술의 발전으로 인간에 대한 새로운 지식과 이해가 확산되면서 지식의 대중화가 빠르게 진척되었다. 이 과정에서, 문제의 핵심인 교황제와 봉건제를 개혁하려는 종교개혁과 농민전쟁이 동시다발적으로 발생했다. 흔히 급진적 종교개혁 radical reformation으로 알려진 아나뱁티즘혹은 재세례파은 이런 상황을 배경으로 출현했다.

1525년 1월 21일, 스위스 취리히에서 조지 블라우록George Blaurock이 콘라

드 그레벨Conrad Grebel에게 세례를 받았다. 그는 자신의 믿음을 성찰한 후 유아세례를 부정하고 진정한 기독인으로 다시 세례 받은 것이다. 이후, 이 운동은 취리히 외곽으로, 즉 동쪽으로 상트 갈렌과 아펜첼, 서쪽으로 바젤과 베른, 북쪽으로 할라우, 샤프하우젠, 발츠후트로 빠르게 확산되었다. 1527년 1월 펠릭스 만츠Felix Manz가 수장을 당하는 등 가혹한 박해를 겪었지만, 같은 해 2월 스위스와 독일 국경에 위치한 슐라이트하임Schleitheim에서 아나뱁티스트 지도자들이 회합을 갖고「슐라이트하임 신앙고백서」를 발표했다. 이 고백서는 자신들의 신념을 7개 조항으로 정리한 것으로서,[89] 무수한 박해 속에서 내적 결속을 강화해나간 신앙적 근거가 되었다.

스위스의 뒤를 이어, 독일 남부와 오스트리아에서 아나뱁티스트 공동체가 출현했다. 이곳에선 스위스 형제단의 영향과 함께 독일 농민전쟁을 이끈 토마스 뮌처Thomas Muntzer의 영향이 지대했다. 한스 후트Hans Hut와 멜키오르 링크Melchior Rinck는 뮌처의 영향 속에 사회정의, 신비주의 영성, 역사적 종말에 깊은 관심을 가졌다. 한편, 한스 뎅크Hans Denck는 사회개혁에 대한 관심이 부족했으나 신비주의적 성향은 공유했다. 스튜어트 머레이Stuart Murray에 따르면, 이 지역에서 4개의 하부 그룹이 탄생했다. "하나는 후트의 종말론적 비전을 따랐고, 두 번째 그룹은 뎅크의 신비주의적 영성을 받아들였고, 세 번째 그룹은 후트와 뎅크의 강조점을 혼합했으며, 그리고 네 번째 그룹은 분리주의자적 비전을 심화하였다."[90]

독일 북부와 네덜란드에선 멜키오르 호프만Melchior Hofmann의 주도 하에

---

89)「슐라이트하임 신앙고백서」의 7가지 조항은 다음과 같다. (1) 회개 및 개심을 경험하고 자기들의 죄가 그리스도에 의해 다 소멸되었다고 진실로 믿는 이들에게 세례를 베푼다. (2) 일단 재세례파의 신앙을 받아들인 후, 세례까지 받은 이가 실수하거나 죄를 지었을 경우, 비록 부주의의 결과였다 하더라도 파문시킨다. (3) 성찬식에 참여하고자 하는 이는 우선 세례를 받아야 한다. (4) 세례 받은 이들은 사탄이 이 세상에 심어 놓은 악과 죄악으로부터 스스로 성별해야 한다. (5) 교회의 목사는 바울이 명하였듯이 믿지 않는 사람들에게도 좋은 평판을 듣는 인물이어야 한다. (6) 교인들은 여하한 이유를 막론하고 무기를 사용할 수 없다. (7) 교회 교인들은 누구도 맹세 할 수 없다.

90) 스튜어트 머레이,「이것이 아나뱁티스트다」, 강현아 옮김 (대전: 대장간, 2011), 206.

1530년대 초반부터 아나뱁티스트들이 급증했다. 호프만은 새 예루살렘이 스트라스부르크에 도래할 것이라고 예언했고, 이후 "신비주의적, 계시적, 혁명적, 그리고 정도는 덜 하지만 성서주의적 요소들을 종합"한 "멜키오르파 아나뱁티즘"이 이 지역에서 유행했다. 호프만의 영향은 네덜란드로 이어졌는데, 그 결과 얀 마티스Jan Mattys와 얀 반 라이덴Jan van Leiden이 뮌스터를 새 예루살렘으로 선포하고 지방 군대와 전쟁을 벌였다. 뮌스터 시민들의 대량학살로 막을 내린 이 사건은 "초기 아나뱁티스트 역사 속에 가장 큰 재앙"91이었지만, 이후 메노 시몬스Menno Simons를 중심으로 메노나이트라는 평화주의적 재세례파운동이 출현하는 계기가 되었다.

끝으로, 스위스, 독일, 오스트리아, 네덜란드로 확장된 아나뱁티즘은 예외 없이 혹독한 박해를 겪었다. 대부분의 지도자들은 순교를 당했고, 일반 교인들도 말할 수 없는 고통을 겪었다. "사실, 16세기에 수천 명의 아나뱁티스트들이 희생당했다."92 이런 치명적 위기 상황에서 많은 아나뱁티스트들이 모라비아와 그 너머 지역으로 피신했다. 1533년 무렵 이 지역에서 야콥 후터Jacob Hutter의 영향 하에 "후터파"Hutterites로 알려진 아나뱁티스트 공동체가 형성되었다. 이들은 재화의 공동사용을 신앙생활의 중심으로 실천했다.

이처럼 박해를 피하여 유럽 각처를 배회하던 아나뱁티스트들은 18세기에 우크라이나와 러시아에 잠시 정착한 후 아메리카 대륙으로 이주하여 마침내 신앙의 자유를 찾았다. 스튜어트 머레이의 정리를 다시 한 번 인용하면, 현재 세계적으로 아나뱁티즘은 다음과 같이 4가지 형태로 존재한다.

첫 번째 그룹은 초기 아나뱁티스트들의 후예들인 메노나이트, 후터라이

---

91) 스튜어트 머레이, 『이것이 아나뱁티스트다』, 214.

92) 스튜어트 머레이, 『이것이 아나뱁티스트다』, 221. 아나뱁티스트들이 당한 고난에 대해서는 티엘레만 반 브라이트, 『순교자의 거울』, 번역위원회역 (서울: 생명의서신, 2005)을 참조하시오.

트, 그리고 아미시이다. 두 번째 그룹은, 이후에 시작된 다른 교단들이지만 아나뱁티즘에서 영감을 받은 이들로서 다양한 형제파 그룹들, 부르더호프운동, 그리고 일부 침례파이다. 세 번째 그룹은, 메노나이트와 형제파 선교사들의 활동으로 말미암아 많은 나라에서 새로 생겨난 아나뱁티스트 교회들이다. 그리고 마지막으로 네 번째 그룹은 새로운 아나뱁티스트들인데, 이들은 다른 기독교 전통들에 뿌리를 두고 있지만 자신들의 삶과 신앙의 형성과정에 아나뱁티즘의 영향을 받았음을 인정한다.[93]

교회

아나뱁티즘의 역사는 이 운동의 지리적문화적 다양성 및 각 그룹 내의 신학적·신앙적 복잡성을 보여준다. 따라서 아나뱁티즘의 교회론을 일목요연하게 정리하는 것은 쉬운 일이 아니다. 그럼에도 이 운동 내부의 공통분모를 중심으로 교회에 대한 생각과 실천을 살펴보자.

먼저, 아나뱁티스트들은 신약성경에 기록된 초대교회를 이상으로 설정하고, 이 교회의 회복을 궁극적 목표로 삼았다. 일차적으로, 아나뱁티스트들은 콘스탄티누스 황제에 의한 국가와 교회의 통합313년을 교회의 변질과 타락의 근원으로 규정한다. 이런 통합 이후, 유아세례, 전쟁, 형식주의 등이 교회에 만연하여 초대교회의 순수성이 상실되었다는 것이 그들의 설명이다.[94] 이런 문제의식은 16세기 종교개혁이 진행되면서 당대의 주류 교회였던 로마가톨릭교회와 관주도형 종교개혁Magisterial Reformation 모두를 향한 통렬한 비판으로 이어졌다. "그런 교황의 교회가 오류 위에 설립되었기 때문에, 그리고 그 교회의

---

93) 스튜어트 머레이, 「이것이 아나뱁티스트다」, 221.
94) 김명배, "16세기 재세례파의 「쉴라이타임 신앙고백」에 나타난 교회와 국가의 관계와 기독교 윤리," 177.

기초가 오류 자체이기 때문에, 우리는 이 교회가 참된 교회라고 인정할 수 없다."95 동시에, 그들의 기준에서, 비텐베르크, 취리히, 제네바, 그리고 잉글랜드와 스코틀랜드에 세워진 개신교회들도 규모와 범주의 차이만 있을 뿐, 국가교회로서 기존 가톨릭교회의 오류를 답습했을 뿐이다. 그래서 "아나뱁티즘은 이런 패턴과 완전히 결별했다."96

둘째, 이런 문제의식 하에, 아나뱁티스트들은 교회를 "신앙고백에 근거한 세례를 통해 자발적으로 신자들이 함께 모인 공동체"로 정의한다.97 이 정의는 아나뱁티즘 교회론의 핵심을 고스란히 담고 있다. 무엇보다, 교회는 "신자들의 모임"이어야 한다. 이들이 믿는 거룩하고 보편적인 교회는 "일치된 마음으로 한 하나님, 한 주님, 그리고 한 세례를 인정하는 사람들"98로 구성된다. 또한, 교회는 이런 신앙고백의 토대 위에 세례 받은 사람들로 구성되어야 한다. 따라서 이런 고백을 전제하지 않은 유아세례는 인정할 수 없었다. 뿐만 아니라, 이 교회는 신자들이 철저하게 자발적 결정에 따라 세례와 교회를 선택해야 한다. 그러므로 그들은 유아세례와 특정 신앙 혹은 교회를 법적으로 강제하는 국가교회체제도 용납할 수 없었다.

셋째, 아나뱁티스트들은 "거룩한 존재들의 교회"를 추구했다. 비록, 하나님의 교회는 영과 진리에 속한 것이지만 기본적으로 거룩한 신자들로 구성되며, 그런 거룩함은 신자들의 개인적·공동체적 삶을 통해 분명하고 구체적으로 표현 입증되어야 한다. 그런 신념에 따라, 이들은 교회의 참된 표지를 다음과 같이 제시했다.

---

95) Walter Klassen. ed., *Anabaptism in Outline* (Waterloo, Ont.: Herald Press, 1981), 110.
96) Walter Klassen. ed., *Anabaptism in Outline*, 101.
97) Walter Klassen. ed., *Anabaptism in Outline*, 101.
98) Walter Klassen. ed., *Anabaptism in Outline*, 102.

1. 온전하고 순결한 교리
2. 성례의 성경적 사용
3. 말씀에 순종
4. 진실되고 형제 같은 사랑
5. 하나님과 그리스도에 대한 용감한 고백
6. 그리스도의 말씀을 위한 억압과 환란 [99]

이처럼, 이들은 교회에 대해 높은 영적·도덕적 기준을 설정하고, 출교를 포함한 엄격한 치리를 통해 자신들의 이상적 교회를 이 땅에서 구현하려했다. 가톨릭과 프로테스탄트 모두 교회 내에서 죄인과 의인의 공존을 인정하며 가시적 교회의 불완전성을 정당화했다. 하지만 그런 신학과 관행이 아나뱁티스트들에게는 신학적 궤변으로 들릴 뿐이었다. 그들의 입장은 단호했다. "그러므로 불의한 사람과 죄인들, 창녀와 간음자, 싸움꾼, 술주정뱅이, 탐욕스럽고 이기적인 사람, 그리고 말과 행동으로 거짓말하는 사람 등으로 구성된 모임은 하나님의 교회가 아니며, 그들은 결코 하나님께 속하지 않는다."[100]

이런 확신은 구체적인 행동으로 표현되어야 했다. 그들은 개인적·교회적 차원에서 일체의 폭력을 반대했고, 국가적 차원의 폭력사용도 단호히 거부했다. 전쟁과 사형제도에 반대하며 양심적 병역거부를 실천했다. 물론, 이들 중에도 국가와 교회의 관계를 보다 긍정적으로 이해하며 적극적 참여를 주장하는 사람들이 있다.[101] 하지만 전통적으로 아나뱁티스트들은 검을 사용하는 국가의 공직자특히, 군대와 경찰가 되길 거부했다. 동시에, 이런 신념과 실천은 민족주의와 국가주의가 강화될수록 극심한 탄압과 박해를 감수해야 했다. 군대와

---

99) Walter Klassen. ed., *Anabaptism in Outline*, 116.

100) Walter Klassen. ed., *Anabaptism in Outline*, 112.

101) 대표적인 인물이 캐나다의 메노나이트 정치학자인 존 레데콥이다. 그의 주장에 대해선, 존 레데콥, 「기독교 정치학」, 배덕만 옮김(대전: 대장간, 2011)을 참조하시오.

경찰로 정권을 유지하고 전쟁으로 국가적 영향력을 확대하거나 방어하는 시대에 이들이 주장하는 평화주의는 비현실적 시대착오적 광신주의요 반체제적 불온사상으로 간주될 수밖에 없었던 것이다. 그럼에도, 이들은 이런 식의 신앙생활을 고수했다. 그들에게 고난과 순교는 제자도의 본질이었다. "결국, 재세례파에게 있어서 이 폭력적 세상에서 그리스도의 완전이란 오로지 고난의 각오, 고난의 감수와 무저항의 순교를 통해서만 증거 될 수 있는 것이므로 관용과 인내야말로 참교회의 표식으로 통했던 것이다."[102]

평가

세속화와 종교다원주의가 지배적이 된 상황에서 아나뱁티즘에 대한 관심이 급증하고 있다. 아나뱁티즘은 교회사에서 주류 교회가 된 적이 없다. 앞으로도 그럴 가능성은 희박하다. 그럼에도, 아나뱁티즘에 대한 교회와 세상의 관심이 증가하는 것은 기독교가 독점적 지위를 상실하는 현실에서 그들의 역사적 경험과 그들이 추구해온 급진적 신앙이 현대 교회를 위한 소중한 대안이 될 것으로 기대되기 때문이다.

일차적으로, 아나뱁티즘은 처음부터 초대교회를 이상적 교회로 설정하고, 그 교회를 현실에서 재현하기 위해 분투했다. 반면, 대부분의 교회들은 시대와 문화에 신속히 적응하는 일에 몰두했다. 국가 권력과 밀월 관계를 유지하며 사회적 기득권을 향유하기 위해서도 분투했다. 그리고 아나뱁티즘은 이런 교회들에 의해 오랫동안 시대착오적, 분파주의적, 분리주의적이란 낙인이 찍혔다. 하지만 유행이 변하고 정권이 교체되면서 운명이 바뀌고 심지어 역사에서 종적을 감춘 것은 아나뱁티즘이 아닌 주류 교회들이었다. 아나뱁티즘은 오늘도 여

---

102) 김명배, "16세기 재세례파의 「쉴라이타임 신앙고백」에 나타난 교회와 국가의 관계와 기독교 윤리," 『현상과 인식』, Vol. 38(3) (September 2014), 188.

전히 비주류지만, 변함없이 자신의 가치와 이상을 성실히 실천하고 있다. 빠르고 가볍게 변화를 거듭하는 "유동사회"에서 아나뱁티즘이 주목받는 역설적 이유가 바로 여기에 있다.

둘째, 아나뱁티즘은 세속사회에서 거룩한 교회를 실현하기 위해 구체적 실천사항을 설정하고, 비싼 대가를 치르면서도 타협 없이 자신의 고유한 신앙을 고수하고 있다. 정교분리와 종교다원주의로 더이상 기독교의 독점적 지위를 유지할 수 없는 시대에, 이런 모습은 매우 소중한 교회사의 유산이다. 교회는 더이상 공권력의 일방적 지원 하에 시민들에게 자신의 신앙을 강요할 수 없다. 동시에, 화려한 선전과 언어적 포장만으로 소비자의 선택을 유도할 수도 없다. 뿐만 아니라, 타종교에 대한 맹목적 정죄나 자신의 가치에 대한 배타적 옹호를 통해, 종교 간의 경쟁에서 쉽게 승리할 수 없다. 따라서 문제는 더 이상 신과 교회가 필요 없는 듯한 세속도시에서 어떻게 기독교의 가치가 보편적 설득력을 유지하며, 꾸준히 대중의 지지와 참여를 유도할 수 있느냐 하는 것이다. 분명한 것은, 배타와 독선, 혐오와 폭력에 기반 한 종교는 더 이상 설자리가 없다. 인류는 이미 그런 종교의 폐해를 역사 속에서 충분히 확인했다. 오히려 사랑과 평화, 거룩과 순결을 추구하며 진정한 구도자의 길을 걷는 사람들이 경쟁과 배제, 폭력과 죽음의 문화 속에서, 인간이 허망한 도구로 전락하는 야만의 시대에서 보다 소중하고 필요하지 않을까? 이런 맥락에서, 이 시대의 교회는 아나뱁티즘에 주목해야한다.

하지만 이들도 완전하지 않다. 이들도 무수한 갈등을 겪으며 끊임없이 분열했다. 자신의 순수성을 강조하면서 다른 기독교 공동체들을 맹렬히 비난했다. 공동체의 이상을 실현하기 위해 도입한 징계와 출교가 율법주의의 폭력적 도구로 변질되곤 했다. 대다수의 나라에서 이상적 평화주의가 이 신앙에 대한 보통 사람들의 접근을 가로막는 위험한 장애물로 기능했다. 국가에 대한 부정적 경

험과 분리주의적 역사에 근거한 아나뱁티스트들의 생활방식이 범세계적 자본
주의 체제와 강력한 국가의 영향 속에 살아가는 대다수 도시민들에게는 여전히
낯설고 기이하다. 이런 현실적 한계를 어떻게 극복하며 대중들에게 친근하면
서 진지하게 다가갈 수 있느냐가 아나뱁티스트들에게 주어진 또 하나의 어려운
과제임에 틀림없다. "당신들의 천국"은 대다수의 평범한 죄인들에게 단지 "그
림의 떡"일 뿐이며, "당신들의 천국"은 결코 "하나님의 나라"가 아니다. 이 과
제의 성공여부가 21세기 아나뱁티즘의 생존뿐 아니라, 기독교 자체의 생존에
도 중요한 변수가 될 것이다.

2. 친우회/퀘이커주의(the Religious Society of Friends or Quakerism)

역사

친우회 혹은 퀘이커주의는 1652년 청교도나 다른 급진적 종교개혁운동의
영향력 밖에 위치한 잉글랜드 북서부 지역에서 조지 폭스George Fox, 1624-91와
그의 추종자들에 의해 시작되었다. 임희완은 퀘이커의 기원을 다음과 같이 정
리한다.

> 퀘이커 주의 태동에 가장 중요한 단서가 된 것은 1652년 사건이었다.
> 1651년 감옥에서 나온 폭스는 더비를 떠나 웨스트모어랜드의 캔달에 당
> 도하였다. 이곳은 직조업이 성행한 시장지역으로 일찍부터 분리집단the
> seekers의 활동이 활발한 곳이었다. 폭스와 그의 추종자들Richard Farnworth,
> Thomas Aldam, Margaret Kilam, James Naylor 등이 그곳에 이르렀을 때 그들시커
> 파은 이미 "금식과 기도로 주를 기다리는 침묵의 화합silent meetings"을 열
> 고 있는 열광파에 속해 있었다. 그리하여 그들은 폭스 일행의 방문을 계
> 기로 자연스럽게 한 집단으로 결합될 수 있었다. 대부분의 역사가들은

1652년 폭스일행과 시커파와의 해후를 퀘이커운동의 시작으로 보고 있는데 반대하지 않는 것 같다.[103]

당시의 잉글랜드는 청교도혁명 이후 윌리엄 크롬웰William Cromwell이 집권하던 '청교도공화국시대' 1649-1660였다. 그 시절 잉글랜드 종교문화를 지배하던 성공회나 청교도, 혹은 다른 대안적 종교운동들에 만족하지 못하던 청년 조지 폭스가 1647년 성령이 교회출석이나 성경보다 더 중요하다는 깨달음을 얻었고, 다음 해에 "신의 능력으로 몸이 떨리고 회오하며 환희하는" 영적 체험을 했다.[104] 그는 "영적 현존의 즉각성"the immediacy of the spritual presence을 모든 종교 진리의 원천으로 해석했으며, 이것이 "내적인 빛"inner light에 대한 친우회 교리의 토대가 되었다.[105]

흔히, "주께서 마을과 지역을 방문하신 날"Day of Visitation로 기억되는 1654년부터 1656년까지 잉글랜드 전역에서 퀘이커들이 시장과 길거리, 교구교회에서 자신들의 신앙을 증거 했다.[106] 뿐만 아니라, 1656년에 이 신앙이 최초로 북미에 전해졌고, 1675년에는 에드워드 빌링Edward Billing이, 그리고 1682년에는 윌리엄 펜William Penn이 퀘이커 신앙을 토대로 서뉴저지와 펜실베이니아 식민지를 건설했다.

당연히 내적인 빛을 강조하며 기성 교회의 예배와 성례전, 성직자 중심의 교권 구조를 부정하고, 모든 인간이 하나님 앞에서 평등하다고 주장하며 기존의 신분 질서에 저항했기 때문에, 퀘이커들은 폭행과 투옥, 심지어 순교까지 감수

---

103) 임희완, "영국혁명기의 종교적 급진사상의 역할: 퀘이커주의를 중심으로," 「역사학보」 제138집 (June, 1993): 190.

104) 임희완, "영국혁명기의 종교적 급진사상의 역할," 190.

105) "Friends, the Religious Society of(Quakers)," in *the Encyclopedia of American Religious History*. eds. Edawrd L Queen II, Stephen R. Prothero, Gardner H. Shattuck, Jr., 243.

106) "Quakers," in *The Encyclopedia of Religion 12* (NY: Macmillan Publishing Company, 1987), 130.

교회론적 관점에서 본 소종파 운동 | 211

해야했다. 특히, 1664년과 1670년에 통과된 '비밀집회 금지법' Conventicle Act 의 영향으로, 5만 명의 퀘이커들 중 500명이 감옥에서 목숨을 잃었고, 메리 다이어Mary Dyer와 세 명의 남성 신자가 북미 보스턴에서 교수형을 당했다. 그럼에도 친우회는 번성했다. 빈번한 폭행과 투옥으로 극심한 고통을 당하고 대학 진학과 전문직 진출에 어려움을 겪었지만, 퀘이커들은 매주 예배를 위해 모이는 모임weekly meeting을 통해 수감자, 과부, 가난한 회원들을 돌보고, 성실하고 정직한 거래로 사업에서 크게 성공했다. 윌리엄 펜이 건설한 펜실베이니아가 북미에서 가장 번성한 식민지로 빠르게 성장한 것이 대표적인 예다.

동시에, 친우회의 역사는 내적인 빛에 대한 신학적 확신을 토대로, 다양하고 민감한 사회적 쟁점들에 대해 용감하게 발언하고 행동한 기록들로 가득하다. 임희완의 평가처럼, "아직도 신분을 위주로 하는 계서제도계급서열제-편집자주에 머물러 있는 17세기 사회에 이러한 주장들은 일종의 사회혁명과 조금도 다를 바 없는 선전포고였을 것이다."107 예를 들어, 위에서 언급했듯이, 영국에서 퀘이커들은 부당한 신분제를 거부하여, 귀족들에게 경칭을 사용하거나 그들 앞에서 모자 벗기를 거부했다. 자신들이 종교적 박해의 희생자였기에 종교적 관용과 교도소 개혁에 앞장섰을 뿐 아니라, 영국과 미국에서 번성하던 노예무역의 폐지를 요구했고, 미국의 남북전쟁과 영국의 크림전쟁에도 반대했다. 또한, 제1 2차 세계대전에선 영웅적 구호활동으로 세계적인 명성을 얻었다.108

> 사회적 또는 정치적 개혁에 대한 퀘이커의 노력은 주로 신앙의 자유, 교육, 노예제도의 폐지, 흑인 및 인디언에 대한 보호, 정신병원 환경의 개선, 전쟁시 혹은 전후의 구제사업, 유치장 및 교도소의 환경개선, 전쟁반

---

107) 임희완, "영국혁명기의 종교적 급진사상의 역할," 205.
108) 이런 인도주의적 활동을 인정받아, 1947년 미국퀘이커봉사위원회와 영국의 퀘이커봉사협회가 공동으로 노벨 평화상을 받았다.

대, 국제평화 등 다방면에 걸쳐서 이루어졌다. 퀘이커들의 이러한 노력은 곧장 세상에 알려지게 되었다. 퀘이커교는 소규모의 단체이며 그들이 이룩한 사업도 매우 큰 것은 아니기 때문에 대수롭지 않은 단체로 여겨질지 모르지만, 사실은 그렇지 않다. 그들의 개척자적인 성격, 새로운 미래에 대한 과감한 시도 등은 세인들을 이따금 깜짝 놀라게 하곤 했다.[109]

이처럼 혹독한 박해 속에도 자신의 교리적 • 실천적 정체성을 유지해 온 퀘이커들도 세월이 흐르고 선교지평이 확장되면서 적지 않은 변화와 분열을 경험했다. 먼저 "정적주의"quietism 시대라고 불리는 18세기에는 순수를 추구하며 자기의지, 세속적 욕망, 탐심과 교만, 음욕 등을 제거하기 위해 분투했지만, 19세기가 시작되면서 퀘이커 내에 갈등과 분열이 연속적으로 발생했다. 그 뇌관은 1827년 필라델피아에서 가장 먼저 터졌다. 이곳 장로들이 엘리아스 힉스 Elias Hicks, 1748-1830를 비기독교적이라고 제명한 것이다. 장로들은 복음주의적 성향을 보였고, 이후 정통파Orthodox로 불리게 되었다. 반면 신비주의 성향이 강했던 힉스파는 퀘이커 전통을 고수하면서 예배를 준비하지 않고 성령의 인도를 기다렸으며, 후에 퀘이커교 총회Friends General Conference를 조직했다. 이어서 정통파 내에서 1845년에 거니파와 월버파의 분열이 발생했다. 조셉 존 거니Joseph John Gurney는 성령보다 성서와 교리를 중시했고, 그를 따르는 사람들이 개신교식 예배와 유급 목회자를 두기 시작했다. 하지만 월버는 거니의 이런 입장을 퀘이커의 본질과 전통에서 벗어난 것으로 비판했다. 그는 교리적 측면에서 복음주의적 입장을 견지하되, 성령의 내적 인도에 대한 퀘이커의 전통적 믿음을 보존하려 했던 것이다. 거니파는 후에 퀘이커교 연합회the Friends United Meeting를 구성했고, 월버파는 보수 퀘이커교Conservative Friends에 합류했다.[110]

---

109) 김형태, 『신비주의와 퀘이커 공동체』(서울: 인간사랑, 2002), 167.
110) "Friends, the Religious Society of(Quakers)," 244.

교회

퀘이커의 교회론은 이 운동의 창시자 조지 폭스의 초기 경험에서 골격을 확인할 수 있다. 폭스는 23세 때 당대의 교회와 기독교의 본질을 다음과 같이 이해했다.

> 주는 나에게 옥스퍼드나 케임브리지 교육이 그리스도의 성직자를 길러내는데 충분치 않다고 말하였다. 교회에 나가는 일은 중요치 않다. 왜냐하면 신은 교회가 아니라 남자나 여자의 마음속에 있기 때문이다. 교회는 단지 땅덩어리에 불과하다. 모든 사람은 비로소 그리스도의 빛에 의해 '빛의 사람들' '신의 사람들' 이 된다. 그리스도의 빛을 믿는 사람은 누구나 저주로부터 벗어나 생명의 빛으로 들어가며 아담의 타락 이전의 상태로 돌아간다…진리의 기준이 되는 것은 성경이 아니라 성령이다… 성령에 의해 인간의 모든 의견과 판단이 이루어진다.[111]

영국혁명기의 종교적 급진사상을 연구한 임희완에 따르면, 퀘이커주의는 17세기 영국의 대표적인 열광주의 집단이었다. 열광주의는 "17세기 중후반 영국혁명의 좌절에서 벗어나려는 새로운 급진적 분파주의로서 개인이나 집단이 신으로부터 직접 받은 영감이나 계시 이외의 어떤 권위와 질서도 일체 받아들이지 않으며 모든 사람들의 '참된 교회'를 지향하던 종교적 급진사상"이다.[112] 이런 정의에 근거할 때 퀘이커주의는 "17세기 영국의 열광주의를 대표하는 종교적 급진사상"이었던 것이다.[113]

하지만 퀘이커의 독특한 교회론이 폭스의 개인적 발명품은 아니다. 교회사

---

111) 임희완, "영국혁명기의 종교적 급진사상의 역할," 189.
112) 임희완, "영국혁명기의 종교적 급진사상의 역할," 184.
113) 임희완, "영국혁명기의 종교적 급진사상의 역할," 188.

속의 다양한 선행전통이 폭스와 퀘이커의 사상 속으로 수렴되어 탄생한 것이다. 임희완은 이런 영향사를 다음과 같이 정리했다.

> 그들의 사상은 어디까지나 인간 마음속의 성령의 빛, 내광內光에 바탕을 둔 종교적 신앙으로 그들 자신의 창안이라기보다는, 멀리는 위크리프파14세기, 롤라드파15세기, 사랑의 가족파16세기, 재세례파16-7세기 등으로부터, 가깝게는 17세기의 청교도적 급진파성령주의파 등, 시커파, 파인더파 등으로부터 이어받은 기독교 소수집단의 이단사상이었다. 그리하여 그들의 신앙에는 초월적 보수주의적 특성과 인간의 자유주의적 특성이 모두 포괄되어 있다.114

이런 사실들을 종합하면, 퀘이커들은 기성 교회에 대한 급진적 개혁 및 대안운동이었고, 그것의 신학적•경험적 토대는 "내적인 빛"으로 표현되는 성령체험이다. 이 체험에는 개인적 차원과 집단적 차원이 공존한다. 즉, 이 내적인 빛은 인종, 계급, 성별, 심지어 종교의 차이와 상관없이 모든 인간에게 존재한다. 이것이 하나님 앞에서 모든 인간이 평등하다는 신념을 낳았다. 동시에, 모든 사람이 예배 때에 성령의 음성을 들을 수 있으므로, 성직자의 중재나 설교, 성례전이 따로 필요 없다는 결론에 도달했다. 그 결과, 그들은 '교회'란 말 대신 "예배모임"meeting for worship 혹은 "모임 집"meeting house이란 용어를 사용하고, 성직자와 성례전 같은 제도와 형식을 중시하지 않게 되었다.115 대신 퀘이커들은 이런 개인적 체험이 종교적 일탈로 변질되는 것을 막고 공동체에 유익하도록 초기부터 '홀로 조용히 예배드리는 것보다 공동체로 모여서 예배'하는 것을

---

114) 임희완, "영국혁명기의 종교적 급진사상의 역할," 219.
115) 정지석, "공동체 영성," 246.

강조했다.*116*

　이런 신념에 근거해서, 전통적으로 퀘이커들은 매주일 모임 집에 함께 모여 침묵예배를 드렸다. 이 예배에서 신자들은 하나님의 음성을 직접 듣는 "듣기체험"listening experience을 추구하고, 이것을 체험한 사람이 개인적 분별과정을 거친 후 공동체 앞에서 '테스티모니' testimony를 행했다. 가끔 테스티모니의 내용에 대해 교우들 간의 생각이 다를 때가 있지만, 이에 대해 즉각 반박해선 안 된다. 정지석은 이것을 "퀘이커의 공동체 영성"이라고 명명하면서, "공동체 안에서 다름과 차이를 통해서 상호이해와 배려, 존중과 배움의 공동체문화와 품성을 배운다."고 설명한다.*117* 하지만 이런 식의 퀘이커 예배는 현재 전체 퀘이커들 중 단지 11%만 드린다. 위에서 검토했듯이, 현재 미국의 퀘이커들 중 성경과 정통교리를 중시하는 정통파복음주의파의 규모가 제일 크다. 그들은 '퀘이커교회' 라는 말을 사용하고 대부분의 개신교회처럼 유급목사를 둔다. 예배도 "찬송, 설교, 성경봉독, 합심기도, 일정시간의 침묵예배"로 구성됨으로써, 다른 교회들과 별 차이가 없다.*118* 지금은 이런 예배가 퀘이커 내에서 일반적인 현상이다.

　끝으로, 퀘이커의 교회론은 예배와 통치governance를 긴밀하게 연결시킨다. 초창기부터 퀘이커들은 예배를 위한 지역모임 외에 분기별로 모이는 지역모임, 해마다 모이는 전국모임을 조직했고, 예배와 별도로 다른 사안을 결정하는 모임도 마련했다. 그들에겐 이런 모임도 예배의 연장이었다. 모든 회원이 참여할 수 있으며, 예배처럼 모임 안에 계신 성령을 통해 하나님의 뜻을 발견하려고 노력한다. 따라서 누군가의 의견에 직접 대응하는 것은 금지되고, 어떤 결정도 투표로 정하지 않는다. 의견일치에 도달했다고 느낄 때 비로소 결정을 내리며,

---

116) 정지석, "공동체 영성," 250.
117) 정지석, "공동체 영성," 249.
118) https://en.wikipedia.org/wiki/Quakers#Programmed_worship.

그렇지 않을 경우 다음으로 결정을 미룬다. 불편해도 이런 절차를 고수하는 이유는 "논쟁보다 진리를 찾으려는 목적" 때문이다.[119]

평가

최근에는, 신학적 입장과 전통에 대한 해석의 차이로 퀘이커들 내에 다양한 그룹들이 공존하고, 심지어 그들 중 다수가 기존 개신교회들과 우호적인 관계를 맺고 있지만, 분명히 그들의 출발점은 기성 교회성공회와 청교도에 대한 적대감과 문제의식이었다. 그들은 성경에 근거한 진부한 교조주의와 성직자 중심의 경직된 교권주의, 그리고 성례전을 둘러싼 건조한 형식주의를 기독교 본질의 왜곡으로 진단했다. 이런 진단에 근거해서, 그들은 성경보다 성령을, 성직자의 제도적 권위보다 성도들의 영적 특권을, 미리 준비된 형식적 예배보다 성령의 자유로운 임재를 대안으로 제시했다. 이런 진단과 대안은 17세기 잉글랜드의 종교상황을 고려할 때, 매우 의미 있고 혁신적인 조치였다. 막스 베버가 "카리스마의 일상화" 개념을 통해 설명했듯이,[120] 종교개혁 후 1세기가 지나면서 영국교회는 제도화교조화되기 시작했고, 기독교의 또 다른 구성요소인 영적 신비적 차원이 약화되었다. 따라서 거시적 차원에서 퀘이커의 공동체적 영성과 열광주의는 영국교회 내에 신비주의를 회복시킴으로써, 영국교회의 종교적 지형도를 보다 건강하고 균형 있게 재구성했다고 평가할 수 있다.

또한 퀘이커들이 "내적인 빛"을 토대로 개인의 종교적 가치를 회복할 뿐 아니라, 이 경험과 믿음을 영국과 미국사회 전체로 확대하여 당대의 위험하고 민감한 문제들에 대해 예언자적 목소리를 낸 것은 교회사적 차원에서 대단히 소중하고 아름다운 행보였다. 소종파로 시작한 신앙운동이 다수와 권력의 승인

---

119) https://en.wikipedia.org/wiki/Quakers#Programmed_worship.
120) 막스 베버의 "카리스마의 일상화"에 대해선, 이종수 편, 『막스 베버의 학문과 사상』(서울: 한길사, 1989), 86-91을 참조하시오.

을 받아 제도화되는 순간부터 기득권세력을 옹호하는 권위주의적·보수주의적 종교권력으로 변질되거나, 시종일관 변방에 머물면서 맹목적으로 현세를 부정하고 타계적 종말운동에 집착했던 것이 교회사의 일반적 상식이다. 하지만 도로테 죌레Dorothee S lle의 표현처럼, 퀘이커들은 '신비와 저항'의 균형을 성공적으로 성취한 대표적 영성운동이었다.121 이런 맥락에서 퀘이커는 한국 교회의 중요한 대안이 될 수 있다.

하지만 퀘이커 내부로 눈길을 돌릴 경우, 우리는 다른 평가를 내릴 수도 있다. 왜냐하면 시대와 공간이 바뀌면서 다수의 퀘이커들이 시대적 변화와 상승된 신분에 적응하기 위해 자신의 고유한 전통을 포기하거나 근본적으로 수정했기 때문이다. 이 과정에서, 전통을 고수하는 보수파와 새 환경에 적응하려는 정통파로 분열했고, 정통파가 수적으로 다수를 차지하게 되었다. 비록, 침묵 예배의 전통이 부분적으로 잔존하고 다양한 사회적 쟁점에 대한 예언자적 발언과 실천도 지속되고 있지만, 더 많은 부분에서 퀘이커의 전통적 모습은 빠르게 사라졌다. 이것을 교회의 역사와 지경이 확장되면서 자연스럽게 따라오는 건강한 발전으로 이해해야 할지, 아니면 과거의 다른 교회들이 걸어간 타협과 변질의 답습으로 해석해야 할지 난감하다. 역사적 성찰과 현실적 지혜가 필요한 부분이다.

3. 플리머스 형제단(Plymouth Brethren)

역사

플리머스 형제단은 1827-8년 아일랜드의 더블린Dublin에서 몇 개의 기독교 모임들이 비공식적으로 성찬식을 함께 행한 것에서 역사적 기원을 찾는다.122

---

121) 도로테 죌레, 『신비와 저항』, 정미형 옮김 (서울: 이화여자대학교출판부, 2006)
122) 플리머스 형제단의 역사에 대해선, Clarence B. Bass, "The Doctrine of the Church in the Theolo-

이 운동의 탄생에 기여한 핵심 인물은 앤서니 그로브스Anthony N. Groves, 에드워드 크로닌Edward Cronin, 존 넬슨 달비John Nelson Darby, 그리고 존 기포드 벨레트John Gifford Bellett였다. 이들 중에서 그로브스의 역할이 초기에 중요했다. 그는 치과의사로서 더블린의 트리니티칼리지에서 신학을 공부하던 중, 일군의 그리스도인들을 만나 함께 공부하고 기도했다. 얼마 후, 평신도 사역자로 섬기고자 했으나 안수를 받지 않으면 성찬식을 집례 할 수 없다는 사실을 알고, 그는 1829년 신학교육을 포기한 채 신앙선교사로 인도에 갔다. 이 과정에서 그는 "모든 신자들이 그리스도 안에서 사역할 자유가 있다"는 신념을 갖게 되었다.[123]

이 무렵 장차 이 운동의 발전에 결정적 영향을 끼치게 될 달비가 이들과 조우했다. 당시에 달비는 성공회 부제로 위클로Wicklow에서 사역하며 더블린을 자주 방문했다. 그는 벨레트의 소개로 이 모임을 알게 되었고, 1827-8년 성찬식에도 참여한 것 같다. 1830년 달비는 옥스퍼드에서 조지 위그램George Wigram을 만났다. 이미 옥스퍼드에선 위그램을 중심으로 떡을 떼는 모임이 구성되어 있었다. 그 후 다비는 뉴턴B. W. Newton의 소개로 플리머스를 방문했고, 이곳에서 1831년 12월 잉글랜드 첫 모임이 개최되었다. 이 운동이 이곳에서 대영제국 전체로 확산되었기 때문에, "플리머스 출신 형제단"으로 불리기 시작했다. 예수와 사도들이 신자들을 "형제들"brethren, "거룩한 형제들"holy brethren, 혹은 "사랑하는 형제들"beloved brethren로 불렀기 때문이다. 이후, 잉글랜드에선 "플리머스 형제단"Plymouth Brethren으로, 아일랜드에선 "달비파"Darbyites로 각각 알려졌다. 달비는 플리머스 형제단의 초기 모임을 다음과 같이 묘사했다.

gy of J. N. Darby with Special Reference to its Contribution to the Plymouth Brethren Movement" (University of Edinburgh, Ph. D. Diss., 1952), 1-74를 참조하시오.

123) Clarence B. Bass, "The Doctrine of the Church in the Theology of J. N. Darby," 29.

하나님의 말씀이 가르치는 원리에 근거해서 모인 회중들의 친교. 이곳에선 어떤 분파적 분리의 장벽이 거부되고, 그런 목적을 위해 성령의 은사를 받은 사람들에 의해 성경의 진리에 대한 성령의 자유로운 사역이 있었다.… 그들의 복장은 소박하고 그들의 습관은 단순했으며, 그들의 삶은 세상과 분리되어 구별되었다. 회중 모임은 조용하고 평화롭고 거룩했다. 찬송은 부드럽고 느리고 사려 깊었으며, 예배는 그들과 주님의 친교를 고양시켰고, 기도는 하나님에 대한 지식의 향상과 그의 진리의 확산을 위해 진지하게 드려졌다.[124]

브리스톨Bristol 모임도 매우 중요했다. 이 모임은 더블린이나 플리머스 그룹과 상관없이 조직되었지만, 그들과 같은 원리를 따랐기 때문에 형제단 운동의 일부로 알려졌다. 그로브스의 처남인 조지 뮐러George Müller와 그로브스 가족의 가정교사였던 헨리 크레이크Henry Craik가 이 그룹을 이끌었다.

이처럼 형제단 운동은 일치와 관용의 원칙을 추구하며 빠르게 성장했다. 하지만 이 운동 내부에서 권위와 영향력이 확장되던 달비가 1845년에 스위스 사역을 마치고 플리머스로 돌아온 후, 이 운동은 갈등과 분열의 홍역을 앓기 시작했다. 일치와 관용을 추구하던 운동의 근원적 변형이 발생한 것이다. 먼저, 달비가 이미 플리머스에서 지도적 영향력을 행사하고 있던 뉴턴B. W. Newton과 신학적 정치적 이해의 차이로 충돌하기 시작했다. 달비가 뉴턴의 종말론과 장로 신분에 대해 문제를 제기하며 공격했기 때문이다. 다른 회원들이 분쟁 해결을 위해 노력했지만, 결국 뉴턴이 플리머스를 떠나 런던에서 다른 채플을 설립했고, 달비도 플리머스에 두 번째 모임을 조직했다. 그 결과, 형제단 운동은 개방파와 배제파로 양분되고, 달비가 배제파의 핵심이 되었다. 다음으로 달비는 조지 뮐러가 이끌던 브리스톨 성회와도 결별했다. 뉴턴의 모임에 참석했던 사

---

124) Clarence B. Bass, "The Doctrine of the Church in the Theology of J. N. Darby," 36.

람을 브리스톨 성회가 받아들이자, 달비가 이를 비판하고 관계까지 단절한 것이다. 이후에도 형제단은 분열을 반복했다. 배제파가 최소한 6차례의 분열을 경험했고, 개방파도 1차례 더 내분을 겪었다.[125] 그럼에도, 형제단 운동은 계속 성장하여 19세기 중반에는 북미로 전파되었다. 특히 달비가 1870년대에 북미를 수차례 방문하여 무디D. L. Moody를 비롯한 여러 주요 인물들에게 영향을 끼쳤다.[126] 대체로 신앙선교를 강조했던 개방파가 배제파보다 빠르게 성장했다. 1860-70년대에 이 운동이 급성장하면서 신입회원들이 대거 유입되자, 형제단 내에서 달비의 독점적 지배력이 약화되고 분열도 잦아들었다. 하지만 달비가 1882년에 세상을 떠나면서 분열이 다시 급증했는데, 다행히도, 1926년에 재통합대회가 개최되어 오랫동안 많은 사람들이 기도해온 일치의 회복이 부분적으로 성취되었다.[127]

교회론

형제단은 교회가 이 땅에서 하나님의 '성회'assembly로 존재하고, 구속받은 자들이 하나님의 증인, 그리스도를 위한 유업, 성령이 일하시는 통로로 모인다고 고백한다.[128] 하지만 이 운동의 핵심적 지도자인 달비의 눈에 "교회는 망했다"Church is ruin 이것이 바로 형제단이 기존 교회를 바라보는 기본적 시각이자 형제단 운동이 탄생한 근원적 이유였다. 달비의 말을 들어보자.

인간이 조직을 만들었다. 하지만 장치들이 늘어나면서 인간은 성회를 위한 하나님의 질서와 장치를 배제했다...자신들이 세운 목사를 위해 다양

125) "Plymouth Brethren" (https://en.wikipedia.org/wiki/Plymouth_Brethren)
126) 달비와 무디의 관계, 그리고 그것이 미국교회에 끼친 영향에 대해선, James F. Findlay, Jr., *Dwight L. Moody: American Evangelist*, 1837-1899 (Chicago & London: The University of Chicago Press, 1969), 125-27을 참조하시오.
127) Clarence B. Bass, "The Doctrine of the Church in the Theology of J. N. Darby," 72.
128) Clarence B. Bass, "The Doctrine of the Church in the Theology of J. N. Darby," 73.

한 회원들에게 은사를 주시는 성령이 배제되었다. 하나님의 질서가 계시된 말씀도 배제되었다. 교회, 성령, 말씀이 질서라고 불리는 것, 즉 인간의 장치와 조직에 의해 배제된 것이다.[129]

이처럼 "교회가 타락하고 효용성을 상실한 것이 아니라 망한"[130] 이유는 교회가 시스템, 인간적 지도력, 직업적 목회, 규정, 예식, 절차의 포로가 되었기 때문이다. 이런 문제의식 때문에 달비는 '정부' 거버먼트와 '은사' 카리스마를 구분한다. 정부는 교회에서 권위를 행사하는 일체의 인간적 시도를 말하며, 감독, 고위 성직자, 질서, 규정 같은 교회의 조직이나 제도를 뜻한다. 반면, 은사는 교회를 돌보고 유지하기 위한 성령의 도움을 가리키며, 교회에서 가르치고 교화하는 목회적 특권을 부여하는 신적인 임명수단이다. 따라서 "성회는 하나님께서 은사를 허락하신 사람을 인정하고 그의 가르침과 통치에 순응해야 한다."[131] 동시에, "안수받은 직업적 성직자들과 함께 지명된 목회 시스템, 배타적 목회, 교회의 위계질서를 보존하는 것은 망한 교회가 그랬듯이 하나님의 은사를 통해 목회하는 성령의 특권을 부인하는 것이다."[132] 이런 원칙을 토대로, 형제단은 사역의 은사를 두 가지로 분류한다. 즉, 그리스도 몸의 교육을 위한 은사목사, 교사, 전도자와 몸의 질서유지를 위한 은사장로와 집사 양자의 차이는 장로들이 특정한 성회의 내부에서만 활동할 수 있는 반면, 교사와 전도자는 성회 내외 어디서나 자유롭게 사역할 수 있다는 것이다.

이처럼, 형제단은 기존 교회의 성직 제도를 부정하고, 목사 같은 성직을 특

---

129) J. N. Darby, *Churches and the Church*, Col. Writ., Ecc. Vol. IV, p. 487. Clarence B. Bass, "The Doctrine of the Church in the Theology of J. N. Darby," 74에서 재인용.

130) Clarence B. Bass, "The Doctrine of the Church in the Theology of J. N. Darby," 77.

131) J. N. Darby, *What the Christian has Amid the Ruins of the Church*, Col. Writ., Ecc. Vol. III, p. 443. Clarence B. Bass, "The Doctrine of the Church in the Theology of J. N. Darby," 122에서 재인용.

132) Clarence B. Bass, "The Doctrine of the Church in the Theology of J. N. Darby," 123.

수한 직분이 아니라 은사 중 하나로 이해하기 때문에, 목사 직분이 없고 이를 위한 공적인 안수 과정도 없다. 대신, 개별 성회 안에서 공적으로 은사를 인정받은 장로들이 세례 후보자 상담과 세례식 집례, 병자 방문과 영적 지도, 설교 등을 행한다. 이런 관행은 개방파와 배제파 사이에 차이가 있다. 개방파는 장로직 임명을 인정하나, 배제파는 이런 관행이 성직제도에 근접한 것이라고 판단하여, "일군의 지도적 형제들그들 중 누구도 일체의 공적 지위를 갖지 않는다이 그룹 전체에 안건을 제시하고 전체가 결정하도록 한다."133 또한 성회에 따라서는 설교와 교육을 위해 전임 사역자를 두기도 하는데, 최근에 호주와 뉴질랜드, 그 외 일부 지역에서 전임사역자를 목사pastor라고 부르기 시작했다. 물론, 그들은 여러 장로 중 한 사람이며 단지 전임으로 일하며 급료를 받을 뿐, 안수 받은 성직자나 특별한 영적 권위를 가진 것으로 간주되지 않는다.

평가

플리머스 형제단의 기원은 성찬식을 통한 교회의 일치와 교제였다. 그래서 이들은 또 하나의 교단이 되길 거부하고 자신들을 교회 대신 형제단으로 칭했다. 또한 기존 교회들이 성령의 주권과 성경의 진리 대신, 인간적 지혜와 방식에 집착하며 온갖 형태의 제도와 조직을 양산한 것에 강력히 반대하며, 성령의 은사와 공동체의 동의에 기초한 목회적 기능과 역할을 개발하려고 노력했다. 이런 면에서, 형제단 운동은 기존 교회가 고수해 온 교권 구조의 약점과 병폐를 극복하려했던 교회론적 실험의 산물이다. 또한 기존 교회가 현실적 이유로 수용하고 정당화한 목회적 관행을 냉철하게 비판하며 교회의 본질을 수호하려는 저항적 대안 운동이다.

하지만 성찬식을 중심으로 일치와 교제를 추구했던 운동이 수차례의 고통스런 분열과 갈등을 겪었다는 사실은 이 운동의 이상과 현실 사이에서 노출된

---

133) https://en.wikipedia.org/wiki/Plymouth_Brethren.

흥미롭고 치명적인 역설이다. 이런 갈등과 분열은 이 운동이 성찬식을 중심으로 한 교제보다 교리적 순수성과 통일성을 중시하면서 발생했다. 또한 이런 갈등과 분열은 운동 내부에서 성령의 주권과 은사의 다양성보다 달비 같은 특정인의 지위와 특권이 과도하게 강화되고, 그의 신학적 입장이 배타적 권위를 독점하면서 초래되었다. 결국, 기성 교회의 모순과 한계를 극복하기 위해 시작한 운동이 기성 교회의 오류를 그대로 반복함으로써, 문제의 해결이 아니라 또 하나의 문제를 추가한 모양세가 되고 말았다.

뿐만 아니라, 이 운동은 그동안 정부와 은사를 구분하고 안수제도를 부정하면서 성령의 은사와 공동체의 인정에 근거한 장로 제도를 도입했다. 하지만 최근에는 임금을 받는 전임사역자를 임명하고, 일부에선 그들을 목사라고 칭하는 사례도 증가하고 있다. 비록, 이들이 기존 교회와 자신을 구별하기 위해 용어나 제도 면에서 독특한 관행을 고수해 왔지만, 시간이 흐르면서 기존 교회와 점점 더 유사해진 것이다. 그렇다면 이런 현상은 교회를 위협하는 문제의 핵심이 단지 기성 교회에서 사용해온 용어나 제도가 아님을 보여준다. 즉, 성직자나 안수의 존재 여부나, 전임과 유급 사역자의 고용여부가 문제의 핵심이 아닌 것이다. 목사를 제거한다고 목사가 감당해야 할 기능과 역할까지 사라지는 것은 아니기 때문이다. 일반 교우들이 역할을 나누어 맡아도, 전문지식과 헌신이 필요한 영역은 그대로 남는다. 결국 문제가 있다고 해서 무조건 해체하거나 폐지하는 것이 상책은 아니다. 대신, 이상과 현실을 지혜롭게 고민하며 최선의 대안을 모색해야 한다. 이런 맥락에서, 형제단 운동은 기성 교회의 문제를 날카롭게 감지했으나, 이들이 제시한 해법은 충분히 만족스럽지 못했다.

소종파 운동과 탈교회 현상

이상에서 교회사에 주목할 만한 족적을 남긴 대표적 소종파 운동들을 살펴

보았다. 앞에서 살펴본 소종파운동과 오늘의 한국교회의 심각한 현안으로 등장한 탈교회 현상 사이의 상관관계를 검토하면서 글을 마무리하고자 한다. 그럼 양자의 공통점과 차이점을 살펴보고, 현재 진행 중인 탈교회 현상의 긍정적 발전을 위해 소종파운동이 어떤 도움이 될 수 있는지 함께 정리해 보자.

먼저 소종파운동과 탈교회 현상의 출현 배경은 매우 유사하다. 우리가 살펴본 아나뱁티즘, 친우회, 플리머스 형제단은 예외 없이 기존의 주류교회들이 기독교의 본질을 상실하고 세속화되었다는 판단 하에, 성령, 복음, 제자도에 충실한 초대교회의 회복을 지향하며 출현했다. 즉, 주류교회의 변질과 타락에 강력히 반발하며, 보다 이상적인 교회를 꿈꾸며 탄생한 것이다. 마찬가지로, 현재 한국교회에서 빠르게 확산되고 있는 탈교회 현상도 주류교회들 안에서 실망과 환멸을 경험한 신자들이 기존 교회를 떠나고 있는 것이다. 둘 다 기존교회가 기독교로서 본질을 상실하고 부패했다는 판단 하에 교회를 떠난다는 공통점을 지닌다. 따라서 양자 모두 주류교회에 대해 대단히 부정적이고 비판적인 태도를 고수한다.

둘째, 이런 공통점에도 불구하고, 양자의 본질과 목적은 근본적으로 다르다. 기존의 소종파 운동은 각자 나름의 분명한 문제의식과 목적을 갖고 있었다. 예를 들어, 아나뱁티즘은 성인세례, 평화주의, 제자도 같은 고유한 쟁점과 지향점을 갖고 있었고, 이런 문제 때문에 기성교회와 갈등관계를 형성했으며, 결국 그런 문제의 극복을 위해 자신들의 교회를 새로 세웠다. 친우회나 플리머스형제단의 경우도 마찬가지다. 반면, 현재 교회를 떠나서 방황하고 있는 가나안성도들의 경우, 한국교회가 공통적으로 범하고 있는 오류, 예를 들어 세습, 혐오와 차별, 성추문과 재정 문제, 극우정치만이 아니라, 개교회와 개별 신자의 특수한 문제들이 뒤섞여있기 때문에, 교회를 떠난 이유와 목적 면에서 공통점을 발견하기 쉽지 않고, 이 현상 자체를 특정한 범주나 개념으로 정리하는 것도 불가능하다. 또한 이 현상 내부에서 특별한 권위와 이상을 갖고 사람들을 결집하거나 지도하는 인물이나 집단이 부재하다. 따라서 이 운동은 고유한 문제의식을 갖고 특정한 이상을 지향하는 신앙운동이 아니라, 형태와 방향이 부재한 '종교적 난민' 에 가깝다.

셋째, 기성 교회를 떠난 이들에게 소종파운동은 매우 유용한 참고가 될 수 있다. 한국교회는 미국형 교파주의를 수용하여 신학과 제도, 의례 면에서 대단히 다양한 형태의 교회들이 공존해왔고, 여러 이유와 목적 하에 갈등과 분열이 끊이지 않았다. 하지만 현재 거의 집단적이면서 동시 다발적으로 발생하는 탈교회 가나안현상은 최근까지 한국교회가 경험하지 못한 일이다. 이 현상은 규모와 범위 면에서 초유의 사태다. 더욱이 이유와 원인, 목적 면에서 공통점이나 지도력, 심지어 지침서나 참고서조차 변변치 못한 상황이라, 이 현상의 장래는 매우 불안하고 불투명하다. 이런 상황에서, 이 글에서 소개한 소종파운동은 매우 유익한 선례요, 고려사항이 될 수 있을 것이다. 교회 탈출 자체가 탈출자들에게 일시적인 안도감과 휴식을 제공하고, 기존 교회들에게는 위협과 경고가 될 수 있다. 그러나 이런 탈출이 건강한 목적과 신선한 형태를 갖춘 운동으로 진화하지 않는다면, 이 현상은 일시적인 유행이나 도피로 그칠 가능성이 농후하다. 이런 상황에서, 기존 교회를 떠난 신자들이 보다 건강한 교회로 이전하기 위해 정보를 탐색하거나, 혹은 같은 뜻을 품은 사람들이 함께 새로운 교회를 설립하고자 할 때, 역사속에 등장한 소종파 운동이 그들에게 중요한 기준과 방향을 제시해 줄 수 있을 것이다. 따라서 그 누구보다 가나안 성도들이 보다 나은 선택을 위해 이런 역사적 선례들을 진지하게 검토할 필요가 있다.

끝으로 탈교회 현상이 일시적인 유행이 아니라 한국교회의 변화와 성숙을 위한 개혁과 대안 운동으로 발전하기 위해서는 학계와 교계의 진지한 관심과 창조적 실험이 절실하게 요청된다. 현재 한국 교회는 심각한 위기에 처해 있다, 2000년대부터 심화된 성장의 정체와 기존 신자들의 이탈은 이런 위기 현상의 대표적인 징후다. 가나안 성도들의 수가 100만 명을 넘었다는 통계발표에 누구도 놀라지 않을 정도로 이런 현실은 일반적 통념이 되어 버렸다. 현재 진행 중인 코로나바이러스 19로 인한 비상상황은 한국교회의 쇠퇴에 박차를 가할 것이란 전망이 지배적이다. 이런 상황에서 기존교회의 붕괴를 막기 위한 정직한 반성과 철저한 개혁이 요청된다. 이것은 한국교회의 생존이 달린 문제다. 동시에 이미 100만 명을 넘어섰고, 앞으로 더욱 증가할 것으로 예측되는 가나안 성도들이 어떤 결정을 내리는가에 따라 한국교회의 운명도 상당히 달라질 것이다. 탈교회한 가나안 성도들은 타종교나 이단으로 개종할 것인가? 아니면 떠돌이 신자나 명목상의 신자로 남을 것인가? 아니면 신앙을 포기하고 무신론자 혹은 안티 기독교인으로 변모할 것인가? 아니면 한국교회의 새로운 대안과 희망으로 부활할 것인가? 결국 해외선교와 교회개혁만큼 중요한 과제가 바로 이런 영적 난민 혹은 종교적 유목민들을 위한 교회, 다시 말해 성서적 이상에 근접한 건강한 교회를 세우는 것이다. 이 과제와 사명에 신학자와 목회자, 그리고 가나안성도 모두가 진지한 관심을 갖고, 도전과 실험을 멈추지 말아야 한다. 골든타임을 놓치기 전에 말이다. 이런 과정에서, 한국교회는 소종파운동의 역사와 신학, 성공과 실패, 이상과 현실에 주목할 필요가 있다. 그 수고는 결코 헛되지 않을 것이다.

4부

탈교회 현상에 대한 교회론적 비판

탈교회 시대의 그리스도교 교회론
교회없는 신앙에서 교회 신앙의 재발견

김 동 춘

기독연구원 느헤미야, 조직신학

바야흐로 한국교회는 탈교회 시대에 직면해 있다. 신자들이 교회를 떠나고 있다. 다시 말해 '교회 난민', '교회 이탈자', '소속없는 신자'가 급증하고 있다. 탈교회는 '어머니 교회'요, '구원의 방주'인 교회를 신자 스스로 떠나고 있다는 것을 말한다. 탈교회는 통계수치상으로 급증하는 것으로 나타나고 있으며, 심각한 문제는 교회를 출석하고 있지만, 교회에 마음을 두지 못하는 '잠재적 가나안 성도'는 훨씬 더 많을 것이라는 예상이다. 이 글은 탈교회 현상을 과잉 해석하고 과잉 의미 부여하는 관점에 대해 비판적으로 검토하고자 한다. 탈교회는 심각한 수준으로 진행중에 있다. 그렇다면 탈교회는 응당 그리스도교에서 일고 있는 새로운 신앙표현으로 받아들여야 할 것인가? 탈교회는 도리어 탈기독교세계에 직면한 오늘의 신앙 정황상 오히려 필요하고도, 적절한 신앙의 다른 형태라고 단정해야 하는가?

탈교회가 일어나는 원인과 배경을 분석하기 위한 종교사회적 통계 자료는 차고 넘친다. 따라서 통계 분석에 근거한 탈교회 현상을 여기서 다시 설명하지 않으려고 한다. 그보다는 탈교회 현상을 정당화하고, 합리화하는 신학적 논점과 문제점이 어디에 있는지 살피고자 한다. 그리하여 탈교회가나안 성도 '현상'을 지나치게 '규범적으로' 정당화하려는 논리를 비판하고자 한다.

1. 왜 탈교회인가? : 탈교회 현상의 배후 논리들

교회당 기독교에서 교회 너머 기독교로의 이동

'교회안에 갇힌 기독교'에서 '교회 밖 기독교'로 대이동이 일어나고 있다. 최근 급증하는 탈교회 현상은 단지 교회에 대한 환멸이나 실망감에서 출발하는 것이 아니라 교회중심의 사고가 해체되기 시작하는 개신교 신앙 내부에서 자생적으로 생성된 측면이 더 많다. 그리하여 교회 안에 갇힌 기독교에서 '교회 밖 기독교'로 대이동이 일어나고 있다. '교회신앙'에서 교회 밖 기독교로 발걸음을 옮겨가는 이 흐름은 교회당 기독교에 답답증을 느끼는 개신교 신자들에게 꽤 그럴 듯한 복음적 희소식처럼 매력있게 들려오고 있다.

다시 말해 이 흐름은 '교회적 기독교'에서 '사회적 기독교'를 강조하는 움직임을 의미한다. 종래의 한국개신교의 패러다임은 예배당을 '거룩한 전'이요, '성전'으로 이해하는 사고에 갇혀있었고, 주일성수와 십일조 강조, 그리고 '신앙생활을 교회생활'로 이해하는 '교회중심주의' 사고로 요약되는, '교회적 기독교'의 틀안에 존재하고 있다. 이제 한국개신교 신앙은 교회라는 울타리를 넘어 세상으로 '흩어지는 교회'로 진행중이다. 이제 기독교 신앙을 교회 담장안에 가두어 두려는 교회신앙의 한계를 극복하려고 한다. 신앙의 자리를 교회당이 아니라 세상 한복판과 공공의 광장에서 시민의식과 시민교양을 가지고 신앙의 공적 책임을 강화하는 방향으로 나가야 한다고 말하고 있다. 이러한 해결책으로 공공신학을 토대로 하는 '교회 공공성'과 '신앙의 공공성'이 강조되고 있다. 신앙의 공공성 강조로 '교회 중심성' 보다 기독교의 사회적 존재방식에 대해 더 많은 고민과 성찰이 터져 나왔으며, 그것은 역설적으로 기독교 신앙의 탈교회적 경향을 촉매하는 방향으로 유인되고 있다. 공적 신앙을 강조하면 할수록 교회적 신앙에서 중요한 요소인 종교적 의례와 관심 그리고 제도는 상대적으로 약화될 수 있다. 분명한 것은 '교회적 기독교'의 틀을 탈피하여 '사회적 기독교' 패러다임으로 진일보 하는 과정에서 불가피하게 탈교회적 경향성은 더욱 자극을 받으면서 가속화될 것임에 틀림없다.

선교적 교회론

최근 불고 있는 선교적 교회에 대한 열풍은 종래의 교회중심의 선교관에서 벗어나 새로운 선교관 이해를 형성하도록 촉진하고 있다. 이제 선교는 교회 건물을 세우거나 불신자 전도나 개종이 아니라, 하나님의 백성들이 보냄받은 삶의 자리가 선교의 현장이 되며, 그리스도인의 존재방식 자체가 선교가 되어야 한다는 관점으로 전환되고 있다. 다시 말해 선교적 교회란 세상속으로 보냄받은 일터와 일상 등 삶의 자리에서 수행되어야 한다는 것으로 선교적 사고에서 일대 대전환이 일어나고 있다. 이 때 선교적 교회론은 필연적으로 '교회 너머의 선교', 즉 탈교회적 선교를 가일층 촉진하는 선교적 후원 개념이 될 것임은 너무나 명확한 현실이 될 수밖에 없다.

종교적이지는 않으나, 영적인 그리스도인

탈교회 현상을 긍정적으로 평가하는 종교사회학자나 현장 실천가들에 의하면, 제도교회나 기성교회를 결별한 신앙인들이 교회에 머물러 있는 기존 교인들보다 오히려 영적 진리를 더 갈망하는 사람들이며, 참된 의미의 기독신앙을 추구하는 사람들이라고 평가한다. 그리하여 탈교회한 가나안 성도들을 향해 사용되고 있는 정형화된 문구는 다름 아닌 "종교적이지는 않지만, 그러나 영적인" not religious, but spiritual 이라는 문장으로 대변된다. 이 문구는 탈교회한 신자, 교회 밖 신앙인, 혹은 가나안 성도를 매우 긍정적으로 평가하는 매력적인 표현으로 사용되고 있다. 그들의 주장에 의하면 참된 신앙이란 반드시 종교 제도나 종교 형식, 그리고 종교 시스템에 얽매어 있는 것이 아니므로 탈교회 신앙인들이야말로 오히려 더 영성적이며, 신앙의 본질을 추구하는 사람들이라는 것이다. 그러나 이 문구의 출처는 본래 가나안 성도나 탈교회 신자들의 종교성향을 분석하면서 나온 명제가 아니라 현대인의 소비 트렌드를 분석하는 과정에서 등장한 문구였다. 현대인은 물질주의적인 삶을 살아가는 것처럼 보이지만, 반대로 탈물질주의를 추구하는 경향이 있으며, 그런 점에서 종교적이지는 않지만, 영적인 갈망을 추구한다는 것이다.[192] 따라서 제도교회의 울타리를 벗어나 소속없는 신앙인이 되었다고 해서 근본적으로 기독교 신앙에서 이탈했다거나, 신앙없는 사람으로 단정 지을 수 없다는 것이다.

이런 이유로 오늘날의 탈교회 현상, 즉 교회 이탈과 교회 탈출은 역설적으로 그리스도교 신앙의 본질을 향한 더 진지하고 근원적인 몸부림으로 해석되고 있다. 반면 기존교회와 제도교회에 남아 있는 것은 형식적인 신앙에 안주하고 있는 것이며, 과감한 교회 탈주를 망설이는 우유부단한 태도이며, 탈교회야말로 하나님 신앙에 더 가까이 가려는 진지한 신앙적 반응으로 그것이야말로 참된 영성의 추구로 여겨지고 있다.

개인주의가 초래한 신앙의 새로운 방식: 왜 그들은 교회에 소속되지 않는가?

가나안 성도, 즉 탈교회 신앙인의 가장 두드러진 특징은 교회에 소속됨을 거부한다는 것이다. 그래서 탈교회 신앙은 "소속없이 믿는 것"Believing without Belonging을 의미하며, 탈교회 신자, 즉 가나안 성도는 "소속없는 신자"Believer without Belonging라고 부른다. 그들은 주일예배와 정규 예배, 십일조 및 헌금, 직분과 교회봉사 등, 제도 교회의 시스템에 얽매이는 것을 매우 혐오한다. 그들은 교회라는 틀에서 자신의 사적인 개인의 자유를 침해받지 않으려 한다. 그들에게는 공동체적 소속감보다 개인주의적 삶의 취향과 자유가 더 소중하다. 이러한 태도에는 신앙은 본질적으로 종교제도나 규율에 얽매이지 않아야 하며 개

---

192) 패트리셔 애버딘, 『메가트렌드 2010』, 윤여중 역, (서울: 청림출판, 2006), 27-58.

인의 취향과 결정에 맡겨야 한다는, 지극히 개인주의적 삶의 방식과 긴밀하게 연관되어 있다. 탈교회 현상은 그런 점에서 우리 사회에서 새롭게 발견되는 자유주의적이며liberalistic, 개인주의적인individualistic 삶의 스타일에 기인한다.

현대인의 자아 정체성은 '사회적 인간' 으로서보다 '홀로 인간' 으로 살아가는 경향이 있다. 현대인은 자기애와 자아 욕망에 빠져 있는 나르시시즘적 인간이다. 오늘의 신앙인 역시 사회속에서 고립된 자아로 살아간다. 오늘의 기독교인은 교회만은 홀로 남겨진 사람들과 유목민적 개인을 배려하고 보살펴 주기를 원하지만, 정작 교회의 지나친 관심과 배려에 대해서는 방어막을 치려한다. 그들은 개인의 사적인 정보와 인격이 공개적으로 노출되는 것을 꺼려한다. 그들은 자신의 사적 공간을 타인에게 열지 않으며, 교회는 출석하되, "익명성"의 그늘 속으로 숨어버린다. 그들은 작은 교회에서 긴밀한 상호 인격적인 신앙생활 때문에 자신의 신분과 정보와 인격이 노출되기보다는 차라리 대형교회의 비인격적인 익명성의 거대한 숲속에서 편안하게 "은둔 신자"로 남아있기를 선호한다. 그런 이유로 가나안 성도들은 교회생활의 특징인 연대성과 친교성, 그리고 인격성보다는 원자적 개인으로 남아 친교없는 개별 인격으로 신앙을 유지하려고 한다. 그들의 이러한 삶의 방식은 교회의 지체들과 교회안에서 아무런 인격적인 만남없이 자기안에서 편안한 소속없는 신앙인으로 살아가게 한다. 이러한 개인화된 신앙의 철학적 뿌리는 데카르트적 "자아의 확실성"과 "스스로 생각하는 것"을 계몽이라 정의 내린 칸트의 사고에 바탕을 둔 '근대 개인주의' 에 기원한다. 근대 개인주의는 궁극적으로 '공동체없는 개인' 을 양산하며, 그리하여 교회 공동체에 속하지 않는 그리스도인을 배출하게 만드는 동인動因으로 작용한다.[193] 이것이 결국 탈교회 현상을 초래했으며, 오늘날 교회론의 위기는 바로 여기에 있는 것이다.

---

193) 앤터니 티슬턴, 『조직신학』, 박규택 역, (서울: IVP, 2018), 479-481 ; 동저자, 『기독교 교리와 해석학』, 김귀탁 역, (서울: 새물결플러스, 2016), 822-823.

종교없는 삶의 긍정과 종교 무용론

최근 '종교없는 삶' 이 긍정적으로 주목받고 있다. 종교없는 사람이 종교적인 사람들보다 더 도덕적으로 살아가고 있으며, 더 합리적이고 양보와 배려가 있다는 것이다. 북유럽 국가의 국민들은 종교없이 살아가지만, 삶의 만족과 행복감을 누리면서 살아가고 있으며, 종교인보다 오히려 도덕적으로 살아가고 있을 뿐 아니라 타인에 대한 포용력과 관용의 태도를 보여주고 있다. 반대로 독실한 종교인일수록 배타심과 혐오감이 많으며 종교적인 독선과 아집으로 인해 종교전쟁, 종교폭력, 그리고 종교적 갈등을 유발하고 있으며, 비인간적인 사회악을 초래하는 사례가 더 많다는 통계를 보여주고 있다.[194]

이와 함께 현대사회를 세속화로 인한 종교없는 시대 혹은 탈교회 시대로 진입하였으며, 이를 '포스트 크리스텐덤 시대', 즉 '탈기독교시대'로 규정한다. 그리하여 현시대는 '교회의 종말'이 도래한 것으로 진단한다.[195] 종교없는 시대의 도래는 본회퍼의 '비종교적 기독교' non-religious christianity라는 명제와 연결하여 해석되기도 하다. 성인된 시대에서 사람들은 종교를 필요로 하지 않는다는 것이다. 오늘날 교회는 세속사회로부터 추방당하는 시대에 접어들었으며, 교회는 더 이상 세속사회의 중심이 아닌 주변으로 밀려난 형국이 되었다는 것이다. 이제 크리스텐덤기독교왕국이나 폭발적인 교회성장 시대는 막을 내렸으며, 교회는 현대사회에서 존재감 없는 종교기관일 뿐이며, 사회의 주변집단으로 전락하였다는 것이다. 종교에 대한 이러한 이해에 근거하여 탈교회가 도래하였다는 진단을 내리고 있다.

---

194) 가나안 성도 옹호론자들은 주로 현대인의 무종교적인 삶이 오히려 행복한 삶의 긍정적 결과를 가져 온다는 논리에 근거하고 있다. 필 주커먼, 『종교없는 삶』, 박윤경 역, (서울, 판미동, 2018); 동저자, 『신 없는 사회』 김승욱 역, (서울: 마음산책, 2012) 이에 대한 교회적 관점의 변증서로는, 제임스 에머리 화이트, 『종교없음』, 김일우 역, (서울: 베가북스, 2014)
195) 다이에나 버틀러 배스, 『교회의 종말』, 이원규 역, (서울: KCMC, 2017)

교회를 탈출하라!: 교회 혐오증이 초래한 탈교회

교회 혐오증이 증가하면서, 그와 맞물려 교회 탈출이 환영받는 현상이 일어나고 있다. "점점 교회가 구원의 방주가 아니라 침몰하는 타이타닉호처럼 느껴진다". 한 익명의 그리스도인은 이렇게 말한다. 기독교 역사상 교회는 '구원의 방주' 요, '신앙의 어머니'로 불려 왔다. 그러나 교회의 구원 독점권처럼 이해되는 "교회밖에는 구원이 없다"*Extra ecclesiam nulla salus*는 명구는 오늘날 교회 혐오증을 가진 사람들과 탈교회 기독교인에게는 그 반대로 읽혀지는 문구가 되었다: "교회안에는 구원이 없다". 그러니 "구원받으려면 교회를 탈출하라". 그리고 더 나아가 "이 세상에서 가장 구원이 필요한 곳은 교회다"라고까지 말하기도 한다.

그래서 "세속주의적이 된 교회, 교회의 본질에서 떠난 교회, 대부분의 제도교회와 기성교회에 구원이 있다고 말할 수 있는가"라고 반문한다. 그리하여 반교회적 사고, 정확히 반제도주의 교회관, 혹은 무교회주의적 교회관을 근거로 하여 제도교회에 머물러 있는 것이 오히려 초월적인 하나님을 만나는데 방해가 되고, 종교의 순수성을 지키는 것으로부터, 그리고 영성 추구에서 멀어진다는 비판을 제기한다.

교회 탈출의 신학: "교회를 벗어나라"

지금은 교회 혐오시대이다. 이런 분위기에 발맞춰 교회 개혁적인 신학자들과 기독교 인문학자들은 "교회를 벗어나 예수로 돌아가자", 교회에 갇힌 제도적이며, 교리적 종교형식으로서 기독교가 아닌 예수의 삶과 인격을 살아가는 본질의 기독교, 예수 본받음과 예수 따름, 그리스도 실천, 그리하여 '교리종교'로서 기독교가 아닌 '삶의 실천으로서 기독교', 신앙의 그리스도가 아닌 역사적 예수로 회귀하자는 목소리가 마치 예언자적 음성처럼 호응을 얻고 있다.

최근 교회비판적 기독교인들과 전통신앙에 회의적인 신앙인들에게 매력적으로 다가오는 신학자군이 있다. 바로 '예수 세미나' 학자들이다. 역사적 예수 세미나 학자들에게 거의 일치된 입장이 있다. 그들은 교회라는 거추장스런 걸림돌을 제거하여 '교회없는 기독교'를 재건하려고 한다. 그들은 교회적 기독교, 즉 '교회주의에 갇힌 기독교'가 예수의 인격적 본받음과 실천보다는 교회라는 형식과 제도의 틀에 가두어버렸다고 맹렬하게 비판한다. 그들은 가능한 한 기독교를 교회로부터 탈출시키려고 한다. 그들은 '예수와 교회'를 근본적으로 모순과 대립의 관계로 본다. 이것은 "예수는 하나님나라를 선포했으나, 실제로 나타난 것은 교회였다"는 르와지Alfred Loisy의 신학적 발언과 맥을 같이한다. 그래서 교회는 예수의 의도와 계획과 상관없이 나타난 일종의 기형물이며, 예수운동의 사생아요, 이단아로 취급해 버린다.

로빈 마이어스는 『예수를 교회로부터 구출하라』Saving Jesus from the Church, 196 는 책에서 "어떻게 그리스도 예배를 중단하고, 예수를 따르기 시작할 것인가?" 질문한다. 이들의 공통점은 한결같이 예수를 따르는 참된 길은 교회를 떠나는 것이라고 강조한다. 교회는 예수를 추종하는 방해물일 뿐이다. 예수 세미나 사람들에게 교회는 어디론가 온데 간데없고, 모든 것은 역사적 예수로 대체되어 있다.

예를 들어, 마커스 보그Marcus J. Borg는 「그리스도교 신앙을 말하다: 왜 신앙의 언어는 그 힘을 잃었는가」라는 책에서 오늘의 기독교가 왜 동시대의 적실성을 상실했는가를 묻고 있다. 그런데 이 책에는 '교회'라는 주제가 없다. 이 책은 '성서', '하느님', '예수', '구원'을 다루고 있다. 심지어! '거듭남'과 '재림'이란 주제도 포함하고 있다. 그런데 유독 교회에 관한 주제는 누락되어 있다. 그러나 교회없는 그리스도교가 가능한가? 역설적으로 보그에게 교회없는 그리스도교야말로 신앙의 언어에 힘을 잃게 하지는 않는가? 그 외에도 크로산 John Dominic Crossan의 논조에도 여지없이 교회가 없다. "교회가 아닌 예수!" 이

---

196) 로빈 마이어스 『예수를 교회로부터 구출하라』 김준우 역, (고양: 한국기독교연구소, 2012)

것이 이들이 지향하는 모토다. "교회를 벗어나라!', "교회라는 울타리를 탈출하라!" 이것이 이들의 공통된 구호가 되어 있다.

2. 탈교회 교회관, 무엇이 문제인가?

교회와 '분리된 사람'을 그리스도교 신자라고 할 수 있는가?

모든 신자는 반드시 교회와 연합되어 있어야 한다. 신자는 교회를 떠나서, 교회 밖에 있을 수 없다. 왜냐하면 교회는 하나님께서 모든 신자들을 교회로 인도하여, 교회안에 머물러 있게 하시려는 '외적인 은혜의 수단'이기 때문이다.[197] 하나님은 우리를 교회로 초대하셨다. 교회란 우리가 몸담아 있어야 할 '그리스도의 사회'다. 교회는 신자들을 '그리스도의 몸'이요, '그리스도의 사회'인 교회에 붙들게 하고, 몸담아 있도록 하나님께서 설립하신 '외적인 수단이며, 목적'이다.

그러므로 칼빈은 모든 신자는 교회와 연합되어 있어야 한다고 강조한다: "우리는 모든 경건한 자의 어머니인 진정한 교회와 연합되어 있어야 한다."[198] 여기서 연합이란 교회에 '소속됨'을 의미한다. 그리고 중요한 것은 우리가 연합소속되어 있어야 할 교회는 참된 교회를 전제한다.[199] 또한 교회는 교부로부터 시작하여 종교개혁자에게 이르기까지 다음과 같이 언명되어 왔다: "교회는 모든 신자들의 어머니다". "교회를 당신의 어머니로 가지지 않는다면, 하나님

---

197) 교회는 "하나님께서 우리를 그리스도의 사회로 초대하시고 우리를 그안에 붙들게 하시려는 외적 수단 혹은 목적"(external means or aims)이다. John Calvin, *Institutes of the Christian Religion*, Vol.2, John T. McNeill(ed.), Westminster John Knox Press, 1960(2006), 1011.

198) 기독교강요 하 4권, 제1장. 혹은 "우리는 참된 교회와 연합되어 있어야 한다. 왜냐하면 교회는 모든 경건한 자들의 어머니이기 때문이다". Johannes Calvin, *Unterricht in der chrislichlichen Religion: Institutio Christianae Religionis*, Otto Weber, Neukirchener/foedus Verlag, 2009, 565.

199) 그런데 칼빈은 교회가 교리적으로, 도덕적으로 부족한 점이 있더라도 그 교회를 이탈해서는 안 된다고 강조한다. 칼빈 역시 아우구스티누스적인 '혼합된 교회론'(지상의 유형교회에는 알곡과 쭉정이가 섞여 있을 수 밖에 없다)을 유지하고 있음을 엿보게 한다.

을 아버지로 가질 수 없다."[200] 그래서 "하나님이 아버지인 사람들에게는 교회는 어머니가 된다". 이 어머니 교회는 "우리를 태속에 품고, 낳고 그의 가슴속에서 우리를 기르고 마침내 우리가 죽을 육체를 벗고 천사들처럼 될 때까지 그의 지키심과 지도아래 우리를 보호하지 않는다면, 생명으로 들어갈 다른 길이 없다". 그러므로 '교회는 신자가 일생동안 다녀야 할 학교다'. 칼빈은 그런 의미에서 "교회 밖에는 구원도 진리도 있을 수 없다"고 말하면서, "교회의 품을 떠나서는 우리는 죄 용서나 구원받기를 희망할 수 없다". 교회의 몸 밖에서는 죄 용서를 기대할수 없으며, 교회를 떠나는 일은 치명적이다.

모든 신자들은 예수 그리스도의 몸인 교회의 지체들이며, 교회안에서, 교회를 통해 지체됨을 이룰 때, 참된 의미의 신자라고 할 수 있다. 우리는 예수 그리스도의 공동체의 회원이며, 교회안에서 선포되는 복음, 곧 하나님의 말씀에 근거한 설교를 듣고 배우며 신자들과의 친밀한 교제안에서 성장해야 한다. 그런 점에서 예수 그리스도 공동체와 분리되어 사적 개인으로 존재하는 '사적 기독교' Privatchristentum는 정당화될 수 없다. 모든 신자들은 즉각적이고 직접적으로 교회 공동체의 회원으로 존재할 뿐이다. 칼 바르트 앙리 드 뤼박Henri de Lubac의 말처럼, 그리스도인은 "교회의 사람"이다.[201] 사도적 신앙에 서있는 기독교는 예수 그리스도에 대한 고백만이 아니라 교회에 대한 신앙고백 – "나는 거룩한 보편 교회를 믿습니다"Credo in Sanctam Catholicam Ecclesiam –을 고백하지 않으면 안된다. 예수가 빠진 기독교를 기독교라 할 수 없듯 "그리스도의 몸"이요, "하나님 백성 공동체"인 교회없는 기독교를 기독교라 말할 수 없다.

영국 성공회 신학자 로완 윌리암스는 "그리스도인 된다는 것"을 '세례', '성경읽기', '성찬', '기도'라는 요소로부터 설명한다.[202] 이 네 가지는 모두 교회

---

200) 키프리아누스, 아우구스티누스, 칼빈이 공통적으로 언급한 교회론적 명제다.
201) 마르코 스프리치, 『앙리 드 뤼박: 교회안에서 그리스도인의 정체성』, 박성희 역, (서울: 부크크, 2018), 45, 263,
202) 로완 윌리엄스, 『그리스도인이 된다는 것』, 김기철 역, (서울: 복있는사람, 2015)

적 행위요, 예배적 요소에 속하는 것이 아닌가? 그러므로 신자라고 자처하는 사람이 교회 밖에 있다면, 그리고 그에게 교회가 없다면, 참된 그리스도인이라고 할 수 없다고까지 말 할 수 있다. "교회 밖에는 구원이 없다"는 명제는 더 이상 설득력과 정당성을 갖지 못한다고 간주되는 탈그리스도교 시대에서도 스탠리 하우어워스는 다음과 같이 당당히 말하고 있다는 것이 더욱 놀랍다: "교회 없이 그리스도인들에게는 구원의 가능성도 없으며, 윤리나 정치의 가능성은 더더욱 없다."[203]

20세기 현대신학의 초점은 교회론 중심의 신학도 아니고, '교회 너머의 신학'을 추구하여, '역사의 신학', '창조의 신학', 역사안에서 인간과 사회의 '해방의 신학', 타종교와 대화를 추구하는 '종교의 신학이 신학의 전부인 것처럼 보인다. 그러나 20세기 신학의 교부라 불리우는 바르트는 기독교신학은 "교회를 위한 학문"이요, "교회를 봉사하는 학문"으로 정의한다. 그렇다고 하여 바르트가 교회적 신학만을 강조할 뿐 자신이 몸담고 있던 동시대의 정치적 문제에 대해 어떠한 신학적 증언이나 행동을 표시한 적이 없던 것은 아니었다.

본회퍼 신학은 세속성과 타자를 위한 책임윤리를 발전시켜 나갔다. 그는 옥중에서 "기독교의 비종교적 해석"을 제시했고, 성인된 시대의 기독교신앙은 교회를 넘어 세속성으로 전진해야 한다고 강조했다. 그렇다고 해서 본회퍼 신학에서 교회는 아예 사라졌을까? 그의 신학의 종착지는 "교회없는 신학"으로 가버렸다고 단정 지을 수 있을까? 오히려 본회퍼 신학은 처음부터 마지막까지 그리스도와 교회론에 기반을 두고 전개된 신학이었다.

칼 바르트에 이어 20세기 신학을 대표하는 판넨베르크는 기독교가 교회의 울타리에 머물지 않고 공공의 광장에서도 타당성을 갖도록 신앙의 보편성을 추구함으로써 그를 '이성의 신학자요,' 보편성의 신학자'로 불리워졌다. 그럼에도 불구하고 그의 신학의 교과서인 조직신학 3권에서 교회론이 차지하는 비중

---

203) 스탠리 하우어워스, 『교회의 정치학』,, 백지윤 역, (서울 : IVP, 2019), 40.

은 놀랄 만큼 많은 분량을 차지하고 있다.204 세속성과 비종교적 기독교를 설파했던 본회퍼와 기독교 신앙의 보편성을 추구했던 판넨베르크에게도 '교회없는 기독교' 란 결코 존재하지 않는다.

가나안 성도는 과잉 해석되고, 과잉 포장되고 있지 않는가?

가나안 성도는 어쨌든 교회를 이탈한 신자 아닌가? 물론 교회 이탈을 양산하는 기존교회에 문제가 있는 것은 분명하다. 그럼에도 불구하고 가나안 성도 현상은 이 담론의 주도자들에 의해 필요 이상으로 과잉 해석되고, 과잉 격찬되어 있다는 느낌이 든다. 가나안 성도는 교회에 소속됨을 거부하고, 교회 출석을 하지 않는 냉담한 교인이다. 가나안 성도는 교회를 벗어난 탈교회 교인이요, 교회를 떠난 유랑자요, 교회 난민church refugee 이다. 그들은 교회 다니기를 귀찮아하는 '귀차니즘' 에 빠진 불량신자들이다. 그런데 오늘날 탈교회를 노멀한 현상으로 간주하면서 가나안 성도를 '세속성자' 로 지나치게 성자화시키고 있지 않는가? '교회 밖' 신앙인들은 정말 "교회 안" 신자들보다 더 영적이며, 성스러운 신자라고 말할 수 있을까? 우리는 너무나 쉽게 교회를 떠난 '교회 유랑인들' 을 과대 포장하고 있지는 않는가? 진정한 세속성자는 그리스도를 고백하고, 교회 공동체에 속하여 살아가면서도, 세상속에서 하나님 백성으로 살아가는 그들에게 붙여져야 할 이름이 아닐까?

어느새 가나안 성도는 '세속성자' 요. '참된 구도자' 의 표상처럼 둔갑된 듯하다. 가나안 성도는 교회안에 머물러 있는 신자보다 더 진지한 영성 추구자로 포장되어 있는 듯하다. 아버지 집을 떠나지 않고 주일마다 교회출석하며, 예배드리는 교회 안의 신자는 '율법의 아들' 이요, 그들의 종교행위는 가식적인 신앙에 불과한 유사 크리스천peusuo christian 으로 비난의 대상이 되고 있는 반면,

---

204) 판넨베르크의 조직신학 3권은 총 984쪽 가운데 교회론은 거의 800쪽을 차지하고 있다. 볼프하르트 판넨베르크, 『판넨베르크 조직신학II』,I, (서울: 새물결플러스, 2019)

집을 뛰쳐나간 둘째 아들인 탕자는 '복음의 아들'로 아버지로부터 환대받는 것처럼, 가나안 성도가 그렇게 과잉 서사로 읽혀지는 진풍경이 벌어지고 있다. 만약 우리가 그렇게 성서본문을 해석한다면, 죄 많은 곳에 은혜가 많으니, 더더욱 우리는 집 나간 둘째 아들처럼 교회 밖으로 나가야 하지 않을까?

탈교회론자들은 교회를 자유를 억압하는 폐쇄 집단으로 규정한다.

교회 탈출을 지지하는 탈교회론자들의 논리에는 현실의 교회가 개인의 자유를 봉쇄하는 억압적 구조 아래 있다고 간주한다. 그들이 보기에 기성 교회는 죄다 개인의 신앙 양심과 자유를 봉쇄하는 닫힌 공간이며, 개인성, 개성, 인격을 말살하는 감옥과도 같은 공간으로 치부하는 경향이 있다.[205] 분명 기존의 교회 문화안에 폐쇄적이며 집단주의 성향이 있으며, 지독스럽게도 교회 내부자 논리에 갇혀 있는 흐름이 존재한다.

그런데 교회는 공동체다. 교회는 공동체성이 본질이다. 따라서 교회의 사회성이란 개인주의와 집단주의 경계에 위치한다. 개인주의를 극복하려는 교회적 공동체성은 자칫 개인의 인격과 자율성을 억압하는 집단 메커니즘으로 작동될 위험이 언제든지 있다. 그러나 모든 기성교회가 다 그렇다고 말할 수 있을까? 공동체로 존재하는 모든 교회가 개인의 자유를 억압하고 있다고 할 수 있을까? 결국 이 문제는 최근 우리 사회안에 확장되어 가는 개인주의 문화가 교회 공동체 문화와 자연스럽게 결합하지 못한 데에 원인이 있다고 본다.

개인주의화된 삶의 경향과 교회의 공동체성의 충돌

탈교회의 핵심 요인으로 최근 우리 사회에 두드러지게 나타난 개인주의 경향에서 그 원인을 찾는다. 최근 신자들이 탈교회하는 이유에는 개인성의 강조, 즉 개인주의적 삶의 경향이 깔려 있다. 그리고 이러한 개인주의적 신앙경향으

---

205) 양희송, 『가나안 성도 교회 밖 신앙』, (서울: 포이에마, 2014), 74-81.

로 인해 전통교회의 신앙방식이 지나치게 강압적이며 집단문화의 틀안에 개인의 신앙을 억눌러 왔다는 것이다. 그렇다. 그동안 한국교회 분위기는 집단주의 문화가 농후했다. 부흥기의 기성세대의 신앙체험은 예배당이라는 한 공간에 모여 부흥사 일인의 일방적인 설교에 따라 신앙을 전수받았다. 빌리 그래함과 김준곤목사가 주관한 7~80년대 여의도 광장에서 동원방식의 대형집회 경험이 바로 그런 방식이었다. 교회에서 제시하는 신도들의 신앙 표준이란, 주일성수, 십일조, 교회봉사성가대, 주교교사이거나 집사, 권사, 장로로 이어지는 서열화된 직분에 의해 평가되고 있다. 그런 반면 한국교회는 개개인 신자들의 신앙질문과 고민을 봉쇄하는가 하면, 개인의 신앙 실존을 감싸 안아 줄 포용력이 부족한 것은 사실이다.

여기서 우리는 종교개혁 개신교 신앙의 개인주의적 경향성을 생각해 보자. 종교개혁이 낳은 프로테스탄트는 결과적으로 신앙과 구원의 방식에 있어서 '개인의 탄생'이요, '개인성의 발견'을 가져왔다고 말할 수 있다. 가톨릭 교회가 성직주의에 기반한 교회의 교도권을 강조하면서, 교회란 '가르치는 교회'이며, 신자들은 신적 계시를 해석하고 가르치는 권위를 부여받은 교회에 의해 공인된 교리를 '듣는 교회'가 되어야 했다. 프로테스탄티즘은 이러한 가톨릭 교회론에서 신자 개개인의 자유로운 신앙과 양심에 따라 믿음을 선택할 자유를 드높이려고 했다는 점을 상기해야 한다. 프로테스탄트 신앙은 교회의 권위에서 출발하지 않고, 성서의 권위에서 출발하면서, 궁극적으로 신자 개인의 선택적 종교가 되었다는 것이 중요한 지점이라 할 수 있다.

그러나 우리는 종교개혁이 태동시킨 개인성의 발견이 가톨릭적 신앙구조에 비해 신자들의 신앙을 교회 중심성이라는 견고한 진지로부터 이탈시켜버렸다는 부작용을 반성해야 한다. 프로테스탄트는 교회의 권위보다 성경의 권위를 그리스도교 신앙에 최우선에 위치하여 신자 개인의 믿음의 토대위에 구원을 확립하는 데는 성공했지만, 정작 '하나이며, 보편적인 공교회적이며 가톨릭적 교회론'의 기반을 유지·보존하는 데는 실패했다. 결과적으로 종교개혁이 가져온 교회개혁의 성과 이면에는 모든 그리스도인은 하나이며 보편적인 교회에 소속된 신자로 교회와 연합되어 있어야 한다는 가톨릭적 교회 일치성을 해체하는 결과를 초래한 측면이 있는 것이다.

공동체로 모이는 '교회신앙' 없이 신자됨이 가능할까?

지상의 제도교회는 분명 문제와 결함을 내포하고 있다. 그것이 보이는 교회의 한계일 것이다. 그러나 제도없는 종교는 불가능하다. '제도로서 교회'는 교회의 운영과 질서를 위해 필요하다. 문제는 지나치게 '제도주의화된 교회'이다. 제도없는 교회, 단지 개인이 보유한 신앙의 심상心想에 근거한 종교생활이 과연 가능할 것인가? 교회라는 제도, 성례라는 종교의식, 예배라는 신앙회집, 교직자 혹은 사제없는 교회가 일시적인 상황이라면 몰라도 항구적으로 제도와 형식이 없는 기독교가 과연 가능할까? 왜 로마 가톨릭교회는 성직주의라는 거대한 틀을 가지고도 지금까지 그들의 기독교 체제를 유지, 보전하고 있는가? 오히려 성례전적이고 성직자 중심의 신앙구조가 교회를 든든하게 뒷받침해 주지 않는가?

예배는 교회됨의 본질이며, 신자의 삶에서 가장 근원적인 요소이다.

가나안 성도나 교회 비판적 기독교인에게 주일예배는 매주일 의무조례를 마치고 와야 하는, 일종의 형식적 의례에 불과할 것이다. 그러나 예배는 그리스도교 신앙에서 통과의례적인 형식이 아니다. 예배는 그 자체가 신앙의 내용이다. 이 시점에서 우리는 예배의 소중함을 제도교회가 흔히 강조해 왔던 "예배에 목숨걸라"라는가. 미성숙한 신앙인들을 향한 묵종이나 강요로 말하고 싶지 않다. 예배에 대한 그러한 설득이나 협박이 오늘날에는 통하지 않은 시대가 되었다.

그런데 나는 묻고 싶다. 주일예배를 드리지 않아도 얼마든지 하나님 신앙을 상실한 것이 아니라고 말하면서 예배없이 살아도 좋다는 가나안 성도 옹호자들은 과연 예배의 유의미함을 정당하게 평가하고 있는가? 그들은 가톨릭과 정교회, 성공회 신앙에서 예전없는 신앙은 상상할 수 없을 만큼 본질적인 요소라고 인정하면서도, 정작 개신교 교회의 예배는 왜 그렇게도 과소 평가하는가? 정교회 신학자 게오르기 플로로프스키Georges Florovsky는 "기독교는 예전적 종교다. 교회는 무엇보다 먼저 예배하는 공동체. 예배가 먼저고, 교리와 권징은 그 다음이다."206라고 말한 바 있다. 왜 개신교 예배는 율법적이고, 형식에 불과한 것으로 지탄받아야 하고, 가톨릭과 정교회, 성공회 예배는 성스러운 예배로 칭송되어야 하는가? 물론 개신교 예배에 예전적 깊이가 빈약한 것은 사실이다. 그러나 그것은 어쨌든 교회 역사속에서 축적된 교파적 예배 전통의 문제이다. 예배는 그것이 가톨릭이든, 정교회든, 성공회든, 그리고 개신교 예배든 모든 예배는 교회됨의 본질이라고 말하고 싶다.

교회가 대안이다. 교회가 사회전략이다.
교회없이, 예배 공동체없이 그리스도인은 세상과 대항능력을 갖출 수 없으며, 악한 세상과 맞설 수도 없다.

가나안 성도들은 교회에 나가지 않는다. 그렇다면 신앙 공동체에 모이는 예배는 불가능할 것이다. 그들은 주일에 홀로 카페에서 성경이나 신앙서적을 읽으면서 시간을 보낼 것이다. 혹은 신앙과 상관없이 주일을 보내기도 할 것이다. 여기서 그리스도인이요, 신자에게 예배는 어떤 의미가 있을까? 흔히 생각하듯 예배는 단지 형식적 종교의례가 아니다. 예배는 개인을 억압하는 집단주의의 결과물이 아니다. 예배를 통해 그리스도인은 세상의 우상들과 현존하는 악과 불의한 질서에 타협했던 한 주간의 삶을 뉘우치면서 세상의 우상 숭배를

---

206) 데이비드 노글, 『세계관 그 개념의 역사』, 박세혁 역, (서울: CUP, 2018), 114.

멀리하고 그리스도만을 섬기겠다고 결단하면서, 세상의 변혁과 정의로운 삶을 살겠다는 다짐과 결단가운데 예배를 드린다면, 그 예배는 형식도 아니며, 통과의례도 아니라, 교회가 취하는 가장 급진적인 정치적인 예배가 될 것이다. 예배가 곧 저항이요, 사회행동이라면, 우리에게 교회의 예배는 그리스도인의 삶에서 본질적인 요소가 아닌가? 그런 점에서 가나안 성도 신앙을 찬양하는 이들에게 교회의 예배야말로 그리스도인들이 놓쳐서는 안될 것이며, 그것은 교회가 보존해 나가야 할 '사회적 행위'요, 불의한 세계를 향한 일종의 '정치적 행위'임을 상기해 주고 싶다.

선교적 교회론과 탈교회: 선교적 교회는 탈교회의 근거가 될 수 있는가?

종종 선교적 교회론은 탈교회로 연결되는 후원 논리처럼 변용되는 경우가 많다. 그렇다면 "선교적 교회론의 귀착지는 탈교회인가?"라는 질문을 던지고자 한다. 선교적 교회는 기존교회와 제도교회를 탈출하여 그리스도인의 삶속에서 살아가는 행위이며, 삶의 현장을 살아가는 것이면 되는 그런 선교인가? 만일 그렇다면, 교회를 떠난 가나안 성도야 말로 가장 충실한 선교적 교회를 살아가고 있다고 말할 수 있지 않겠는가? 그렇다면 결과적으로 "탈교회는 선교적 교회다"라는 괴이한 논리가 나올 수 있다.

교회없는 선교적 교회는 없다.

선교적 교회론은 교회가 교회 자신의 유지와 보존, 확장을 위해 존재할 뿐, 모든 하나님의 백성인 그리스도인을 세상속으로 파송하는 그런 의미의 선교적인 교회로 전환하자는 말이지 모든 형태의 제도 교회와 조직교회, 그리고 교회의 예배와 설교, 그리고 성례전의 방식을 죄다 해체시키자는 논리가 아니다. 선교적 교회는 교회라는 존재가 소멸되거나 해산하거나, 혹은 교회라는 전제가 없어져야 하는 그런 선교론이 아니다.

정말 선교적 교회론은 '신자들의 모임인 교회'와 그 교회 안에서 '예배'하고, '말씀'을 나누며, '친교'하는 현실의 신앙 공동체는 없어지고, 사회의 공공속으로, 신자의 삶과 일상으로, 그리고 직업과 일터안으로 들어가는 것을 말하는가? 그리하여 교회라는 존재양식에서 중요한 예배, 설교, 성례, 찬양과 기도와 같은 것은 더 이상 의미조차 없으며, 세상속에서 녹아짐으로써 정신과 도덕, 이념, 그런 것을 의미하는가? 혹자는 교회적 신앙의 파산선고를 선교적 교회의 실제적 실현으로 연결하여 탈교회 현상이 바로 탈기독교세계, 즉 후기기독교세계에 적합한 선교를 의미하는 듯한 논리를 펼치기도 한다. 그러나 선교적 교회의 본질은 교회의 선교적 행위에서 교회를 제거하는 것이 아니라 선교를 위한 교회의 근원적인 통찰이며 반성을 의미한다. 선교적 교회는 교회가 선교함에 있어서 전통적인 선교관을 근본적으로 새롭게 함으로, 즉 선교관의 갱신을 통해 교회의 선교를 촉진하자는 동기에서 나온 것이다. 선교적 교회론 그 어디에도 교회의 선교적 위상을 배제하는 논리는 발견되지 않는다.[207]

북미 선교적 교회론의 효시에 해당하는 『선교적 교회: 북미 교회의 파송을 위한 비전』에는 "세상속의 증인으로서 교회"라는 항목이 있다. 이 부분에서 한 메노나이트 신학자는 교회가 선교를 위해서는 세상속에서 대안 공동체요, 대조 공동체가 되어야 한다고 역설한다. 여기서 말하는 선교적 교회의 핵심은 바로 '교회가 선교'다. 세상속의 선교적 교회는 교회의 정치적 행위로서 예배가 매우 중요하며, 지배문화를 거스르며 불순응하는 독특한 삶의 양식과 대안적 경제를 보여주는 대안문화, 그리고 주류 교회에 맞선 대안 공동체로서 교회를 형성하는 것이다.[208] 그러므로 선교적 교회의 어떤 교과서에도 "교회없는 선교"라든가,

---

207) 앨런 록스버러, 스캇 보렌, 『선교적 교회입문』, 이후천, 황병배, 이은주 역, (고양: 한국교회
선교연구소, 2014), 89-118. 참고. 랜스 포드, 브래드 브리스코, 『선교적 교회 탐구』, 이후천,
황병배, 김신애 역, (고양: 한국교회선교연구소, 2017), 알렌 락스버러, 『교회 너머의 교회』,
(서울: IVP, 2018)
208) 대럴 구더 편, 『선교적 교회』, 정승현 역, (인천: 주안대학원대학교출판부, 2013), 168-213.

모든 교회를 선교의 방해물로 폄하하거나 비판하는 일이 없다. 선교적 교회가 극복하려는 교회는 지배체제에 깊숙이 물들어 있으면서 현상황에 순응하는 주류 기독교의 교회이다. 선교적 교회가 비판하는 교회중심적 선교란 아직도 교회가 기독교왕국, 즉 크리스턴덤 시대에 머물러 있다는 착각을 버리고, 후기 기독교세계속에 교회가 들어와 있으며, 교회가 이 세상의 중심이 아니며, 교회가 세상을 지배하고, 억압하면서, 그리스도와 같은 왕적 권세를 구가할 시대가 지나갔다는 것을 인지하라는 것이며, 그런 면에서 교회의 선교는 "건물로서 교회", "제도로서 교회", "종교기관으로서 교회"를 이식하거나 증식하는 양적인 선교나 지리적 확장으로서 선교가 아니라 세상속에 성육신하여, 일상, 직업, 일터라는 세상속에 선교적 삶을 구현하는 것이라고 강조한다.

선교적 교회론은 물론 하나님의 선교에서 시작했다. 전통적으로 선교는 '하나님-교회-세상' 이라는 도식에서 '하나님-세상-교회' 라는 도식으로 바뀌면서 선교의 주체가 교회가 아니라 삼위일체 하나님이라는 것을 재발견한 것이다. 그리고 이 선교관은 에큐메니칼 선교론의 전유물이 아니라 크리스토퍼 라이트의 『하나님의 선교』에서 보여주는 것처럼, 선교는 세상속에서 보내심을 받은 그리스도인이며, 하나님백성 전체의 선교가 되어야 한다는 것을 말한다. 그런데 여기서 중요한 것은 하나님의 선교론에 근거한 선교적 교회란 '교회없는 선교' 를 말하거나, 선교적 행위에 있어서 교회는 배제되어야 한다는 반교회적 선교를 함의하고 있다고 착각한다면 그것은 결코 선교적 교회의 본질도, 핵심도 아니다. 선교적 교회의 논의에서 그리스도의 몸으로서 교회를 부정하면서, 무교회적 선교관을 말하는 그런 선교는 그 어디에도 발견되지 않는다.

하나님의 선교에서 교회없는 선교라는 논리의 비약은 한국의 에큐메니칼 진영에서 미시오 데이*missio Dei*에 대한 과잉 해석의 결과였다. 하나님의 선교가 마치 '교회없는 선교' 로 확대해석하는 것은, 지난날 빌링겐대회에서 제시한 하나님의 선교 개념을 에큐메니칼 기독교가 '교회없는 선교'로 과잉 해석한 것과 맥을 같이한다. 마찬가지로 오늘날 선교적 교회론을 마치 '교회가 수행해서는 안 될 선교'라든가, '교회 자체가 부정되어야 하는 선교'의 관점에서 해석하는 것은 선교적 교회론의 본래 취지보다 훨씬 왜곡 해석하여 논의를 이끌어 가는 것은 아닌가 의심한다. 물론 선교적 교회론 논의에서 탈교회가 제도교회의 교회중심적 선교관을 극복하기 위해, 이제 선교는 더 이상 교회안의 기독교가 아니라, 세상속의 기독교로 넘어가기 위한 '방법적 회의'라면 그것은 동의할 수 있을 것이다.

한국교회에서 논의중인 선교적 교회론의 방향은 크게 두 가지 흐름으로 양분되고 있다고 본다. 하나는 선교적 교회론을 '교회의 새로운 표현' Fresh Expressions of Church에서 가져 와서 이를 교회개척과 교회설립의 새로운 방식을 모색함으로써 그것의 실천적 귀착점을 **교회형 선교적 교회론**'에 초점을 두는 것이 그 하나요, 다른 하나는 선교적 교회를 공공신학적 맥락에서 접근함으로써 교회중심의 선교에서 탈피하여 교회가 사회속의 공적 책임과 역할을 하는 방향의 **공공신학적 선교적 교회론**'이 바로 그것이다. 그런데 지금의 선교적 교회론 담론은 대부분 후자의 관점으로 설명되고 있는 듯 보인다. 그리하여 선교적 교회를 개인전도와 교회성장에 기초한 전통적인 교회의 선교관에서 완전히 탈피하여, 사회선교, 문화선교, 정치선교 등 사회의 모든 공적 영역에서 그리스도인과 기독교가 수행하는 모든 것을 선교적 교회라고 규정하는 입장이 있다면, 선교는 교회가 아닌 공공성으로, 특히 교회의 공적 역할과 책임의 측면으로 가야 한다고 역설하는 교회 공공성의 입장과 선교적 교회를 제도교회의 한계로부터 탈피하여 일상으로 들어가 삶을 함께 해야 한다는 '일상속에서 선교적 삶'을 강조하는 접근도 있다. 그런데 여기서 언급한 몇 가지 탈교회적 선교적 교회는 교회없는 선교적 교회가 아니라, 기존교회나 제도교회가 교회당안에 갇힌 교회중심적 선교방식을 탈피하여 정치-경제-문화 및 공공, 그리고 일상의 자리에서 신앙의 의미를 재해석하여 그런 방향으로 가자는 취지로 이해하는 것이 좋을 것이다.

그런 의미에서 선교적 교회를 교회쇄신을 통한 새로운 교회개척의 원리로 적용하려는 관점이 있다. 최근 한국교회에서 논의되는 선교적 교회론에는 바로 이 점이 크게 간과되고 있다. 교회 중심의 선교적 교회론은 선교적 교회를 '탈脫교회'나 '반反교회', 혹은 '무無교회적 선교'로 연결하지 않고, '교회개척의 새로운 대안'으로 이해한다. 다시 말해 선교적 교회는 교회의 새로운 표현이란 이름으로 교회개척의 새로운 모델로 이해한다. 가장 대표적인 것이 영국 성공회에서 제기된 '선교형 교회'이다. 교회의 새로운 표현으로 제시된 선교형 교회는 시들어 가는 영국의 도시 교회의 부흥과 회복을 위해 새로운 방식의 교회 개척 운동을 말한다. 이는 분명 한국교계에서 논의되어 왔던 교회 없는 선교적 교회와는 확연히 다른 입장이라고 할 수 있다.

이제 논의를 종합한다면, "선교적 교회론"이란 기존교회나 제도 교회를 아예 무효화하고, 모든 선교를 공공의 영역과 일상속으로 해소되는 그런 의미로만 이해된다면 일방적 해석이라고 생각한다. 선교적 교회론은 기존의 건물교회, 신도들의 모임으로서 교회를 완전히 해체하거나 부정하고 모든 그리스도인들이 오로지 삶의 현장에서 선교적 삶을 살아가기만 하면 되는, 그런 의미는 아니라는 것이다. 따라서 필자는 제도 교회의 선교적 한계가 있다고 하더라도 그것은 선교에 있어서 교회론적 근거 자체를 부정하는 것이 아니라 교회의 선교의 또 다른 방식과 형태로 설명하는 것이 객관적인 이해라고 본다. 선교적 교회론은 당연히 혁신적인 교회관을 재정립하는 선교적 관점이지만, 지금 논의되는 모든 선교적 교회론이 마치 역사적 교회가 가져왔던 '제도로서 교회', '신자들의 모임으로서 교회', '예배와 성찬, 설교가 행해지는 교회' 등, 전통적인 교회의 근거를 전면 부정하는 듯한 그런 방향으로 설정하는 것이라면, 거기에 무엇인가 논리적 비약이 짙게 깔려 있다는 의구심을 가지고 있다.

그런 의미에서 선교적 교회는 기존의 제도권 교회가 지나친 '교회중심적 선교관'에 함몰되지 말고, 삶의 자리로 보냄받아 선교적 삶을 살도록 하는, 그리하여 선교적 교회론이란 결코 교회의 존재 가치를 아예 부정하는 것은 아니지만, 그렇다고 기존교회나 전통교회의 교회됨의 방식을 더 고착화하거나 거기에 안주하는 관점이 아니라, 그런 교회관의 한계를 뛰어 넘자는 '교회갱신의 선교' 개념으로 이해하는 것이 바람직하다고 본다. 그래서 교회의 생태계는 기존교회 혹은 전통교회 옆 자리에 병렬적으로 '교회의 새로운 표현'에 일치하는 공동체, 기관, 이니셔티브들도 있고, 가나안 교인들의 모임도 있고, 파라 처치들 para-churches도 더불어 공존하는 그런 맥락에서 이해하자는 것이다. 선교적 교회든 일터교회든 일상교회는 보편교회로서 교회의 존재방식을 전면 해체하거나 그런 신앙형식의 대체제가 아니라 여전히 제도로서 교회 옆에 존재하는, 교회의 또 다른 방식으로서 교회일 것이다. 전통교회, 기성교회, 제도교회는 선교적 교회나 평신도교회나 일상교회로 완전 대체되지 않고 보완적 교회상으로 출현하고 있다고 진단해야 할 것이다.

가나안 성도는 교회의 신앙을 대체할 수 없다

가나안 성도를 기존교회에 몸담고 있는 보통의 신자들보다 교회에 대해, 신앙의 본질에 대해 더 진지한 탐구의 여정가운데 있는 신실한 신앙인으로 생각할 수 있을 것이다. 그러나 그것은 하나님을 찾는 신앙인이라면, 누구나 한번쯤 가나안 성도의 시기를 겪을 수 있으며, 그러한 회의적 신앙의 터널의 과정을 겪을 수 있으며 신앙의 시련기에 봉착할 수 있다. 어쩌면 우리는 교회분쟁과 목회자들의 비리와 추문, 그리고 넌센스가 상식이 되버린 교회의 모습에 환멸을 느낀 나머지 교회 문을 박차고 나와 참된 기독교가 무엇인지, 이 땅에 진정한 교회가 어디 있는지 탐색하면서 몸부림치는 이들을 보듬어야 할 것이다. 그러나 교회를 떠나 교회에 나오지 않는 가나안 성도를 이해하고 포용하는 모습은 가져야 하지만, 가나안 성도 그것이 '교회'의 신앙을 대체할 수 있다거나 기독교 신앙의 보편성의 기준에 합치된다고 말할 수 없다. 왜냐하면 주님이 세우신 그리스도의 몸으로서 교회요, 하나님의 백성들의 교회가 이 지상에 세워져 있기 때문이다. 교회는 세상속에 육화된 그리스도의 가시적 현존이자 현실이기 때문이다. 우리는 교회 공동체안에서 그리스도에 대한 신앙을 배우고, 믿으며, 고백하며, 또한 가르쳐야 한다. 물론 우리는 교회의 다양성을 사고하지 않으면 안 될 것이다. 건물로서 존재하는 교회가 교회가 아니듯이, 목사, 장로로 구성된 교회만이 교회는 아니다. 평신도들의 교회도 교회이고, 두 세 사람이 모인 교회, 박해중에 있는 지하교회, 목사없이 운영되는 중국 가정교회, 일시적으로 모였다 흩어지는 광장 교회, 거리교회도 교회다. 그렇다면 가나안 성도는 이 땅에 존재하는 다양한 교회의 하나의 형태로 여길 수도 있을 것이다.

탈교회론자들이여, 들으라!

혹자는 교회이탈 현상을 후기 기독교 시대, 즉 포스트크리스턴덤의 표징으로 간주한다. 그리하여 교회 탈출은 바야흐로 '교회없는 기독교'의 개막을 알리는 서곡으로 이해하려고 한다. 이런 시각에서 바라보는 탈교회 현상은 '교회 너머의 기독교', '교회 밖 신앙'이 임박했음을 알리는 신호탄으로 본다. 그렇게 본다면, 탈교회 현상을 기껏해야 세속화 현상의 일부가 되고, 교회 해체기와 교회무용 시대의 도래의 징후로 해석한다. 그러나 이런 맥락으로 탈교회 현상을 합리화하는 것은 성급한 진단이라고 본다. 또한 탈교회를 본회퍼의 '종교없는 기독교'의 21세기적 환생이며 김교신의 무교회주의의 또 다른 표현으로 해석하면서 '종교없는 삶'이 오히려 인간의 행복지수를 증진시킨다는 북유럽의 삶의 방식을 근거로 탈교회 현상을 마냥 옹호할 수 있을까?

"교회를 과감하게 탈출하라"고 말하면서 교회 탈출을 아무 대안없이 무책임하게 권장하거나 방관하는 이들에게 묻고 싶다. 탈교회한 그들을 위한 어떤 적절한 대안이 있는가? 처음에는 '교회 비판적' 사고에서 출발하여 '반교회적' 사고를 경유하여, 결국에는 '교회 무용론'으로 귀결되는 교회 탈출의 궤적앞에서 그들을 위한 어떠한 대책이라도 있는가? 탈교회 옹호론자들은 그저 탈교회가 일반화되는, 이 현상앞에서 이를 무작정 긍정하고 변호하는 동조 논리에 빠진 것은 아닌가? 정말 그들에게 교회없는 기독교신앙의 근거를 어디서 찾을 수 있으며, 반교회적이고, 무교회적인 예수신앙이 어떻게 가능한지 책임감있게 대안을 제시해 보라고 말하고 싶다. 그런데 우리는 탈교회를 고민없이 말하고, 강력하게 설파하는 그들의 사회적 자리를 주목할 필요가 있다. 어떤 목회자들도 기존 교회를 당장 탈출하라고 주장하지 않을 것이다. 그렇듯 교회의 종말과 교회 해체를 확신있게 설파하는 이들은 대체로 안수받지 않은 목사이거나 인문학자들이다. 냉정하게 말해 이들의 '교회없는' 무교회적, 혹은 '교회 아닌' 비교회적 '삶의 자리'가 교회 탈출을 무심하게 말할 수 있는 '존재론적인 자리'에 서 있다고도 할 수 있다.

3. 탈교회 시대의 기독교, 어떻게 해야 할 것인가?

우리는 당연히 '교회 너머의 기독교'와 '교회 밖의 교회'를 말해야 한다. 교회의 한계를 넘어서는 신앙, '교회 밖 신앙', '교회 밖의 하나님나라' 등. 그것이 일터신앙이든 그 어떤 것이든 교회의 울타리를 넘어가야 할 것이다. 그러나 그것이 곧 '교회 무용론'이나 '교회없는 기독교'가 될 이유는 없다. '교회 너머의 기독교'가 곧 '교회없는 기독교', '교회 해체의 기독교'는 아니다. 우리는 도리어 제도와 종교형식에 비판적이고 성찰하는 진정한 교회를 말해야 하고, 참된 교회의 길을 모색해야 한다.

탈교회를 바라보는 냉정하고 객관적인 시각

소속없는 신자는 교회의 제도와 형식을 부정한다. 이는 일종의 아나키스트적 신자라고 부를만하다. 그들은 대개 개인주의적 신앙을 선호하는데 그치지 않고 참된 교회, 진정한 교회를 갈망한다. 그래서 반제도적 신앙 공동체를 앙망한다. 물론 공동체형 교회는 기성교회, 제도교회보다는 열려있는 경향이 있다. 그러나 공동체 교회라 하여 반드시 제도와 관료성이 전혀 없는 것은 아니다. 도리어 공동체적 교회가 더 폐쇄성과 위계성과 집단성이 강렬하여 개인의 자유와 자율성이 억압받는 사례를 우리 주변에서 관찰할 수 있다.

제도화된 교회가 절대악도 아니며, 소속없는 신앙이나 교회없는 신자가 절대선도 아니다, 평신도 교회는 반드시 성직주의의 폐해를 극복한 교회의 모범이 될 수 있을까? 자유로운 평신도 교회를 가보라. 기성 세대 신자를 위한 체계적이고 지속적인 신앙훈련과 양육 문제를 공동체 구성원 중 아무도 책임 질 수 없는 구조에 놓여 있다. 자유교회와 비제도화된 교회의 전형이라할 수 있는 평신도 교회는 교회의 보편성과 공교회성을 구현하는데 어떤 관심도 노력을 기울이지 않는다. 그 교회는 신앙인 각자의 자기 신앙에 머물 뿐이다. 따라서 목회자 없는 교회, 평신도만으로 모이는 교회라고 하여 만능이 아니다. 결국 제도권 교회로부터의 탈출이 반드시 새로운 기독교의 비전을 온전하게 구현해 줄 수 있으리라는 환상은 유보해야 한다.

가나안 성도의 신앙형태를 비판적인 관점에서 정리한다면, 그것은 그리스도교 이전의 예수 신앙, 제도화된 교회 이전의 순수신앙의 지향을 갈망하는 원초적인 신앙인의 몸부림이라는 과잉의 긍정 평가를 내린다기보다는, 냉정히 말해 그리스도교 신앙 유산이 역사속에서 간직되어 온 공교회적 신앙을 상당 부분 거부하고, 그리하여 신앙의 객관성을 수용하지 않으려는 신앙 주관주의 내 신앙은 내가 알아서 판단한다!라는 자유분망한 판단하에 지극히 개인주의화된 신앙행태의 한 방식이라고 평가할 수 있을 것이다. **냉정하게 말해 가나안 성도란**

사실상 교회라는 조직과 제도, 형식과 틀에 구애받고 간섭받기를 싫어하는 지극히 개인주의화되고 나르시시즘화된 신앙인들의 권태로움의 표출에서 나온 현상인지 모른다.

그런 점에서 우리는 교회의 본질과 기능을 구분할 필요가 있다. 교회의 기능이 망가졌다고 해서 교회의 본질조차 부정할 수는 없지 않은가? 교회의 설교가 약화되었다고 해서, 설교 자체가 부정될 수 없듯이, 성례가 의미없이 집례되었다고 해서 성례 자체가 무의미한 것이라고 말할 수 없듯이, 교회가 외적 성장에 집착하고, 사회참여를 소홀했다고 해서 교회의 존재가 부정될 수 없듯이, 교회의 이웃사랑의 역할이 망가졌다고 하여 교회의 복음전도와 교회의 존재 의미가 아예 무시될 수는 없는 것이다.

탈교회 '현상'을 도그마하거나 규범화하려는 경험적 교회론의 함정에 빠지고 있지는 않은가?

탈교회 지지자들은 탈교회 현상을 종교 현상에서 출현할 필연적 변동구조로 간주하면서 탈교회 현상을 도그마화하려고 한다. 그리하여 종교경험의 현상을 '규범화' 시켜 버린다. 여기에 탈교회 지지자들의 위험이 존재한다. 가나안 성도들의 일상화된 탈교회 경험은 어느새 탈교회를 해도 좋다거나, 탈교회를 해야 하는 것처럼 탈교회 현상 자체가 '규범'이 되고 '당연한 것'이 되면서, 탈교회를 정당화하는 논리를 동원하려고 한다. 교회없는 기독교, 교회없는 신앙은 과연 성서적 신앙 본질상 타당한가? 그들은 예외적인 신앙현상을 노멀한 신앙양태처럼 격상시키고 있지는 않은가? 교회 밖 기독교인, 교회 너머의 기독교는 분명 타당하며, 기독교 신앙은 분명 교회의 담장을 너머서도 존재해야 한다. 그러나 교회 안 기독교는 다 틀렸고, 교회 밖 신앙만이 극존칭받아야 하거나 교회 안 신앙은 이제 폐기되어야 하고 교회 밖 신앙에서만 기독교의 희망이 있을 뿐이며, 그것만이 지금의 기독교의 탈출구라는 논리는 현실의 기독교를 전혀 고려하지 않는 관념속의 기독교에 불과한 신앙 유희일지 모른다. 당연히 우리 시대의 기독교는 교회안의 기독교에서 세상속의 기독교로, 예배당 중심의 종교에서 정신의 종교요, 도덕적 이념으로 승화된 도덕종교로, 정치와 문화속에서, 그리고 일상속에서 충만하게 구현되어야 한다. 더더욱 교회중심의 기독교에 갇혀있는 한국교회는 이제 교회 밖 기독교로, 교회 너머의 기독교로 외연을 확장하고 녹아져 가야 할 시기에 와 있는 것은 엄연한 당위적 상황에 처해있다. 그런 점에서 교회 밖 기독교는 더 촉진되도록 장려해야 할 부분이 있는 것은 사실이다. 그러나 그렇다고 하여 교회 자체가 사라져야 하거나 교회 무용론으로 논리적 지점을 밀고 나간다면, 그것은 목욕물 버리려다가 아기까지 버리는 최악의 결과를 초래할 것이다.

탈교회 옹호론자들에게 질문하고 싶다.

교회를 탈출하라! 교회안에 갇혀 있지 말라! 교회당을 넘어서 하나님나라 신학을 추구하라. 이것은 당연한 명제이나 더 섬세하게 말해야 하지 않을까? 분명한 것은 오늘의 기독교인이 협소한 '교회주의자' 로 남거나 '교회제일주의자' 가 되려고 해서도 안될 것이다. 우리의 신앙 지평은 교회당 너머의 세상속으로, 그리고 교회 수호적 신앙에 머물지 않아야 한다. 교회를 넘어 하나님나라 신앙으로 가야 한다.

그럼 교회는 어디로 가야 할 것인가? 하나님의 백성들의 공동체인 교회가 설자리는 어디인가? 왜 하나님나라와 교회를 서로 견인하고 후원하며, 그리하여 궁극적으로 교회는 하나님나라의 싹을 틔우는 기관이며, 교회의 최종적 완성이자 목표가 하나님나라라고 말할 수 없는가? 그리하여 교회와 하나님나라를 〈완성–발전〉의 틀로 말할 수 없는가? 교회가 망해야, 하나님나라가 도래하며, 교회가 소멸해야 하나님나라가 완성된다고 말해야만 하는가? 이것은 교회와 하나님나라의 관계를 지나치게 대립과 모순으로 접근하는 시각 아닌가?

한국교회는 앞으로 '교회적 기독교'에서 '사회적 기독교'로 가야 할 것이다. '교회적 신앙'에서 '사회적 신앙'으로 확장되는 신앙이라야 한국기독교는 희망이 있다. 따라서 개인구원과 내세구원, 그리고 사적 욕망과 탐욕의 복음을 희구하는 사사화된 종교로서의 기독교에서, 그리고 지상에 하나님 나라가 아닌 '교회왕국'을 건설하고, '교회의 나라'를 건립하려는데 혈안이 된 '교회적 기독교'에서 기독교의 가치와 정신과 지향점을 복음의 사회-정치-경제적 차원의 실현을 의미하는 사회적 형태의 복음으로 구현한 '사회적 기독교'로 가야한다. 그럼에도 교회의 존재가치마저 부정될 수 없다. 오늘의 기독교는 사회속의 기독교, 사회적 기독교로 가야하지만, 그것이 교회적 기독교에서 사회적 기독교로의 '발전과 완성'의 차원에서 가야 하는 것이지 세상속의 기독교로 나가는 길이 반드시 '교회의 폐기나 소멸'을 의미하지 않는다. 교회는 어떤 형태로든 역사속에서 존립할 것이며, 존립해야 한다. **진정한 의미에서 교회는 예수 그리스도가 지상속에 현존하여 계시는 장소요, 공간이기 때문이다.**[209] 달리 말해, **교회는 예수 그리스도의 지상적이며 역사적인 현존 형태이기 때문이다.**[210]

---

209) 디트리히 본회퍼, 『윤리학』 손규태, 이신건, 오성현 역(서울:대한기독교서회, 2010), 109, 151
210) Michael Beintker(ed.,), *Barth Handbuch*, Mohr Siebeck, 2016, 372.

전통적 교회론에서 본 탈교회

황 대 우

고신대 학부대학, 교회사

　오늘날 기존 교회에 대한 부정적인 경험 때문에 더 이상 교회를 나가지 않는 성도들을 가리켜 흔히 '가나안 성도'라 부른다. '가나안 성도' 현상은 한국교회의 심각한 현안으로 등장하고 있다. 가나안 성도 문제는 교회의 비윤리적 문제가 그 현상의 주요 원인인지 모른다. 하지만 이러한 표면적인 현상 이면에는 교회론의 문제가 더 직접적인 원인일 수 있다. 사실, '가나안 성도'는 어느날 갑자기 생겨난 현상이라기보다 교회역사에서 간간히 발생해왔던 문제들과 무관하지 않을 것이다. 한국교회 역사에서 탈교회를 대표하는 가장 근접한 사례는 우찌무라 간조의 영향으로 한 때 성행했던 '무교회주의' 열풍이라 할 수 있다. '가나안 성도' 현상이 표면적으로 무교회주의와 달라 보이지만, 본질적으로 동일한 부분이 있다. 왜냐하면 둘 다 기존교회를 거부할 뿐만 아니라, '역사적 교회론' 즉 '전통적 교회론'에 대한 인식이 부족하기 때문이다.

　교회란 사도의 가르침대로 그리스도의 몸이다. 그리고 그리스도의 몸인 교회는 역사 속에 존재한다. 이런 교회를 역사적 교회요, 전통적 교회로 정의할 수 있다. 교회는 어느 날 갑자기 하늘에서 떨어진 것도, 땅에서 솟아난 것도 아니다. 이 땅의 모든 교회는 예수님과 사도들의 계보를 이어가는 역사적 전통과 깊은 관계가 있다. 역사적 교회에 대한 고려 없이 신약성경의 교회로 곧장 달려가는 것은 무모한 일이다. 그러므로 이 땅의 그리스도인은 교회의 역사적 전통을 깡그리 무시할 수 없고 무시해서도 안 된다. 이런 점에서 역사와 전통이 없는 교회, 즉 '새로운 교회'는 결코 존재하지 않는다. 이 글은 역사속의 전통적 교회론을 다시 정리해 보려고 한다. 그리하여 전통적 교회론의 시각에서 가나안 성도 현상을 진단하고 분석할 뿐만 아니라, 그 대안을 나름대로 제시하려고 한다.

교부들의 교회론

그리스도인은 교회의 일치됨과 보편성안에 머물러 있어야 한다.

성경은 교회를 하나님 백성이요, 그리스도의 몸이며, 성령의 전으로 부른다. 여기서 교부들에게 가장 익숙하고도 보편적인 교회 개념은 교회는 '그리스도의 몸'이다. 교부들에게 "살아 있는 교회는 곧 그리스도의 몸이다."[211] 따라서 로마 감독 클레멘트Clement는 교회의 일치됨을 깨뜨리면서 그리스도인 사이의 불일치와 분열을 그리스도의 몸을 찢는 행위로 간주했다. "예수 그리스도께서 계신 곳마다 보편교회가 있다."[212] 안디옥의 이그나티우스Ignatius가 남긴 이 유명한 말은 비록 감독=주교의 권위를 존중하고 세례와 성찬을 감독 없이 시행하지 못하도록 권면하는 문맥에서 사용된 것이지만 교회의 일치성과 보편성의 확고한 기초가 그리스도이심을 분명하게 표현한 것이다.

이그나티우스는 심지어 교회의 직분자감독과 장로와 집사를 그리스도처럼 존경하고 따르도록 권면했다. 사도적 교부들Apostolic Fathers,[213] 뿐 아니라 이후 교부들은 감독의 권위를 교회의 으뜸으로 강조했는데, 이것은 오늘날 그리스도

---

211) Oscar von Gebhardt, Theodor Zahn, Adolf von Harnack(ed.,), *Patrum Apostolicorum Opera*, 41(클레멘트의 두 번째 서신으로 알려진 고대 설교, XIV,2)

212) 윗글, 서머나인들에게 보낸 이그나티우스의 편지, VIII,2, 109.

213) '속사도'로 불리우며, 1세기 말~2세기에 활동했던 로마의 클레멘트, 이그나티우스, 폴리캅 등이다-편집자주.

인들에게 이해하기 힘든 것인지도 모른다. 하지만 감독=주교의 권위를 교회의 정점에 둔 것은 모든 교회가 목자요 감독이신 그리스도를 중심으로 하나가 되어야 한다는 교회의 일치성을 위한 것이었다.

감독과 장로를 동일한 직분으로 간주한 이레나에우스Irenaeus도 감독의 권위를 강조했다. 감독이 사도들에 의해 세워진 것이므로 그와 같은 감독직, 즉 장로직을 통해 사도직이 계승되는 것으로 보았다.[214] 교부들에게 감독과 장로는 사도적 권위를 가진 자들이었다. 그들이 감독의 사도적 권위를 강조한 목적은 그리스도의 몸인 교회의 통일성과 보편성을 확보하기 위한 자구책이었다. 이처럼 고대교회 역사에서 감독직의 권위와 보편교회의 일치는 불가분의 관계였다.

카르타고의 감독 키프리아누스가 말한 "교회 밖에는 구원이 없다"*Extra ecclesiam nulla salus*라는 유명한 문구가 함의하고 있는 실제 내용은 막연히 "교회안에서만 구원이 있다"는 선언이라기보다, "감독이 있는 교회안에서만 구원"의 정통성이 있음을 규정한 것이라고 이해해야 한다. 키프리아누스에 따르면, "감독이 있는 곳에만 교회가 있다". 따라서 "감독이 없는 곳에는 교회가 없고, 감독이 없는 그 교회에는 당연히 구원도 없다"고 판단했다. 모든 신자는 감독과 결합되어 있어야 하며, 바로 그런 교회안에 있을 때 구원을 보증할 수 있다. 키프리아누스에 따르면 교회는 오직 사도직을 계승한 '정당한' 감독이 있는 곳에만 존재한다고 말했다. 그렇다면 누가 정당한 감독인가? 모든 교인 즉 "백성 전체에 의해 선출된 자"만이 정당한 감독으로 서품될 수 있었다.

교회를 그리스도의 몸으로 정의할 때, 일치의 근거는 머리이신 그리스도이시다. 온 몸은 한 머리에 연결되어 있기 때문에 한 몸이다. 한 머리 아래 한 몸이 있다. 그렇다면 머리와 몸의 관계에서 다양성을 논할 수는 없는가? 아니다. 다

---

214) 김선영 역, 『기독교 고전 총서 1권. 초기 기독교 교부들』 (서울: 두란노아카데미, 2011), 464-476.

양성은 한 몸 안에 많은 지체가 있다는 것으로 설명 가능하다. 키프리아누스가 "감독직은 하나다!", 또한 "교회가 하나다!"라고 주장했던 근거는 에베소서 4장 4-6절이었는데, 교회의 통일성을 설명할 때, 그는 교회의 다양성을 태양과 나무와 샘, 그리고 어머니에 비유했다.

> "태양의 광선을 본체에서 분리해보라. 일체가 빛의 나누어짐을 붙잡지 못한다. 나무에서 가지를 꺾어보라. 꺾인 [가지는] 싹을 틔울 수 없게 될 것이다. 샘에서 개울을 차단해보라. 그러면 차단된 [개울은] 말라버린다. 한 빛이 곳곳에 퍼져 나가지만 본체와의 일치는 나누어지지 않는다. 가지들이 온 세상에 풍성히 퍼져 있고, 넘치는 개울들이 널리 퍼져 흘러간다. 하지만 그 머리는 하나이며, 그 원천도 또한 하나다. 낳아 주시는 어머니가 한 분 계시지만 그 자손은 많다."215

어머니인 교회가 없는 사람에게는 아버지이신 하나님도 계시지 않는다!

고대교회 교부들에 따르면, 감독이란 사도직의 계승을 의미하는 것이므로 감독직과 보편 교회는 결코 분리될 수 없었다. 이것이 곧 키프리아누스가 노바티아누스와 도나투스를 반대했던 직접적인 이유였다. 키프리아누스에게 그들은 그리스도의 몸인 보편교회를 위협하고 찢고 파괴하는 분리주의자들이요, 어머니이신 보편교회가 없는 자들이므로 하나님 아버지도 없었다.

> "어머니이신 교회가 없는 자에게는 아버지이신 하나님께서도 계시지 않는다. 노아 방주 밖에 있는 자가 누구든 피할 수 없었다면 교회 바깥에 있게 될 자 역시 피할 수 없게 될 것이다."216

---

215) 이형우 역, 『교부문헌총서 1. 치쁘리아누스』(왜관: 분도, 1987), 68-69.
216) 『교부문헌총서 1. 치쁘리아누스』, 70-71.

키프리아누스의 결론은 당대에는 충분히 이유있는 논증이었으나 이는 극단적 처방이었다. 교회의 일치성을 지키고 유지하는 것은 교부들의 공통적인 관심사였다. 하나님이 한 분이시고 그리스도가 한 분이시며 성령이 한 분으로 계시며, 세례가 하나라는 사도의 가르침 때문에 교부들에게는 그리스도의 몸인 교회가 둘이나 셋일 수 없고 반드시 하나여야 했다. 이레나에우스에 따르면 교회란 삼위일체 하나님을 믿음으로 고백하는 공동체이며 이러한 보편 교회는 보편적인 세상에서 하나의 동일한 믿음을 가지고 있다. 참된 신앙과 참된 교회는 동전의 양면과 같은 것이므로 어떤 종류의 보편교회로부터의 분열도 허용될 수 없었다. 감독의 지도를 받지 않은 채 자신의 고집대로 가르치면서 보편교회로부터의 분파와 분열을 조장하는 자들을 용납하지 않았으므로 교부들은 분파주의자들로부터 공격과 저항을 받았고 그들과의 논쟁도 불사했다.

보편교회에서 떨어져 나간 것은 교회론적 이단이다.

로마제국의 박해로 인해 교회의 피해가 심했던 키프리아누스 시대부터 변절자traditores 처리 문제가 대두되기 시작하면서 소위 교회론적 이단이라는 새로운 개념이 등장하게 되었다. '교회론적 이단'이란 사도적 신앙은 동일하지만 사도적 권위가 없는, 즉 '보편교회에서 떨어져 나간 분파적 집단'을 가리키는 말이다. 교회론적 이단 문제는 박해시대가 끝나고 기독교 공인 시대를 지나 기독교제국 시대를 맞이한 4세기 말과 5세기 초에도 완결되지 않았는데, 히포의 감독 아우구스티누스와 도나투스파 사이에 벌어진 논쟁이 그것이다.

이 논쟁의 핵심은 교회의 거룩성 문제였다. 아우구스티누스에 따르면, 교회가 거룩한 이유는 도나투스파처럼 교회 구성원인 감독과 교인들이 거룩하냐에 달린 것이 아니라, 교회가 거룩한 그리스도와 결합된 그분의 몸이기 때문에 교회가 거룩하다고 주장했다. 도나투스파는 배교하지 않은 감독 아래 형성된 교회만이 사도성을 지닌 참되고 완전한 교회라고 주장했던 반면에, 아우구스티누스는 의인이며 선택받은 백성만으로 구성된 참되고 완전한 교회는 하나님만 아시는 불가시적 교회이고, 가시적인 교회는 지상 교회로서 알곡과 가리지, 즉 의로운 자와 불의한 자가 섞여 있는 '불완전한 교회'라고 말했다. 따라서 지상 교회는 "혼합된 그리스도의 몸"이라고 말했다.217 그리고 그와 같은 불완전한 지상교회를 "혼합된 교회"라고 불렀다. 그래서 아우구스티누스의 교회론은 '혼합 교회론'으로 부른다.

아우구스티누스는 불완전한 지상교회와 완전한 천상교회로 구분했다. 하나님의 성전으로서 교회는 거룩하고 하늘과 땅에서 보편적이다. 아우구스티누스는 천상의 교회에는 악인이 단 한 명도 없으나, 지상의 교회에는 선한 자와 악한 자가 혼합체로 존재한다고 주장했다.218 이처럼 그가 천상교회와 지상교회를 구분한 근거는 감독에 의해 지배되는 어떤 지상교회도, 그것이 도나투스파 교회이든 기존교회이든 예외 없이, 절대 완전한 교회는 없으며, 역사의 최종적인 완성을 통해서만 교회는 완전에 도달하게 될 것이라는 아우구스티누스의 종말론적 신학 때문이었다.219

결론적으로, 초대교회에서 사도직을 계승한 감독은 교회의 일치성과 보편성뿐 아니라 거룩성까지 담보하는 근거가 되었다. 물론 고대교회에서 감독의 사도직 계승이라는 가톨릭교회의 가르침은 시간이 흐르면서 교황제로 발전하는 출발점이 되기도 했지만 역설적으로 이 점은 보편교회의 일치성을 추구하는 확실한 근거였다는 점은 간과하지 말아야 한다. 사도시대 이후 사도적 권위에 호소한 사도직의 계승과 사도적 신앙은 불가분의 관계였고 교회의 거룩성을 판단하는 시금석이었다. 아우구스티누스가 도나투스파를 이단으로 정죄한 것은

---

217) *De doctrina christiana*, III.32/45.

218) Otto Scheel, ed., *Augustins Enchiridion* (T bingen: Paul Siebeck, 1937), 37,6-10.

219) 종말론적 역사신학이라 할 수 있는 『하나님의 도성』에서 아우구스티누스는 천상의 도성인 하나님 나라가 이 땅에서는 그리스도의 순례하는 도성이며, 이 순례하는 도성을 지상교회로 묘사하고 있다.

사도적 신앙 때문이 아니라, 누가 참된 교회인가, 다시 말해 어떤 교회가 보편교회인가 하는 문제 때문이었다.

교부들은 분리주의자들과 같은 교회론적 이단에 대해 그들에게 구원이 없다고 간주할 정도였다. 그래서 사도직을 계승한 로마가톨릭교회만이 유일한 구원의 통로라는 인식이 보편화되었던 것인데, 구원의 근거는 천국 열쇠의 권위를 부여받은 베드로의 사도직을 계승한 로마교회에 있으며, 그 정점에는 사도직을 계승한 로마감독과 종국에는 로마 교황에게 주어져 있다고 주장하기에 이르렀다.

고대교회의 교회론은 교회의 4대 속성으로 알려진 일치성, 거룩성, 보편성, 사도성으로 정리되었다고 할 수 있다. 이 4가지 속성은 콘스탄티노플신조381년가 교회에 대해 사용한 4가지 형용사로, "하나의, 거룩하고, 보편적이며, 사도적인"에서 유래한 것인데, 이는 구원의 유일한 통로인 그리스도의 몸으로서의 교회를 강조하고 보호하기 위한 4중적 장치였다. 교부들의 교회관에는 그리스도안에서 교회의 통일성과 보편성이라는 분명한 강조가 내포되어 있다. 교부들은 어머니 교회요, 구원의 담지자인 교회로부터 이탈하거나 분리되는 것을 말 그대로 구원으로부터 분리되는 것이라고까지 대담하게, 바르게 역설했다. 물론 교부들은 교회 일치성220의 근거를 그리스도의 머리되심에 두었지만, 가시적으로는 그것을 감독=주교안에서의 일치, 그리고 감독의 가르침과 관할아래서의 일치에 두었다는 점을 주목해야 한다. 그러나 이러한 "감독중심의=주교중심의 교회관"은 급기야 "교황제 교회"를 산출한 부작용을 가져왔지만, 그럼에도 불구하고 로마 가톨릭 교회관은 감독=주교의 가르침과 관리아래 모든 교회와 신자들이 말 그대로 교회안에서 일치됨과 연합됨을 가시적인 사회적 형태

---

220) 여기서 교회 일치성이란 지역 교회사이의 일치만이 아니라 개별 신자와 교회와의 연합됨과 결속되어 있음을 의미한다. -편집자주.

로 구현함으로써 '하나요', '보편적인' 가톨릭 교회를 구현했다는 점은 오늘날 교회 탈출과 교회 이탈이 난무하는 탈교회 시대의 개신교회 관점에서 진지하게 성찰해 보아야 할 대목이다.

중세시대 교회론

중세 교회론은 교회를 신학적인 측면에서 설명하는 '신학적 교회론'과 중세 교회의 교회정치 형태와 국가와 교회의 관계에서 설명하는 '정치적 교회론'으로 구분하여 파악할 수 있다. 먼저 신학적인 측면에서 중세 교회론은 "우남 상탐"Unam sanctam이라 불리는 교령집1302년 11월 18일에 집약되어 있다.

> "우리는 하나의 거룩하고 보편적이며 또한 사도적인 교회를 믿고 고수하기 위해 절박한 믿음으로 모인다. 그리고 우리는 이와 같은 교회 밖에는 구원도 없고 죄 용서도 없다는 것을 확고하게 믿고 솔직하게 고백한다.…; 그 [교회]가 하나의 신비한 몸을 나타내는바 그 몸의 머리는 그리스도시며 그리스도의 [머리]는 하나님이시다."[221]

중세교회는 교부들이 역설했던 것처럼, 즉 교회 밖에서는 구원도, 죄 용서도 없다는 것, 그리고 그리스도가 교회의 머리됨을 강조했다. 중세교회는 교부들에게 나타난 감독중심의 교회관의 계승하면서도 이를 더 강화하여 교황을 비롯한 감독이 하나님을 대리하여 죄에 대한 처벌권과 사면권을 부여받았다는 교리를 강조했다. 또한 성례의 효력 문제로서 사효성事效性, *ex opere operato*과 인효

---

221) Henricus Denzinger & Adolfus Schönmetzer, ed., *Enchridion symbolorum definitionum et declarationum de rebus fidei et morum* (Freiburg: Herder, 1965), 279.

성人效性, *ex opere operantis* 교리를 창안해내었다.*222*

중세 교회론에도 '불가시적 교회'라는 개념이 어느 정도 있었지만, 그 의미는 지상의 가시적인 교회가 모든 시공간을 초월하여 존재하는 보편교회를 통칭하는 그런 개념으로 사용되었다. 중세교회에서 불가시적 교회란 로마가톨릭교회가 받아들인 신자 이외에는 누구도 로마가톨릭 교회에 소속될 수 없다는 전제 때문에 사실상 그것은 가시적 교회론과 다를 바 없다고 할 수 있다. 결국 로마가톨릭교회는 언제나 지상에 세워진, 그리고 감독의 지도와 관리아래 있는 하나이며, 보편적인, 가시적인 교회가 바로 진정한 교회라고 간주하게 되었다.

이제 중세 교회론을 교회정치 측면에서 살펴보려고 한다. 교부들의 교회론은 키프리아누스의 감독제 교회론=주교제 교회론으로 구축된 결과 아우구스티누스를 거친 후 극단적 형태의 감독제 교회인 교황제 교회체제로 귀결되었다.*223* 그리하여 서로마제국에서 이루어진 가톨릭교회의 교회정치는 감독주교 위에 대감독, 대감독대주교 위에 총대감독, 총대감독총대주교 위에 교황이라는 구조가 완성되었다.*224* 반면 동로마제국에서는 교황의 역할을 황제가 대신 수행함으로 황제교황주의Caesaropapism가 정착되었으며, 그에 반해 서로마제국

---

222) 사효성이란 성례의 효력은 이를 집례하는 사제의 거룩성이나 영적 상태와 상관없이 성례라는 의식 자체로 성례의 효력을 준다는 것이다. 가톨릭교회는 성례는 사효적으로 작용한다고 가르친다. 반면 인효성이란 성례의 효력은 이를 집례하는 사제와 성례에 참여하는 신자들의 거룩성과 영적 태도에 달려 있다고 보는 입장이다–편집자주. 개신교는 성례의 효력이 성례 자체에 있기 때문에 성례에 참여하는 모든 자에게 성례의 은혜가 시혜된다는 사효성 교리를 거부하는 반면, 인효성 교리에 대해서는 부분적으로 거부와 인정을 달리한다. 인효성 교리 가운데 은혜의 효력이 집행자에게 달려 있다는 부분은 거부하고, 받는 자의 자세에 따라 은혜의 효과가 달리 나타난다는 부분은 인정한다.

223) 감독제 교회는 감리교, 성공회, 루터교, 가톨릭교회가 채택하고 있는 교회정치이며, 가톨릭의 감독제는 가장 위계적인 정치형태다.–편집자주.

224) 서로마 교회는 이미 5세기에 로마감독의 수위권을 근거로 하여 교황의 수위권을 교회법으로 정립하였다. J.N.D. Kelly, 『고대 기독교 교리사』, 박희석 역 (고양: 크리스챤다이제스트, 2004), 444.

에서는 교황황제주의Papocaesarism가 자리잡게 되었다. 하지만 감독 중심의 지상교회를 그리스도의 유일한 교회로 간주한 것은 서방교회나 동방교회에 공통적이었다.

교황체계가 구축된 중세교회의 고민은 '교황의 권위란 과연 무엇인가?' 하는 것이었다. 감독은 사도직의 계승이요, 그리스도께서 사도들의 머리이시므로 감독들의 우두머리인 교황은 그리스도를 대신하는 지상 대리자라는 사상이 고안되었다. 또한 교회를 가시적 교회와 불가시적 교회로 구분한 아우구스티누스의 불완전한 지상교회 개념이 사라지고 그 자리에 키프리아누스의 '감독 중심의 교회론'＝감독제 교회을 더 강화하고 변형시킨 '교황중심의 교회론'＝교황제 교회으로 밀고 나갔다. 교황은 그리스도를 대리하는 지상교회의 수장일 뿐만 아니라, 세속권력의 정점에 세우려고도 했다. 교황의 양 손에 쥐어진 두 칼 가운데 하나의 검은 세상을 다스리는 정치권력이었고, 다른 검은 교회를 다스리는 말씀의 검이었다. 중세교회는 교황이 베드로의 감독직을 계승한 교회의 지상 대리자라고 가르침으로써 그리스도의 통치를 천상의 영역으로 제한하고, 교황을 지상교회를 다스리는 교회의 수장으로 만들었다. 그리하여 그리스도가 머리이신 교회를 "하나의 거룩하고 보편적이며 사도적인 교회"라고 부르는 지상교회의 우두머리가 되지 못하게 함으로써 사실상 천상교회의 머리이신 그리스도를 배제해버렸다고 할 수 있다.[225]

중세 로마제국은 전체 세계가 일종의 기독교사회corpus Christianorum였다. 중세기독교사회를 '크리스텐덤' christendom, 기독교세계, 기독교왕국으로 부른다. 중세는 교회와 국가 영역 전부가 그리스도의 지배를 받는 정교일치의 세계였다. 여기서 교황은 그리스도의 지상 대리자이므로 세속군주인 황제보다는 교회의 수장인 교황이 그리스도의 세계 지배권을 계승한 것으로 간주하여 교회와 세계 전체의 최고 통치자라고 주장했다.

---

225) 참고. Denzinger & Sch nmetzer, ed., *Enchridion symbolorum*, 280.

종교개혁자들의 교회론

종교개혁은 '개교회적 교회론'이 아닌 '가톨릭적 교회론'을 견지했다.

종교개혁자들은 중세 교회론의 오류를 새롭게 정립하고자 했다. 종교개혁자들에 따르면, 교회의 머리이신 그리스도는 자신의 몸인 교회를 다스리기 위해 지상의 대리자를 필요로 하지 않는다. 왜냐하면 승천하신 그리스도는 지상 사역을 위해 성령 하나님을 보내셨으므로, 이제 오순절 성령을 통해 그의 몸인 교회를 친히 다스리시기 때문이다. 중세교회의 잘못된 교리와 관행을 타파하기 위해 종교개혁자들이 사용한 가장 중요한 원리는 성경의 원리였다. 그들은 중세교회가 내세운 '교회의 권위'의 자리에 '성경의 권위'를 옹립했다. 그렇다고 하여 종교개혁자들이 당장 교부들과 가톨릭 교회관의 특징이었던 일치성과 보편성을 허물고 당장 "개교회중심의 교회론"으로 재편된 것은 아니었다. 종교개혁자들은 그리스도안에서 구원을 위해 그의 몸된 교회에 연합되어 있음을 강조함으로써 교회의 구원론적 함의를 굳건하게 보유하고 있었다. 따라서 간혹 추정하듯 종교개혁 신학으로 인해 구원 기관으로서 교회의 의미가 곧장 허물어지고, 신자 개인의 믿음을 근거로 구원을 확증하게 되었다는 설명은 훨씬 후대에 나타난 개교회주의적 경향을 말하는 것이지 종교개혁 당시의 개혁자들이 추구했던 교회관이었다고 단정지어 말할 수 없다. 종교개혁자들은 로마 가톨릭교회의 교황제도는 거부했지만 키프리아누스의 교회론을 거부하지는 않았다는 점을 상기해야 한다. 그들은 키프리아누스의 감독중심의 교회론을 견지하면서 가시적인 지상교회와 불가시적인 천상교회로 구분한 아우구스티누스의 이중적 교회 개념을 수용했던 것이다. 그런 점에서 **종교개혁 개신교 교회관에는 '가톨릭적 교회론'** Catholic Ecclesiology 의 특징의 일부를 간직하고 있었다. 물론 여기서 말하는 '가톨릭'은 로마 가톨릭교회를 지칭하는 것이 아니라 교회의 일치성과 보편성을 추구하는 그런 맥락의 가톨릭성catholicity을 의미한다. 그렇다고 볼 때, 종교개혁의 교회관은 '개신교적 가톨릭 교회' Protestant Catholic Church 라고 말할 수 있다.

루터의 교회관: 교회는 신자들의 모임

종교개혁자 마르틴 루터는 교회를 지칭하기 위해 일반적인 사용되었던 '키르케' Kirche 라는 용어보다 오히려 모임과 공동체를 의미하는 독일어 '게마이네' Gemeine 라는 용어를 선호했다. 루터는 '제도적 교회'를 의미하는 키르케 *Kirche* 보다 '공동체'를 의미하는 게마이네 '게마인데' Gemeinde 를 선호한 것은 제도적 교황교회보다 공동체로서 교회를 선호한데 따른 것이다. 그렇다면 루터는 제도적 교회 자체를 거부했던 것인가? 결코 그렇지 않았다. 루터의 종교개혁은 결과적으로 또 다른 제도교회로서 루터교회가 탄생했고 그 교회는 일종의 강력한 국가교회 형태였다. 루터는 교황 주도적 교회를 비판했지만, 그가 추진한 교회개혁의 결과로 국가주도적 교회가 탄생한 것이다.

그러나 루터는 교회를 신학적으로 정의할 때, 교회는 "거룩한 자들의 교제" *communio sanctorum*, 즉 "그리스도를 믿는 백성의 무리"였다. 따라서 루터는 교회를 다음과 같이 말했다.

> **"확실히 그들에게는 신자들의 모임안에 그리스도께서 계신다. 왜냐하면 그리스도의 교회 밖에는 진리도, 그리스도도, 구원도 없기 때문이다."[226]** "이 기독교에, 그리고 기독교가 있는 곳에, 죄용서, 즉 은혜의 왕국과 정당한 면죄가 있다. 왜냐하면 바로 그곳에 복음과 세례와 성찬이 있기 때문이다. 그곳에서 죄용서가 수여되고 경험된다. 그리고 또한 그리스도와 그분의 영과 하나님께서 바로 그곳에 친히 계신다. 따라서 그러한 기독교 밖에는 구원도, 죄용서도 없고, 다만 영원한 죽음과 저주가 있을 뿐이

---

226) WA 10,I/1, 140,14-17.

다."227

이처럼 루터의 교회론은 사실상 키프리아누스의 교회론과 크게 다르지 않았다. 다만 루터는 키프리아누스와 달리 감독 중심의 가시적 지상교회를 교회의 전부로 보지 않았다. 루터는 가시적 교회를 교회로 표현하면서도 불가시적 교회를 영적이고 내면적인 교회로 구분했다. 루터는 교회를 "신비한 몸"이요, "살아 있는 몸"으로 정의하면서228, 또한 교회는 본질적으로 감추어져 있고 영적이며 내적이고 불가시적인 것이라고 생각했다. 하지만 루터는 "우리 모두는 머리이신 예수 그리스도의 한 몸이요, 서로 다른 지체들이다. 그리스도는 [몸]을 두 개 갖고 계신 것도 아니고, 두 종류의 몸, 즉 세상적인 [몸]과 영적인 [몸]을 갖고 계신 것도 아니다. 그분은 하나의 머리이시며 하나의 몸을 갖고 계신다."229라고 말했다. 심지어 루터는 "두 교회", 즉 자연적, 근본적, 영적, 내적, 참된 기독교와 육체적, 외적 기독교를 날카롭게 구분했을 뿐만 아니라, 사람이 영과 육으로 구성된 것과 동일하게 교회도 영적 측면과 육적 측면으로 구성되어 있다고 보았다. 교회에 대한 이와 같은 이해는 루터 신학의 이원론 혹은 역설적 구조와 무관하지 않아 보인다.230

영적이고 내적인 교회와 육적이고 외적인 교회로 구분한 루터의 이중적 교회론이 불가시적 교회와 가시적 교회로 구분한 아우구스티누스의 구분과 내용상 동일한 개념으로 보이지는 않지만 두 구분 사이의 유사성조차 부인할 수는 없을 것이다. 즉 루터가 교회를 가시적 측면과 불가시적 측면으로 구분하여 이해했던 것은 확실히 아우구스티누스에서부터 시작된 이중적 교회론의 영향이었다는 사실이다. 이중적 교회 개념은 루터가 교황 중심의 가시적 로마교회 제

---

227) WA 26, 507,7-12.
228) WA 4, 289.
229) WA 6, 408, 32-35.
230) 황대우, "칼빈의 교회론," 『John Calvin: 칼빈신학개요 I』 (서울: 두란노아카데미, 2009), 146.

도를 강력하게 비판하는 수단이기도 했다. 그렇다고 루터의 교회론적 관심사가 교회의 불가시적이고 영적이고 내적인 측면에만 매몰되었다고 말할 수 있을까? 결코 그렇지 않았다. 왜냐하면 루터는 16세기 독일이라는 시공간속에 존재했던 구체적인 지상교회에 지대한 관심을 가졌기 때문이다.

이러한 관심 때문에 루터는 지상교회 가운데 참된 교회를 로마교회로부터 구분해야 했다. 그래서 등장한 것이 참 교회와 거짓 교회를 구분할 수 있는 기준으로서 "교회의 표지"notae ecclesiae라는 개념이었다. 교회의 표지는 16세기 교회론 논쟁에서 중요한 개념으로, 지상의 참된 교회를 거짓 교회=로마교회와 구분하기 위한 종교개혁 개신교에 있어서 필수적인 교회에 관한 교리가 되었다. 교회의 표지에 대한 루터의 정의는 한 마디로 일정하지 않고 다양했다. 그는 어떤 경우에는 교회의 표지를 "말씀과 성례"라는 두 가지 표지로 말하기도 했고, 어떤 경우에는 "말씀, 성례, 치리"라는 세 가지 표지로 말하기도 했다.

그럼에도 불구하고 루터에게 참된 교회의 가장 중요한 표지는 복음 설교, 즉 말씀선포였다. 왜냐하면 복음의 설교선포, 즉 말씀으로부터 믿음이 태어나기 때문이다. "신앙고백 때문에 교회의 모임은 가시적이다. 신앙고백은 입으로 [시인하여] 구원에 이른다."[231] 이것은 교회란 불가시적이라는 논제에 대한 루터의 답변에서 나온 것인데, 여기서 그는 교회가 가시적인 이유와 근거에 대해 말하기를, 비록 참된 믿음을 구별할 수는 없을지라도 믿음을 고백하는 신자들은 알 수는 있다는 논리로 설명했다. 그러므로 루터는 "주교가 있는 곳에 교회가 있다"거나 "교황이 있는 곳에 교회가 있다"는 가톨릭교회관에 반대하여, "복음이 있는 곳에", 즉 "하나님의 말씀이 있는 곳에 교회가 있다"고 역설하였다.

"만일 복음이 없는 곳교회를 보게 된다면, 바로 그곳에 교회가 없다는 것

---

231) WA 39,II, 161,8-9.

을 당신은 결코 의심하지 않을 것이다.… 실로 복음은 성찬과 세례보다 앞선 유일하고 가장 확실하고 고상한 교회의 표지다. 왜냐하면 오직 복음만을 통해 [교회가] 수용되고 형성되고 양육되고 생산되고 교육되고 목양되고 입혀지고 꾸며지고 강화되고 무장되고 보호되기 때문이다. 요컨대 교회의 생명과 본질 전부는 하나님의 말씀에 있기 때문이다."[232]

루터의 교회관에서 만인사제직Priesterhood of all Believers,[233]은 매우 중요하면서도 오해하는 개념이기도 하다. 루터는 만인사제직을 이유로 말씀 봉사자인 **설교자의 직분조차 불필요한 것이라 말하지 않았다.** 재세례파 가운데 일부 급진주의자들과 신령주의자들은 만인제사장 교리를 교회 직분 무용론으로 오해하기도 하고, 때로는 더 급진적으로 교회내의 모든 성직 계층 자체를 거부하는 근거로 사용하기도 했으나, 루터의 의도는 그들의 오해와 무관한 것이었다. 하나님의 말씀을 설교하는 공적인 직분이 없는 교회나, 혹은 공적인 직분에 의해 집례되는 두 가지 성례세례와 성찬가 없는 교회는 루터에게 상상할 수 없는 일이었다. 교회의 직분 무용론을 주장하기 위해 '비상시'나 '특별한 경우'에는 아무라도 성례를 집행할 수 있다거나 설교할 수 있다고 주장하는 것은 루터의 만인사제직에 대한 일반화의 오류다.

칼빈의 교회관: 모든 신자는 어머니인 교회와 연합되어 있어야 한다

칼빈도 루터처럼 "교회 밖에는 구원이 없다"는 키프리아누스 교회론을 수용했다. 칼빈에게 가장 중요한 교회 개념은 그리스도와 교회의 관계였다. 그에게 교회란 그리스도는 교회의 머리이고 교회는 그의 몸이라는 가르침이었다. "칼

---

232) WA 7, 721,1-13.

233) 루터는 모든 신자가 서로에게 동등한 사제로서 설교와 성례집행에 동등한 능력을 가지고 있지만 "공동체의 동의"나 "상급자의(혹은 다수의) 부름" 없이는 아무도 그 직분을 사용할 수 없다고 말한다. WA 6, 566,26-30.

빈 교회론의 불변적인 원리는 그리스도의 몸인 참된 교회의 통일성이다."[234] 그의 교회론 형성에 결정적인 역할은 에베소서였다. 에베소서는 그리스도와 교회를 머리와 몸의 관계만이 아니라, 신랑과 신부의 관계로도 제시한다.

칼빈은 에베소서 주석에서 교회를 "인간의 고안물"이 아니라, "그리스도의 거룩한 기관"으로 정의하면서 교회가 그리스도의 거룩한 교회인 이유를 "교회가 말씀 선포에 의해 다스려지기 때문"이라고 설명했다.[235] 교회가 비록 다른 단체들처럼 사람들로 구성된 것이요, 사람들에 의해 세워지고 유지되는 것 같지만 사실은 하나님께서 친히 세우시는 신적 기관이라는 의미다. 그 신적 기관의 머리는 오직 그리스도이시다. 하나님께서는 그리스도를 머리로 하는 신적 기관으로 자신의 백성을 불러 모으신다. 이러한 교회관은 칼빈만의 독특한 사고가 아니라 2천년 기독교 역사속에서 형성해 내려온 전형적인 교회 이해이다.

칼빈 역시 교부들과 루터를 비롯한 다른 종교개혁자들처럼 그리스도의 교회는 둘이나 셋일 수 없고 오직 하나뿐이라고 확신했다. 물론 그는 서방교회와 동방교회가 분열된 사건을 모르지 않았고 교황의 아비뇽 유수 이후 대립 교황[236]의 등장으로 그리스도의 지상대리자라고 하는 교황이 두 명, 혹은 세 명이 되었던 역사도 잘 알고 있었다. 하나님의 도성과 기독교왕국이었던 로마제국의 도성이 동일하지 않다는 것을 역설하기 위해 아우구스티누스가 가시적 교회와 불가시적 교회를 구분했던 것처럼 칼빈도 참된 교회를 가시적 로마교회와 구분하기 위해 교회의 불가시성을 주장했다.

칼빈에게 참된 교회는 가시적이면서 동시에 불가시적이었다.[237] 칼빈은 자

---

234) 황대우, "칼빈의 교회론," 145.

235) COE 16, 228.

236) 가톨릭 교회역사에서 두 명 혹은 그 이상의 교황이 적법한 절차 없이 선출되었다고 여기는 사람을 대립교황이라 한다-편집자주.

237) 칼빈이 참된 교회를 가시적이면서 불가시적인 교회로 구분함으로써 소위 "이중적 교회론"을 말했음에도 불구하고, 그는 결코 교회의 실체가 둘이라고 생각하지 않았다. 칼빈에게 불가시적 교회와 가시적 교회는 이데아 세계에 존재하는 '실체로서의 교회'와 지상 세계에 존재하는 실체의 '그림자로서 현상적 교회'를 의미하지 않는다. 칼빈은 그리스도께서 머리이신 교회의 실체는 오직 하

신의 책『기독교강요』에서 다음과 같이 말하고 있다. "사도신경에서 우리가 '교회를 믿는다' 고 고백하는 부분은 단지 우리가 지금 다루고 있는 가시적 교회와만 연관된 것이 아니라, 하나님께서 택하신 모든 사람들과도 연관된다. 그 선택받은 자들의 수에는 심지어 죽은 자들도 포함되어 있다."[238] 참된 교회는 하나님 앞에서coram Deo 자신의 어떤 것도 감출 수 없지만, 사람들 앞에서는 coram hominibus 인간의 한계 때문에 자신의 전부를 온전하게 드러낼 수 없다. 따라서 칼빈에게 불가시적 교회는 하나님 앞에 있는 교회요, 가시적 교회는 사람들 앞에 있는 교회다.[239] 사람들 앞에 있는 가시적 교회가 비록 참된 교회인 것은 맞지만 그렇다고 그 교회가 참된 교회의 전부는 아니라는 것이다.

칼빈은 가시적인 지상교회 가운데 참된 교회도 있고 거짓 교회도 있다고 보았다. 칼빈은 참된 교회를 거짓 교회로부터 가려낼 수 있는 수단으로 교회의 표지인 '말씀선포' 와 '성례의 집행' 을 제시했다. 하지만 칼빈에게 참된 교회와 거짓 교회를 구분하는 최고의 기준은 역시 말씀이었다. 이런 점에서 칼빈은 당시 로마교회는 거짓 교회로 규정했다. "주의 말씀 밖에서 일어나는 [모임]은 불경건한 자들의 파당을 의미하지, 신자들의 회합을 의미하지 않는다."[240] 칼빈은 키프리아누스와 같은 관점에서 전체 교회의 일치의 근원이신 그리스도 한 분의 감독직만이 있을 뿐이라고 말한다.

칼빈은 "이단자들과 분리주의자들" 을 거짓 교회로 분류했는데, 그들이 교회의 통일성을 헤치는 자들로서, 스스로 "교회와의 교제"를 끊는 자들이었기 때문이다. 여기서 칼빈은 교회와 교제를 유지할 수 있는 두 가지 끈으로, 하나

나일뿐이라고 말했다. 이런 점에서 칼빈의 이중적 교회론은 존재론적인 것이 아니라, 인식론적인 의미로 이해해야 한다.

238) *Inst*. IV.1.2. OS 5, 2.

239) 칼빈은 가시적 교회를 "우리의 눈으로 인식되는 교회의 표면" 으로, 불가시적 교회를 "하나님의 눈에만 인식되는" 것으로 간주했다. Inst. IV.1.7. OS 5, 12.

240) *Inst*. IV.2.5. OS 5, 36.

는 '믿음의 일치', 즉 '건전한 교리의 일치'가 있으며, 다른 하나는 '사랑의 결속', 즉, '형제사랑'이 있다고 말한다.241 참된 교회와 거짓 교회를 구분하기 위해 칼빈은 형제 사랑보다는 믿음의 교리를 더 중요한 요소라고 생각했다. 칼빈은 기독교의 핵심 교리가 다르면 논쟁과 다툼이 발생하고 결국 형제 사랑이라는 영적 결속도 끊어질 수밖에 없다고 설명했다.

칼빈에게 분리주의자들은 그 시대의 로마가톨릭교회와 재세례파 교회였다. 로마교회는 자신들의 막강한 종교권력을 남용하여 종교개혁자들을 이단으로 정죄함으로써 교회를 분열시켰고, 재세례파는 그들의 교회만을 바른 교회로 간주하여 보편교회와 결별했다는 이유였다. 루터가 신자를 "의인인 동시에 죄인"simul iustus et peccator이라고 말한 것처럼, 칼빈도 지상교회의 구성원인 신자들을 의인이면서 동시에 죄인으로 간주했다. 아우구스티누스의 혼합된 교회론의 연장선에서, 칼빈은 교회는 의인들의 공동체이지만 동시에 죄인들의 공동체라고 보았다. 누구도 스스로 의롭게 되거나 거룩하게 될 수는 없으며, 다만 그리스도의 몸에 접붙여질 때, 즉 교회의 지체가 될 때만 가능한 일이다. 지상교회에서 죄인공동체가 아닌 교회는 없다. 그러므로 아무도 교회의 도덕적 타락을 이유로 교회를 떠날 수는 없다는 것이 칼빈의 주장이었다.

"혼합된 교회"Ecclesia permixtum 개념을 가르쳤던 아우구스티누스처럼 칼빈도 그리스도의 교회가 거룩하지만 "악인과 선인이 섞여 있다"고 주장했다.242 이것은 가시적 지상교회의 불완전성을 의미한다. 누가 알곡이고 누가 가라지인지 가려낼 수 있는 능력을 가진 사람은 아무도 없다. 그것은 오직 하나님만 아신다. 그러므로 칼빈은 그들을 가려내려면 "믿음의 확실성" 대신에 "사랑의

---

241) *Inst.* IV.2.5. 772. 여기서 칼빈은 거짓 교리로 믿음을 부패시키는 이단자들과 동일한 믿음을 가졌으나 스스로 교제를 단절하는 분열주의자들을 구분하는 아우구스티누스를 인용하는데, 이런 기준으로 보면 교황주의자들과 재세례파는 확실히 분열주의자들로 간주된 반면에 이단자들로 간주되지는 않았다.

242) *Inst.* IV.1.13.

판단"을 하도록 권면했다. 다시 말해 칼빈은 "믿음의 고백"과 "삶의 모범"과 "성례의 참여"를 통해 하나님과 그리스도를 고백하는 자들이라면 이들을 교회의 지체들로 인정하는 사랑의 판단이 필요하다고 보았던 것이다.[243]

한국교회와 가나안 성도: 교회론의 관점에서

1. 그리스도의 몸인 교회와 연합되지 않은 채, 교회와 분리된 신자는 구원 받은 그리스도인이 될 수 없다.

지금까지 살펴본 전통적인 교회론의 관점에서 볼 때, 기독교는 그리스도의 구원은 교회를 통해 이루어진다고 가르쳐 왔다. 역사속의 교회는 언제나 자신을 구원기관institution of salvation으로 자임하면서, 그런 역할을 감당해 왔다. 다만 역사상 등장한 개인주의화된 기독교가 이 점을 망각함으로써 교회의 공교회성은 크나큰 손상을 입었으며, 그로 인해 마치 '교회없는 구원'이 당연한 듯이 받아들이게 된 치명적인 오류를 저질렀던 것이다.

기독교는 교회와 분리된 채 단순히 개인이 예수를 믿고 구원받는 개인구원의 종교가 결코 아니다. 이것은 기독교 신앙에서 교회가 본질적으로 중요성을 지닌다는 의미이다. 교회는 그리스도의 몸이고 그리스를 믿는 신자는 그 몸의 지체이므로, 누구든 교회라는 그리스도의 몸에 연합되지 않고는 구원받는 신자가 될 수 없다.

따라서 교회론적 관점에서 볼 때, '홀로 구원'이란 교리적으로 불가능하다. 물론 개신교의 구원관은 다른 사람의 공로를 힘입거나 다른 사람의 믿음과 고백이 아니라 각자 개인의 신앙과 고백을 통해 이루어진다는 점에서 지극히 개인적individual이다. 하지만 개인의 구원이라 할지라도 그 구원은 그리스도의 몸의 지체가 되는 것을 의미한다. 그러므로 다른 지체들과 함께 그리스도의 몸을

---

243) *Inst*. IV.1.8.

구성하는 공동체를 이루지 않고 사실상 구원이 가능하다고 말할 수 있을까? 비록 교회가 역사 속에서 제도화의 과정을 통해 기독교 교리와 삶이 변질되었으며, 화석화된 길을 걸어왔음은 부인할 수 없는 사실이며, 통렬한 반성이 필요한 것은 분명하지만, 그럼에도 불구하고 "우리는 교회를 믿는다"는 사도적 신앙고백을 결코 포기할 수 없다.

교회란 '신자들의 모임'으로 출발하였으며, 역사적 과정에서 교회의 제도화로 인해 교회의 타락을 가져왔다 할지라도, 제도적 교회와 교회의 직분은 타락의 결과물이 아니라 초대교회부터 시행된 가르침이다. 두세 사람이 그리스도의 이름으로 모인 곳을 교회라고 할 수 있다. 그러나 이것이 임의적으로 뜻 맞는 사람들끼리 모이는 동호회나 동아리와 다른 이유는 바로 교회의 머리이신 그리스도의 이름으로 모이기 때문이다. 그리스도 덕분에 교회는 인간의 모임임에도 불가하고 인간적인 모임이 아니라 신적인 모임으로 인정된다. 하나님께서는 그리스도를 믿는 자들을 인간적인 그런 교회로 불러 모으신다.

교회 역사에서 많은 신학자들은 교회의 분열을 '그리스도의 몸을 찢는 행위'라고 비난했다. 종교개혁자들이 보편교회로부터 분열하여 나간 재세례파를 로마교회보다 더 신랄하게 비난한 이유는 그들이 교회의 일치성을 해친다고 보았기 때문이다. 마찬가지로 오늘날 일어나고 있는 가나안 성도 현상은 단지 종교사회학적인 현상으로 평가할 것이 아니라, 교회론적 관점에서 그것은 신자가 그리스도의 몸으로부터 분리되는 일이요, 궁극적으로 교회의 일치성과 보편성에 반하는 행위라고 보아야 할 것이다.

물론 가나안 성도들이 교회로부터 떨어져 나간 현상을 비판하기에 앞서 교회의 분열과 교단의 무분별한 분파적 행위를 통렬하게 반성해야 한다. 하지만 가나안 성도 역시 회개하고, 분별해야 할 점이 분명히 있다는 것을 명심해야 한다. 신자가 되는 것과 구원을 받는 것은 하나님의 은혜로 되어지는 일임에 틀림없다. 그러나 한 가지 분명한 사실은 '기독교 신자가 된다는 것은 교회에 소속된 교인이 된다'는 것을 의미한다. 그렇다면 누구든 하나님의 은혜 없이는 교회에 가입할 수 없으며, 따라서 아무도 은혜를 저버리지 않고는 교회를 스스로 떠날 수 없다. 바로 이런 이유 때문에 교회와 분리된 채 살아가는 가나안 성도들은 회개하고 그리스도의 몸인 교회로 발길을 돌려야 한다. 그렇지 않을 바에는 차라리 가나안 성도들이 함께 모여 '가나안 성도들의 교회'를 세워야 할 것이다.

2. 지상의 어떤 교회도 완전한 교회는 존재하지 않으며, 따라서 교회의 연약함에도 불구하고 우리는 교회에 소속된 신자로 살아가야 하며, 교회 안에서 교회를 갱신하는 일에 힘써야 한다.

지상의 어떤 교회도 완전하지 않다. 교회란 자신의 입맛대로 만들 수 있는 것이 아니다. 교회는 2천년의 역사를 통해 수많은 우여곡절을 겪으면서 지금까지 존재해 왔다. 교회를 구성하는 모든 구성원들은 의인이면서 동시에 죄인이다. 뿐만 아니라 교회안에는 '거짓 신자' 즉 위선자들도 섞여 있다. 그렇기 때문에 교회안에도 불미스런 문제가 일어나기도 한다. 그러나 가정에 문제가 생겼다고 하여, 가족 가운데 누군가 보기 싫다고 가출하고 호적을 파낸다면 과연 그것은 올바른 처신이라고 할 수 있을까? 오히려 고통스런 상황에도 집안에서 문제를 해결해 가려고 하는 것이 바른 판단이 아닐까?

가시적 지상교회 가운데 완전한 교회는 그 어디에도 없다. 완전을 향해 부단히 몸부림치는 교회만 있을 뿐이다. 역사속 제도 교회가 자신을 절대화하는 오만에 빠질 때 추락했던 것처럼, 순수한 교회 공동체를 원하는 신자들이 교회에 소속되지 않은 채 가나안 성도로 살아가겠다는 것은 주님께서 친히 세우신 교회를 무시하는 잘못된 길로 가게 될 것이다. 지상의 신자는 불완전한 죄인이지만 하나님께서는 그들을 불러 자신의 교회를 세워가기를 원하신다.

우리는 문제 많은 지상교회를 생각할 때 항상 그리스도께서 교회의 머리이심을 명심해야 한다. 그렇지 않으면 의인들의 공동체로서 교회의 모습은 잃어버리고 죄인들의 공동체로서 교회의 모습만 남게 될 것이기 때문이다. 모든 지상교회는 언제나 의인공동체이면서 동시에 죄인공동체다. 교회는 한편으로 그리스도께서 피 흘려 사셨을 뿐만 아니라 자신의 몸으로 삼으시고 친히 머리가 되어 주셨기 때문에 거룩한 의인들의 공동체이지만, 다른 한편으로는 완전한 거룩함에 도달하지 못하고 여전히 죄 짓고 사는 죄인들이 그 몸의 지체, 즉 교회의 구성원이기 때문에 죄인들의 공동체일 수밖에 없다. 비록 교회의 구성원은 인간이지만, 교회의 주인은 하나님 한 분이시다. 불완전한 지상교회의 문제를 풀어갈 다른 길은 없다. 불완전한 지상교회를 견고하게 세워가려면, 사람보다 하나님의 말씀인 성경을 교회 공동체의 중심에 세워야 한다. 그리고 신학적으로 다른 의견이 있을 때는 공동체 지체들이 서로 인간의 연약함과 죄성을 인식하면서 의견과 관점의 차이를 조정하고 융합하는 지혜가 필요하다.

본질적으로 교회는 그리스도께서 세우신 신적 기관이다. 그러나 동시에 교회는 인간적인 단체요, 조직이기도 하다. 교회는 인간들에 의한, 인간들의 모임이지만, 그럼에도 불구하고 결단코 인간적인 기관이거나 인간에 속한, 인간들이 모인 단체만이 아니다. 그런 점에서 교회는 신적 차원과 인간적인 차원의 양면성이 혼재하는 곳이다. 우리가 교회의 인간적인 모습만을 주목한다면, 교회는 전혀 신적 차원이 없는, 세속적인 종교기관에 불과할 것이다. 그러므로 우리는 인간적인 차원의 교회의 모습속에서도 신적인 차원이 깃든 교회의 신비를 볼 수 있어야 하고, 신적인 차원의 교회에서도 인간적인 측면을 볼 수 있는 균형감각이 필요하다. 교회가 전적으로 신적인 차원의 기관이라고만 생각할 경우, 현실 교회안에 존재하는 연약하고 불완전한 모습에 그만 실망하고 교회를 떠나려는 성급한 결론에 도달하려고 할 것이다. 인간적인 측면에서 볼 때, 오늘날 수많은 한국교회는 어쩌면 '거짓 교회'이거나 아예 '교회'가 아닌지도 모른다. 그러나 명심해야 할 것은 비록 우리 눈에 보기에 '거짓 교회'라고 생각할지라도 단순히 우리의 선입견과 짧은 관찰을 가지고 현실 교회가 모조리 '거짓 교회'라고 판정해서는 안 될 것이다. 왜냐하면 우리에게는 종교개혁자들이 설정한 참된 교회인가, 거짓된 교회인가를 식별하는 "교회의 표지"라는 기준이 있기 때문이다.244 지상의 모든 기성교회가 참된 교회가 아니라고 단정하고 교회 문을 박차고 나가버리는 가나안 성도들은 먼저 어떤 기준에서 모든 기존 교회가 참된 교회의 표준에서 미달되는지 잘 식별하고 따져보는 진지한 태도가 필요할 것이다.

3. 교회에 접붙여 있으면서, 교회에 소속된 신자로 살아가는 것은 신자의 삶에서 본질적인 것이다.

기독교 신자는 그리스도의 몸의 지체이므로 그리스도의 몸인 교회에 붙어 있을 때 비로소 그리스도인으로 살아갈 수 있다. **그리스도의 몸인 교회로부터 떨어져 나간 신자는 그저 죽은 가지요, 죽은 지체일 뿐이다. 교회와 분리된 신자는 자기 홀로 아무 것도 할 수 없다. 단지 교회 밖에서 정처 없이 떠돌아다닐 뿐이다.**

교회를 다닌다는 것은 단순히 설교를 듣고 기도하고 찬송하는 예배를 위한 행위만을 뜻하지 않는다. 교회에서 신자의 삶은 그리스도의 가르침과 사도들의 복음을 배울 뿐 아니라, 하나님께서 그리스도의 몸으로 부르신 다른 지체들과 함께 친밀한 교제를 나누기 위해 모이는 것이다. 한 마디로 '모임'이 없는 것은 교회가 아니다. 아무리 개인적으로 영상설교를 듣고 혼자 찬송하고 기도한다 할지라도 홀로 드리는 예배 행위로는 온전한 신자의 삶을 산다고 할 수 없다. 하나님께서는 자신의 백성을 교회라는 공동체로 불러 모으시는 이유는 그

---

244) 물론 이러한 교회의 표지도 보기에 따라 완전한 기준이 아닐 수 있다. 정통 개혁교회 전통을 강조하는 이들에게 참된 교회란 어쩌면 하이델베르크요리문답서나 웨스트민스터신앙고백서와 같은 정통 교리에 대한 철저한 고백과 확신에 달려 있을 것이며, 교회의 표준을 '교회의 사회적 실천'에 두는 그리스도인들은 가난한 사람들을 향한 관심과 이웃사랑의 실천이 없는 교회는 참된 교회가 아니라고 말할 것이다. -편집자주.

교회를 통해 그들이 서로 함께 받은 은혜를 나누길 원하시기 때문이다.

그런 점에서 교회를 탈퇴하는 것은 그리스도인 개인이 자유롭게 선택할 수 있는 문제가 아니다.[245] 물론 신자 개개인이 구체적인 지역교회에 가입하거나 탈퇴하는 일은 있을 수 있다. 하지만 신자가 그리스도의 몸인 교회 자체를 떠나는 일은 불가능하다. 교회를 정당하게 떠날 수 있는 유일한 기회는 기존 교회 안에서 신앙적 진리를 위해 싸우다가 권력남용의 결과로 출교를 당할 경우다. 이런 경우가 바로 종교개혁으로 세워진 개신교다. 이 땅의 어느 교회라도 완전한 의인들의 공동체는 존재하지 않는다. 모두가 죄인들로 모인 곳이 교회다. 우리는 주님의 교회를 세워가기 위해 자신을 낮추고 교회의 머리이신 그리스도만 바라보아야 한다.

---

245) 손재익, "신자가 교회를 완전히 떠날 수 있는가?," 『성도가 알아야 할 7가지』, 성희찬 외 (서울: 세움북스, 2018), 216-228.

개신교는 가톨릭교회일 수 없는가?

탈교회 현상과 개신교 교회론에 대한 문제제기

김동규

서강대학교 생명문화연구소, 철학

탈교회 현상은 여러 가지 형태로 나타나고 있다. 비록 교회를 떠났지만 여전히 신앙에 관심을 품고 있는 '가나안 성도' 현상으로 나타나든지, 제도권 바깥의 교회나 평신도 교회로 표출되든지, 이 모두 탈교회 현상에 있어서 유의미한 흐름일 것이다. 따라서 탈교회 현상에도 다양한 흐름이 존재하겠지만, 기본적으로 그것은 제도교회로부터의 탈출이나 평신도의 주체성을 회복하기 위한 급진적 운동이라는 성격에서 공통점을 가지고 있다. 그런데 탈교회 현상은 종교개혁 이후 개신교에서 '구원과 신앙의 문제'가 교회의 권위와 중재가 아닌 개인의 믿음과 자유로운 선택의 문제로 이동한 이후, '개인으로서 신앙의 주체성'이 강화되면서, 결과적으로는 '신앙의 개인화'를 이끌어 낸 개신교의 유산을 고스란히 계승하고 있다고 보아야 할 것이다.

이 글에서 나는 가나안 성도 문제를 현상적으로 분석하기보다는, 이 현상을 도출하게 만든 개신교 교회론의 문제에 초점을 두려고 한다. 왜냐하면 탈교회 현상은 단순히 교회를 떠나는 문제가 아니라 '신앙의 개인성'과 '평신도의 수평적 공동체'라는 개신교적 사고를 뚜렷하게 보여주고 있는 교회론적 문제이기 때문이다. 필자는 개신교 교회론이 태생적으로 간직하고 있는 '개교회적 교회론'과 '개인화된 신앙관'이 결과적으로 탈교회 현상으로 귀결되었다고 보고 일종의 반성적 성찰을 제안하고자 한다. 필자는 오래전부터 개신교가 잃어버린 교회론적 기반을 가톨릭교회가 잘 보존하고 있음을 주목하고 있다. 이 글에서는 개신교신앙의 일부 특성을 극대화한 결과 드러난 '탈교회 현상과 탈교회 운동'을 가톨릭교회의 정신에 비추어 반성해보고자 한다. 특별히 우리는 제2차 바티칸공의회 문헌에서 드러난 '쇄신된 가톨릭교회의 교회론'에 주목할 것이다.246 왜냐하면 제2차 바티칸 공의회야말로 오늘날 변화된 가톨릭교회의 입장을 집대성한 교회의 공식문헌이기 때문이다. 이러한 고찰을 기반으로 개신교적 교회가 지닌 취약점과 탈교회 운동의 신앙 방식에 대해 몇 가지 의문점을 제시하려고 한다.

1. 왜 다시 가톨릭인가?

가톨릭교회의 특성을 살펴보기 전에 왜 지금 다시 가톨릭인지를 먼저 밝혀두는 것이 좋을 것이다. 진보 개신교나 보수 개신교에서든, 가톨릭은 개신교에 비해 성서적 가르침과 그리스도교의 정통 교리에서 다소간 왜곡된 교파로 바라보는 것이 개신교의 일반적인 시선이다. 하지만 여기에는 제2차 바티칸 공의회 이후 일어난 가톨릭교회의 일대 쇄신과 현대화에 대한 몰이해가 반영되어 있다. 더구나 이런 시각에는 중세 가톨릭교회의 어두운 부패상을 지금의 가톨릭에 투영하여 가톨릭교회를 이해하려는 왜곡된 시선도 스며들어 있다.247 하지만 프란치스코 교종이 가톨릭교회의 수장으로 등극한 이래로 전 세계 그리스도교 신앙운동에서 주도적 역할을 하고 있는 것은 가톨릭교회라고 해도 과언이 아니며, 이 교회는 현세계의 문제와 적극적으로 대화하면서 이 세상에 교회가

---

246) 참고. 『제2차 바티칸 공의회 문헌』, 김종수 엮음 (한국천주교중앙협의회, 2012)
247) 제2차 바티칸공의회에 관한 설명. 김동규, "개혁된 가톨릭, 개혁되지 못한 개신교", 「뉴스앤조이」, 2018년 9월 14일.

존재해야 하는 이유를 몸소 보여주고 있다. 이를테면 '난민을 위해 교회문을 열라'는 프란치스코의 권유 아래 유럽과 한국의 가톨릭교회는 그 어느 종교보다 더 적극적으로 이방인에 대한 환대의 윤리를 보여주고 있고,248 종교간, 교파간 대화와 화해의 실천을 하고 있다.249 성추문이나 여성 차별 등 가톨릭교회가 해결해야 할 과제가 있는 것은 사실이지만, 최소한 한국의 주류 개신교와 비교했을 때, 가톨릭교회가 더 성숙하고 쇄신된 모습을 보여주는 것은 분명한 사실이다.

이러한 가톨릭교회의 변화와 쇄신 운동을 그저 프란치스코 교종 개인의 역량에서 비롯된 것으로 본다면, 그것이야말로 로마 가톨릭교회의 특성을 제대로 이해하지 못한 견해일 것이다. 프란치스코 교종은 가톨릭의 변화를 보여주는 상징이고, 2차 바티칸공의회의 결실이지, 개신교에서 그러하듯 대중적 인기를 등에 업은 카리스마적 지도력을 기반 삼아 등장한 인물이 아니다.250 다시 말해 그의 말과 실천의 배경에는 말 그대로 오랜 역사를 통해 다듬어진 가톨릭 정신이 공고하게 자리 잡고 있다. 이에 우리는 개신교 교회가 세상의 희망이 아니라 짐이 되어버린 부끄러운 현실 속에서 가톨릭교회가 어떻게 교회의 새로운 면모를 보여주고 있는지 살펴봐야 할 것이다. 특별히 이 글에서 주목하고자 하는 것은 보편적 공교회catholic church의 정신과 그 보편성이 육화하여 성취되는 공동체적 성사라는 가톨릭교회의 특징이다.

---

248) 프란치스코 교종은 2015년 12월을 기점으로 시작되었던 자비의 희년선포에 앞서 희년의 정신을 실천하기 위한 구체적인 방침으로 난민에 대한 교회의 환대를 촉구한 바 있다. "나의 로마교구를 시작으로 유럽의 모든 교구들, 모든 종교 공동체들, 모든 수도원들, 모든 성소들이 (난민) 한 가족씩 받아들이기를 바란다."

249) 대표적으로 종교개혁기념 500주년을 앞둔 2016년, 프란치스코 교종은 스웨덴 룬드에서 루터교회와의 화해의 메시지를 담은 교회일치적 공동선언을 루터교회와 함께 발표한 바 있다.

250) 실제로, 그가 베네딕토 16세의 후임으로 선정되었을 때, 바티칸에 모여 후임 교황이 누구인지 귀추를 주목했던 가톨릭 신자들 상당수가 호르헤 베르골리오가 누구인지 몰라 어리둥절해 했다.

2. 교회의 보편성을 향한 열망

예외는 있지만, 개신교인이건 가톨릭 교인이건 사도신경을 교회의 신앙고백으로 삼고 있다. 이 고백을 하는 신앙인라면, 자신이 '가톨릭 교회'251를 믿는다고 고백한다. 사도신경을 고백하는 개신교 신자 역시 반드시 "나는 성령을 믿사오며, 거룩한 공교회를 믿는다"는 고백을 할 것이다.252 여기서 '공교회' 公敎會는 Ecclesiam catholicam '보편 교회'의 번역이다. 그러나 개신교 신자들이 이 고백을 하고 있지만 실상 자신들이 공교회 의식을 갖는다거나 공교회성 catholicity of church을 체화한 제도를 가진다는 것이 얼마나 중요하고, 그것이 대체 무엇을 의미하는지를 이해하고 있는 신자들은 거의 전무한 형편이다. 이것은 한국의 개신교가 '교회의 공교회성'을 확인시켜 주거나 가르쳐주지 않은 채로 교인을 양육해 왔다는 것을 방증한다. 물론 개신교 전통 안에 사도신경 말고도 공교회에 대한 명시적 고백이 전혀 없는 것은 아니다. 한 예로, 한국 주류 보수교단들이 표준적 신앙 지침으로 삼고 있는 웨스트민스터신앙고백서를 살펴보자. 해당 문서 25장 1항은 공교회에 대해 이렇게 말한다.

> "보편적인 무형교회The catholic or universal Church, which is invisible는 택하심을 입은 자들의 총수로 구성되는데, 이들은 교회의 머리이신 그리스도 아래 모여왔고, 모여 있으며, 장차 하나로 모일 것이다. 이 교회는 만물 안에서 만물을 충만케 하시는 그분의 신부요, 몸이요, 충만이다."

이렇듯 개신교 신앙고백에서도 교회의 머리인 한 분 그리스도를 통해 "비가

---

251) 여기서 말하는 '가톨릭 교회'란 로마 가톨릭교회와 동일한 교파의 교회가 아니라 '보편적인 교회'를 믿는다는 의미에서 가톨릭교회를 말한다.—편집자주.
252) 보통 "공회"로 번역되나 대한예수교장로회 통합 교단은 교회의 가톨릭성(catholicity)의 의미를 더 살려 "공교회"로 번역하고 있다.

시적으로" 하나의 교회를 이룬다는 의미에서 '보편 교회', 즉 '가톨릭 교회'의 이념을 분명하게 고백하고 있다. 반면 가톨릭교회는 보편교회의 이념을 이런 추상적 형태로 고백하는 차원을 넘어서 제도적 차원에서 가시적으로 성취하려고 한다. 이 점이 강조되기 때문에, 한국 가톨릭교회의 사도신경 번역에서도 "거룩하고 보편된 교회…를 믿으며"가 명시되어 있다.253 가톨릭교회의 이해에 따르자면, 이런 보편교회의 이념은 사도 베드로에게 주어진 교회의 대표성을 로마교회가 계승하여 제도적 조직을 통해 성취하는 것으로 전승되었다. 가톨릭교회의 신학을 대표하는 토마스 아퀴나스는『사도신경 강해설교』에서 베드로의 교회의 견고함을 분명하게 선언한다. "오직 베드로의 교회만이 …. 항상 신앙에 있어서 견고했습니다. 세상의 다른 부분들에서는 어떤 신앙도 존재하지 않거나 많은 오류들과 뒤섞였던 반면, 베드로의 교회는 신앙에 있어서 힘이 있었고 오류로부터 순결했습니다."254

개신교 입장에서 폐쇄적으로 보일 수 있는 이런 가톨릭교회의 교회관은 제2차 바티칸 공의회를 통해 새롭게 확장된다. 이 문헌은 여전히 가톨릭교회가 그리스도의 사도직을 계승하는 교회지만 가톨릭교회로부터 분리된 교회에도 그리스도의 복음이 여전히 전해지고 있음을 고백하면서, 현대 세계에서 보편 교회로서의 이념이 어떠해야 하는지를 진술한다. 교회에 관한 교의 헌장인 「인류의 빛」Lumen Gentium은 가톨릭교회가 바로 그리스도의 유일한 교회이며, 우리는 신경에서 하나이고, 거룩하고, 보편되며, 사도로부터 이어 오는 교회라고 고백한다. 우리 구세주께서는 부활하신 뒤에 베드로에게 교회의 사목을 맡기셨고요21:17를 영원히 진리의 기둥과 터전으로 세우셨다.딤전3:15". 「인류의 빛」8항은 이 점을 재확증하면서도, '제2장: 하느님의 백성'이라는 항목을 통

---

253) 이 부분의 전문은 "거룩하고 보편된 교회와 모든 성인의 통공을 믿으며"이다.
254) 토마스 아퀴나스,『사도신경 강해설교』손은실 역·주해 (서울: 새물결플러스, 2015), 221.

해 이 보편성을 모든 사람이라는 보편성으로 확장시킨다. "모든 사람은 하느님의 새로운 백성을 이루도록 불린다. 그러므로 언제나 하나이고 유일한 이 백성은 모든 세대를 통하여 온 세상에 퍼져 나가, 처음에 인간 본성을 하나로 만드시고 흩어진 당신 자녀들을 마침내 하나로 모으고자 하신 하느님 뜻의 계획을요 11,52 성취시켜야 한다." 또한 "이 보편성의 힘으로, 각 부분이 그 고유한 은혜를 다른 부분들과 온 교회에 가져다주어, 전체와 각 부분은 모든 것을 서로 나누며 일치 안에서 충만을 함께 도모하는 가운데에 자라나게 된다"「인류의 빛」 13항

여기서 보듯 가톨릭교회의 보편성은 단지 로마교회를 정점으로 한 위계조직으로만 드러나는 것이 아니다. 그것은 "인류의 빛" 그 자체인 "그리스도"「인류의 빛」 1항 안에서 교회의 가시적 일치를 열망하는 하느님의 백성의 보편성에 대한 지향과 실질적 성취를 의미한다. 구체적으로 말해서, 한편으로 가톨릭교회 안에서는 이 보편성이 "교회 안에 세워진 완전한 질서와 구원의 모든 수단을 받아들이며, 교회의 가시적 구조 안에서 교황과 주교들을 통하여 다스리시는 그리스도와 결합"되는 것으로 성취되며, 이는 "곧 신앙고백과 성사, 교회 통치와 친교의 유대로 결합된다"「인류의 빛」 14항 다른 한편으로 가톨릭교회는 "세례를 받아 그리스도인이라는 이름을 지녔지만 완전한 신앙을 고백하지 않거나 베드로의 후계자 아래에서 친교의 일치를 보존하지 못하는 저 사람들과도 교회는 자신이 여러 가지 이유로 결합되어 있음을 알고 있다"「인류의 빛」 15항 심지어는 "복음을 아직 받아들이지 않은 사람들도 여러 가지 이유로" 이를테면, "계약과 약속…. 선택을 따라", 그리고 "구원 계획"을 따라 "하느님의 백성과 관련되어 있다"「인류의 빛」 16항

가톨릭과 개신교의 교회의 보편성: 어떤 차이가 있는가

개신교의 입장에서는 이런 진술들이 크게 와 닿지 않을 수도 있다. 하지만 이 진술들은 개신교가 간과하고 있는 교회의 보편성을 가톨릭교회가 성취하고 있음을 알게 된다. 개신교에 있어서 교회의 보편성은 비가시적인 무형의 보편성인 반면 가톨릭교회에 있어서 교회의 보편성은 가시적 구조를 취한다. 개신교에서는 교황이나 주교로 대변되는 위계적 구조 자체를 비판하는 데 열중한 나머지 교회의 보편성을 가시적으로 드러내려는 2천년에 걸친 가톨릭교회의 노력을 눈여겨보지 못하는 경향이 있다. 적어도 가톨릭교회의 가시적 보편성은 세계교회와 개별교회로서의 교구, 그리고 지역 본당이 위계적으로 연결되어 있기에 전체 가톨릭교회가 일체감을 가지고 인류를 위한 구원 사역을 이루어간다. 이런 연유로 모든 가톨릭 신자들은 가톨릭교회의 공의회의 결의를 다 함께 계승하는 것은 물론이고, 한 본당에 문제가 생기면 그 본당의 문제로 끝나지 않고, 교구가 함께 감당해야 할 문제가 되고, 더 크게는 세계교회가 함께 해결해야 할 문제가 된다.

개신교의 공교회성 결핍은 어떤 결과를 초래하는가

개신교의 경우 교파만 다르더라도 다른 교단의 문제에 개입할 수 없으며, 개별 교회의 문제는 해당 교회의 문제로 끝나고 만다. 그리하여 한 교회와 이웃교회와 별다른 공감대를 형성하지 못한 채 각자도생하는 방식으로 교회의 명맥을 유지하거나 심한 경우 서로를 경쟁상대로 보면서 서로가 서로에게 배타시와 분리됨을 당연하게 취하는 모습을 자주 보게 된다. 반면 가톨릭교회는 지역 본당끼리 경쟁하는 것이 아니라 교구의 지도 아래 전체 교회가 서로 협력하면서, 어떤 문제가 생겼을 경우 그 책임은 개별 본당의 문제가 아니라 교구가, 세계교회가 함께 감당해야 할 문제가 된다. 예를 들어, 최근에도 지속적으로 한국교회의 씻을 수 없는 과오로 지적되고 있는 성추문과 관련해서도 개신교와 가톨릭의 해결방식은 차이가 있다. 개신교 교회 지도자가 성범죄에 연루된 경우, 해당 문제에 관심이 있더라도 같은 교단에 속하지 않으면 성범죄를 일으킨 가해자의 문제를 지적하는 수준에서(물론 이는 중요한 일이다) 문제에 개입할 뿐이며, 가해자가 속한 교단이 해당 교회의 문제를 해결할 법적 조치를 취해야 함에도 별다른 힘을 발휘하지 못한 채 지나치는 경우가 많다. 목회자나 교회 문제 해결의 열쇠는 오직 개별 교회나 개별 교단에만 있는 것이다. 반면 가톨릭교회에서는 그러한 문제가 있을 경우, 최소한 교구가, 더 나아가 가톨릭 교회 전체가 공동으로 책임져야 할 일이 된다. 근래 있었던 수원교구에 속한 천주교 정의구현사제단 소속 신부가 성범죄를 범했을 때, 수원교구의 대국민 공동사죄는 개신교와 가톨릭의 문제 해결능력의 차이를 보여주는 중요한 사례가 될 것이다. 이것을 단지 양자의 윤리의식이나 책임의식의 차이만으로 보아야 할까? 물론 그런 요인도 있겠지만, 가톨릭과 개신교의 대응방안의 차이는 궁극적으로 교회의 질서를 위한 가시적 구조와 체계를 갖추고 있는가 하는 문제에서 찾아야 할 것이다. 교회의 보편성에 대한 가톨릭의 가시적 구조는 적어도 그리스도의 교회를 유지하기 위한 공동의 책임의식과 공동의 결정을 가능하도록 만들어 준다. 반면 개신교회에는 교회의 보편성에 대한 가시적 구조가 전무하므로 교단의 현안에 대한 어떠한 문제도 잘 처리되지 않는 경우가 다반사하다.

그럼 가톨릭교회는 어떠한가? 예를 들어, 교황청은 사제들의 성추문에 대한 해결방안을 논의하기 위해 2019년 초 세계주교회의를 가졌다. 이런 방식은 개신교로서는 상상할 수 없는 모습이라 해도 과언이 아니다. 물론, 에큐메니칼 정신에 따라 교파간 대화의 장을 가질 수는 있겠지만 여기에도 특별한 강제성이 없기 때문에, 대화 그 이상의 공동의 책임의식을 가지기란 요원한 일이다. 만일 그렇다면 개신교가 말하는 비가시적인, 무형의 보편성 추구가 교단 전체의 시스템 차원에서 공교회성을 어떻게 보장할 수 있단 말인가? 나는 탈교회 운동의 주체들이 이런 문제에 대한 진지한 고민을 한다는 말을 들어본 적이 없다. 이는 해당 운동 역시 기존의 개인주의적이거나 개교회주의적인 개신교의 사고 방식을 고스런히 공유하고 있기 때문이 아닐까?

'교회 바깥에 구원이 없다'에 대한 포용적인 이해

고대교회의 교부 치프리아누스?~258의 "교회 밖에는 구원이 없다. *Salus extra ecclesiam non est*"는 언명을 다시 생각할 필요가 있다. 이 언명은 구원이 오직 가톨릭교회에서만 성취된다는 것으로 이해되어왔다. 개신교는 이에 비해 교회를 통하지 않고도, 은총에 의한 나의 믿음에 근거하여 구원에 이르는 것으로 구원관을 정립해갔다. 신앙을 개인의 양심과 의지, 신념에 호소한다는 점에서 매력적으로 보이는 이런 관점은 개신교에게 구원의 개인성을 강화하게 만든 논리적 역할을 했다. 개신교 신자에게 구원은 교회를 통해 성취되는 것이 아니라 신자 개인의 믿음에 근거하여 성취되며, 교회는 나의 삶의 유익을 위한 하나의 선택지가 되었을 뿐이다. 이와 마찬가지로 탈교회 현상 역시 이러한 개신교 신앙과 개신교 교회안에 내재된 '개인성'을 기반으로 촉진된 측면이 강하다고 해석할 수 있다.

그런데 "교회 밖에는 구원이 없다"는 것이 그저 교회의 절대성과 배타주의를 설파하기 위한 것으로 해석되어야 하는가? 여전히 이 명제는 가톨릭교회에 유효한 것이지만 제2차 바티칸공의회는 이 명제를 더 확장할 수 있는 계기를 마련했다. 일단 이 명제에 대한 미카엘 슈마우스의 해석을 들어보자. "'교회 밖에는 구원이 없다'는 명제는 '교회 없이는 구원도 없다'라는 명제에 근접한 것이다. 이것은 어떤 '인격적 원칙'을 이야기하는 것이 아니고 '사실적 원칙'을 이야기하는 것이다. 따라서 '누가 구원받을 것인가'가 아니라 '무엇을 통해서 인간은 구원을 받는가'에 대해서, 그리고 모두가 구원받을 수 있는 길에 대해서 이야기하고 있는 것이다."255 분명 과거 가톨릭교회에서 이 명제는 배타주의 구원관과 교회관으로 사용되어왔다. 하지만 이제는 슈마우스가 말한 것처럼, 교회는 모두가 구원받을 방편이 되는 것이지 더 이상 구원을 위한 유일한 배타적 장소로서의 역할을 하는 것이 아니다. 공의회 문헌은 배타적 구원관을 대변하는 이 명제를 다음과 같이 포용적인? "사실, 자기 탓 없이 그리스도의 복음과 그분의 교회를 모르지만 진실한 마음으로 하느님을 찾고 양심의 명령을 통하여 알게 된 하느님의 뜻을 은총의 영향 아래에서 실천하려고 노력하는 사람은 영원한 구원을 얻을 수 있다"「인류의 빛」16항

일견 "교회 밖에는 구원이 없다"는 명제와 배치되는 것처럼 보이는 이 항목의 진술을 어떻게 이해해야 할까? 이것은 다시 하나님 백성의 보편성의 가시적 실체로서의 교회와 더불어 이해되어야 한다. 가톨릭은 여전히 '구원 기관' institution of salvation 의 중심적 위치에 두고 있다. 그러나 하나님의 구원은 하나님 백성 전체를 향한 보편성으로 확장되어 있기에 제도 교회 바깥에도 유효하다. 이것은 가톨릭교회의 교회관이 얼마나 포용적인지를 보여준다. 그러므로 가시적 제도교회가 비단 가톨릭교회 울타리만을 의미하지 않는다. 서명옥은 이를 다음과 같이 진술한다. "공의회의 교회 이해에 따라 교회는 '하느님의 백성' 이고, 이 단언에서 말하는 '교회' 역시 이제는 '하느님의 백성' 을 의미하는 것이라면, 이 단언은 이렇게 바꿔 쓸 수 있는 것이다. '하느님의 백성 밖에는 구원이 없다.' 결국 양자가 같은 지향과 목표를 가지고 있다."256 다만 이런 물음은 남는다. 그럼 가톨릭교회의 보편적 현실로서의 제도교회는 구원의 현실화와 구체적으로 어떤 관계를 맺는가? 구원이 가톨릭교회 바깥에도 있다면, 이 역시 가톨릭도 개신교 신학처럼 탈교회적 가능성을 안고 있게 되는 것 아닌가? 이 문

255) Michael Schmaus, *Die Katholische Dogmatik* III/1 . *Die Lehre von der Kirche* (M nchen: Max Hueber, 1958), 829.
256) 서명옥, 「제2차 바티칸 공의회 '하느님의 백성' 신학에 관한 연구」, 『신학전망』 (광주가톨릭대학교 신학연구소), 제187호 [2014], 170.

제는 아마도 성사의 공동체로서의 가톨릭교회를 검토해야 해명될 수 있을 것이다.

3. 성사로서의 교회: 보편성과 구원을 성취하는 신비

교회는 구원의 보편적 성사이다

개신교에서 성례라고 부르는 가톨릭의 성사sacrament는 세례성사, 견진성사, 성체성사, 고해성사, 병자성사, 신품성사, 혼인성사, 이렇게 일곱 가지가 있다. 개신교는 이 대부분을 불필요한 관습으로 간주하고 세례와 성찬만 유지하고 있다. 여기서 각각의 성사가 가지는 의미나 성사와 관련해서 개신교와 가톨릭 양 진영의 차이를 비교할 여력은 없다. 다만 여기서는 성사 자체의 함의가 무엇인지 밝힘으로써 여전히 가톨릭의 가시적인 보편교회가 갖는 의미를 드러내고자 한다.

가톨릭에서 성사성례는 '보이지 않는 은총의 가시적 표지'이다. 그런데 교회는 성사의 공동체이고, 이 성사의 은총을 모든 하나님 백성이 경험할 수 있게 하는 통로가 된다. 은총이 하나님의 백성으로서의 교회에 주어지지만, 이 성사의 특수한 은총은 가시적 교회를 통해 체험되는 것이다.

이러한 성사의 공동체로서의 교회를 두고, 제2차 바티칸공의회는 다음과 같은 선언을 한 바 있다. "교회는 그리스도 안에서 성사와 같다. 교회는 곧 하느님과 이루는 깊은 결합과 온 인류가 이루는 일치의 표징이며 도구이므로, 앞선 공의회들의 가르침을 바탕으로, 교회의 본질과 보편 사명을 자기 신자들과 온 세상에 더욱 명백하게 선언하고자 한다"「인류의 빛」1항 이런 선언은 교회 자체가 은총과 일치의 통로라는 점을 강조하고 있다. 물론 은총은 교회로 제한되지 않고 누구에게나 시시때때로 작용할 수 있는 신비이다. 하지만 교회는 그러한 은총이 가시적인 형태로 드러나는 성례전이 실현되는 장소, 곧 은총 사건 그 자체가 일어나는 장이 된다는 점에서 특별하다. 에버리 덜레스는 이점을 다음과 같이 탁월하게 표현한다. "성례전이란…. 은총에 대한 징표인 것이다. 성례전은 '사건'이라는 특성을 가진다. 그것은 역동적이다. 교회는, 그 안에서 작용하고 있는 그리스도의 은총이 교회의 행위를 통해 역사적인 구체성을 갖게 되는 경우에만 교회가 된다. 교회가 성례전으로서 가장 구체적으로 보여질 때, 즉 사람들로 하여금 은총 안에서 가시적인 모습으로 하나가 되도록 만들어 주는 교회의 행위들 속에서 교회는 현시적인 은총의 사건이 된다."[257]

이미 언급했듯이 가톨릭교회에서는 교회 자체를 '성사' 혹은 '성례전'으로 간주한다. 다시 한 번 강조해서 말하자면, 교회는 단지 지역적, 물리적 장소를 넘어 그리스도의 은총이 임하는 역동적 사건의 장이 된다. 즉, 세례와 성찬과 같은 성사는 가톨릭교회에서는 연례행사나 기념식 정도로 치부되는 것이 아니라 은총의 사건 그 자체로 이해되며, 이 은총은 신자 개인의 내면에서 일어나는 어떤 변화나 감응에 그치는 것이 아니라 가시적으로 교회 공동체가 함께 겪는 실재적 사건으로 일어난다. 이렇게 성사를 통한 은총의 사건이 일어나는 하느님 백성으로서의 교회를 제2차 바티칸공의회는 '구원의 보편적 성사'로 명명하였다. "그리스도께서는 땅에서 높이 들려지시어 모든 사람을 당신께 이끌어 들이셨고요 12:32, 죽은 이들 가운데에서 부활하시어롬 6:9 생명을 주시는 당신 성령을 제자들에게 보내 주시고 성령을 통하여 당신 몸인 교회를 구원의 보편 성사로 세우셨다" 「인류의 빛」 48항

여기서 구원의 보편 성사라는 말은 단지 가톨릭교회의 일곱 가지 성사를 이행하는 수준을 넘어선 더 심원한 신비를 교회에 담고자 하는 공의회 참여자들의 의지가 표현된 것이다. 일곱 가지 성사를 주기적으로 이행함과 동시에 교회가 개인과 공동체, 더 나아가 인류의 보편적 구원을 갈망하고 담보하는 성사의 공동체가 되어야 함이 48항의 이 아름다운 선언이 나타내고자 하는 바이다. 여

---

257) 에버리 덜레스, 『교회의 모델』, 김기철 역 (서울: 한국기독교연구소, 2003), 78-79.

기서 먼저 성사의 공동체인 교회와 개인의 관계에 대해서 공의회의 신학자 칼라너는 다음과 같이 해명한다.

> 성사적인 말에서 교회는 하느님의 말씀을 개개인의 완전히 구체적인 구원의 상황을 향해서 말하는데, 그때 개개인은 하느님의 말씀에 의해 바로 개인으로서 말하기 시작한다. … 또 한편 이 개인은 바로 개인으로서 성사를 통해 교회로부터 불림을 받는 것이고, 교회는 교회의 인간, 공동체의 일원으로서의 그에게 호소하는 것이다. 왜냐하면 교회는 다만 성사를 주고 관리하는 것만이 아니라 성사를 주고 관리하는 것을 통해 자기 고유의 본질, 그 종말론적 승리에 찬 은총의 항구적 현존으로서의 본질을 수행하기 때문이다. 그리고 그 때문에 하나하나의 성사는 완전히 특수하고 독자적으로 교회론적인 관점을 가지고 있는 것이다. 각 성사는 정말로 개개인이 교회에 대해서 지닌 관계의 사건이기도 하다. 개개인은 교회 안에서 완전히 특정한 자리를 얻고, 교회 안에서 완전히 특정한 기능을 얻는다. 개개인은 세례를 통해서 교회에 편입되고 용서의 성사에서 교회의 은총의 공동체와 다시 화해하고, 성찬에서 하느님의 거룩한 백성의 일원, 그리스도의 제단을 둘러싼 공동체의 일원으로서 교회 최고의 신비를 함께 경축하는 것이다. 이 신비에서 교회는 정말로 십자가에 달리셨다가 부활한 주님의 현존으로서의 완전한 의미에서 실현되고, 그래서 그리스도 자신이 이 제단을 둘러싼 공동체의 중심에 현존하시는 것이다.*258*

여기서 보듯, 교회는 개인을 성사로 초대하고, 개인은 그 성사를 통해 교회에 몸을 담는다. 세례는 구원 성사인 교회에 편입됨을 알리는 기쁜 은총의 소식이고, 성찬을 통해 공동체가 함께 그리스도의 살과 피를 나누는 신비에 참여하

258) 칼 라너, 『그리스도교 신앙 입문: 현대 가톨릭신학 기초론』, 이봉우 역(왜관: 분도, 1994), 548-49.

게 된다. 교회는 그저 설교를 듣기 위해서, 친교를 나누기 위해 존재하는 것이 아니라, 설교와 친교 안에서, 그리고 이것들을 넘어서 성사를 통해, 성사와 함께 그리스도의 구원 역사의 신비에 참여하는 공동체가 된다. 이렇게 가톨릭교회는 성사를 통해 개인과 공동체의 진정한 연합을 추구한다. 이런 점에서 교회는 곧 성사이고 성사가 또한 교회의 존재 이유가 되며, 신자는 구원의 보편성사로서의 교회와 함께 생애의 과제로서의 신자의 삶을 살아가게 된다.259

이러한 보편성사로서의 교회는 개인과 공동체의 관계 안에서의 신앙이라는 차원을 넘어 인류를 지향한다. 이는 현대 세계의 교회를 위한 사목헌장, 『기쁨과 희망』Gaudium et Spes에 잘 나타나 있다. "교회가 스스로 세상을 도와주고 세상에서 많은 도움을 받으며 지향하는 단 하나의 목적은 곧 하느님의 나라가 다가오고 온 인류의 구원이 이루어지는 것이다. 하느님의 백성이 자신의 지상 순례 시간에 인류 가족에게 줄 수 있는 모든 선익은 교회가 인간에 대한 하느님의 사랑의 신비를 드러내면서 동시에 실천하는 '구원의 보편적 성사'라는 바로 이 사실에서 흘러나온다"45항 교회는 성사를 통해 은총의 표지 역할을 할 뿐만 아니라 하느님 백성으로서 구원의 보편적 성사로서의 사랑의 신비를 드러내는 소명을 갖는다. 그렇기 때문에 하느님 백성으로서의 교회의 존재이유는 인류를 위한 사랑의 신비를 드러내는 것이 된다. 구원의 보편적 성사가 의미하는 바는 이처럼 폭넓고 다채롭다.

교회는 야전병원이다.

그렇다면 인류를 향한 구원의 보편적 성사로서의 교회의 구체적인 모습은 어떤 것일까? 프란치스코 교황이 제안한 '야전병원으로서의 교회'라는 말이 교회의 보편적 성사의 의미를 잘 나타내준다.

---

259) 마르코 스프리치, 『앙리 드 뤼박: 교회 안에서 그리스도인의 정체성』, 박성희 역(부천: 부크크, 2018), 136.

"주님께서는 밖에 계시고 들어오시기를 원하십니다. 하지만 주님께서는 때때로 우리의 집 안에 계시면서 당신이 밖으로 나갈 수 있게 해 달라고 문을 두드리십니다! 주님께서는 우리에게 밖에 자리한 교회, 나가는 교회가 되라고 요구하시고 있습니다. 야전병원과 같은 교회, 하느님 백성의 상처를 치료하는 교회입니다!"260

야전병원은 전장에 위치한 병원이지 아픈 사람이 군이 찾아가야 치료를 받을 수 있는 병원이 아니다. 이 세상 속에 벌어지는 모든 아픔과 고통 앞에 교회는 정치 결사체나 사람들이 쉬어갈 수 있는 정거장이 아닌 병원으로서 아파하는 이들을 찾아가는 교회, 고통의 전장 한복판에 있는 병원이 된다. 현실적으로 이것이 어떻게 가능한가라는 물음을 던질 수 있다. 하지만 **보이지 않는 하느님의 신비를 추구하면서도 보이는 제도와 성사를 통해 은총을 체험하는 가시적 교회로서의 가톨릭교회가 한 몸 교회라는 것에 주목하면, 이 야전병원으로서의 이념이 개신교 일각의 전투적, 사회-변혁적 교회보다 더 현실적인 형태라고 볼 수도 있다.** 우리는 프란치스코 교황이 한국을 방문할 때, 세월호 유가족들을 위로하고, "인간의 고통 앞에 중립은 없다"고 선언하며 연대했던 사실을 잘 알고 있다. 또한 프란치스코 교황이 난민을 위해 교회의 문을 열라고 했고, 많은 교회들이 이에 동참했으며, 이 가르침을 따라 한국에서도 가톨릭 제주교구가 강우일 주교를 중심으로 예멘 난민을 위해 적극적으로 문을 열고 있는 모습을 목도했다. 정의구현사제단이 고통 받는 이들의 자리에 찾아가 성찬례를 가지며 야전병원으로서의 역할을 하는 것은 어제 오늘의 일이 아니다. 개신교에서도 이런 모습이 아주 없는 것은 아니지만 그것은 개신교 특유의 분열로 인해 서로 다른 단체나 개별 신자의 특수한 행위로 받아들여지는 것이 보통이며 한 몸

---

260) 교종 프란치스코, 「"우리 백성이 어디에서 창조적이었나?" 칠레와 페루 예수회원들과의 대화」, 황정연 역, 『치빌타 카톨리카: 한국어판 제6권(2018년 여름호)』(서울: 이냐시오영성연구소, 2018), 115.

교회의 일로 받아들여지지 않는다. 하지만 적어도 위에서 예시한 것들, 특별히 교황의 권고를 통해 이루어지는 일들은 가톨릭교회에서는 각자마다 받아들이는 태도는 다를 수 있다고 해도 나의 일이고 우리의 일이다. **이것이 바로 무형의 교회를 넘어 보이는 교회로서의 제도교회이자 구원의 보편성사인 가톨릭교회가 가지고 있는 저력이다.** 이런 점에서 교황이 말한 야전병원으로서의 교회는 단지 하나의 은유가 아니라 현실적으로 작용하고 있는 사건이고, 인류를 위한 보편성사로서의 교회의 구체적 모습이다. 윌리엄 캐버노는 이 야전병원의 이념을 신학적으로 정당화하는 탁월한 작업을 이미 우리에게 전해주었다. 그는 야전병원에 대해 이렇게 말한다.

> 그럼에도 교회는 그저 병원이 아니라 야전병원field hospital이다. 특정 영토를 점유하고 영토 침범에 대항하여 그 영토를 방어해내는 정주하는 기관과 달리, 야전병원은 이동 가능한, 기관을 넘어선 사건이다. 야전병원은 자신의 고유한 특권을 방어하는 데는 관심을 갖지 않으며, 그 대신 긴급 상황에 반응하기 위해 스스로 바깥으로 향한다. 하나의 몸으로서, 그것은 보이는 것이지만 자기 영토를 요구하지 않는다. 그러한 사건으로서의 성격은 치유의 공간을 만들어낸다. 야전병원은 세계로부터 물러서지 않으며, 구역 같은 것도 아니고, 있는 그대로의 세계에 스스로 체념해버리는 것도 아니다. 그것은 세계라는 주어진 정치적 경제적 구조 내에서 일하는 것으로 제한되거나 위로부터 세계를 변화시키기 위해 권력적인 것에 협력하여 일차적으로 영향력을 얻어내고자 하는 일에 관여하지도 않는다. 그 접근은 아래로부터 일어난다.*261*

---

261) William T. Cavanaugh, *Field Hospital: The Church's Engagement with a Wounded World* (Grand Rapids: Eerdmans, 2016), 3.

여기서 야전병원이라는 교회 개념이란 구원의 보편적 성사로서의 교회는 사건이라는 것이며, 그것은 아래에서부터 시작하며, 교회가 상층부에 위치한 그리스도교 사회를 만들기 위한 것이 아니라 성사의 공동체로서 세상의 공동선과 인류의 공동선을 추구하기 위해 협력하는 곳이라는 점을 캐버노의 언급에서 확인할 수 있다. 이러한 매우 구체적인 형태의 구원의 보편적 성사로서의 교회관은 사실 제2차 바티칸공의회의 하나님 백성의 보편성과 구원의 보편적 성사에 대한 이념을 통해 이미 그 단초가 형성된 바 있는 것으로, 이제 프란치스코 교황을 위시한 개혁적인 가톨릭 신자들의 아래로부터의 실천과 공동선의 추구를 통해 그 꽃을 피우고 있다.262 지금까지 살펴본 것처럼 가톨릭교회의 교회관은 일치와 보편의 정신 아래 신자 개인과 지역 본당 공동체, 교구, 정점으로서의 바티칸의 유기적 연결 속에서 보편교회로서의 가톨릭교회를 통해 인류에게로 나아간다. 이런 구체적이고, 실질적이며, 전지구적인, 무엇보다도 가시적이고 물질적인 교회관과 비견할만한 개신교의 교회관은 대체 어떤 것이 있을까?

탈교회 현상에 관한 몇 가지 물음: 가톨릭교회의 관점에서

교회는 구원과 신앙을 위해 필수적이다.

이제 가톨릭교회의 교회관에 비추어 탈교회 현상에 대해 몇 가지 물음을 던

262) 실제로 프란치스코 교종은 '야전병원'에 대해 이야기한 직후 내놓은 자신의 첫 번째 교황 권고 『복음의 기쁨』(*Evangelii Gaudium*)을 내놓는데, 그는 이 문헌에서 '야전병원'으로서의 교회가 무엇이어야 하는지 구체적으로 제안한다. 특별히 그는 이것을 이차 바티칸 공의회 문헌 가운데 교회에 관한 교의인 『인류의 빛』에 근거해서 논의한다. "이 자리에서 저는 복음화의 새로운 국면에 처해 있는 전체 교회를 안내하고 격려하는 몇 가지 지침을 제시하기로 했습니다. 생명력과 열정을 갖는 복음화를 위해서입니다. 이런 맥락에서 그리고 2차 바티칸 공의회의 〈교회에 관한 교의헌장: 인류의 빛〉의 가르침에 기초해서, 저는 여러 주제 가운데 다음과 같은 문제에 관해 충분히 토론하기로 결정했습니다. a) 교회의 선교 범위 안에서 이루어지는 교회의 개혁, b) 사목 활동가들이 직면한 유혹들, c) 교회, 복음을 전하는 하나님 백성 전체로서의 교회, d) 강론과 그 준비, e) 사회에서 가난한 사람을 포함하는 문제, f) 사회에서 평화와 대화, g) 사명을 위한 영적 동기들"(『복음의 기쁨』 17항) 해당 문헌의 번역은 『가톨릭 뉴스 지금 여기』에 게재된 박동호 신부의 번역을 따랐다. 캐버노 역시 『복음의 기쁨』을 자신의 야전병원에 대한 이론을 논증하기 위한 시발점으로 삼는다. William T. Cavanaugh, *Field Hospital*, 1-10.

지고자 한다. 필자가 보기에 탈교회 현상은 개신교 신학과 신앙이 불러온 어쩌면 필연적 양상의 하나가 아닐까 한다. 마르틴 루터가 그것을 의도하지 않았다고 하더라도, 종교개혁 이후 개신교 신앙은 경건주의와 복음주의 운동에서 '회심주의' 를 기반으로 삼아 신앙을 사유화하는 효과를 불러왔다. 이런 맥락에서 개신교에 있어서 교회는 신앙과 구원을 위해 필수적인 '중재적 제도' 라기보다 개인의 양심과 신앙의 유익을 따라 자유롭게 선택할 수 있는 기관으로 전락한 것이 사실이다. 물론, 개신교에서도 지역 내지 마을공동체형 교회나 선교형 교회나 사회 참여적 교회 등 다양한 대안을 제시했으나 왜 반드시 제도교회여야 하는지에 대해서는 설득력있는 답을 제시하지 못하고 있다. 이를테면 선교와 사회참여를 위해서는 교회보다 정당에 가입하거나 좋은 시민단체에 가입하는 것이 더 활동력 있는 대안일지 모른다. 마을공동체형 교회 역시, 현재 확산되고 있는 마을공동체를 활용하면 되는 것이지 왜 공동체형 교회가 따로 더 필요한 것인지에 대한 해법이 필요하다. 그리스도에 대한 믿음을 공유하는 사람들 간에 마을공동체를 이룬다는 의미는 있겠으나 여기서 핵심은 그리스도인가, 마을인가?

제도교회를 벗어난 가나안 성도는 교회의 성사에 어떻게 참여할 수 있겠는가?

세례와 성찬과 관련해서도 진지하게 고민해야 한다. 개신교 교회도 세례와 성찬을 통한 '성사의 공동체' 로서의 정체성을 가지고는 있지만, 가톨릭교회가 보여주는 성사의 신비에 관한 보다 깊은 의미파악은 현저하게 부족한 현실이다. 세례는 그저 한 개인이 법적인 교회 회원이 되는 표식처럼 이해되기 일쑤고, 성찬 역시 그리스도를 기념하기 위한 통과의례처럼 여겨지는 경우가 많다. 이와 더불어 신자가 제도교회를 벗어났을 때, 가나안 교인이 되었을 때, 세례와 성찬과 같은 성사의 구조에 어떻게 연결되어 참여할 수 있는가를 진지하게 검토해야 하지만, 이 문제를 풀만한 단초가 무엇인지 아직 알려진 바가 없는 것 같다. 기존의 주류 개신교에서도 세례와 성찬에 대한 필요성과 가치는 크지 않았으므로, 교회의 성사적 구조에 특별한 고민이 없는 주류 개신교나 제도권 교회 밖의 탈교회 진영은 이 문제에 공동으로 고민해야 할 상황에 놓여 있다.

가나안 성도의 공교회성 문제

다른 무엇보다도, 가톨릭교회가 가시적 제도교회를 통해 추구하는 공교회성을 교회 밖의 탈교회 사람들은 어떻게 추구할 수 있을까? 가톨릭교회는 비록 위계적인 교회질서와 사제직을 통해 공교회성을 유지하고 있기는 하지만, 다른 교단에 비해 한 몸으로서의 유기적 질서를 가지고 있기에 교회의 문젯거리와 함께 성취해야 할 바를 공동의 과제로 인식하며 교회의 보편성을 실질적이며, 가시적으로 구현할 수 있는 방편을 가지고 있다. 이에 반해 개신교회는 교파주의의 틀에 갇혀 교파 간 경쟁체제 안에 각자도생하고 있고, 타 교파에 속한 이들을 열등하게 바라보기까지 하는 폐해를 갖고 있다. 탈교회 사람들은 기존의 제도 교단을 벗어나 있기에 이런 한계들로부터 비교적 벗어나 있지만, 여전히 각자도생하는 개신교의 습속을 벗어날 수 있을지 의문이다. 탈교회 운동이 신자 개개인의 개인성에 초점을 맞추는 것이라면 교회의 공교회성과 보편성은 어떻게 성취할 것인가? 사실상 공교회성에 대한 모라토리움을 선언해야 하지는 않을까?

이렇게 놓고 보면, 탈교회 운동이 고민해야 할 지점이 분명하게 나타난다. 공교회성과 성사를 고민하고, 오늘날 세속화된 사회, 즉 교회의 기능을 상당 부분 사회가 제도적으로 양도받은 세속사회에서 교회가 존재해야 할 이유가 무엇인지 검토해야 한다. 이것은 사실 기존의 개신교도 함께 고민해야 할 부분이기도 한데, 탈교회 진영 역시 교회의 유형과 관련해서는 새로울 수 있지만, 신앙의 습속이나 신학의 측면에서는 기존의 개신교의 어려움을 공유하고 있으므로, 전통 개신교가 가지고 있는 의문점을 똑같이 풀어가야 할 과제를 갖는다. 바로 이 지점에서 교회의 활로를 새롭게 열어 제친 제2차 바티칸공의회의 성과를 개신교회가 긍정적으로 고찰하는 것은 분명 도움이 될 것이다. 필자는 탈교회 운동이 불가능하다거나 불필요하다고 보지 않는다. 오히려 그것은 억압된 신자들에게 해방구 역할을 할 수 있다. 다만 필자는 탈교회 운동 역시 교회의 새로운 유형이라는 것 이외에는 제도권 개신교 신앙의 습속과 많은 것을 공유하고 있으며, 그러한 개신교 신앙의 습속의 독특성이자 장점이라고 생각했던 것이 탈교회라는 상황앞에서 심각한 단점이 될 수 있음을 자각하고, 가톨릭교회의 공교회성에서 무엇인가를 배워야 한다는 점을 강조할 따름이다. 이에 필자는 다음과 같은 물음으로 요약하며, 글을 마무리 짓고자 한다. 개신교는 가톨릭교회일 수 없는가?

특 별 대 담

포스트 코로나 시대와 탈교회, 진단과 전망

사회자_ 김동춘 기독연구원 느헤미야, 조직신학

대담자_ 정재영 실천신학대학원대학교, 종교사회학

주상락 명지대학교 교목 교수, 실천신학

김동춘: 먼저 바쁘신 가운데 두 분 선생님과 대화를 나누게 되어 무척 반갑습니다. 오늘 나눌 주제는 '포스트 코로나 시대와 탈교회'에 대해 두 분 전문가를 모시고 진단하고 전망하는 시간이 되겠습니다. 원래 이 대담은 이번 학술총서에 편성되지 않았습니다만, 최근 코로나 사태가 심각한 문제로 등장하면서 '포스트 코로나 이후 탈교회 현상'을 시급히 다루어야 한다는 판단 아래 긴급 대담을 하게 되었습니다.

김동춘: 그럼 제가 대화의 실마리를 꺼내 보겠습니다. 전통적으로 기독교인들은 주일이면 교회라는 일정한 장소에 모여 대면예배를 드렸습니다. 그러나 코로나 사태로 인해 거의 일년 가까이 주일 예배가 중단되었습니다. 주일에도 교회당을 교회 스스로 닫았으며, 교인들은 교회를 출석하지 않고도 각 가정에서 홀로 예배나 비대면으로 영상으로 예배를 드리게 되었습니다. 지난 2월 이후 교회에 가서 현장예배를 한번도 드리지 않은 기독교인도 꽤 많다고 합니다.

그리하여 코로나 사태는 기독교인들에게 예배관과 교회에 대한 사고에 엄청난 변화를 일으켰다고 평가하고 있습니다. 그래서 많은 이들은 '코로나 이전과 코로나 이후의 한국교회는 완전히 다를 것이라' 라고 말하고 있습니다. 그러나 반대로 코로나가 교회나 예배에 미치는 영향력은 일시적인 현상에 불과할 것이며, 교회는 다시 원래대로 돌아 올 것이다 라고 보는 입장이 있는데, 과연 어떻습니까?

한국교회, 코로나 이전과 이후는 상당한 변화가 찾아 올 것인가?

주상락: 요즘 많이 이야기되는 것은, 지금 코로나 시대가 도래하여, 현재를 "뉴노멀 시대"라고 많이들 이야기하는데, 저는 코로나 때문에 교회 상황과 예배 형태가 변한 것은 사실이지만, '변화는 코로나 이전에 이미 시작되었는데, 코로나가 그 변화를 더 촉진시켰다' 고 봅니다.

오늘날 교회는 몇 가지 중대한 변화를 경험하고 있다고 하는데요, 그것을 세 가지로 이야기합니다. 첫째는 '문화의 변화' 이고요, 둘째는 '사회의 변화', 셋째는 '전도 대상의 변화' 입니다. 그런데 이 세 가지 큰 변화는 코로나가 불어 닥치지 않았다 해도, 이미 전반적인 변화가 찾아온 것이었습니다만, 코로나가 찾아옴으로 그 변화가 촉진되었다고 생각합니다.

김동춘: 변화는 이미 찾아왔는데, 코로나가 변화의 촉매제를 역할을 했다?

주상낙: 네, 그렇습니다. 저는 이렇게 표현하고 싶어요. "코로나 때문에 교회의 미래가 성큼 다가왔다." 탈교회 현상을 우리가 경험하고 있지만, 앞으로 탈교회 현상은 더 가속화될 것이거든요. 그런데 코로나 사태를 통해서 탈교회가 더 가속화되었다고 생각합니다. 우리가 흔히 문화의 변화를 "모던"에서 "포스트모던"으로 이동이라고 이야기하는데, 사회학자 조지 리치가 모던 사회를

"사회의 맥도널드화 McDonaldization of Society"라는 개념으로 말했듯이, 현대사회는 소품종을 표준화해서 대량생산으로 가는, 쉽게 얘기하면 '빅맥' Big Mac을 찍어내는 시대였다면, 이제 그런 시대는 지나가고, 포스트모던 시대는 다양성을 강조하는 시대로 가야 한다는 것이죠. 이걸 존 드레인이라는 성서학자가 강조하는데요, 이 분은 "탈맥도날드화 교회 de-McDonaldization of Churches"를 말합니다. 저는 존 드레인이 말한 탈맥도날드화 교회는 탈교회라는 변화의 시점에서 필요한 관점으로 봅니다. 그런데 기존교회에서 탈출하려는 탈교회 형태는 여러 가지가 있겠죠. 저는 그런 교회의 변화를 "교회의 새로운 표현"이나, "선교적 교회" 모델에서 어느 정도 응답하고 있다고 봅니다. 물론 이런 새로운 교회운동이 완전한 정답은 될 수 없지만, 탈교회 현상 때문에 가속화되고 있는 교회의 변화를 어느 정도는 부응해 주고 있다고 생각합니다.

김동춘: 네, 그러시군요. 정재영 교수님께서는 어떻게 생각하시는지요?

정재영: 저도 비슷한 생각을 하고 있습니다. 코로나가 미치는 영향이 상당히 심대하다고 생각을 하는데, 그 영향 가운데는 코로나 자체가 가져오는 영향도 있고, 주 교수님 말씀대로 이미 변화가 일어나고 있었는데, 코로나 때문에 그 변화가 더 가속화된 측면도 있다고 생각하거든요. 그래서 코로나 사태는 분명히 교회관이나 예배관에 영향을 미치고 있다고 생각합니다. 잘 아시는 대로 우리가 전통적인 예배관을 가지고 신앙생활을 하는 사람들은 주일 성수는 반드시 예배당에 출석해서 예배를 드려야 한다고 생각했고요, 더구나 온전한 주일성수는 반드시 본교회에서 드려야 한다고 생각했고, 헌금도 마찬가지로 교회에 가서 직접 정성스럽게 준비한 것으로 드려야 한다는 인식이 강했습니다. 그런 전통적인 예배방식을 생각하면, 지금은 주일에 예배당을 갈 수 없는 상황이기 때문에 주일예배 인식에 상당히 변화가 찾아올 수밖에 없다고 봅니다. 헌금생

활도 교회에 갈 수 없으니 온라인으로 드릴 수 있다고 생각하게 될 정도로 전통적인 신앙방식에 작지만 큰 변화가 찾아왔다고 생각합니다. 한국교회 기독교인들이 대부분 전통을 지키는, 보수적인 사고가 강하지만, 코로나 사태를 거치면서 예배관과 교회관의 인식에 큰 변화를 가져왔다고 생각합니다.

그런데 2020년 2월에 한국기독교목회자협의회에서 설문조사를 했는데, "코로나가 종식되면 다시 교회 가겠는가?"라고 물어봤더니, 85%가 예전처럼 다시 교회에 출석하겠다고 했어요. 이걸 보면 코로나 이전과 이후에 그리 큰 변화가 없다고 볼 수 있겠죠. 그런데 이 설문조사를 했던 시기가 2020년 2월이었기 때문에 코로나가 곧 수그러들 것이라고 생각했던 것 같아요. 그런데 지금은 코로나가 내년에도 계속될 것이고, 어쩌면 종식이 안 될 수도 있고, 아예 코로나와 함께하는 삶이 될 것이다고 얘기들을 하고 있어요. 만약 지금처럼 코로나 상황이 계속되면서 예배와 교회관에 대한 인식의 변화가 일어나면서 신앙 습관 변화가 일어났을 때, 다시 교회에 출석하여 대면예배로 복귀하는게 굉장히 힘들어 질 수 있어요. 저는 신중하게 생각해야 하지만, 우리가 "교인들이 온라인 예배로 정착해 버리거나, 교회출석을 아예 포기해 버리는 등" 최악의 상황이라든지, 또는 급격한 신앙관의 변화가 오는 그런 단계까지도 염두에 두고 목회든, 교회든 준비를 해야 하는 것이지, "그다지 큰 변화는 없을 것이다" 하고 너무 안주하는 것은 코로나 사태에 직면하여 탄력있게 대응하지 못하는 사고가 아닌가 생각합니다.

김동춘: 사람들의 습성이나 행동양식은 역사적 사건이 계기가 되면서 변화하면서 구축된다고 생각합니다. 지금 코로나는 하나의 역사적 사건이죠. 전 세계적인 코로나 팬데믹이 일어났는데, 기독교인들이 주일날 교회 가서, 대면예배를 드렸던 습성들이 점차 탈바꿈하면서, 이제는 교회라는 특정한 공간에 구애받지 않고 집이나 다른 공간에서 영상으로 원격으로 예배드리는 이런 경험들이

그냥 한 두달이 아니라, 거의 일년 가까이 지속되고 있고, 앞으로도 계속된다면, 비대면 예배 방식은 하나의 예배 방식으로 굳어질 가능성도 있다고 보고, 이것은 우리의 예배관이나 교회관의 큰 변화를 가져오는 것은 필연적이다. 그런 생각을 하고 있습니다.

코로나 사태는 목회현장에 어떤 영향을 끼쳤다고 보는가?

김동춘: 그럼 앞서 이야기에 연이어서 코로나 사태는 목회 현장과 개교회의 목회자들에게 어떤 영향을 미쳤는가 말씀해주셨으면 합니다. 제가 듣기로 현장 목회자들에 의하면 예전의 목회 방식과 상당히 달라졌다고 합니다. 주일날 교인들을 바라보고 설교해야 하는데 혼자 카메라앞에서 보이지 않는 교인을 향해 설교를 해야 하고, 부교역자들은 동영상이나 줌과 같은 다양한 전자 장비를 다루는데, 테크니컬한 기능을 익히느라 시간과 에너지를 많이 쏟고 있다고 합니다. 그리고 어떤 목회자는 "내가 목회하고 있는지 모르겠다"라고 하소연합니다. 예배와 모임이 거의 없어져서 교인들을 만날 수 없기 때문입니다. 심지어 주일날 한 명의 교인도 만나지 않은 채 사역자들과 예배를 진행하고 주일을 보낸다고 합니다. 그럼 '코로나 사태가 개신교인들의 예배관에 어떤 변화를 가져왔는가' 말씀해 주시면 좋겠습니다.

정재영: 말씀하신 대로, 예배 형태가 현장에 모여서 '대면 접촉하는 예배'가 아니라 '온라인을 통한 동영상'이라든지, 「기독교방송」을 시청하시는 분들이 많이 있더라고요. 아까 말씀드린 설문조사에서 보니까 주일예배를 어떻게 드렸는가 물었더니, 55%가 본 교회가 제공하는 '온라인 예배'를 드렸다고 응답했고요, 10% 정도는 기독교방송에서 송출하는 다른 교회의 예배영상을 통해 드렸다고 하고, 일부는 교회에 가서 현장예배를 드렸다고 했어요. 어쨌든 기독교

인 다수가 온라인으로 주일예배를 드리는 이 사태는 한국교회에서 처음있는 일인 것 같아요. 물론 예전에도 설교영상을 온라인으로 제공하는 교회들이 있었지만, 아예 주일예배 전체를 영상으로 기존 예배를 대체한 것은 이번이 처음인 것 같아요.

예배 공간과 시간에 대한 의식 변화

정재영: 관찰자 입장에서 볼 때, 대면 예배에서 비대면 예배로 바뀌면서 '공간에 초점을 두었던 예배당'에 대한 인식이 상당히 변화했을 것 같아요. 일단 예배당이라는 공간은 성도들에게 거룩한 장소이고, 경건한 곳이라는 인식이 있었는데물론 예배당을 세속 공간과 구별하여 거룩한 장소라고 간주하는 이분법적 사고는 좋지 않지만, 이제는 코로나 때문에 교회가 아닌 세속 공간에서 예배 드리잖아요? 그게 가정이 됐던, 카페가 됐든 간에 일상의 공간에서 예배를 드리는데요, 이런 공간의 변화가 긍정적으로 보면 "거룩함의 확장"이라고 볼 수 있지만, 달리보면 세속적인 공간에서 예배를 드린다는 것이 기존의 예배 공간인 교회당에서 예배하던 분위기하고는 아주 다를 것 같아요. 그래서 목회자 입장에서는 교회당이 아닌 세속공간에서의 예배는 왠지 말씀의 권위를 약화시키는 건 아닌가 하는 우려를 할 수 있다고도 봐요.

게다가 예배 시간의 변화에도 영향을 주었어요. 우리가 주일예배 하면, 오전 11시가 고정적으로 굳어 있는데, 비대면 예배는 꼭 실시간으로 접속하는 사람들이 많지 않다고 그래요. 어떤 교회의 조사에 의하면, 주일 오전 11시에 접속하는 사람은 그리 많지 않고, 유독 토요일 저녁시간에 유튜브 예배 영상을 확인하는 사람들이 많이 있었다는 겁니다. 내일이 주일인데, 주일 전에 지난 주일 예배는 드려야지 하고, 마치 밀린 숙제하듯이 예배를 드리는 사람들이 의외로 많다는 겁니다. 이건 교인들이 기존의 예배 관습에 얽매이지 않고 그냥 자유롭게 예배하는 것이죠. 이런 것을 보면, 예배에 대한 관념도 상당히 변화가 될 것이라는 거죠. 말씀드렸던 것처럼, 주일날 '구별된 공간'에서, '특정한 공간'에서 예배를 드리는 것이 사라지다 보니까 교회라는 장소와 공간에서 함께 모여 예배드리는 의식이 희박해질 우려가 있는가 하면, 반대로 이것이 일상의 확장이라든가, 거룩의 확장을 열어 주면서, 우리가 성속 이원론 사고 때문에 예배당만 거룩하고, 나머지 공간은 세속적이고, 무의미하다고 생각했던, 그런 사고를 교정해 준다는 점에서 긍정적인 영향을 미칠 수도 있지만, 또한 이를 다른 측면에서 보면, 주일성수에 대한 전통적인 개념이 약화될 우려가 있는 것도 사실인 거죠. 아까 말씀드렸던 설문조사에서도 질문을 했는데, 기독교인의 약 55%가 "온라인이나 가정예배로 교회당 예배를 대체할 수 있다고 생각한다", 이런 응답이 나왔어요. 주일 성수는 반드시 예배당에서 해야 한다는 대답이 40% 남짓 되지 않았기 때문에 주일 예배에 대한 인식에 상당히 큰 변화가 일어날 가능성이 크다. 이렇게 볼 수 있을 것 같습니다.

주상락: 저는 이번 판데믹 현상을 통해서 교회와 신앙생활에 세 가지 점에서 차이가 일어났다고 봅니다. 첫 번째는 '교회관의 차이'이고, 두 번째는 '세대 간의 차이', 세 번째는 '디지털의 차이'입니다. 먼저 생각할 것은 작은 교회와 큰 교회 사이에 디지털의 차이를 가져왔는데요. 한국성결신문과 「리얼미터」가 공동으로 설문조사를 했는데요, 이 설문에 의하면, 천 명 단위의 대형교회는 4% 이내만 대면예배를 드렸다고 응답했고, 500~천 명 단위의 중형교회는 7% 정도 대면예배를 드린 것에 비해, 50명 이하의 작은 교회들은 40%가 대면예배를 드렸다고 합니다. 여기서 저는 디지털 양극화를 보았는데요, 작은 교회들은 디지털 장비가 미비되어 절반 가량의 교인들이 대면예배를 드렸다는 것인데, 교회의 규모에 따라 디지털의 차이가 일어났다고 말할 수 있다고 봅니다.

주상락: 또 한 가지 차이는 '세대 간의 차이'가 일어났습니다. 왜냐하면 교회

가 지금까지 주로 비대면 예배를 드리다가, 이제 서서히 대면예배로 전환하고 있는 추세이지 않습니까? 그런데 60대 이상의 교인들은 80% 이상이 교회당으로 이미 돌아왔습니다. 문제는 젊은 세대들이죠. 저희 교회만 하더라도 20대와 30~40대는 50% 정도 밖에 현장예배로 돌아오지 않았어요. 청장년 세대는 여전히 비대면 예배를 선호하고요. 또 자기 자녀들이 감염될 염려도 있어서 교회에 선뜻 나오지 못하고 있어요. 그리고 20대는 좀 다른 추세인데요, 이 세대는 "디지털 네이티브 Digital Native"잖아요? 그래서 디지털이 오히려 더 편한 거예요. 그래서 저의 질문은 과연 "디지털 네이티브인 20대들이 다시 교회당 예배로 돌아올 것이냐" 하는 겁니다. 이 부분은 한국교회가 고민해야 할 지점이라고 생각합니다.

코로나는 '교회'라는 공간 개념을 바꾸었다

김동춘: 조금 전에 정재영 교수님께서 말씀하신 것이 굉장히 중요한 지점이라고 생각합니다. 과연 코로나로 인한 비대면 예배가 예배관이나 교회관의 변화를 가져왔는가? 지금까지 우리는 "나는 교회에 간다"고 했을 때, 그것은 어떤 특정한 장소나 공간으로 가는 것을 의미했잖아요? 그래서 우리가 "나는 오늘 주일예배를 드리러 간다" 할 때, 그 말은 특정한 시간에 특정한 장소에 가서 드려지는, 그래서 예배하는 그 장소만이 성스럽고, 그곳만이 예배의 공간이고, 거기에 하나님께서 현존하는 장소라고 생각해 왔는데, 이제는 집안에서도 주일예배를 드리게 됐단 말이죠. 그렇다면 이제 "코로나는 교회라는 공간 개념을 바꿔어 버렸다", "교회란 이제 더 이상 특정한 공간이 아니다". 이렇게 말해도 되지 않을까요? 이제 꼭 건물로 된 어떤 장소나 공간이 교회가 아니라, "내가 지금 예배하고 있는 이곳, 그곳이 가정이거나 카페이거나 작업장이라 할지라도, 여기 이 공간과 장소가 바로 교회다." 이렇게 말입니다. 그런데 여기서 질문하고 싶은 것은 과연 일반 기독교인들이 가정이나 다른 공간에서 온라인

으로, 비대면으로 예배를 드리면서, "여기는 교회당은 아니지만, 지금 예배드리는 바로 여기가 그리스도의 몸된 교회다", 이렇게 생각하면서 예배드렸을까요? 저는 일반 성도들이 아직 그런 생각까지 확장되지는 않았을 거라 생각해요. 과연 교회라는 개념이 "교회당이라는 일정한 공간 너머로 확장되는 교회관"의 근본적인 변화까지 가져왔을까요? 어떻게 보면 이것은 자연스럽게 미셔널 처치missional church 개념으로도 연결되겠습니다.

정재영: 그런 부분을 신학적으로 풀어야 되는데, 처음 온라인 예배가 진행되면서 신학자들 사이에 논쟁이 되었던 것이 "온라인 성찬이 가능한가?", 이런 이슈였던 것으로 알고 있어요. 예배학 학자들이 모여있는 단톡방에 온라인 성찬에 대해 이슈를 던졌을 때, 예배학 학자들의 의견이 갈렸다고 합니다. 온라인 성찬은 '가능하다' 와 '불가능하다' 로요. 이건 신학자가 아닌 제가 답할 것은 아닙니다만, 저는 앞으로 현실적으로 특별한 경우 전염병 상황으로 인해 결국 언택트uncontact 예배와 성찬으로 갈 수밖에 없다고 생각합니다. 그러나 그렇다고 하여 교회의 예배 환경이 앞으로 전부 온라인 형태로 갈 것인가? 라고 보기는 어려울 겁니다. 온라인 방식은 아무래도 오프라인의 '보완재' 라고 생각합니다. 우리 사회의 모든 환경이 "오프라인은 사라지고 전부 온라인으로 바뀔 것이다"라고 생각하는 사회학자들은 별로 없을 것 같아요.

김동춘: 그건 마치 우리가 종이책과 이북ebook을 사용하고 있지만, 앞으로 모든 책은 이북으로 대체될 거라고 성급하게 진단하는 것은 성급한 판단인 것과 마찬가지겠지요.

정재영: 예배를 온라인으로 드리는 게 신학적으로 가능하냐는 신학자들이 답을 주어야 하지만, 만약 우리가 한두 달 이렇게 온라인으로 집에서 예배드리는

것이 편하고 좋다고는 할 수 있겠죠. 하지만 1년, 2년 계속되었을 때 거기에 만족할 수 있느냐? 저는 만족할 수 없다고 생각해요. 온라인이라는 관계로는 사회적 관계가 만들어지지 않기 때문이죠. 그렇게 되면, 코로나가 종식되거나 훨씬 더 안정되면 사람들이 예배당으로 찾아갈 거라고 생각합니다.

그런데 우리가 생각해야 될 것은 성경에 "모이기를 힘쓰라" 이런 말씀이 있지만, "그것이 꼭 오프라인에서만 모여야 한다" 그런 의미로만 해석할 수 없다고 봐요. 물론 초대교회 당시 상황을 보면 당연히 오프라인을 염두에 두었겠지만 지금 21세기 팬데믹 상황에서 이 말씀을 문자적으로만 해석하여 "오프라인으로 모이라"는 것으로 생각할 것이 아니고요, 다양한 상황에서 다양한 방식으로 모일 수 있다고 생각합니다. 저는 이것은 틀렸고, 저것이 답이다 라기 보다는 다양한 상황이 펼쳐진 이 시점에서 사람에 따라서 이런 저런 선택을 해야 하는 상황이 오고 있다고 생각합니다.

김동춘: 이야기를 정리한다면, 일반적으로 특정한 장소와 공간에서 성도들의 모임회집으로서 예배가 진행되어 오다가 팬데믹이 불어닥쳤을 때, 이것은 일종의 비정상의 상황이잖아요? 비정상의 상황에서 언택트 예배가 마치 정상인 것처럼 그것으로 완전히 대체될 수 있다고 생각하는 것은 성급한 진단인 것 같습니다. 이것은 어디까지 비정상의 상황에서 특수한 예배의 형태라고 해야지, 이것이 기존의 전통적인 예배 형태를 전부 대체하는 것은 아니다. 이것은 예배형태와 예배방식의 또 다른 〈선택이거나 보완재〉로 보아야 한다. 이렇게 봐야 하겠지요?

정재영: 전체적으로는 저도 그렇게 생각하는데요, 아까 말씀드렸던 것처럼 일부 사람들 중에는 특별히 언택트비대면 예배를 더 선호하는 사람들이 나올 수도 있다고 생각해요. 가나안 성도들을 생각해보면, 이 사람들은 이미 교회를 떠

나 있는 사람들이거든요. 이 사람들은 오프라인 교회에 출석하기보다는 온라인으로 모이는 것을 선호할 수 있습니다. 이런 점을 감안한다면, 지금 당장 온라인 예배가 오프라인을 대체하지는 않겠지만 앞으로는 그런 상황이 확대될 수 있고, 일부 사람들은 온라인 예배를 더 선호하는 사람들이 나올 가능성이 있다고 봅니다.

김동춘; 제가 코로나 사태로 인한 흐름을 보니까 이렇더군요. 처음에 코로나 감염 때문에 주일에 현장예배가 폐지됐잖아요? 주일날 교회 문을 닫았을 때, 어느 원로 목사이자 신학교의 명예 교수님께서 신문에 기고하기를, 일제 강점기나 6.25 시절에도 순교를 각오하고 주일예배를 폐쇄한 적이 없던 한국교회가 우리 스스로 교회당 문을 닫는다는 것은 있을 수 없다. 이렇게 얘기했거든요. 그런데 이상하게도 코로나 상황에서 주일날 예배당 문을 닫는 것에 대해 전체적으로 보면 개교회 전반의 저항은 그리 크지 않았다고 생각합니다. 그러면 이게 무엇을 의미할까요? 왜 교회가 이렇게 보건당국의 지침앞에 순응하게 되었을까? 사람들이 전염병 앞에서, 예를 들면 오순절 교회 같은 곳에서 전염병 마귀를 쫓아내야 한다는 특별 기도회를 개최한다거나 주일예배에 더욱 더 교회당에 모여 이 병마와 영적으로 싸워야 한다는 그런 움직임이 거의 없었고, 대부분의 교회가 보건 당국의 의료 지침을 따랐다는 것을 주목해야 한다고 봅니다. 전염병의 위기앞에서 개신교의 행동방식이 과거와 달리 이렇게 변화한 데에는 일종의 합리성의 사고가 한국교회와 기독교인들의 의식속에 내재되어 있었기에 가능한 일이 아니었을까 생각합니다. 저는 그런 것을 "세속화"라든가, "계몽주의 기독교"로의 탈바꿈같은 관점에서 얘기를 더 하고 싶긴 한데, 그것은 오늘의 주제는 아니니까 이 정도로 말하도록 하지요. 어쨌든 개신교 신앙의 내적인 작동원리가 상당히 변화를 겪게 된 것은 틀림이 없는 것 같습니다.

김동춘: 그리고 그런 얘기도 하더군요. 교회가 비대면 예배로 가면서 목회자의 성도에 대한 장악력이 상당 부분 약화되었다고요. 주일날 교회 오면 강대상을 바라보면서 오로지 목사의 설교에 주목해야 하는데, 이제는 설교에 대한 선택권이 교인들에게 옮겨 왔으니까요. 이런 것들은 어쩌면 교회 리더십의 변화라고 말할 수 있겠습니다만, 이런 것에 대해서 좋은 말씀 있으실까요?

주상락: 저는 비대면 예배가 교회 리더십의 변화를 가속화시켰다고 보고요. 그래서 지금의 수직적이고, 위계적인 리더십이 아니라 "백 투 더 베이직 Back to the Basic", 즉 초대교회의 정신으로 돌아가서 교회 갱신의 근거로 만들어 가야 한다고 생각합니다. 아시겠지만 초대교회는 일상에서 하나님 사랑을 나누었고, 수평적 리더십을 이루었잖아요? 그러나 중세로 오면서 교회가 '제도화' 되었고 물론 제도화 자체가 나쁘다는 것이 아니라 교회안에 사랑과 섬김이 없는 제도화가 되었기 때문에 문제가 되었다는 것이죠, 그리고 미국에 와서 교회는 상업적이 되었다고 할 수 있습니다. 그러나 포스트코로나 시대를 경험하면서 교회 리더십은 초대교회 모습으로 바뀌어야 할 것입니다. 그런 흐름을 따라가지 못하는 교회들은 상당한 진통을 겪을 것이다. 저는 그렇게 봅니다.

정재영: 코로나는 예배에 대한 우리의 생각을 바뀌도록 만들었다고 저도 생각하는데요. 코로나가 발생했을 때, 어떤 목사님이 페이스북에 이렇게 썼더라구요. "예배가 멈추니 예배가 보이더라." 이런 표현이 굉장히 의미심장하게 다가오더라고요. 우리가 습관적으로, 예배를 드려왔는데, 그 예배를 중단하게 되니까 "정말 예배란 무엇일까?", 그리고 "교회란 무엇일까?", 이런 본질적인 질문을 하게 되는 것 같습니다.

김동춘: 코로나 사태로 인해 비대면 예배가 진행됨으로써 사실은 기존 교회의

목회자들이 성도들에 대한 장악력이 상당 부분 약화되었다고 할 수 있어요. 왜냐하면 교인들이 주일에 교회를 와야 저 장로, 권사, 집사 교회 왔네, 그리고 누구는 빠졌네 하면서, 교회적 차원의 신앙 체크가 가능하고, 목회적으로 컨트롤을 할 수 있었는데, 이제 교인들이 저마다 집에서 예배를 드리기 때문에 예배의 선택권을 교인들이 가지게 되었습니다. 주일예배를 언제 드릴 것인가, 어떤 설교, 누구의 설교를 들을 것인가, 이런 선택권이 목회자가 아니라 교인들에게 넘어가면서, 어떻게 보면 '교회질서나 교회권력의 해체', 그러니까 교회가 가지고 있는 교인에 대한 장악력이 확연하게 이완되고 해체되는 과정을 겪으면서 일선 목회자들은 이런 상황이 상당히 불편하기도 하고 당황스럽기도 할 겁니다. 그러나 그것이 역설적으로 교회가 수평적인 리더십으로 체질개선하고, 민주적인 방향으로 발전하는 그런 계기가 된다면 좋을 것 같다는 생각이 듭니다.

또 한가지는, 목회자들이 그런다고 그래요. 코로나 사태로 교인들이 교회를 나오고 있지 않고, 영상으로 예배드리고는 있지만, 이제 수개월째 비대면 예배를 드리다 보니, 현장예배가 재개되었을 때, 과연 교인들이 소속 교회로 고스란히 복귀할 것인가? 이런 의구심이 있다고 하더군요.

정재영: 사실 그런 염려가 생기죠. 교회 권위와 질서의 해체가 가져다 주는 양면성이 있다고 생각합니다. 동영상이나 비대면 예배는 교회의 권위주의 시스템을 해체한다는 긍정적인 측면이 있지만, 반대로 교회에 대한 그리스도인의 정체성마저도 흔들릴 수 있는 우려도 있거든요. 종교개혁도 긍정적인 결과도 있었지만, 부정적인 영향도 있었다고 말하듯이 코로나 상황은 교회에게 기회이면서 또한 우려스런 상황을 안고 있다고 생각해요. 예를 들어 동영상 예배는 교회 소속감을 상당히 약화시킬 가능성이 있고요. 물론 교회 소속감의 약화 현상은 코로나 사태로 더 강화된 측면이 있지만, 그렇다고 전에는 그게 없었던 일이 아니라고 봐요. 벌써 오래 전부터 한국교회에는 교회에 대한 '충성심'이 우

리 윗세대 교인들에 비해 굉장히 약화되었거든요.

교회도 본교회만 열심히 충성. 봉사하는 모습이 사라지고 있는데요, 많은 사람들이 먼거리에서 교회 다니다 보니, 새벽기도나 수요집회는 가까운 동네 개척교회 가서 예배드리는 사람들이 상당히 많아요. 개척교회 목사님들 하는 이야기가 큰 교회 나가시는 권사님이 새벽예배에 오시는데, 십일조를 개척교회에 하더라는 거예요. 그럼 작은 교회에 십일조를 드린다면, 어디가 본교회인가? 하는 그런 생각이 들어요. 그만큼 교회 생활이 다변화되었다는 말이지요.

그리고 요즘에는 방송설교나 유튜브 설교도 듣기 때문에 본교회 담임 목사의 설교 말고도 유명 교회의 설교 잘하는 목사의 설교를 듣기도 하니까, 교인 한 사람이 실제로 출석하는 교회에만 교적만 있을 뿐, 새벽예배 가는 교회와 자주 청취하는 동영상과 방송설교하는 목사에게 심정적으로 자신의 준거집단이 되고 있는 셈이지요. 그렇다고 한다면 출석하는 본교회는 명목상의 교회가 되고, 본인이 청취하는 목회자의 설교에 더 은혜를 받으면서 자신의 신앙적 가치관에 영향을 많이 받는다면 사실상 그 교인의 본 교회는 2순위일 수 있거든요. 이런 현상이 이미 일어나고 있습니다. 그런데 코로나 상황으로 본 교회 출석이 어려워지게 되고 온라인 예배를 드리게 되면서 설문조사를 해보니까 거의 80% 이상은 본 교회 온라인 예배를 끝까지 시청했지만 일부는 중간에 다른 교회 유튜브를 시청하기도 했다는 사람들이 꽤 많이 있더라고요. 이런 현상들은 앞으로 더 가속화될 전망이라고 봅니다.

코로나 시대의 교회생활과 예배는 또 다른 탈교회인가?

김동춘: 그래서 말씀하신 이런 유동적인 교회 생활, 그러니까 본 교회 말고 또 다른 교회와 목회자에게 접속되어 있는 이런 현상도 '탈교회'라는 용어로 대입하여 적용하기에는 애매한 점이 있겠습니다만, 이런 현상도 "또 다른 형태의 탈교회"라고 말할 수 있지 않을까 해요. 행정적인 소속만 두었지, 소속교회로

부터 사실상 풀려 나와 있고, 본 교회로부터 자유로워진 자율적인 교인이 되어 버린 의미에서 이것도 일종의 '소극적인 의미의 탈교회'가 일어났다고 할 수 있을지 모르겠네요.

정재영: 교회의 의미를 어떻게 정의하느냐에 따라 다르겠지만 본 교회를 염두에 두고 탈교회라는 말을 사용한다면, "탈교회는 이미 일어나고 있었고, 코로나 사태로 좀 더 가속화될 것이다"라고 볼 수 있는 것이죠.

주상락: 저는 점점 보편화되고 있는 온라인 교회 현상은 전통적인 입장에서 볼 때는 탈교회 현상이지만, 교회론적으로 보면 오히려 그것이 대안적인 교회의 형태가 될 수 있다고 봅니다. 온라인 교회가 판데믹 때문에 일어났다고 생각하시는데, 서구 교회에서는 코로나 이전에도 온라인 교회가 폭발적으로 성장하는 추세입니다. 영국에서 "처치 오브 포스트 church of post"라고 하는 교회가 온라인 예배를 시작하자 2주 만에 8천 명이 모였습니다. 그리고 계속 모이자 4만 명 이상의 사람들이 온라인 예배를 드리게 되었습니다. 그리고 이제는 전도의 대상에도 초점을 맞춰야 한다고 생각합니다. 이제 포스트 판데믹 시대에는 전도의 대상이 완전히 바뀌었습니다. 영국의 조지 링스가 연구를 한 것인데요. 예전에는 '교회에 호감이 있었던 사람들', 이런 사람들을 "주변인"이라고 불렀습니다. 기독교 국가 시대에는 주변인의 비율이 많았기 때문에 그 사람들을 교회 예배에 초대만 하면 되었습니다. 그러면 교회는 저절로 성장하는 것이죠. 그런데 이제 '후기 기독교 시대'가 되면서 가나안 성도들, 이걸 영어로 말하면 Believing믿음은 있는데 Growing성장이 없는 것 아닙니까? 이런 사람들을 영국에서는 "디처치드 피플 dechurched people"이라고 부릅니다. 저는 논문에서 이 용어를 한국어로 가나안 교인이라고 썼습니다. 그런데 우리나라는 그런 사람들이 200만, 혹은 300만 명이 되는데, 이건 영국이나 미국도 마찬가지거든요. 크

리스천인데 교회에 나올 수 없는 사람들을 조사해 보니까 이런 사람들이 온라인 예배에는 많이 참여한다는 것이지요. 그리고 또 다른 차원의 전도 대상에도 초점을 맞춰야 하는데, 그것은 '믿음도 없는데 교회도 참석 안 하는 사람', 이런 사람들은 "언처치드 피플 unchurched people"이거든요. 이런 사람들이 "후기 기독교 국가" 시대에는 가장 많은 포지션을 차지합니다. 그럼, "이런 사람들은 어떻게 전도해야 할 것이냐"고 할 때, 서두에도 말씀드렸지만 "탈맥도널드 교회"가 그 사람들을 포용할 수 있도록 영국에서는 "선교형 교회"라고 말하면서 '교회의 새로운 표현 Fresh expressions of Church'으로 발전한 것입니다. 이처럼 교회의 새로운 표현들이란 차원에서 옥스퍼드 교구에서는 온라인 교회만 담당하는 사역자를 담임목사로 세워서 적극적으로 움직이고 있고요. 그게 2004년부터 시작되었는데, 이런 교회가 점점 더 성장하고 있습니다. 미국도 마찬가지로 '라이프 처치 티브이 Life Church TV'라는 대표적인 온라인 교회가 2009년에 13개 온라인 교회와 '멀티 사이트 처치'로 교회가 개척되고 2016년에는 두 배가 성장해서 지금은 엄청난 사람들이 온라인 교회에 참여하고 있습니다. 온라인 교회는 전도의 대상을 세 가지의 전도 대상에 초점을 맞춥니다. 예를 들면, 지역교회에 출석하지 않는 사람, 즉 가나안 교인, 그리고 예배 공동체를 찾는 사람, 그리고 세 번째는 교회에 나올 수 없는 상황인 사람, 예를 들면 3교대로 일하는 직업군이나 여행을 떠난 사람, 그리고 지금처럼 코로나 상황에서 교회에 갈 수 없는 사람은 온라인 예배를 드려야 하잖아요. 그래서 포스트 코로나 시대에서는 전도의 대상을 고려해야 합니다.

코로나 이전의 탈교회와 코로나 시대의 탈교회, 그들은 모두 가나안 성도인가?

김동춘: 그럼 정재영 교수님, 지금 주상락 교수님이 말씀하신 것을 염두에 두시면서 지금까지 일반적으로 말해왔던 탈교회, 그러니까 스스로 교회를 떠나는 가나안 성도 현상으로서 탈교회와 지금 코로나의 영향으로 교회를 떠나는,

이 새로운 형태의 탈교회를 구분해야 할까요?

정재영: 저는 명확하게 구분되지 않는다고 생각이 들어요.

김동춘: 그럼 원래 우리가 정의했던 탈교회와 코로나로 인한 탈교회와는 어떤 차이가 있는지 말씀 부탁드립니다.

정재영: 제가 생각할 때, 코로나가 교회에 미친 가장 큰 결과는 대면접촉이 어렵게 된 것과 그래서 온라인 예배의 필요가 강화된 것이라고 보고요. 그런데 온라인 예배는 어쩌면 다른 형태의 탈교회 현상을 더욱 가속화시키는 측면이 있다고 봅니다. 그런데 얼굴과 얼굴을 대면하여 모이는 교회만이 아니라 온라인으로 모이는 교회도 교회 울타리 안에 있다고 볼 수 있는 데요, 탈교회는 아예 온라인이든 오프라인이든 교회 자체를 떠난 것이라고 본다면, 우리가 말해왔던 가나안 성도들이 바로 그런 사람들인 거죠. 물론 가나안 성도 중에서도 극히 일부가 온라인 교회에 참여하는 사람이 있긴 하지만, 대부분은 교회 출석을 하지 않거나 띄엄띄엄 교회를 나가는 사람들이라고 할 수 있어요. 그런 점에서는 코로나로 인해 교회를 나가지 않는 다면, 그 분들도 가나안 성도 범주에 넣을 수 있다고 봐요.

  그런데 가나안 성도를 동질적인 집단으로 규정하기 참 어려워요. 가나안 성도들은 각자 신앙의 색깔도 다르고, 교회를 떠난 이유도 다르고요, 또 교회에 돌아오는 과정도 다를 수 있고요, 어떤 교회를 추구하느냐도 상당히 달라요. 최근 들어 아예 가나안 성도를 대상으로 하는 교회가 생겨나기 시작했는데요, 이런 교회가 최근에 꽤 여럿 생겨났어요. 그런데 가나안교회에는 다양한 사람들이 오기 때문에 그들을 상대로 목회하기가 그리 쉽지 않다는 이야기를 많이 해요. 어떤 교회는 가나안 성도들이 20~30명 모였는데 전부 서로 다르다는 거죠. 추구하는 교회관도 다르고, 교회를 향해 요구하는 것이나 목소리도 다르기 때문에 굉장히 힘들고, 목회자들이 지친다는 얘기들을 많이 하시더라고요. 그래서 저는 탈교회의 요인이나 그 유형도 상당히 다양하다고 봅니다. 그래서 코로나 이전의 탈교회와 코로나 이후의 탈교회는 상당 부분 겹친다고 봐야 할 것 같습니다.

김동춘: 저는 탈교회한 가나안 성도들의 유형을 세 가지 유형으로 분류할 수 있다고 봅니다. 첫 번째는 "래디칼한 탈교회 사람들", 즉 완전히 기독교와 절연絕緣하고 기독교 자체를 떠나버린 사람들이죠. 그렇다면 이들은 가나안 성도라고 이름을 붙일 수 없겠지요. 교회와 기독교를 아예 떠났으니까요. 두 번째는 "재건주의적인 탈교회 교인"입니다. 이건 뭐냐면 교회가 너무나 마음에 안 들고 교회가 개혁되어야 하는데 그러지 못하니까 기존 교회에서 나와서 자기 나름대로 신앙을 새롭게 추구하려는 탈교회 교인입니다. 그럼, 지금 코로나 판데믹으로 인해 교회에 나가지 않는 사람들은 교회에 대한 환멸을 느껴서 그러는 것이 아니라 코로나 사태라는 돌발 상황 때문에 교회로부터 떨어져 나가 있는 사람들이라고 할 수 있겠습니다. 그래서 '이들을 어떤 탈교회로 규정할 것인가' 는 애매한 점이 있다고 봅니다. 세 번째는 "잠재적 탈교회 교인들"인데요, 이들은 아직 기존 교회를 떠나지는 않았지만, 이미 심정적으로 제도교회에 대한 회의와 환멸, 실망감으로 이미 마음이 떠난 사람들입니다. 물론 아직 교회에 남아 있는 이들까지 탈교회 교인이라고 규정하는 것은 문제가 있습니다만, 워낙 이런 부류의 기독교인의 숫자가 적지 않을 거라고 추정하고 있기 때문에 이들을 탈교회 범주에 포함시키지 않을 수가 없을 것 같아요.

주상락: 영국 학자인 조지 윌리엄스도 가나안 교인들을 두 가지 종류로 이야기를 합니다. "Open dechurched People"과 "Closed dechurched People"로요. 이

게 비슷한 말인데, '오픈'이란 말 그대로 교회나 목회자가 싫어서 가나안 교인이 된 게 아니라 자신의 상황 때문에, 그렇게 된 것을 말합니다. 그래서 지금처럼 코로나 상황에서 가나안 교인들이 되는 분들은 "오픈 디처치드 피플"이겠죠. 그런데 교회가 싫고, 목회자도 싫고, 교회구조가 싫다고 하면서 교회에 마음을 닫은 사람들을 "클로우즈드 디처치드 피플"이라고 말할 수 있겠습니다.

정재영: 가나안 성도에 대한 저의 연구에서 제가 2013년에 설문조사를 했고, 2018년도에 또 한번 조사했거든요. 그러니까 5년 만에 조사를 다시 한 것인데요, 처음 설문조사 때 "왜 교회를 떠났는가" 물어봤을 때 기존 교회에 대한 불만이 40% 이상 나왔어요. 그 다음에는 개인적인 신앙 추구에 대한 문제라고 응답하는, 그러니까 교회라는 틀 자체를 불편해 한다는 이유가 30% 나왔거든요. 그 때 제가 분석하기를, 이런 통계는 어쩌면 다행이다. 비록 기존 교회에 대한 불만이 많이 있지만 기존 교회가 회복되고 교회가 갱신되면 돌아올 가능성을 보여주고 있다고 보았거든요. 그런데 5년 후 재조사에서는 이 비율이 확 줄었습니다. 교회에 대한 불만은 10% 대로 확 줄었고, 개인적인 신앙 추구로 교회를 떠난다는 비율이 훨씬 많아졌어요. 이 사람들은 교회에 대한 불만보다는 그냥 교회 자체가 불편한 거예요. "그냥 내 식으로, 자유롭게 신앙생활 할 거야." 이런 논리인 거죠. 이 사람들은 아무리 교회가 회복되고 갱신되어도 교회로 돌아올 가능성이 상당히 낮아진 거죠. 5년 사이에 생각이 크게 바뀌었어요.

김동춘: 어떻게 보면 요즘 나오는 책 이름처럼 '개인주의자 크리스천 선언'을 했다고도 할 수 있겠네요.

정재영: 개인주의적 신앙관은 코로나 때문에 더 영향을 받을 가능성이 큰 거죠. 지금까지 기존의 교회 질서를 중시하고 전통적으로, 또 관습적으로 신앙생활

해 왔는데, 코로나 상황으로 새로운 방식의 비대면 예배도 드리고, 교회에 나가지 않는 주일을 보내보니까, 한 번 생각을 해 본 것이죠. 지금까지 내가 생각했던 "이게 교회가 아닌 것 같은데?" 하는 문제의식이 생긴 사람들은 점점 교회라는 틀 자체를 불편해할 가능성이 생기는 거죠.

김동춘: 그래서 저는 코로나 사태는 상당한 정도로 탈교회 신자를 배출해 낼 것으로 봅니다. 그와 함께 상당기간을 교회에 출석하지 않는 교인들을 경험하면서, 기존 교회의 목회자들이 가나안 성도를 바라보는 관점이나 태도가 상당히 우호적으로 바뀌어질 것이라고 봅니다.

코로나 사태는 교회에 대한 고정된 틀을 깨뜨리는 계기가 되면서, 이제는 고정된 교회, 즉 '고체교회'가 아니라 유동하는 교회, 즉 '액체교회', 혹은 '미니멀한 교회'의 탄생을 알리는 계기가 되었다고 해석할 수 있는가?

김동춘: 우리가 많은 이야기를 했는데요. 이제 주제를 바꿔서 이런 질문을 던져 보죠. 코로나 사태로 인한 탈교회 현상은 단지 "소속 없는 교인", "교회 난민"을 양산하는 부정적 결과만을 의미하는 것이 아니라, "포스트 크리스텐덤 시대의 교회의 새로운 표현"으로 보아야 하지 않겠는가? 하는 겁니다. 그러니까 코로나 사태로 인한 "새로운 방식의 예배"와 "장소없는 교회"와 같은 현상은 교회의 새로운 표현으로 설명할 수 있을까? 하는 겁니다. 또 한 가지는 코로나 사태로 인한 고정된 예배와 교회관의 해체로 인해 '액체 교회 Liquid Church', 혹은 '미니멀 교회'를 생각하는 계기가 되지 않았을까 생각합니다. 이런 새로운 교회 개념의 출현에 대해 종교사회학자와 실천신학자께서 말씀해 주세요.

주상락: 최근 논의되는 교회 개념가운데 '액체 교회'라는 개념이 있습니다. 그

반대로 '고체 교회'가 있겠는데, 고체교회란 교회 건물이 세워져 있고 교회의 위치도 지역적으로 고정되어 있는교회를 말합니다. 고체 교회는 크리스턴덤 시대의 마인드인데요, 기독교 국가 시대에는 교회가 항상 도시의 중앙에 위치해 있어야 하거든요. 그런데 건물이 교회는 아니잖아요? 교회란 주님의 이름으로 두세 사람이 모인 곳이죠. 우리가 "어셈블리 교회 Asembly Church"라고 하는, 즉 에클레시아잖아요. 그런 점에서 보면 액체 교회는 교회의 본질을 보여 준다고 할 수 있습니다. 복음의 본질은 결코 흔들릴 수 없지만, "언제 예배를 드려야 되느냐", "어디서 예배를 드려야 되는가", "어떤 방법으로 예배를 드려야 될 것인가"와 같은 예배의 방식이나 형태는 언제든지 유동적일 수 있습니다. 예를 들어 주일예배를 토요일에 드리는 사람들의 선호도가 높다고 하셨는데, 미국 교회에는 지금 토요일 저녁 6시 예배를 크게 선호합니다. 주일날 예배를 드리지 못하는 사람들을 위해서 토요일 6시에 주일예배를 열어주고 있습니다. 그런 교회들이 성장하고 있고요,

우리가 '교회 공간'이라고 하는 개념이 '보이는 공간'도 있지만 온라인 교회라는 '가상의 공간'도 신학적으로도 논의해 봐야 하는 거 아닌가 싶어요. 그런데 저는 개인적으로 고체교회나 액체교회조차도 더 뛰어넘어야 한다고 생각합니다. 제 용어로는 "공기교회"입니다. 공기는 보이지 않지만 어디에나 있잖아요? 그런 개념을 성육신적 사역과 연결해서 지역사회로, 이것은 공공 교회론과도 연결되는 부분이지만 지역사회에 우리가 불신자들과 소통하면서 그들을 섬기면서 예수님께서 사람들에게 섬김을 보여주셨던 것처럼 우리 교회도 지역 사람들을 경청하는 태도를 갖는 것입니다.

김동춘: 그렇다면 고체교회라고 말할 수 있는 기존의 교회는 교회라는 건물이 일정한 장소에 고정되어 있고, 십자가가 달려있고, 교회 간판이 있고, 교회 안에는 강대상과 장의자가 있는 그런 교회라면, 액체교회란 그런 요소들은 언제

나 상대화될 수 있고, 액체처럼 이동할 수 있는 그런 교회를 말하는 것이지요?

주상락: 그렇다고 제가 교회 건물 해체주의자는 아니고요웃음 고체교회와 액체교회도 같이 가야하고요, 거기에 더해서 공기교회까지 가야 한다는 의미입니다.

김동춘: 교회가 우리 눈에 보이는 가시적인 표식marks이 없다 할지라도 교회는 어디든지 있다. 이런 얘기가 되겠네요.

주상락: 교회의 그런 표현을 저는 성육신으로 보면서, 성육신 사역, 성육신 선교로 풀어보려고 노력하고 있습니다.

김동춘: 액체 교회 말고 논의되는 교회로 "미니멀 교회"라는 교회 개념도 있지요?

정재영: 미니멀 교회를 이렇게 설명할 수 있을지 모르겠지만, 최근 실험적인 교회라고 말하기도 애매합니다만, 제가 실제로 가 본 교회 중에 '순례자의 교회'라고 해서 원래는 제주도에 있었고, 최근에 강화도에도 하나 생겼는데, 교회 규모가 2.5평입니다. 교회라고 하기에는 아주 작은 공간을 만들어 놓고 누구든지 지나가다가 방문객들이 찾아와서 기도도 하고 예배도 드릴 수 있는 공간을 만들어 놓은 건데, 실제로 우리가 생각하는 그런 예배를 드릴 수 있는 공간은 아니에요. 그런데 누구든지 교회를 찾는 사람이나 교회를 떠난 사람이라도 자연스럽게 예배를 드릴 수 있는 공간을 만들어 놓은 것도 보았어요.

김동춘: 미니멀 교회는 '미니멀니즘 라이프 스타일'이라고 하는 단순하고 소

박한 삶을 추구하는 심플 라이프에서 나온 용어인데요, 코로나 시대의 교회가 과거에 그랬던 것처럼 이벤트 중심의 목회나 교회당을 과도하게 꾸미거나 거기에 시설을 투자하는 그런 방식의 교회로는 적합하지 않기 때문에, 웅장한 성가대나 파이프오르간 같은 교회음악시설 등을 최소화하고, 그래서 전에와 같은 맥시멀리즘적 예배를 축소하면서, 예배의 본질에 더 충실하고자 단순·소박한 예배를 지향하면서 교회의 본질에 충실하자는 그런 새로운 교회의 모델이라고 할 수 있겠습니다.

가나안 성도 문제의 대안으로서 비제도권 교회

정재영: 제가 최근에 '비제도권 교회' 연구를 했는데요. 비제도권 교회란 전통적으로 교회라고 생각했던 것과는 상당히 다른 유형의 교회를 말하는데요, 예를 들면 시간적인 측면에서는 주일이 아닌 다른 날 예배를 드린다든지, 공간적인 측면에서는 전통적인 교회당 건물이 아닌 카페나 도서관이라든지 제3의 장소에서 예배를 드린다든지, 또는 전통적인 교회 형태처럼, 성직자나 목회자가 없는 평신도 교회라든지 하는 이런 교회를 말합니다.

비제도권 교회에 대한 조사를 통해, 그동안 우리가 교회라고 생각했던 것과 상당히 거리가 있는 교회로서, 기존의 교회 문법을 따르지 않는 교회들을 찾아보려고 했거든요. 이런 교회들을 꽤 많이 찾아보고, 인터뷰하는 과정에서 비제도권 교회들이 확실히 늘어나고 있다는 느낌을 받았어요.

정재영: 비제도권 교회가 증가하는 배경에는 가나안 성도가 늘어나고 있는 것과 함수관계가 있는데요. 오래전 조사를 해 보니 개신교 교인 가운데 교회 가지 않는 사람이 10.5%로 나와 있었어요. 그러니까 기존 교회에 만족하지 못하고 가나안 성도가 된 사람들이 100만 명으로 추산되었던 것이죠. 이 통계가 처음 발표되었을 때, 일부에서는 이 통계가 과장된 거 아니냐 하는 반응도 있었어

요. 그런데 다른 기관에서 조사해 보니, 교회를 떠난 사람이 100만 명이지만, 앞으로 교회를 떠날 사람도 100만 명은 되는 것 같다는 얘기가 나왔어요. 그런데 2017년도 〈한국교회 분석 리포트〉에서는 그 숫자가 23%까지 잡힌 거예요. 개신교 신자가 대략 천 만 명이라고 할 때 실제로 천 만 명에 못 미침, 가나안 성도가 200만 명이 넘는다는 거예요. 그러니까 불과 5년, 10년 사이에 탈교회한 신자의 규모가 두 배로 늘어났다고 볼 수 있는 거죠. 그런데 한국교회가 가나안 성도 문제에 관심을 가지고 여러 토론이 있었지만, 그다지 효과적인 대안이 나오지 않았어요. 그래서 제가 '비제도권 교회', 다시 말해 '탈제도화한 교회'에서 새로운 교회의 가능성을 찾으려고 했어요. 기존교회에 만족하지 못하는 사람들이 새로운 교회를 찾아가고 있는데, 그런 교회가 어떤 교회들인지, 어떤 사람들이 신앙의 욕구를 가지고 그런 교회를 찾아오는지 보고 싶었던 것입니다.

코로나 사태로 인해 전통적인 교회는 퇴조하고, '교회의 새로운 표현'과 같은 새로운 방식의 교회로 대체할 것인가? 앞으로 미래 교회에 대한 예측은 어떻게 될 것인가?

김동춘: 자, 그럼 주상락 교수님께서 '교회의 새로운 표현'을 학문적으로 연구하셨는데요, 코로나 사태가 결과적으로 한국 교회의 생태계를 어떻게 재편할 것이냐 하는 문제를 이야기해 보려고 합니다. 한 편에는 '전통교회'가 있고, 또 다른 편에는 '새로운 형태의 교회'가 있는데요, 과연 전통교회와 새로운 형태의 교회는 앞으로도 공존하면서 존재할 것인지, 아니면 전통교회는 점점 퇴조하고, 새로운 교회로 대체될 것인지, 어떤 전망을 할 수 있는지 말씀해 주시기 바랍니다.

정재영: 저는 전통교회와 교회의 새로운 표현들은 서로 공존할 것이라고 생각

합니다. 우리 사회는 현대와 탈현대가 공존하고 있고, 심지어는 전통적인 것까지도 포스트모던적 사회에서도 공존하고 있다고 할 때, 이것은 교회 상황도 마찬가지라고 생각합니다. 그러니까 전통교회와 새로운 형태의 교회가 혼재할 것이라는 것이지요.

김동춘: 최근 일부 신학자들가운데 한국 기독교를 '포스트 크리스텐덤'으로 규정하는 분들이 있던데, 한국 기독교에 대한 이런 규정을 어떻게 보십니까?

정재영: 유럽의 기독교 전통에서는 크리스텐덤이라는 시기가 있었으니까 포스트 크리스텐덤을 말할 수 있겠지만, 과연 "한국 기독교에서 크리스텐덤이 있었는가?"에 대해서 서구 교회와 우리 상황이 다르다는 점을 전제하지 않고 서구의 틀을 대입해 가지고, 어떤 신학자는 우리에게 크리스텐덤은 없었지만심정적으로 볼때 한국 기독교에도 크리스텐덤 시대가 존재했다는 의미로, "심정적心情的 크리스텐덤"을 말하는 분들이 계시더군요.

주상락: 저도 그렇게 말합니다. 웃음

정재영: 그렇습니까? 최근 한 책에서 어느 교수님이 그렇게 말씀을 하시더라고요. 물론 그렇게 볼 수도 있는데, 저는 사회와 종교현상을 가지고 연구하는 사람이다 보니까 "심정"心情의 문제를 다루기는 어렵고요. 사회–종교적으로 노출된 현상만을 봤을 때, 우리에게 크리스텐덤이란 없었기 때문에 잘못하면 서양의 논의를 우리의 상황으로 가져오는 과정에서 오류가 생길 것 같습니다.

한국교회, 전통과 모던, 포스트크리스턴덤이 혼재하고 있다.

정재영: 어쨌든 지금은 전통적인 것과 모던적인 것, 그리고 포스트모던이 혼재되어 있는 상황인데, 이것은 교회의 현실에도 비슷하게 영향을 미칠 것입니다. 저는 한국교회 목회자들과 성도들이 여전히 전통적이고 보수적이라고 생각해요. 여전히 기존의 방식대로 교회 다니는 것을 의미있게 생각하고, 편하게 생각하기도 하고, 자기 몸에 잘 맞는다고 생각을 해요. 예를 들어 50대 중반인 저 같은 사람도 온라인 예배가 좀 불편해요. 그러나 요즘 신세대들은 태어나면서부터 디지털 세대잖아요? 그래서 우리 사회는 세대간이나, 문화적으로나 전통과 모던, 포스트모던이 혼재하고 있다고 봐요. 그래서 신학적으로 교회론적으로 문제가 없다면, 어떤 사람들에게는 온라인 예배를 드리도록 열어 놓고, 전통적인 사람은 전통적인 신앙생활을 하도록 할 수 있다고 봐요. 지난번 조사를 보니까 가나안 성도들중에 거의 절반 정도가 온라인 예배가 있다면 참여하고 싶다는 거예요. 이건 굉장히 큰 변화거든요. 제가 2년 전에 조사했을 때 그 응답률이 아주 낮았어요. 그런데 코로나 사태로 인식도 많이 변하는 것 같아요. 어차피 이런 상황인데 온라인 교회가 있다면 참여하겠다고 합니다. 물론 그렇다고 해서 진짜 참여할지는 두고 봐야 하지만, 그렇다면 이런 사람들은 온라인으로 모이게 하는 것이 좋은 것이지 "온라인 교회는 참된 교회가 아니다"라고 하면서 오지 마라, 우린 온라인 예배 안한다. 이게 좋은 방법일까 생각합니다. 저는 앞으로 온라인 예배 방식이 전통적인 예배를 완전히 대체해서 그쪽으로 넘어갈 것이라고 보기보다는 대면예배와 비대면 예배의 형태가 상당 기간 공존하면서 예배 선택의 폭이 넓어질 것이고, 종교 시장이나 신앙의 선호에 따라 예배 방식이나 교회의 형태를 선택하는데 더 다양해질 수 있지 않을까? 이런 생각을 합니다.

김동춘: 그럼, 주 교수님께서 앞의 이야기를 연결하여 "프리 크리스텐덤Pre Christendom"과 "크리스텐덤Christendom", "포스트 크리스텐덤Post Christendom"에

따른 어떤 신앙의 패턴에 변화나 차이, 이런 것들을 정리해주시면서 말씀해주시기 바랍니다.

프리 크리스턴덤으로 돌아가야 한다.

주상락: 이 부분에 대해 제가 좀 할 말이 많은데요웃음 일단 프리 크리스턴덤Pre Christendom은 AD 313년 밀라노 칙령 이전 사도시대의 교회를 말하는 것이죠. 사실 프리 크리스턴덤 시대의 교회구조는 수평적인 리더십이었고요, 더구나 교회가 사회의 중심도 아니었어요. 그럼에도 불구하고 교회가 사회속에서 성육신적인 섬김이 있었던 시대였어요. 그런데 313년 밀라노 칙령 이후에 기독교가 공인되고, 기독교국가크리스턴덤 시대가 되면서 교회가 사회의 중심은 되었지만 교회의 구조는 수직적이고, 제도화되면서 교회가 탑다운위에서 결정되어 아래로 전달되는방식 리더십 형태를 이뤘다는 것이 단점이죠. 그런데 우리가 살고 있는 포스트 크리스턴덤은 교회가 더 이상 우리 사회의 중심도 아닐 뿐 아니라, 공공의 장에서도 교회의 신뢰성은 상당 부분 약화되었습니다. 저는 교회의 사회적 신뢰를 "평판 자본"이라고도 말하는데요, 피터 버거가 말하는 "영적 자본"과 결부지어 말한다면, 영적 자본과 평판 자본은 교회의 선교와 전도에 있어서 떼려야 뗄 수 없습니다. 교회의 신뢰도는 사실은 평판 자본이면서 동시에 영적 자본이거든요. 이런 자본이 없는 상황에서 교회가 아무리 전도한다고 해서 전도가 안되죠. 그렇기 때문에 "백 투 더 베이식", 즉 "프리 크리스턴덤 시대"로 가야 한다는 이야기이고요.

왜 지금의 한국 기독교가 포스트크리스턴덤인가?

주상락: 그런데 한국기독교가 포스트크리스턴덤인가? 하는 부분에 대해 말씀드리고자 합니다. 서구의 크리스턴덤기독교 국가 시대와 우리 한국기독교는 사

회학적으로 볼 때, 급속한 압축성장을 하지 않았습니까? 이 점을 서울대 사회발전소에서도 지적했지만, 우리는 경제만 압축성장한 게 아니거든요. 정치, 경제, 사회, 문화, 종교까지도 60년대부터 90년대까지 폭발적으로 압축성장했습니다. 그런데 우리는 교회의 압축성장을 자랑스러워 하지만, 짧은 시간에 이룩한 압축성장 이면에는 많은 부작용을 배출했거든요. 그리고 지금 한국교회는 '압축성장의 시대'가 아니라 '압축 쇠퇴의 시대'입니다. 저는 한국교회의 압축성장 시대는 서구교회의 기독교국가 시대와 어느 정도 유사한 지점이 있다고 보고, 마찬가지로 한국교회의 압축 쇠퇴의 시대는 서구의 포스트크리스턴덤 후기기독교국가의 특징과 같다고 보기 때문에 한국교회가 서구교회와 100% 일치하지는 않지만, 한국기독교도 마찬가지로 서구교회의 성장과 쇠퇴의 측면에서 볼 때, 원리적으로는 지금이 포스트크리스턴덤 시대라고 말할 수 있다고 생각합니다.

교회의 새로운 표현과 선교적 교회는 새로운 교회 방향의 가능성이다!

주상락: 또 한가지는요, 교회의 새로운 표현들이나 선교적 교회가 기존의 전통교회를 무너뜨리고, 대체할 게 아니냐고 하는데요. 아닙니다. 제가 미국 연합 감리교회 북앨라배마의 뉴 처치 디벨럽먼트new church development라고 하는 교회 개척부에서 새로운 대안적인 교회 개척과 전통교회 개척을 같이 연구하고 강연을 다닌 적이 있는데요. 전통교회와 새로운 교회는 선교학자 마이클 모이나Michael Moynagh가 강조한 것처럼, 경청하면서 함께 공존해야 한다고 생각합니다. 그래서 사실 선교적 교회론은 교단과 지역교회를 경청하면서 '전통교회'와 '대안적 교회'가 같이 만들어 가야 하기 때문에, 이것을 영국교회에서는 혼합 경제라고 하고, 미국교회에서는 혼합 생태계라고 말합니다. 교회 생태계 안에서 교단과 작은 교회와 큰 교회, 그리고 새로운 표현들의 교회들이 잘 공존

하는 교회론을 만들어야 한다는 것이 〈교회의 새로운 표현〉의 핵심이기 때문에 같이 가야 한다고 말하고 싶습니다.

김동춘: 이제 대담을 마무리하겠습니다.
그럼 코로나 상황에서 탈교회 혹은 가나안 성도 문제를 한국교회가 어떻게 응답을 하면서 대안을 세워가야 할 것인지 마지막으로 한 마디씩 말씀을 하고 마무리를 하면 좋겠습니다.

정재영: 사실 대책은 쉽지 않은 부분인데요. 일단 코로나 상황이 우리가 처음 경험하는 상황이고 교회의 존립 자체가 위협을 받고 있는 상황이기 때문에 당장 대책을 마련하기는 쉽지 않은 것 같아요. 그런데 주 교수님께서 얘기하신 대로 우리가 기본을 확실하게 다지는 것이 중요할 것 같고요, 공식적으로 조사한 것은 아니지만 목회자들 만나서 얘기를 들어보면 그래도 코로나 상황에도 기본기가 다져진 교회들이 덜 충격을 받는다고 하더군요. 그런 면에서 코로나 사태에 직면하여 오히려 신앙의 본질을 회복하는 방향으로 가야 할 것 같아요. 그리고 가나안 성도 문제, 즉 탈교회 현상은 교회가 조금만 더 열린 태도로 바라보면 좋지 않을까 해요. 물론 가나안 성도 현상이 기존 교회 전통을 흔들고 있다는 부정적인 시각이 많은 것이 사실입니다. 그리고 그럴 우려가 있겠습니다만, 어쨌든 많은 기독교인들이 기존 교회에 뭔가 만족하지 못하고 실망해서 떠나간 상황이라면, 그들에 대한 폭넓은 관심이 필요하다는 생각이 들고요. 그래서 복음의 본질을 훼손하는 것이 아니라면, 그것이 예배이든, 교회이든 방법론은 다양하게 가져갈 수 있는 것은 아닐까 생각합니다. 지금은 교회가 사회로부터 외면당하는, 그야말로 기독교의 사회적 위상이 완전히 역전된 상황인데, 마을 공동체 운동이나 교회 공공성을 되살리는 다양한 방안을 시도하여, 교회를 바라보는 불신자들의 인식이 달라지고 호감도가 높아지게 되면 전도도 가능하게

되고 교회를 떠난 사람들이 다시 교회에 관심을 가지는 계기가 마련될 수 있지 않을까 생각을 해봅니다.

주상락: 저는 지금의 판데믹 현상을 통해서 교회가 보여주는 모습이 두 가지로 나타나고 있다고 보는데요, 하나는 교회가 교회 내적인 문제에 골몰하다 보니 교회 밖의 목소리를 경청하지 못하는 교회와 다른 교회와 타자들의 목소리를 경청하는 교회로요. 당연히 후자가 되어야 하겠죠. 아까도 말씀 드렸지만 '경청의 신학'으로 돌아가서 섬김의 모습이 회복되었으면 좋겠다는 생각이 들고요. 우리가 코로나와 탈교회 현상 때문에 어려움이 많지만, 이를 계기로 교회 자신을 돌아보는 계기가 되었으면 좋겠고, 이 상황에서 어려움에 처한 농촌교회나 교회의 존립에 급급해 하는 작은 교회들을 상대적으로 규모가 있는 교회가 도움으로써 공교회성을 회복하는 방향으로 나갔으면 합니다.

김동춘: 오늘 "포스트 코로나 시대에 탈교회 현상 어떻게 바라 보아야 할 것인가"라는 주제로 다양한 각도에서 교회 현실을 짚어 보았습니다. 앞으로 우리 교회는 새로운 교회와 목회 상황앞에서 좀 더 창조적이고, 열린 마음으로 응답해야 할 것이다 이런 이야기였던 것 같습니다. 오늘 두 분의 좋은 말씀 대단히 감사드리고, 이 대담이 코로나 시대를 살아가는 목회자와 크리스천들에게 많은 유익이 되기를 바랍니다. 감사합니다.